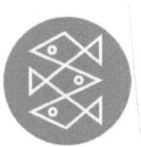

AF202067

Kontaktadresse nach EU-Produktsicherheitsverordnung:
produktsicherheit@fischerverlage.de

»Es erfordert Mut, anders zu sein. Der Knochensammler weiß das. Es gefällt ihm, dass der Junge anders ist. Und allein. Das perfekte Opfer, leichte Beute. Ein Erbe für sein schauriges Tun …«

Saul Anguish ist sechzehn, verwahrlost und verführbar. Wie geschaffen für den Knochensammler. Er wird ihn unter seine Fittiche nehmen, ihn alles lehren, was er weiß. Über Knochen. Menschliche Knochen. Saul soll sein Nachfolger werden, sein Erbe, der Sohn, den er nie hatte.
Mit ihm wird er seinen perfiden Plan vollenden, sich holen, was ihm längst gehört.
Und dann wird er Rache nehmen. An denen, die ihn um seinen allergrößten Schatz gebracht haben. Unbeschreiblich schlimme Rache …

»›Der Knochensammler – Die Rache‹ ist beinahe noch schauriger als der Vorgänger ›Der Knochensammler – Die Ernte‹. Die Spannung steigert sich von Seite zu Seite und gipfelt in einem Finale, das den Atem stocken lässt.« *Daily Express*

Fiona Cummins ist Journalistin und schreibt für große britische Tageszeitungen und Magazine, wenn sie nicht gerade an einem Roman arbeitet. Ihre »Knochensammler«-Thriller sorgten noch vor Erscheinen international für großes Aufsehen und werden fürs Fernsehen verfilmt. Fiona Cummins lebt mit ihrem Mann und ihren beiden Kindern in Essex.

Außerdem bei FISCHER Taschenbuch erschienen:
»Der Knochensammler – Die Ernte«

Weitere Informationen finden Sie auf www.fischerverlage.de

Fiona Cummins

DER KNOCHEN SAMMLER

DIE RACHE

THRILLER

Aus dem Englischen
von Birgit Schmitz

FISCHER Taschenbuch

2. Auflage

© 2023 S. Fischer Verlag GmbH,
Hedderichstr. 114, 60596 Frankfurt am Main

Die Originalausgabe erschien 2018 unter dem Titel
»The Collector« bei Macmillan, an imprint of Pan Macmillan, London
Copyright © Fiona Cummins 2018

Redaktion: Ilse Wagner
Printed in Germany
ISBN 978-3-596-03604-2

Zur Erinnerung an Cherry Anthony,
erste Leserin und Freundin

»Entsteht ein dauernder Schaden, so sollst du geben Leben um Leben, Auge um Auge, Zahn um Zahn, Hand um Hand, Fuß um Fuß, Brandmal um Brandmal, Wunde um Wunde, Beule um Beule.«

2. Buch Mose (Exodus) 21, 24

»... Der Sohn kann nichts von sich aus tun, sondern nur, was er den Vater tun sieht; denn was dieser tut, das tut in gleicher Weise auch der Sohn. Denn der Vater hat den Sohn lieb und zeigt ihm alles, was er tut ...«

Johannes 5, 19

SONNTAG

Sunday Mirror, 24. Februar 2013

Für die Eltern der vermissten Clara Foyle ist heute Tag 100 seit der Entführung der Fünfjährigen. Miles und Amy Foyle werden mit Freunden und der Familie zu einer Mahnwache auf dem Blackheath Common zusammenkommen, um Kerzen anzuzünden und Luftballons steigen zu lassen.

Clara, die mit Spalthänden zur Welt kam, verschwand letzten November auf dem Heimweg von der Schule. Der Hauptverdächtige in diesem Fall, Brian Howley, der »Schlächter von Bromley«, ist auf der Flucht, nachdem er aus dem Polizeigewahrsam entkommen konnte.

Zeugen zufolge – darunter die kurzzeitig in die Gewalt des Killers geratene Londoner Ermittlerin Etta Fitzroy – sammelte Howley menschliche Skelette mit Deformationen.

Er stellte die Knochen in einem privaten Museum im Haus seines verstorbenen Vaters Marshall Howley aus. Aufgrund eines familiären Bezugs zum Londoner Hunterian Museum, auf das der ehemalige Krankenhausangestellte geradezu fixiert war, wird davon ausgegangen, dass die makabre Sammlung mehrere Generationen zurückreicht.

Der sechsjährige Jakey Frith, der an einer verheerenden Knochenkrankheit, dem Münchmeyer-Syndrom, leidet, konnte wenige Augenblicke, bevor es durch ein Feuer zerstört wurde, aus dem Haus von Howley sen. gerettet werden.

Umfängliche DNA-Tests an den in der Asche gefundenen menschlichen Überresten haben bestätigt, dass es sich bei einem der Opfer um Grace Rodríguez, das sogenannte Mädchen aus dem Wald, handelt. Die Ermittler konnten ihr Verschwinden mit Howley in Verbindung bringen, nachdem sich herausstellte, dass sie ein als *Halsrippe* bekanntes Knochenleiden hatte.

Von Clara Foyle gibt es weiterhin keine Spur.

1

Saul Anguish zählte die Sekunden zwischen den gezackten Blitzen und dem Donnergrollen, das den Himmel aufriss.

Er wartete auf Regen. Betete dafür. Denn der Regen brachte fast immer seine Mutter nach Hause. Wenn sie nicht nach Hause kam, war sie tot.

Nicht unbedingt tot. Aber möglicherweise. Vielleicht. Saul verbrachte einen großen Teil seines Lebens damit, sich gegen dieses einschneidende Ereignis in seinem Leben zu wappnen; dagegen, dass ihm ein uniformierter Fremder mit gedämpfter Stimme mitteilen würde, in einer Gasse oder einer menschenleeren Ecke des Parks sei die Leiche von Gloria Anguish aufgefunden worden.

Dicke Tropfen fielen in den Sand. Er beobachtete, wie sie den feinen Staub in feuchte Krümel verwandelten, bis das Gemisch aus zerriebenen Steinen und Muscheln und über Jahrzehnte geschliffenem Glas zu einer unansehnlichen braunen Masse wurde.

Während er wie ein Wächter am Fenster stand, zog hinter ihm die Nacht herauf, und dunkle Schatten legten sich in die Ecken des Zimmers und um sein Herz.

Saul, der kein Kind mehr war, aber auch noch kein Mann, hasste dieses endlose Warten auf seine Mutter. Denn in die Lücken der Zeit zwischen Hoffen, Bangen und Sehnen schlüpften die *anderen* Gedanken. Die *anderen* Gedanken bedrängten ihn, und obwohl er sich sehr bemühte, sie zu ignorieren, war es ihm unmöglich, ihnen auszuweichen.

Saul holte ein stark mitgenommenes Figürchen aus seiner Hosentasche, das aus einem zurechtgebogenen Pfeifenreinigerbürstchen und Wolle bestand. Er und seine Mutter hatten es vor vielen Jahren gemeinsam gebastelt. Die Vertrauenslehrerin der Schule hatte Mrs Anguish eines Tages am Schultor abgepasst und ihr einfühlsam zu verstehen gegeben, dass sie und ihr neunjähriger Sohn doch vielleicht von einem Kurs profitieren könnten, der an der Leigh Park Junior angeboten wurde: *Spaß haben mit Ihren Kindern.*

In der ersten Stunde hatte Sauls Mutter diesen Pfeifenreiniger zu einem Püppchen mit Armen und Beinen gebogen und ihren Sohn mit geröteten Augen angelächelt. Seine Aufgabe war es gewesen, das Gesicht – ein weißes Stück Filz – mit einem schiefen Lächeln zu bemalen und schwarze Wollfäden als Haare dranzukleben.

Ein Sorgenpüppchen, dem er seine Geheimnisse anvertrauen konnte. Und seine Ängste.

Der farbige Strich im Gesicht des Püppchens war inzwischen abgerieben, und viele der kleinen Borsten des Pfeifenreinigers waren abgebrochen, so dass der silberne Metalldraht darunter durchschimmerte. Als Sauls Blick darauf fiel, fragte er sich, wie es sich wohl anfühlen würde, die Fingerspitzen an stromführenden Stacheldraht zu legen. Oder die Fußsohlen an die Gleise zu pressen, die am Fuß des Hügels, in der Nähe der Boote, durch den Bahnhof verliefen. Oder das Gesicht seiner Mutter in den Sand zu drücken, bis sie um sich schlug und dann ganz still wurde. So ging es ihm immer, wenn er Angst um sie hatte. Dann war er wütend und verwirrt und wusste nicht, was er fühlen sollte.

Vor ihm erstreckte sich die Flussmündung, in der Schlamm und Gezeiten wie alte Feinde aufeinandertrafen. Die Nacht war hereingebrochen, und durch ihren dichten Vorhang hindurch suchte er nach Gloria Anguish, hin- und hergerissen zwischen dem Wunsch, seine Mutter möge endlich nach Hause kommen, und dem, nie wieder am Fenster nach ihr Ausschau halten zu müssen.

Da, eine Bewegung am Horizont. Ein Hauch von etwas. Saul starrte angestrengt in die verregnete Dunkelheit, in dem Versuch, die schemenhafte Gestalt zu erkennen. Und befingerte dabei das Sorgenpüppchen. Selbst mit sechzehn Jahren schob er es noch unter sein Kissen, wenn er schlafen ging, aber das erzählte er seiner Mutter nicht.

Als er fast so weit war, hinauszugehen und nach ihr zu suchen, sah er sie plötzlich über den Strandstreifen stolpern, den man von ihrer Mietwohnung aus überschauen konnte; der Mond schien durch eine Lücke in der Wolkendecke auf sie herab, ihr offener Mantel umflatterte sie.

Er brauchte ihren Atem nicht zu riechen, um zu wissen, dass sie betrunken war.

Gloria Anguish drehte sich unbeholfen um, schaute die Küstenlinie entlang zu den fernen Lichtern der Raffinerie und fing auf wackligen Beinen an zu laufen. Saul sah bereits den leichten Glanz auf ihrer Stirn, hörte die Entschuldigungen, die sie lallen würde, wenn er ihr die Tür öffnen und sie sich zu einem Abendessen aus eingetrockneten Baked Beans und kaltem, verbranntem Toast hinsetzen würden.

Ein paar Meter vor der Betontreppe, die vom Strand den grasbewachsenen Hügel hinauf zu ihrem Haus führte, wurde Gloria plötzlich langsamer. Sie war mit dem Schuh gegen einen Stein gestoßen, verlor das Gleichgewicht und fiel der Länge nach auf den schmalen Streifen Sand. Saul wartete darauf, dass sie auf die Knie hochkam, sich aufrappelte und nach Hause torkelte wie schon unzählige Male zuvor. Doch seine Mutter blieb reglos liegen; ihr Mund war leicht geöffnet, und ihre schwarzen Haare hatten sich wie Seegras um ihren Kopf gebreitet.

Wie Wollfäden.

Die ansteigende Flut, die schon fast ihren Höchststand erreicht hatte, zupfte an dem Saum ihres Mantels wie ein allzu vertraulicher Freund. In der Zeit, die es dauern würde, bis Saul seine Schuhe zugebunden hatte und die Treppe im Haus hinuntergelaufen war, über die Straße, an den Bänken mit den Erinnerungsplaketten und den sterbenden Rosen vorbei und die steilen Stufen hinab zum Strand, könnte sich die Lunge seiner Mutter bereits mit Salzwasser gefüllt haben.

Wenn er sich wirklich sehr beeilte, kam er vielleicht genau in dem Moment bei ihr an, in dem die bittere Flüssigkeit den Weg in ihren Mund fand.

Aber Sauls Füße waren wie festgewachsen an dem fleckigen Teppich; obwohl sein Blick starr auf die Gestalt der Mutter geheftet blieb, konnte er sich nicht rühren.

Die Zeiger seiner Armbanduhr rückten leise klickend vor, jede winzige Bewegung eine vergeudete Chance. Er fragte sich, ob ihre Augen offen waren oder geschlossen.

Er erinnerte sich nicht gleich, da die Vergangenheit in seinem Gedächtnis zusammengeknüllt war wie alte Plastiktüten, aber das Bild, wie sie da im Sand lag, rief etwas in ihm wach; etwas, das halb verschüttet war wie die Kondome, die Posh Dan letzte Woche nach seiner Schicht auf dem Rummelplatz unter dem Pier vergraben hatte.

Auf der Suche nach diesem einen Moment unter Tausenden lenkte Saul seinen Blick blinzelnd an all den anderen Erinnerungen vorbei.

16

Und dann fand er ihn. Es war der Tag seiner Abschlussprüfung an der Grundschule. Einen Monat vor seinem elften Geburtstag. »Die Prüfung ist wichtig«, hatte seine Mutter zu ihm gesagt. »Vermassele sie nicht.« Sie hatte in ihrer Handtasche gekramt und ihm dann mit dem Daumen über die Wange gestrichen. »Wir sehen uns nachher. Ich hab genug Geld, um uns beiden ein Eis auszugeben.«

Und er hatte auf seine Mutter gehört, ja, wirklich. Er hatte die Aufgaben schnell, aber gewissenhaft durchgearbeitet. Er hatte alle Fragen beantwortet und sogar geglaubt, dass einiges davon richtig war, weil er am Ende ein bisschen Zeit übrig hatte, um alles noch mal durchzusehen.

Zufrieden lächelnd hatte er draußen vor der Schule die Gruppe der wartenden Eltern mit den Augen abgesucht und förmlich schon geschmeckt, wie das Minz- und Schokoladeneis auf seiner Zunge schmolz, doch Gloria Anguish war nirgends zu sehen gewesen.

Als die anderen Kinder längst weg waren, zum Pizzaessen oder ins Kino, und die Aufsichtslehrerin mit ihrem Mantel und ihrer Tasche aus der Schule kam, lehnte er immer noch wartend am Geländer.

Irgendwann gab Saul dann auf und machte sich auf den langen Fußweg nach Hause.

Als er, ein fast elfjähriger Junge, der seine Mutter brauchte, in die Wohnung kam, lag sie auf dem Bett. Bäuchlings, den Kopf zur Seite gedreht, die Haare ein schwarzer Fächer auf dem Kissen. Ihre Augen waren offen, auf dem Boden lag eine leere Wodkaflasche, in der Luft der Geruch von Herbstsonne und Verzweiflung.

»Mum«, sagte er, »Mummy.« Er rüttelte sie an den Schultern, klopfte ihr auf den Rücken, aber Gloria reagierte nicht.

Sie war irgendwo anders, und nicht einmal die Stimme ihres Sohnes reichte aus, um sie zurückzuholen.

Saul hatte solche Situationen schon erlebt. Nicht oft, aber häufig genug. Er wischte ihr mit einem feuchten Stück Toilettenpapier das Erbrochene vom Kinn und setzte sich auf die Bettkante, bis sein Hunger zu groß wurde und er sich ein Marmeladenbrot machte. Dann kam er damit zurück in ihr Zimmer und blieb bei seiner Mutter, bis sich ihre Augen schlossen und aus Tag Nacht und wieder Tag wurde.

Saul war bereits eingeschlafen, als seine Mutter sich schließlich aufgesetzt hatte; die Falten des Lakens zeichneten sich in ihrem Gesicht ab, das Licht der Morgendämmerung war kalt und gnadenlos. Sie hatte ihren schlafenden Sohn angeschaut, der noch angezogen war und einen erdbeerroten Fleck auf der Wange trug, und Schuldgefühle hatten sich in ihre Brust gebohrt. Schuldgefühle und Scham.

Sie hatte ihn leicht an der Schulter berührt, und der Junge hatte sofort die Augen aufgeschlagen, als ob er gar nicht geschlafen, sondern sich nur ausgeruht hätte, bis sie zu sich kam.

»Eis?«, hatte sie mit einem schwachen Lächeln gefragt.

Aber Saul war nicht mehr in der Stimmung dafür gewesen.

Auch fünf Jahre später konnte er schon allein die Vorstellung, Eis zu essen, nicht ertragen, nicht einmal, wenn Cassidy Cranston aus der Mädchenschule mit einem anzüglichen Blick an ihrer Eiskugel leckte, wie im letzten Schulhalbjahr während eines Ausflugs ins West End geschehen. Für ihn würde Eis nie wieder nach etwas anderem schmecken als nach Enttäuschung.

Saul zwang sich, sich wieder auf seine Mutter zu konzentrieren. Sie lag noch immer da, die Wellen hatten sie fast erreicht. Ihr Bein zuckte heftig, und diese Bewegung schien eine Sperre in ihm zu lösen. Er rannte aus dem Zimmer. Der Gedanke, zu spät dort anzukommen, versetzte ihn jetzt unvermutet doch in Panik.

Draußen ließ der auffrischende Wind die Wellen wütend schäumen. Der Briefkastendeckel klapperte. Erst als er die Treppe am Kliff schon halb hinuntergelaufen war, bemerkte er, dass er ihren Namen rief; er schmeckte bereits die Bitterkeit des Verrats auf der Zunge.

Ich komme, Mum! Halt durch!

Der Regen war inzwischen stärker geworden; er glasierte die Betonstufen und verschleierte den Lichtschein der Straßenlaternen. Saul rutschte ein paar Mal fast aus und griff nach dem Geländer, um sich festzuhalten. Sein Blick folgte der Flut, die bereits zu nah war. Plötzlich graute ihm davor, zu sehen, wie ihr Körper aufs Meer hinausgezogen wurde.

Seine Augen suchten das Stück des Strandes ab, an dem sie gelegen hatte; das Wasser war auf dem Vormarsch, beanspruchte es für sich. Bald würde dort nichts anderes mehr sein als nur noch tintenschwarzes, wogendes Meer. Saul schluckte, aber sein Mund war trocken. Er starrte in die Wellen, hielt Ausschau nach einem Hinweis auf Gloria. Nach schwarzem Haar, weißen Turnschuhen. Doch sie war einfach verschwunden.

Wasser sickerte durch den Stoff seiner eigenen Schuhe. Er stolperte nach hinten und stieg über die niedrige Betonmauer am oberen Rand des Strandes. Er sollte die Polizei rufen.

Oder die Küstenwache. Er sollte irgend*etwas* tun. Doch Saul wusste nicht, was. Wie sollte er der Polizei erklären, dass er so lange damit gewartet hatte, seiner Mutter zu helfen, bis die Flut sie holen konnte? Vielleicht verhafteten sie ihn dann. Was, wenn er ins Gefängnis kam? Dann würde Cassidy Cranston ihn keines Blickes mehr würdigen.

Saul stützte sich mit den Händen an der Mauer ab und schaute über die Themsemündung zum Horizont, wo die wie an einer Kette aufgereihten Lichter orangefarben funkelten. Heftige Übelkeit beschleunigte seinen Atem. Das Herz raste immer schneller in seiner Brust. Unsicher, was er als Nächstes tun sollte, rannte er auf die Stufen zu, die wieder nach oben führten, in die Sicherheit der Wohnung. Würde sie ohne seine Mutter noch ein Zuhause für ihn sein?

Als Saul sich mit hängenden Schultern vom Strand abwandte, drang der Fluch eines Mannes über den Asphalt zu ihm hin.

Der Junge blickte zu dem schmiedeeisernen Unterstand, der wenige hundert Meter die Straße hoch auf einer großen, vor allem von Spaziergängern mit Hunden und Kindern mit Tretrollern genutzten Rasenfläche stand.

Ein Mann mit dunklen, sich an den Spitzen kräuselnden Haaren und einem schmalen, harten Gesicht war über einen Kleiderhaufen gebeugt. Einen Kleiderhaufen, an dem Beine und Füße hingen, die in weißen Turnschuhen steckten.

Saul rannte darauf zu.

Obwohl der Mann nach vorn gebeugt auf dem Boden kniete, konnte Saul erkennen, dass er sehr groß war. Er kam ihm vage bekannt vor. Und er drückte seine Hände rhythmisch auf Glorias Brust.

Eins. Zwei. Drei. Vier.

Der Mann hielt kurz inne, presste seine Lippen auf Glorias und blies ihr seinen Atem in die Lunge.

Eins. Zwei. Drei. Vier.

Saul beobachtete, wie der Mann versuchte, wieder Leben in seine Mutter zu bringen. Seine Hände waren verkrümmt wie die von Sauls verstorbenem Großvater, dem die Arthritis sein Uhrmachergeschäft und seine Würde geraubt hatte.

»Steh nicht unnütz da rum«, sagte der Mann, ohne Saul anzuschauen. »Zieh deine Jacke aus.« *Eins. Zwei. Drei. Vier.* »Sie friert.«

Saul legte die Jacke über seine Mutter und versuchte, den Regen zu ignorieren, der ihm auf die nackten Unterarme schlug. Glorias Augen waren geschlossen. Saul spürte, wie er innerlich wegdriftete, sich aus der Situation ausklinkte. Er konnte doch nicht Zeuge des Todes seiner Mutter sein, da er an allem schuld war.

Plötzlich hustete sie.

Saul atmete auf und hielt dann die Luft an, blieb stocksteif stehen. Wartete. Um zu sehen, was seine Mutter als Nächstes tat.

Sie hustete erneut. Ihre Lider flatterten. Sie drehte sich auf die Seite und öffnete den Mund. Eine wässrige rote Flüssigkeit rann heraus.

Sauls Entsetzen musste sich auf seiner Miene abgezeichnet haben. Die dunklen Augen des Mannes folgten seinem Blick. »Das ist nicht das, was du denkst«, sagte er, stand auf und wischte sich die Hände an seiner Jeans ab. »Das ist nur Rotwein und Salzwasser.«

Saul beugte sich über seine schwach hustende, zitternde Mutter, legte den Arm um ihre Schultern und zog sie auf die Füße.

Saul und der Mann sprachen kein Wort, während sie Gloria Anguish die Treppe zur Wohnung hinaufschoben. Saul wusste nicht, was er sagen sollte. Er redete nicht gern mit Erwachsenen. Er traute ihnen nicht. Aber dieser Mann war anders als die meisten Erwachsenen. Er lag Saul nicht mit bedeutungslosem Blabla in den Ohren, versuchte gar nicht erst, Konversation zu machen. Die Stille passte zu ihm.

Der Mann wartete, bis Saul die Haustür geöffnet hatte, erst dann richtete er wieder das Wort an ihn.

»Du solltest sie ins Krankenhaus bringen.«

Saul zuckte die Achseln. »Vielleicht.«

Seiner Mutter entschlüpfte ein Stöhnen. »Nein.« Sie schüttelte den Kopf, obwohl ihre Augen geschlossen waren.

»Schon gut, Mum. Mach dir keine Sorgen.«

»Dann bring sie ins Bett. Und halt sie warm.«

»Danke«, murmelte Saul, obwohl er sich nicht sicher war, ob er dankbar oder enttäuscht sein sollte, als er das durchnässte Häufchen ansah, das seine Mutter darstellte.

»Ist dein Vater da?«

»Nee.«

»Wann kommt er nach Hause?«

Er kaute auf einem Fingernagel. »Der wohnt nicht hier.«

Der Mann biss sich fest auf die Lippe und leckte einen winzigen Blutstropfen davon ab. Dabei schloss er kurz die Augen. Saul fröstelte. Die Kälte erinnerte ihn daran, dass es regnete und er keine Jacke mehr trug. Aber die dunklen Augen des Fremden hielten ihn fest. Dem Jungen wurde unwohl unter diesem durchdringenden Blick, und er lachte verlegen auf. Saul bekam ständig Ärger, weil er zur falschen Zeit lachte. Sein Schulleiter Mr Darenth war der Meinung, dass er ein Problem mit Autorität hatte. Der Fremde missdeutete Sauls nervöses Lachen als Zeichen von Heiterkeit und entblößte seine Zähne zu einem halben Grinsen. Als seine rissigen Lippen sich öffneten, sah Saul wieder einen winzigen Blutstropfen heraussickern.

»Bring sie ins Bett, bevor sie hier erfriert.« Er schaute auf Gloria hinab. »Und behalt sie im Auge. Falls sie Probleme mit der Atmung bekommt oder so was in der Art.«

Damit drehte der Mann sich abrupt um und ging. Er humpelte über die Straße und die Treppe hinunter, die in die Altstadt und zu einer Reihe von windschiefen, heruntergekommenen Fischerhäuschen führte, wie Saul wusste. Seine Mutter hatte ihm erklärt, sie würden trotz ihres maroden Zustands vermietet. Leicht verdientes Geld, hatte sie in einem abfälligen Ton gesagt. Aber Saul wusste, dass sie alles dafür gegeben hätte, auch so einfach an Geld zu kommen.

Glorias Kleider waren mit feuchtem Sand bedeckt, der an seinen Fingern scheuerte, als er ihr das schmale Treppenhaus hinaufhalf. In der Wohnung war es eiskalt, weil ihnen das Gas abgedreht worden war. Er zog sie im Badezimmer aus und vermied es, ihre vorstehenden Rippen und ihre kleinen Brüste anzuschauen. Da die Dusche kaputt war, stellte er sie in die Badewanne. Er machte Wasser im Wasserkocher heiß und gab ihr einen feuchten Schwamm, mit dem sie den Tang und den Sand von ihrem Körper abwusch. Auf ihrer Stirn bildete sich bereits ein großer Bluterguss.

Als sie fertig war, reichte er ihr eines der alten T-Shirts, die sie gern im Bett trug, und seinen eigenen grauen Kapuzenpulli. Sie zitterte. Jetzt, wo ihre dünnen weißen Beine entblößt waren, sah sie aus wie ein Kind. Schwach und mitleiderregend.

»Saul, ich …«

»Sei still, Mum. Ich will nicht drüber reden.«

Sie versuchte es nicht mehr, schaute aber sehnsüchtig zur Küche hinüber. Er konnte sehen, wie sie in Gedanken den Schrank aufmachte und ein Glas herausnahm.

»Ich hab alles weggeschüttet«, sagte er.

Sie lachte schuldbewusst. »Nein, nein, ich dachte an Tee, ehrlich. Süßen, heißen Tee.«

»Dann geh ins Bett. Ich mach dir einen.«

Als er den Becher in ihr Zimmer brachte, lag sie bereits unter der Decke. Die Vorhänge waren zugezogen, um die Erinnerungen an diese Nacht auszusperren; um das, was um ein Haar geschehen wäre, unwirklich erscheinen zu lassen.

Ihm stach der Kontrast zwischen ihren schwarzen Haaren und ihrem fahlen, müden Gesicht auf dem hellen Kissen ins Auge.

»Danke«, sagte sie.

Er war sich nicht sicher, ob sie den Tee meinte oder den Umstand, dass er sich um sie kümmerte. Plötzlich fühlte er sich erschöpft von ihrer Bedürftigkeit und dem ganzen endlosen Drama und wandte sich wortlos ab.

Später an diesem Abend, als der Mond wie eine Lache auf dem sich zurückziehenden Wasser lag und seine Mutter endlich eingeschlafen war, schaute Saul auf die Hütten am Ufer und die vertäuten Boote hinaus und dachte an den Lichtblitz zurück, den er vor ein oder zwei Nächten im Dachfenster des alten Fischerhäuschens gesehen hatte. Wie das Aufblitzen einer Taschenlampe oder so.

Er blinzelte und wartete darauf, dass es wieder passierte, doch die Dunkelheit blieb dunkel.

Neben dem Sofa lag Glorias Schere auf einem Stapel billigen Stoffs; daraus nähte sie Kleider, die sie donnerstags auf dem Markt in der Stadt verkaufte.

Saul holte das Sorgenpüppchen aus der Hosentasche. Es starrte ihn ausdruckslos an. Zerfranst und in Auflösung begriffen. Mit strähnigen schwarzen Haaren, die wie die seiner Mutter aussahen.

Saul nahm die Schere und schnitt ihm den Kopf ab.

2

Zehn Stunden zuvor

Detective Sergeant Etta Fitzroy ging den Weg hinunter und trat durch das Friedhofstor. Sie hatte mehr Zeit als die meisten Menschen auf Beerdigungen verbracht, um den Familien der Toten beizustehen: Opfern von Autounfällen; jungen Gangmitgliedern, die auf der Straße erstochen worden waren; einer talentierten jugendlichen Balletttänzerin an der Schwelle zur Frau, die nun für immer als das Mädchen aus dem Wald in Erinnerung bleiben würde.

Das letzte Mal, als sie hier gewesen war, auf diesem winzigen Friedhof in einer unauffälligen Ecke der Stadt unweit von ihrer Wohnung, hatte sie sich den Luxus von Tränen verweigert. Dieses Privileg war einer anderen vorbehalten gewesen.

Conchita Rodríguez hatte so fest ihre Hand gedrückt, als der Sarg in die gefrorene Erde hinuntergelassen wurde, dass Fitzroy dachte, sie würde ihr die Finger brechen. Sie hatte den Schmerz ausgehalten, ihn sogar beinahe begrüßt. Es war nur

ein Bruchteil von dem, was Mrs Rodríguez' Tochter Grace –
von der nun lediglich Asche und Erinnerungen übrig geblieben waren – in der Gewalt des Psychopathen Brian Howley
erlitten hatte.

Sein Name schmeckte bitter auf ihren Lippen.

Sie ging an den Gräbern auf der anderen Seite der Gras-
fläche vorbei, an marmornen Grabsteinen mit goldgeprägten
Namen und an einem Haufen bereits in Verwesung begriffe-
ner Blumen von einem anderen Begräbnis.

Abseits der Hauptwege befand sich ein ruhigerer Teil des
Friedhofs. Hier waren die Grabsteine viel kleiner und aufge-
reiht wie Kinder auf einem Schulhof. Es gab Teddybären und
Windräder und bunte Plastikblumen – bewegende Anklänge
an das, was hätte sein können.

Etta Fitzroy wandte die Augen ab; sie ertrug es kaum, die
Inschriften zu lesen, die von Liebe und Verlust kündeten,
auch wenn sie sie fast auswendig kannte.

RUBY OLIVE JAMESON,
unser wunderschönes, am 15. April 2011
geborenes Mädchen, das am 14. Mai 2011
in die Arme Gottes zurückkehrte.
Schlaf, Kleines, schlaf.

Unser über alles geliebter Sohn
HENRY DONNELLY
1.3.2008–23.11.2010
Das Leben ist endlich.
Die Liebe nicht.

Sie ging vorbei an JEMIMA SOPHIE CROSS (7 Jahre) und ALEX JAMES HARRIS (13) und OLIVIA MAY BARRETT (9) und TOBY GRAFTON (11), bis sie an einen einfachen grauen Grabstein kam.

In liebender Erinnerung an
NATE FITZROY
Ein Sternenkind
24. Februar 2008

Fitzroy legte das Schleierkraut, das sie aus ihrem eigenen Garten mitgebracht hatte, auf den Erdhügel, der ihren Sohn barg. Heute wäre er fünf Jahre alt geworden. Fünf. Genauso alt wie Clara Foyle.

Die winzigen Finger wären inzwischen zu starken Händen herangewachsen, die einen Stift halten und einen Ball fangen konnten. Vielleicht hätten sie Äpfel gepflückt oder imaginäre Waffen abgefeuert und das Wasser in einem Swimmingpool zerteilt. Sie hätten ihre eigene, größere Hand festgehalten.

Manchmal hörte sie seine Stimme. Ein kindliches Kichern, ansteckend, nicht enden wollend; sie hörte ihn weinen oder rufen oder fröhlich singen. Die gemurmelten Vokale und Konsonanten: *Mummy*.

Die Geräusche einer wahr gewordenen Familie.

Ihrer Familie.

Fitzroy fischte die Tupperware-Dose aus ihrer Tasche, öffnete sie und holte einen kleinen Geburtstagskuchen heraus. Nachdem sie fünf silberne Kerzen in den weichen, blassblauen Guss gesteckt hatte, stellte sie den Kuchen neben die Blumen auf das Grab.

Dann kniete sie sich hin und legte ihre Hand um ein altes

Feuerzeug; ihr Mann David hatte es in der Wohnung zurückgelassen, als er vor Weihnachten ausgezogen war, weil sie
sich voneinander entfremdet hatten. Sie zündete eine Kerze
nach der anderen an.

*Herzlichen Glückwunsch zum Geburtstag, Nate, mein
Liebling.*

Mit gesenktem Kopf wartete Fitzroy darauf, dass der Wind
die winzigen Flammen ausblies; sie stellte sich gern vor, dass
es Nates Atem war, der auf dem Wind zu ihr getragen wurde.

Minuten vergingen. Diesen Teil ihrer Besuche bei Nate
hasste Fitzroy immer am meisten; es war, als müsste sie sich
immer wieder von neuem von ihm verabschieden. Heute zögerte sie noch länger als üblich, zu gehen, weil sie wusste,
was vor ihr lag.

Sie dachte an die E-Mail auf ihrem Handy, die darauf wartete, dass sie sie an Amy und Miles Foyle weiterleitete; daran,
wie der kleine Lichtblick, den diese neue Information mit sich
brachte, von Fragen getrübt werden würde, auf die sie keine
Antworten wusste. Sie schaute auf ihre Uhr und drückte die
Lippen auf den feuchten Grabstein ihres Sohnes.

Zeit, zu gehen.

3

13.26 Uhr

Amy Foyle hatte Luftballons schon immer gehasst. Den Geruch des überdehnten Gummis. Diese schrumpelige, unpas-
sende Leere, wenn sie platzten. Sie hatte Lampions haben

wollen und eine Nachtwache. Aber Miles hatte das abgelehnt. Das sei Claras Freundinnen gegenüber nicht fair, hatte er gesagt. Sie wollten ihrer schließlich auch gedenken.

Sobald sie in dem Park ankamen, wusste Amy, dass es ein Fehler gewesen war, Claras Klasse einzuladen. Überall waren Kinder. Ihre kleinen Köpfe flogen hin und her vor Aufregung über die vielen, noch in riesigen Netzen gefangenen weißen Ballons und das Zusammentreffen mit ihren Freunden am Wochenende.

Amys Finger strichen über das kühle Silber ihres Flachmanns. Sie verspürte den unbändigen Drang, ihn aufzuschrauben und seinen in der Kehle brennenden Inhalt hinunterzustürzen. Selbst nach drei Monaten waren die anderen Mütter im Umgang mit ihr immer noch unsicher und vermieden es, sie anzuschauen, wenn sie sie in Blackheath Village zufällig trafen oder auf dem Schulhof, wenn sie Eleanor abholte. Aber sie hatte sich selbst geschworen, heute nicht zu trinken. Aus Respekt vor Clara. Den Flachmann hatte sie nur dabei, um sich sicher zu fühlen, das war alles.

Ihr Blick glitt über die versammelte Menschenmenge, in der sie einige bekannte Gesichter entdeckte. Mr und Mrs Bruton aus dem übernächsten Haus in ihrer Straße. Megan Ambrose, eine »Tante« aus Claras alter Vorschule. Poppy Smith und ihre Mutter Miranda. Amy biss sich von innen auf die Wange.

In ungefähr zehn Minuten sollte jemand eine Rede halten, und anschließend würden sie die Luftballons fliegen lassen. Danach konnte sie nach Hause gehen und weiter die Stunden und Minuten zählen, die seit der Entführung ihrer jüngsten Tochter vergangen waren.

Ein Mädchen, das genau dieselbe Haarfarbe hatte wie

29

Clara, spazierte an ihr vorbei, und plötzlich hatte Amy das seltsame Gefühl, aus sich herauszutreten. Sie wollte dieses Kind packen und es herumwirbeln, um festzustellen, dass sie in Claras Augen schaute; sie wollte seine Hand nehmen und es durch den Park nach Hause führen, ihm erklären, dass etwas furchtbar Trauriges passiert sei, das mit ihnen aber nichts zu tun habe.

Amy machte einen Schritt nach vorn, dann noch einen und noch einen, aber das Rückkopplungspfeifen aus der öffentlichen Lautsprecheranlage riss sie schlagartig wieder in die Realität zurück, und sie bohrte stattdessen die Fingernägel in ihre Handflächen. Sie würde sich vor ihrem Publikum keine Blöße geben. Vor kurzem hatte sie zu spüren bekommen, dass es ihres Dramas allmählich überdrüssig wurde. Miles hasste es, wenn sie so redete, aber Amy wusste es einfach. Jetzt, wo Claras Verschwinden keine aufregende Neuigkeit mehr war, wurden die Menschen allmählich unruhig; sie erwarteten, weiter »unterhalten« zu werden – durch neue Zeugenaussagen, Fernsehberichte, vielleicht einen Nervenzusammenbruch oder die Entdeckung von Claras Leiche. Ihre Gier nach schlechten Nachrichten war grenzenlos.

Miles. Sie suchte in dem Meer von Körpern auf dem Blackheath Common nach ihm. Er sprach angeregt mit einer Frau, die sie nicht kannte. Sein Teint zeugte von entspannten Tagen am Strand, und er hatte abgenommen. Er sah – man konnte es nicht anders sagen – gut aus. Gestern war er aus Spanien eingeflogen, hatte Amys Angebot, in ihrem ehemaligen gemeinsamen Zuhause zu übernachten, aber abgelehnt. Mit dem Argument, er wolle Eleanor nicht verwirren. Er sei noch nicht bereit, nach London zurückzukehren. Eigentlich hatte Amy ihm erwidern wollen, Eleanor sei auch so schon verwirrt, weil sie mit einem Nervenbündel von Mutter zusammenlebte und einen Vater hatte, der wenige Wochen nach ihrer kleinen Schwester aus ihrem Leben verschwunden war. Doch stattdessen hatte sie nur genickt und gesagt, sie verstehe das. Die Ereignisse der letzten Monate hatten sie verändert. Das Verschwinden ihrer Tochter hatte ihr gezeigt, dass keine noch so große Hysterie oder noch so viele bittere Anklagen etwas an dieser einen, unfassbar schmerzlichen Tatsache ändern würde: Clara war verschwunden.

Auch drei Monate später war der Schock darüber noch nicht geringer, wie andere ihr prophezeit hatten, sondern zu einer qualvollen Klette geworden; sie nistete in ihrem Herzen und riss es bei jeder Kontraktion, bei jedem rhythmischen Pumpen erneut auf. Und mal im Ernst: Was bedeuteten denn hundert Tage? Exakt dasselbe wie siebenundneunzig oder dreiundsechzig oder einunddreißig.

Was *ihn* anging, verbot sie sich alle Spekulationen und Phantasien. Bis Clara gefunden war, würde sie – oder konnte sie – sich nicht gestatten, zu glauben, dass ihre Tochter tot war.

Jemand stupste sie von hinten an.

»Ich glaube, Daddy will was von dir.«

Amy schaute in die Richtung, in die Eleanor zeigte. Miles winkte sie zu sich heran. Er hatte ein Mikrophon in der Hand und strahlte Entschlossenheit aus.

»Seid ihr bereit?« Er lächelte sie beide kurz an, geschäftsmäßig. Amy lächelte nicht zurück.

Er klopfte auf das Mikro und räusperte sich. Eleanor suchte die Hand ihrer Mutter. Amy hörte, über das Mikro kurzzeitig verstärkt, wie Miles tief einatmete, bevor er das Wort ergriff.

»Wir danken euch allen, dass ihr heute gekommen seid und uns in einer für unsere Familie wahrhaft harten Zeit unterstützt.« Sein Blick wanderte zu Amy, doch sie starrte aufs Gras und fragte sich, wie etwas, auf dem herumgetrampelt wurde und das mal von Frost und Schnee erstickt und mal von der Sonne versengt wurde, immer noch so *lebendig* sein konnte.

»Es ist jetzt einhundert Tage her, dass unser Liebling Clara aus unserem Leben gerissen wurde.« Miles' Stimme war klar und fest, die Zuhörer, von dem gelegentlichen *Pssst* eines peinlich berührten Elternteils abgesehen, waren still.

»Wir wissen, *wer* unsere Tochter entführt hat, aber heute ist nicht der Tag, an dem wir uns damit ausführlicher befassen wollen. Heute wollen wir an unser wunderbares Mädchen erinnern und über das *Wo* nachdenken; wir wollen alle dazu aufrufen, weiter die Augen offenzuhalten und nach Clara zu suchen. Wir glauben, dass unsere Tochter immer noch bei uns ist, und wir werden sie nie aufgeben, bis sie gefunden wird. Clara, du bist unser Licht in der Dunkelheit. Wir sind mit unserer Hoffnung und unserer Liebe bei dir, und wir werden dich finden und nach Hause bringen.«

Miles versuchte, den Knoten an dem Netz zu lösen, das die Luftballons zusammenhielt. Eleanor lief nach vorn, um ihm zu helfen. Amy fiel zu spät ein, dass sie eigentlich eine Schere hätte mitbringen sollen.

Auf der anderen Seite der ausgedehnten Freifläche des Blackheath Common schärfte der Wind sein Messer und richtete es auf sie. In der Menge erhob sich Gemurmel, Kinder langweilten sich oder froren; sie warteten darauf, dass die Ballons freigelassen wurden, damit sie ihnen über den Rasen nachrennen und versuchen konnten, sie zu fangen. Amy wollte nicht, dass die Kinder sie mit ihren schmutzigen Fingern besudelten, dass sie die Ballons – die für ihre Hoffnung standen – zerplatzen ließen. Wenn, dann wollte sie, dass sie hoch und frei in die Luft flogen.

Die Menschen links vor Amy wirkten unruhiger als die anderen. Amy registrierte leises Gemurmel und einige unbeteiligte Blicke. Miles bemühte sich noch immer, den Knoten zu lösen, und hielt den Kopf gesenkt, so dass er nicht mitbekam, was sich nun abspielte; die Menge teilte sich, um eine Handvoll allzu vertrauter Gesichter durchzulassen.

Die Journalistin ganz vorn, eine Frau namens Sarah, sah aus, als wäre ihr unbehaglich zumute. Miles hatte die Presse eingeladen. Es sei wichtig, die Öffentlichkeit an Clara zu erinnern, hatte er gesagt. Und Amy hatte nicht widersprochen. Sie hatte sich gegen die unvermeidlichen Plattitüden und austauschbaren Fragen gewappnet. Aber warum trug diese junge Frau ganz vorn so einen neugierigen, ebenso stahlharten wie mitleidigen Ausdruck im Gesicht?

Die Menge begann, leise zu klatschen. Ein örtlicher Chor, den Miles im Internet entdeckt hatte, stimmte *Abide With Me* an. Als die Luftballons über ihren Kopf in den Himmel emporschwebten, bekam Amy plötzlich Angst. Sie befürchtete, dass sie von Clara Abschied nahmen, indem sie diese Ballons fliegen ließen.

Die Kinder schauten hoch und zeigten auf die weißen Symbole der Hoffnung, die vom Himmel verschluckt wurden. Der Lärmpegel stieg, und die angespannte Stille des Gedenkens zerbrach in Fetzen von Gesprächen über Mrs Foyles dürre Erscheinung und darüber, wie *gut* Mr Foyle dagegen aussehe, und über die arme, arme Eleanor. Dann drifteten die Gedanken allmählich zu Tassen voll heißem Tee ab, zu

Abendessen, die vorbereitet werden mussten, sowie zu dem Bedürfnis, die Traurigkeit dieses Tages abzuschütteln und die eigenen Kinder dieses winzige Quäntchen fester an sich zu drücken.

Aber Amy bekam von all dem nichts mit, weil sie diese Journalistin dabei beobachtete, wie sie sich durch ein angedeutetes Nicken – das sie nicht bemerkt hätte, wenn sie sie nicht zufällig angeschaut hätte – mit der Zeitungsfotografin verständigte. Jetzt bewegte die Frau sich auf Amy zu, und die anderen Journalisten kamen ebenfalls näher; sie steckten ihre Handys in die Taschen und streckten flehentlich ihre Notizblöcke aus.

Gleichzeitig schien aus der entgegengesetzten Richtung ein verschwommenes Farbgemisch aus rötlichem Braun und Marineblau durch die sich zerstreuende Menge auf sie zuzukommen. Amy hatte Fitzroy vorhin schon erspäht und war ihr dankbar gewesen für die respektvolle Art, mit der sie sich im Hintergrund gehalten hatte. Sie wollte keinerlei Aufmerksamkeit auf sich selbst lenken, während sie der Familie Beistand leistete.

Doch nun rannte Detective Sergeant Etta Fitzroy förmlich auf sie zu; offenbar wollte sie vor den Journalisten bei ihr ankommen.

»Mrs Foyle …?«

Amy schloss die Augen.

Und öffnete sie wieder.

Die Journalistin war ihr jetzt so nah, dass sie sie hätte berühren können. Amy sah den Lippenstift, der in die feinen Fältchen über ihrer Oberlippe gelaufen war, den Kratzer auf ihrem linken Brillenglas. Ihr Atem roch nach Nikotin und Wein zur Mittagszeit.

»Ja.« Sie gab sich Mühe, mit fester Stimme zu sprechen.

»Sarah Simpson, Daily Mirror. Was haben Sie beim Auffinden von Cla…«

Amy spürte diesen Schwindel, der in dem Bruchteil einer Sekunde einsetzt, bevor die Axt zuschlägt. Fitzroy war fast bei ihnen, aber Amy erkannte, dass ihre Bemühungen fruchtlos waren. Sie würde sie nicht mehr erreichen, bevor die Worte aus dem Mund der Journalistin gedrungen waren. »… ras Schuluniform empfunden? Es heißt, sie wäre heute Morgen an einer Insel vor Essex angespült worden?«

Amy Foyle hatte sich einhundert Tage lang auf diesen Moment vorbereitet. Darauf, dass die Erde beben und sich auftun und sie verschlingen würde. Dass sie hören würde, dass ihre Tochter tot sei.

Aber das jetzt. Das hatte sie nicht erwartet.

Sie wollte die Antworten aus ihnen herausschütteln. Sofort wissen, um welche Insel es sich handelte. Herausfinden, warum man es den Journalisten gesagt hatte, bevor sie es erfuhr. Fragen: Und was *bedeutet* das? Aber sie konnte nur an das Schild mit Claras eingesticktem Namen denken, das mit winzigen, sorgfältigen Stichen in ihr Trägerkleid genäht war.

»Wollten Sie dazu etwas sagen, Mrs Foyle?« Ein Blitz flackerte auf, und sie hörte das Klicken und Surren eines Blendenverschlusses.

»Glauben Sie, das ist eine Bestätigung dafür, dass sie tot ist?« Eine andere Stimme. Männlich, jung.

»Drei Monate ist sie jetzt nicht gesehen worden. Es gibt keinerlei Spur von ihr. Glauben Sie, dass Howley sie noch in seiner Gewalt hat?«

Ein Körper schob sich vor sie. Schirmte sie ab. Fitzroy. Zuverlässig und durch nichts aus der Fassung zu bringen.

»Treten Sie zurück«, sagte sie. »Zeigen Sie mehr Respekt.«

Sarah zuckte entschuldigend die Achseln, aber sie hatte das erhalten, wofür sie hergekommen war. Die Journalisten zogen ab, um in der nächstgelegenen Kneipe ihre Notizen zu vergleichen und ihre Berichte zu schreiben und abzuschicken.

»Tut mir leid«, sagte Fitzroy, sobald sie außer Hörweite waren. »Ich wollte warten, bis das hier« – sie zeigte auf den Park – »vorbei ist. Keine Ahnung, wie sie es so schnell erfahren haben.«

»Was erfahren?« Miles stand neben ihr und rieb Daumen und Zeigefinger in einer kreisenden Bewegung aneinander. Amy hielt automatisch nach Eleanor Ausschau, die mit einer ihrer Lehrerinnen plauderte.

»Ein Trägerkleid, das zu Claras Schuluniform passt und in das ihr Namensschild eingenäht ist, wurde heute Morgen auf Foulness Island gefunden.«

Alles an Miles erstarrte, seine Finger, seine Atmung und seine Augenlider. »Wo ist das?«

»Das ist eine Insel an der Küste von Essex, eine Oase der Wildnis mit nur einer Handvoll Bewohnern. Knapp neunzig Kilometer von hier entfernt.«

»Und Sie sind sich sicher, dass es Claras Kleidung ist?«

»Wir gehen davon aus, ja. Wir werden natürlich DNA-Tests durchführen, aber ich bin, ehrlich gesagt, nicht besonders optimistisch, was das angeht. Das Kleid wurde an den Salzwiesen angespült, und es sieht so aus, als hätte es schon eine Weile im Wasser gelegen.«

Amy beobachtete Fitzroys Lippen, während sie die Vokale und Konsonanten formten, die das neueste Kapitel in Claras Geschichte bildeten. Die Worte trieben auf dem auffrischenden Wind davon, und zum zweiten Mal an diesem Nachmittag hatte sie das Gefühl, ihre Tochter zu verlieren. Dass sich irgendetwas, das sie nicht näher bestimmen konnte, verschob und veränderte.

»Aber was bedeutet das denn?«, fragte sie. »Er« – sie weigerte sich, seinen Namen auszusprechen – »kann es schon vor Wochen ins Meer geworfen haben. Das bedeutet doch nicht, dass auch Claras Leiche angespült wird. Oder?« Sie schrie jetzt fast. »Oder?«

»Das ist richtig«, sagte Fitzroy, aber ihr Blick driftete bereits weg und fixierte einen fernen Punkt am dunkel werdenden Horizont.

Amy hatte in den letzten Wochen und Monaten genügend Polizisten für mehrere Leben gesehen, vor allem DS Fitzroy, und an dieser Geste des Ausweichens, dieser plötzlichen Weigerung, ihr in die Augen zu sehen, las Amy zwei Dinge ab.

Erstens: Die großen Versprechungen von Hoffnung, Tatkraft und Entschlossenheit, die von dem Augenblick von Claras Verschwinden an in der Miene der Ermittlerin gestanden hatten, verloren an Überzeugungskraft.

Und zweitens: DS Fitzroy verheimlichte ihr etwas; das wusste Amy so sicher wie die Tatsache, dass ihre Tochter verschwunden war.

4

Er war erst den zweiten Tag hier, aber Saul hatte bereits entschieden, dass Conrad Gillespie ein Mistkerl war. Vielleicht lag es an der Art, wie er ihm befahl, ein Mal in der Stunde die beschissene Toilette des Ladens zu überprüfen – sie stank nach verstopften Leitungen und Putzmittel –, oder an dem Grinsen, mit dem er Saul dabei beobachtet hatte, wie er uringetränkte Sägespäne aus dem Chinchilla-Käfig gefegt hatte.

Aber es war ein Job, und ein Job bedeutete Geld.

»Hol uns mal einen Kaffee, ja?«

Saul schnitt gerade Äpfel für den Beo klein und überlegte kurz, ob er seinen Chef einfach ignorieren sollte, entschied dann aber, sich ein weiteres Toiletten-Strafkommando zu ersparen, und legte das Schälmesser aus der Hand.

»Soll ich das hier erst noch fertig machen?«, fragte er vorsichtig. Er hatte weniger als zwei Schichten gebraucht, um zu kapieren, dass Conrad Gillespie es nicht mochte, wenn man seine Autorität in Frage stellte.

Cassie hatte versäumt zu erwähnen, dass der Geschäftsführer der Tierhandlung ein Wichser war, als sie Saul den Tipp für den Job gegeben hatte. Eigentlich hatte sie meistens ein feines Gespür für Menschen, aber in diesem Fall nicht. Vielleicht hatte sie sich von seinem Motorrad und den protzigen Accessoires eines Vollzeitgehalts blenden lassen. Saul schob das Obst mit einer abrupten Geste zu einem Stapel zusammen. Conrad war in Sauls Schule gegangen, ein paar Klassen über ihm. Er erinnerte sich noch an ihn, weil er einmal als Mutprobe in einen Mülleimer gekackt hatte.

»Füttere den Vogel und dann geh«, sagte Conrad, ohne sich die Mühe zu machen, vom Display seines Handys aufzuschauen.

Saul legte die Apfelstücke auf einen Teller und trug ihn zum Vogelkäfig. Der Beo warf den Kopf in den Nacken und starrte ihn, ohne zu blinzeln, an, als er vorsichtig eine Hand hineinschob.

»Fick dich.«

Saul fiel der Plastikteller aus der Hand, und klebriger Obstsaft verteilte sich auf dem Boden. Der Vogel kreischte, gereizt über den Lärm. Saul lief feuerrot an.

Conrad machte sich vor Lachen fast in die Hose. »Der ist immer wieder gut. Das mache ich mit allen Neuen.«

Saul fragte sich, ob Conrad auch noch lachen würde, wenn »der Neue« ihm die Nase brach, entschied dann jedoch, dass er seine Hände besser damit beschäftigte, den Teller aufzuheben, wenn er nicht arbeitslos werden wollte.

»Wer hat ihm das Sprechen beigebracht?«

Conrad zuckte nicht mal die Achseln; er hatte seine Aufmerksamkeit bereits wieder dem Handy zugewandt.

»Keine Ahnung. Hat einem alten Knacker gehört, der abgenibbelt ist. Seine Tochter hat ihn uns geschenkt, weil ihn keiner nehmen wollte. Ist natürlich auch ein bisschen riskant. Man muss die Kunden vorwarnen, dass er ein Schandmaul ist.« Conrad lachte. »Oder auch nicht. Die mit einem Stock im Arsch sollen es ruhig selbst rausfinden. Ein Stück Zucker, übrigens.«

Saul wartete darauf, dass Conrad ihm Geld gab, aber als ein Kunde an die Kasse trat und fragte, ob sie Flohhalsbänder verkauften, wollte er lieber nicht stören.

Draußen war es bitterkalt; es war dieser Punkt erreicht,

an dem es kein Zurück mehr gab, an dem die Dämmerung einfach auf den Tag zustolzierte und ihn aus dem Weg schob. Holzrauch und der Gestank des Schlickwatts aus der Mündung lagen in der Luft des späten Nachmittags. Die bunten Glasfenster der Kirche, die vom Steilhang aus ins schwarze Wasser hinabschaute, waren von innen erleuchtet, und durch die schweren Türen drangen die Klänge eines Chorals der Abendandacht.

Saul blieb stehen, um den Stimmen zu lauschen, die in den weiten, leeren Himmel hinaufgetragen wurden. Er liebte diese Stadt, trotz allem. Er wollte niemals von hier weggehen.

Es war still in den Straßen, aber als er um die Ecke bog und an dem Postkartenladen, der Pizzeria und an den mit Graffiti besprühten Metalltüren der öffentlichen Toiletten vorbeikam, sah er, dass der Coffee Shop noch geöffnet hatte. Seine Fensterscheiben waren beschlagen von dem Atem der Familien, die darin saßen, von dem Mief eines Winternachmittags. Er schob die Tür auf und trat ein. Lichter, Geplauder und der Duft von Geld; frischer Kaffee und teurer Kuchen.

Saul schaute auf die Preisliste an der Wand und zählte das Kleingeld in seiner Tasche. *Verdammt.* Er hatte nicht genug für Conrads Kaffee, geschweige denn einen eigenen. Der Barista kämpfte mit dem unter Überdruck stehenden Milchschäumer, aus dem der heiße Dampf mit wütendem Fauchen stoßweise herausschoss, und auf dem Tresen stand ein Topf mit Trinkgeldern. Saul vergewisserte sich, dass niemand herschaute, und legte seine Hand auf eine glänzende Einpfundmünze. Was sein muss, muss sein.

In der Tierhandlung hatte sich eine lange Schlange an der Kasse gebildet.

Conrad warf ihm einen verächtlichen Blick zu, und Saul verstand auf Anhieb die Botschaft: *Warum zum Teufel hat das so lange gedauert?*

»Mach dich an die Arbeit«, murrte sein Chef und nickte einem Mann und einem Jungen im Rollstuhl zu, die gerade hereingekommen waren. »Du kannst deiner Freundin sagen, dass sie gefeuert ist, wenn sie noch mal krankfeiert. Geh und frag die da hinten, ob sie Hilfe brauchen. Beweg dich!«

Saul stellte Conrads Pappbecher auf den Kassentisch. Das konnte Conrad Cassie gefälligst selbst sagen. Sie redete gerade nicht mit ihm. Wieder mal.

Seine schlurfenden Schritte und langsam schlenkernden Arme verrieten seinen Widerwillen, als er auf die Kunden zuging. Er hasste diesen Teil seiner Arbeit, die notwendige Interaktion, die falsche Jovialität und das ganze Getue. Vater und Sohn – ihre rostroten Haare und der Umstand, dass sie beide Sommersprossen auf der Nase hatten, machte sie klar als solche erkennbar – brachten die Außenwelt mit in den Laden, der Geruch von Kälte hing in ihren Jacken und strahlte von ihrer Haut aus.

»Es schneit«, sagte der Junge, und Saul bemerkte winzige Eiskristalle, die in der Wolle seines Schals schmolzen.

»Kann ich Ihnen helfen?«

Trotz der dicken Winterkleidung war deutlich zu sehen, dass der Junge seinen Kopf schief hielt und seine Arme eigenartig abgewinkelt waren. Das machte Saul verlegen; er wusste nicht, wo er hinschauen sollte. An Cassies Schwester war er gewöhnt, aber das hier war etwas anderes. Dieser Vater und sein Sohn waren Fremde.

Wenn Saul gewusst hätte, wie sich die Dinge in den nächsten Stunden und Tagen entwickeln würden, wäre er wortlos aus dem Laden gegangen und nie mehr zurückgekehrt. Denn es würde eine Zeit kommen, in der er zu einer Reihe von Entscheidungen gezwungen war; eine Zeit, in der dieser Mann und dieser Junge für ihn keine Fremden mehr waren, sondern Widersacher.

Aber bedeutsame Momente werden selten erkannt.

Stattdessen fragte Saul sich insgeheim, ob er am Abend etwas zu essen bekam, ob seine Mutter nüchtern sein und wie lange es wohl dauern würde, bis Cassie sich wieder einkriegte, und nahm so kaum Notiz von diesen beiden, die einen Scheideweg auf der Landkarte seines Lebens markieren würden.

»Wir haben einen Hund.« Die Stimme des Jungen war wie Musikberieselung, hoch und nervig.

»Ist ja toll.« Saul klang sarkastischer, als er gewollt hatte. Der Mann sah ihn scharf an. Sauls Unterton war ihm offensichtlich nicht entgangen. »Äh, ich meine, brauchen Sie eine neue Leine oder Leckerlis und oder ein Spielzeug für ihn?«, stammelte er, plötzlich peinlich berührt.

Der Mann schaute seinen Sohn an. »Jakey …?«

»Ein Körbchen. Damit er in meiner Nähe schlafen kann, aber nicht in meinem Bett.« Das klang, als würde er einen Satz seiner Eltern nachplappern, und Saul konnte sich denken, dass es Streit um das Thema gegeben hatte.

Der Mann lächelte. »Das fasst es ganz gut zusammen.«

»Hier entlang.«

Saul führte die beiden tiefer in den Laden hinein. Hier roch es unangenehm feucht nach Aquarien und Sägemehl und nach Tierkot.

»Guck mal, Dad. Hast du gesehen, Dad?« Der Junge war, wie die meisten Kinder, fasziniert von den zum Verkauf angebotenen Tieren. Den Eidechsen und Vogelspinnen. Und von den Plastikbehältern mit Kakerlaken, Heuschrecken und Mehlwürmern, die als Lebendfutter für Reptilien verkauft wurden.

Der Mann hockte sich neben den Rollstuhl, neigte seinen Kopf zu dem seines Sohnes und legte einen Arm um seine Schultern, um nur ja nichts von der Begeisterung des Jungen zu verpassen. Das zu sehen versetzte Saul einen Stich ins Herz, und er lenkte sich ab, indem er die Beutel mit der sterilisierten Erde zurechtrückte.

Er spürte, dass der Junge ihm seine Aufmerksamkeit zuwandte. »Hast du auch ein Haustier?«

Saul hielt den Blick starr auf die Griffe des Rollstuhls gerichtet. Das war eine schwierige Frage. »Nein«, sagte er schließlich. »Aber ich wollte auch immer einen Hund.«

Der Junge – Jakey – strahlte.

»Wir sind neu hier«, sagte der Mann. »Wir sind von London hergezogen und wohnen jetzt ein kleines Stück weiter die Küste entlang.« Im Plauderton. Freundlich. »Ist ein bisschen Fahrerei für uns, aber dieser Laden ist echt toll.«

Saul raffte sich zu einem Lächeln auf und hoffte, dass es freundlich wirkte.

Sie gingen an den aufgestapelten Vitrinen vorbei, an dem strahlend bunten Schrägstrich auf der Haut eines Pfeilgiftfroschs und an der zu einem apathischen Komma gebogenen Kornnatter.

An den Metallgitterstäben des Beo-Käfigs.

»Halt an, Daddy. Ich möchte ihn mir ansehen.«

Der Mann schob den Rollstuhl des Jungen zu dem funkelnden Gefängnis. Der Vogel war schwarz und schlank, die Augenbinde aus gelben Federn an seinem Kopf so verblüffend wie ein Blitzstrahl. Seine glänzenden Augen fixierten Vater und Sohn. Saul wollte gerade ansetzen, sie vor seinem frechen Mundwerk zu warnen, als der Vogel zu plappern begann.

»Du bist tot«, sagt er, auf seiner Stange herumhüpfend. »Du bist tot, du bist tot, du bist tot.«

MONTAG

5

In der Altstadt, wo abgewetztes Kopfsteinpflaster und verwitterte Fischerhäuschen Stein an Stein stoßen, hält der Mann, der früher Brian Howley war, nach jemandem Ausschau.

Sein Haar ist jetzt dunkler und reicht ihm bis zur Schulter, sein Nadelstreifenanzug hängt in einer Plastikhülle im fast leeren Schrank seines neuen Zuhauses. Er trägt eine alte Jeans und ein weiches schwarzes Hemd. Sein Bart ist grau meliert, weil die natürliche Farbe sich gegen das Färbemittel durchsetzt. Er weiß, dass er sich darum kümmern muss.

Seinen echten Namen nennt er niemandem. Er bezahlt sein neues Leben mit gebrauchten Scheinen, die er in einem Koffer unter dem Bett aufbewahrt; er hat alles über Jahre akribisch vorbereitet und sie immer wieder in der Bank umgetauscht, da sie altern wie er. Doch seine Augen, die jeden arglosen Passanten genauestens mustern, sind noch dieselben dunklen Klumpen.

Die dunklen Regenwolken hängen über dem Meer und ergießen ihren schmutzigen Inhalt ins Wasser. Für Brian sieht es so aus, als hätte jemand einen Bleistift genommen und den Himmel an den Stellen genau unter den Wolken dunkel schraffiert. Er fragt sich, wann der Regen das Festland erreicht. In zwanzig Minuten. Vielleicht auch eher.

Der Junge steht knapp fünf Meter weiter in der Nähe des Unterstands und isst zusammen mit zwei anderen Fish 'n' Chips. Brian riecht Essig und einen Hauch Salz in der Luft. Ein schwarzer Hund läuft ins Wasser, um einen Stock zurückzuholen, und ignoriert die Kälte der ansteigenden Flut. Ein Fischerboot hat mit tropfenden Netzen am Betonpier in der Nähe des Holzschuppens angelegt und verkauft seinen Tagesfang. Die alten Hütten, eine bunte Ansammlung von Gebäuden, säumen die gepflasterten Straßen. Sie künden leise von Geschichte, von der Poesie der Meereslandschaft. Einige führen ein zweites Leben und sind ebenso auf Hochglanz getrimmt und gepflegt wie die Touristikunternehmen, die sie jetzt beherbergen. Andere riechen nach faulendem Holz. Brackig. Verwahrlost. Brian humpelt zu der Bank, von der aus man den Strand überblickt, und setzt sich mit dem Rücken zu dem Trio. Hört zu.

»… beknackten Aufsatz über Plattentektonik schreiben.«

»Wieso machst du so einen öden Scheiß überhaupt?«

»Weil die mich sonst rausschmeißen.«

»Na, ist doch geil. Lass dich rausschmeißen und komm an unsere Schule.«

»Ja, echt, Saul«, sagt der andere. »Vergiss die ganzen schnöseligen Wichser.«

»Gloria würde mich umbringen.«

»Oh, die glorreiche Gloria. Was macht denn die alte Saufnase?«

»Na, was schon? Saufen.«

Die drei Jugendlichen lachen, und Saul lacht am lautesten. Sein Lachen klingt wie das Bellen eines Schakals – hungrig und gemein. Er tippt mit der Spitze seines Turnschuhs auf den Asphalt und beschreibt einen Kreis. Brian wartet, bis die Jungs sich mit lauten Rufen voneinander verabschiedet haben, erst dann erhebt er sich von der Bank und riskiert einen Blick.

Saul macht sich auf den Weg zurück in die Altstadt und zu

der rostigen Fußgängerbrücke, die über die Bahngleise führt. Er hat seine Kapuze tief ins Gesicht gezogen und die Hände in den Taschen vergraben.

Brian gefällt die Art, wie er den Kopf gesenkt und den Blick auf den Asphalt gerichtet hält. Ihm gefällt, dass er keine Angst hat, sich von seinen Freunden abzugrenzen, dass seine Miene seine Geheimnisse nicht preisgibt; auch wenn es vielleicht nicht viele sind, es gibt welche, dafür hat Brian ein gutes Gespür. Anders zu sein, das erfordert Mut, er weiß das. Aber vor allem gefällt ihm, dass der Junge mit seiner Mutter allein lebt, das macht ihn zu einem guten Zielobjekt, leicht zu isolieren und zu separieren.

Er kommt nicht gegen diese vertrauten Regungen an, gegen die reine, unverfälschte Jagdlust. Er hat gewartet und versucht, seinen Drang zu zügeln, indem er gemalt und Spaziergänge im Marschland von Two Tree Island unternommen hat, aber das Pflichtgefühl, das sein Vater in ihn eingepflanzt hat, sickert immer mehr in das Leben ein, das er sich in dieser Stadt am Rand des Nirgendwo eingerichtet hat.

Und der Junge mit den Knochen befindet sich in Reichweite, nur wenige Kilometer die Küste entlang. Das neue Zuhause der Frith'. Ihr Neuanfang. Diese kostbaren Informationen hat der Knochensammler von der Gebäudereinigungsfirma erbeutet, die sie an ihrem alten Wohnort engagiert hatten. Er konnte gar nicht anders, als ebenfalls hierherzuziehen; es war so, als wäre er in einer heftigen Strömung gefangen, gegen die er nicht ankam.

Und jetzt ist der Knochensammler perfekt positioniert. Im Epizentrum. Er wohnt in der Nähe des Jungen und unweit des Mädchens, das er an einem Ort seiner Kindheit versteckt hält.

Und wartet auf den richtigen Augenblick.

Während er den endlosen Korridor der Tage durchschreitet, die seit dem Tod seiner Frau vergangen sind, weiß er, dass der Sensenmann auch ihn eines Tages holen wird, genau wie er es bei Marilyn getan hat. Seine steifen Gelenke maßregeln ihn, halten ihm nörgelnd vor, dass er ein alter Mann ist.

Aber wenn er keinen eigenen Sohn hat, wer wird dann seine Familiensammlung wiederaufbauen, die Generationen zuvor begonnen und innerhalb weniger Stunden zerstört wurde? Wegen dieses Miststücks von der Polizei, das sich in alles einmischen musste. Wer wird seine Arbeit fortsetzen, wenn er nicht mehr da ist?

Jene finstere Nacht lässt ihn nicht los. Die Erinnerung daran verfolgt ihn, auch jetzt wieder.

Der Todesduft in den vergessenen Höhlungen von Marilyns Leiche. Das Tosen des Feuers in seinen Ohren. Das klappernde Geräusch, mit dem seine Knochenexponate in sich zusammenfielen. Der Geruch seiner eigenen Angst.

Er denkt sehnsüchtig an das Hunterian Museum und dessen Sammlung, von der seine eigene noch immer inspiriert wird. Durch den Tunnel der Jahrhunderte hört er die Befehle, die der gefeierte Chirurg John Hunter dem Grabräuber Mr Howison zugeflüstert hat, einem Vorfahren von Brian, der den Anstoß für die Familienobsession gab. Aber weil die Polizei das Museum jetzt bewacht, kann Brian nicht mehr dorthin. Noch ein Vergnügen, das ihm versagt bleibt.

In ihm steigt Wut auf. Er wird es sich nicht gestatten, länger bei diesem Thema zu verweilen. Es sind Vorbereitungen zu treffen; ein neuer Kurator muss gefunden werden.

Es ist noch Zeit.

Es wird noch Zeit sein.

Er wartet, bis Sauls rote Trainingsjacke verschwunden ist, und wendet sich dann wieder dem Strand zu.

Seine Zeitung hat sich inzwischen über die ganze Bank ausgebreitet, sie ist so trocken wie der Wind, der mit Sandstrahlen die Farbe von ihren Seiten wäscht. Er überfliegt die schmale Textspalte auf der Titelseite, von der ihm Clara Foyle entgegenstarrt. Der Artikel enthält einen Kommentar der Ermittlerin.

Detective Sergeant Etta Fitzroy. Der Name rollt ihm über die Zunge. Er ruft sich ihr Gesicht in Erinnerung, die unterschiedlichen Farben ihrer Augen. *Auge um Auge.* Seine Finger zucken.

Sieben Knochen umgeben die Augenhöhle. Er fragt sich, ob sie zersplittern und zerbrechen werden, wenn er ihr die Augen aus den Höhlen drückt.

Wo ist sie jetzt? In ihrer Wohnung? Bei der Arbeit? Sucht sie jeden Tag nach ihm, so wie er in den nächtlichen Straßen und den Nachrichten stets nach ihr Ausschau hält? Oder hat sie aufgegeben und sich neuen Fällen zugewandt, jetzt, wo sie sein Familienerbe zerstört hat? Versucht sie, die Narben in ihrem Gesicht zu verstecken?

Er schmeckt seinen Hass auf der Zunge. Er spürt ihn in jedem Nerv, bei jedem schmerzhaften Zucken seiner arthritischen Finger, jedem Befeuchten seines ausgedörrten Mundes. Er malt sich aus, was er mit ihr machen wird, wenn er sie in seiner Gewalt hat.

Er spuckt auf den Asphalt bei der Erinnerung an sie.

Die Sau wird bluten.

Er humpelt an den Strand. Der Himmel zieht sich zu, und

Regen setzt ein. Auf den Knien siebt er den Sand, siebt ihn, bis eisige Pfeile auf sein Gesicht einprasseln. Endlich findet er, wonach er gesucht hat, und steckt es in seine Jackentasche.

DIENSTAG

6

Sunday Cranston schaute nicht gern in den Spiegel. Wie sie
aussah, konnte sie an den Mienen der anderen ablesen. Ihre
Familie erzählte ihr, sie sei hübsch, doch die unbedachten Blicke fremder Menschen, die sie mit offenem Mund anstarrten,
entlarvten ihre liebevollen Lügen.

Ihre Mutter sagte gern, Sunday hätte eine »schöne Figur«.
Das versetzte ihr einen Stich, auch wenn Helen Cranston es
gut meinte.

Schöner Körper, aber schade um das Gesicht.

Sunday saß in ihrem Zimmer und fuhr sich mit den Fingerspitzen durchs Gesicht, betastete die gespannte Haut ihrer
Wangen und ihre Stummelohren. Dabei rutschte ihre locker
umgebundene, schwere Uhr ein Stück ihren Arm hinauf. Sie
kämpfte mit sich, drehte sie dann aber so, dass sie das Ziffer-
blatt sehen konnte. Meistens kam der Postbote morgens vor
halb zehn, und in ein paar Minuten war es so weit.

Cassidy war schon vor langer Zeit zur Schule aufgebrochen. Ohne sich die Mühe zu machen, sich zu Sunday umzudrehen, und den Rucksack schon auf dem Rücken, hatte
sie zum Abschied die Hand gehoben. Dabei war ihr Rock
hochgerutscht und hatte ihre schlanken Schenkel entblößt.
Sunday hatte oben am Fenster gestanden und ihre nagende
Eifersucht zu ignorieren versucht, während sie ihrer kleinen
Schwester nachschaute. Cassie war die bewundernden Blicke
anderer gewohnt und hatte keine Ahnung, was es hieß, ein
Leben in Verzweiflung zu führen.

55

Im Wohnzimmer lief der Fernseher, eine Beichtsendung, in der irregeleitete Seelen öffentlich ihre schmutzige Wäsche wuschen. Sunday las die Untertitel und korrigierte dabei automatisch gelegentliche Fehler und falsch gesetzte Buchstaben, so sehr war es ihr vertraut, zusammengehörende Wörter zu lesen und das zu ergänzen, was ungesagt blieb. Sie strengte sich an, die Stimmen zu verstehen, doch ihr Gehör, das nie gut gewesen war, schien sich in den letzten Tagen weiter verschlechtert zu haben. Sie schaute erneut auf die Uhr und eilte zurück in den Flur, zwar in der Hoffnung, aber nicht in der Erwartung, dass heute etwas anders sein würde als sonst.

Auf der Matte lag ein Brief.

Ihr Herz schlug einen Purzelbaum.

Der Umschlag war zartblau. Sie sah eine geschwungene Handschrift. Und die Briefmarke für Eilbriefe in der oberen Ecke. Wie beim letzten Mal.

Bitte lass ihn von ihm sein.

Sie hob ihn auf und drückte ihn an sich, als könnte irgendein bösartiger Wind ihn ihr aus der Hand reißen, bevor sie die Chance hatte, seinen Inhalt zu genießen.

Sie genoss den Anblick ihres mit Tinte ausladend über die Vorderseite geschriebenen Namens und presste den Umschlag an ihre Lippen. Riesige, schwindelerregende Vorfreude erfasste sie.

Sunday Cranston, die mit fünfundzwanzig Jahren noch zu Hause bei ihrer Familie wohnte, dreimal wöchentlich in der Cafeteria der Heilsarmee im Naturschutzgebiet arbeitete und noch nie einen Jungen geküsst hatte, hatte erneut einen Brief bekommen.

Nach dem Debakel am Samstag war sie sicher gewesen, dass er nie mehr etwas von sich hören lassen würde.

Er musste den Brief direkt danach aufgegeben haben.

Sunday lauschte der Stille in ihrem Kopf. *Er mag mich*, sagte sie. Sie errötete, erst vor Freude, aber dann vor Scham, weil ihr wieder einfiel, was bei ihrem letzten – und bislang einzigen – Zusammentreffen mit ihm passiert war.

Es hatte gründlicher Vorarbeit bedurft, um ihre Eltern und Cassidy dazu zu bringen, an dem Tag das Haus zu verlassen, an dem er versprochen hatte, sie zu zeichnen. Aber weder er noch ihre Familie hatten davon gewusst.

Am Vorabend – dem Freitag – war sie früh zu Bett gegangen, hatte, Bauchweh vor lauter Nervosität, in der Dunkelheit gelegen und sich den Moment ihrer ersten Begegnung ausgemalt.

Am nächsten Morgen hatte sie sich mit zusammengekniffenen Augen den Weg nach unten ertastet und den anderen erzählt, dass sie sich nicht gut fühle und im Bett bleiben müsse, um ihren Kopfschmerz auszukurieren, der sich in Schüben von ihrem Kiefer bis zu ihrem Hinterkopf erstrecke; dass sie nur Punkte und Sternchen sehe und absolute Ruhe brauche.

Helen und Russell Cranston hatten mitfühlend mit der Zunge geschnalzt und sie zurück ins Bett gebracht. Sie hätten vor, in die Stadt zu fahren, sagten sie. Dort würden sie extrastarke Schmerztabletten für sie besorgen und ein bisschen shoppen gehen. Unterwegs würden sie Cassidy bei ihrer Freundin Flora absetzen.

Sunday hatte im Bett gesessen und auf das leise, behutsame Schließen der Haustür gelauscht. Als das Auto wegfuhr, war sie aufgesprungen, hatte geduscht, Lipgloss aufgetragen und ihr schönstes Kleid angezogen. Dann hatte sie sich auf die unterste Treppenstufe gesetzt und darauf gewartet, dass seine Gestalt auf der anderen Seite der teilverglasten Tür auftauchte.

Er war gekommen, genau wie er versprochen hatte. Ein großer Mann. Schon älter. Ganz anders, als sie erwartet hatte. Doch er hatte sie auf eine träge Art angelächelt, wie sie es noch nie gesehen hatte.

Das war der Grund, warum sie seinen Besuch geheim halten würde. Nur ein Mal wollte sie etwas ganz für sich haben. Sie war nicht gewillt, sich dem Spott ihrer Schwester oder den vernünftigen Argumenten ihrer Eltern auszusetzen. Er gehörte ihr.

Er hatte seine Tasche abgestellt und gefragt, ob sie allein sei. Freudestrahlend und stolz, dass sie alles so einrichten konnte, wie er es in seinem Brief erbeten hatte, nickte sie. Und sein Lächeln war eine Belohnung, auf die sie ihr Leben lang gewartet hatte.

Dann hatte er langsam, ganz langsam mit den Fingern über ihre Lippen gestrichen. Seine Augen waren erloschene Sterne, schon lange tot, doch Sunday sah nur eine trügerische Verheißung von Licht.

Seine Hand war verbogen, arthritisch, aber seine Haut war warm, und im elterlichen Wohnzimmer mit der tickenden Uhr, den altmodischen Fotos und dem Kamin, in dem nie ein Feuer brannte, erlebte Sunday die zärtlichsten Berührungen eines Mannes, der weder Vater noch Arzt war.

Das Gefühl, von einem Fremden angefasst zu werden, war vollkommen neu für Sunday.

Die Erinnerung daran brannte noch in ihr.

Sie hatte nicht gehört, dass die Haustür aufgegangen war, sondern nur die Panik gesehen, die über sein Gesicht huschte.

Er hatte seine Hand weggerissen, seine Tasche genommen und war durch die offene Verandatür hinausgeschlüpft auf den feuchten Rasen.

Sie war so überrascht gewesen, dass sie gar nicht auf die Idee gekommen war, ihn zu fragen, warum er ging, und als sie sich wieder gefasst hatte, war er schon weg gewesen.

Cassidy stand, die Ohrhörer in ihren hübschen gepiercten Ohren, im Hausflur und hängte ihre Jacke auf. Sie musterte Sunday mit hochgezogenen Augenbrauen von oben bis unten, dann breitete sich ein Grinsen auf ihrem perfekten, symmetrischen Gesicht aus.

»Das nenne ich mal eine Wunderheilung.«

Sunday hob, zu spät, eine Hand an ihre von imaginärem Kopfweh geplagte Schläfe und rieb daran herum.

»Nein, mir geht's nicht wirklich besser.«

Cassidys Blick wanderte von Sundays Lipgloss zu ihrem Kleid. »Netter Versuch, Schwesterlein. Wo ist er? Oben?«

»Ich hab keine Ahnung, wovon du sprichst.«

Cassidy lachte. »Ach, komm schon. Das letzte Mal, dass du dich so rausgeputzt hast, war Weihnachten, als Eliot Sullivan von der Uni nach Hause kam und seine Mum uns gefragt hat, ob sie auf einen Drink vorbeikommen könnten.«

Sie beugte sich ganz nah zu Sunday vor.

»Dein Lipgloss ist verschmiert.«

Sunday errötete.

»Ist er nicht.«

»Ist er doch.«

»Wie alt bist du, Cass? Fünf?«

»Weiß Mum davon?«

»Es gibt nichts zu wissen.« Eine Ablenkung musste her. »Warum bist du überhaupt schon zu Hause? Wie geht's denn *Saul?*«

Daraufhin hatte Cassidy sofort dichtgemacht. Sie hatte die Achseln gezuckt, sich auf den Weg in ihr Zimmer gemacht und mit jedem ihrer stampfenden Schritte auf der Treppe ihrer Verachtung Ausdruck verliehen.

Abgesehen von ein paar kryptischen Anspielungen beim Abendessen, hatte Cassidy die Angelegenheit auf sich beruhen lassen, und Sunday hatte die Hoffnung fast aufgegeben, dass sie ihn wiedersehen würde.

Bis zu diesem Morgen.

Erst als sie sicher in ihrem Zimmer war und an den weichen Kissen ihres Bettes lehnte, erlaubte Sunday Cranston sich den Luxus, den Brief zu öffnen.

Kurz darauf schloss sie die Augen und ließ sich erneut auf den Gewässern der Euphorie treiben.

Der Brief war wirklich von ihm.

Und diesmal lud er sie zum Essen ein.

7

09.26 Uhr

Ein paar Kilometer weiter die Flussmündung entlang, da, wo das Land auf das Meer trifft, lag Jakey Frith auf dem Boden seines neuen Zimmers.

Es roch nach Farbe und neu verlegtem Teppich, doch seine Erinnerungen waren nicht so leicht zu übertünchen, die Flecken kamen immer wieder durch, hässlich und unwillkommen.

Er presste sein Ohr an den Luftschacht in der Wand und horchte, hörte jedoch nichts als das Atmen der Stille und das Knacken der alten Rohre.

»Clara?«

Er flüsterte ihren Namen, auch wenn sein sechsjähriges Hirn ihm sagte, dass er sich in einem anderen Haus in einer anderen Stadt befand und es lange her war, dass er ihre Stimme gehört hatte. Er erinnerte sich auch nur noch schwach an sie; sie war inzwischen nichts anderes mehr als ein winziges Echo, ein Lichtblick in jenen Stunden, wenn seine Eltern schliefen und Jakey allein mit seinen Ängsten in der Dunkelheit lag.

Der alte Knochenmann verfolgte ihn Tag und Nacht.

Erdman und Lilith hatten sich bemüht, die Auswirkungen seiner Entführung, so gut es ging, von ihm fernzuhalten; ebenso wie die Erinnerung an die makabre Sammlung menschlicher Knochen, an Brian Howleys Flucht und die Unauffindbarkeit von Clara Foyle.

Sie waren in diese Stadt am Meer gezogen, um ein neues Leben anzufangen.

Doch die Stunden, die Jakey in jenem Haus verbracht hatte, waren in seine Seele eingeätzt. Als nach seiner chaotischen Rettung wieder etwas Ruhe eingekehrt war, hatte er nach Clara gefragt. Aber niemand wollte Jakey die Wahrheit sagen, niemand außer der Ermittlerin, deren lächelnde Augen sich mit Tränen gefüllt hatten, als sie ihm erzählte, dass Clara immer noch vermisst werde.

Claras Stimme hatte ihn am Leben gehalten, aber jetzt war sie verstummt. Wenn er daran dachte, hatte er das Gefühl, dass etwas Großes und Unangenehmes in seiner Kehle feststeckte.

Als ihm klarwurde, dass Clara ihm nicht antworten würde, schlurfte Jakey in gekrümmter Haltung zu seinem Bett. Es war ein neues Bett mit Spiderman-Bettwäsche, und sein Zimmer hier war viel größer, doch er vermisste sein altes Zuhause und seine Schulfreunde. Er vermisste den vertrauten Verlauf der Straßen und den Park und die Eisdielen. Er vermisste London.

Er wusste, dass er nach unten gehen sollte, wo Lilith beim Frühstück mit ihm über ihre Unterrichtspläne und den für nächste Woche geplanten Besuch der alten Burgruine in Hadleigh reden würde. Sie hatte früher eine Weile als Hilfslehrerin gearbeitet und beschlossen, ihn eine Zeitlang zu Hause zu unterrichten, bis sie sich eingelebt hatten. Bis sie alle sicher waren, dass das der Ort war, an dem sie heimisch werden wollten.

Zumindest hatten sie ihm das so gesagt. Aber Jakey hatte vor einigen Tagen zufällig ein Gespräch seiner Mutter mitgehört.

»Er ist an seiner Schule gewesen, Erdman. An seiner *Schule*. Was, wenn er ihn erneut findet?«

»Das wird er nicht, Schatz. So dumm ist er nicht. Er ist bestimmt weit weg von hier, irgendwo auf dem Land. Gut versteckt. Er riskiert doch nicht, dass man ihn schnappt.«

Er ist bestimmt weit weg von hier.

Deshalb hatte sein Daddy ihm nicht geglaubt, als er ihm erzählt hatte, dass er den alten Knochenmann vor ihrem ehemaligen Haus gesehen hatte.

Und deshalb wollte sein Daddy ihm auch jetzt nicht glauben.

Jakeys neues Zimmer hatte Türen, die auf einen Balkon hinausführten, und von dem aus konnte man über die Dächer zum Meer und noch weiter bis zum Horizont schauen.

Gestern Abend hatte er dort gestanden und zu der Mondsichel hochgeschaut, als ein Auto unter seinem Fenster angehalten hatte. Die Tür war aufgegangen, und ein großer Mann war ausgestiegen. Jakey hatte im Licht der Straßenlaterne nicht viel sehen können, nur ein Gesicht im Schatten, aber das hatte ihm genügt.

Der kleine Junge war nach hinten gestolpert und gegen das Bücherregal gestoßen, das Erdman ihm an diesem Morgen gebaut hatte. Das hatte so einen Lärm gemacht, dass sein Vater die Treppe heraufgerannt war.

»Alles in Ordnung, Großer?«

»Ja, Daddy.«

»Sicher?«

Jakey überlegte, ob er es ihm sagen sollte, aber während Erdman die Bücher zurück ins Regal stellte, verschwanden die Sorgenfalten auf seiner Stirn, und er lächelte. Sein Vater, der so häufig traurig wirkte, sah endlich wieder glücklich aus, und Jakey wollte nicht, dass sich das änderte. Niemals.

»Soll ich dich zudecken?« Erdman brachte Jakey zurück ins Bett und steckte die Decke um ihn herum fest.

»Orinoco?« Er hielt den Stofftiger hoch, aber Jakey schüttelte den Kopf. Er vermisste Hoppel immer noch, aber sein weicher Stoffhase war irgendwo in seiner Vergangenheit verlorengegangen.

Nachdem sein Vater ihn auf die Stirn geküsst und die Tür hinter sich zugemacht hatte, hatte Jakey die Decke zurückgeschlagen und war wieder zum Fenster gehumpelt. Das Auto und der Mann waren weg gewesen.

Jakey wartete noch fünf Minuten, dann schleppte er sich zu seinem Bett. Und nur wenige Augenblicke später machte sein Welpe Scooby es sich an seinem Fußende gemütlich. Das Gewicht und die Körperwärme der jungen Hündin spendeten ein bisschen Trost gegen die Angst, die ihn wieder heimsuchte. Er lag ganz still da und versuchte, nicht zu dem dunklen Spalt unter seinem Schrank zu schauen oder zu dem bedrohlichen Umriss von Scoobys unbenutztem Körbchen. Dann war er eingeschlafen, und Schattenmänner aus Knochen waren durch seine Albträume gegeistert.

Am nächsten Morgen zog Jakey den Vorhang vor dem Fenster ein wenig zur Seite und spähte vorsichtig auf die Straße hinunter. Sie war leer bis auf ein paar Kinder auf dem Schulweg, deren Stimmen der Wind verschluckte.

Jakey machte sich Sorgen um Clara. Er glaubte nicht, dass sie tot war, auch wenn alle anderen es taten.

Wenn der alte Knochenmann hier war, konnte das nur eines bedeuten.

Dass Clara auch hier war.

Und wenn Clara hier war, würde Jakey sie finden.

In der Küche lief der Fernseher. Jakey blieb im Flur stehen, weil er wusste, dass seine Mutter ihn ausschalten würde, sobald sie ihn sah.

Gerade sprach ein Mann. Fröhlich und beschwingt. Er redete über einen neuen Film über alte Leute, die in einem Hotel in Indien in *Penn-sion* gingen. Er lachte, und mit ihm lachte eine Frau, dann veränderte sich ihr Ton, und sie sprachen über Clara Foyle. Hundert Tage seien seit ihrer Entführung vergangen. Sogar mehr als hundert. Dann hörte man Claras Mutter, die jeden, der etwas wusste, aufforderte, sich zu melden. Sie hatte dieselbe Intonation wie Clara. Danach hörte man Stimmen, die ein trauriges Lied sangen.

Dann fiel sein Name.

Jakey Frith.

Und dann:

Brian Howley.

Brian Howley.

Brian Howley.

Um Jakeys Brust legte sich ein festes Gummiband, und er sah Dutzende schwarze Punkte vor den Augen. Sein Atem hing fest; er konnte die Luft weder herauspressen noch neue einatmen. Aus seinem Mund drang ein ängstliches Wimmern.

Dann war seine Mutter bei ihm, hob ihn in ihre Arme und trug ihn in die Küche; seine Tränen durchnässten die Schulterpartie ihres Kleides.

Später saß Jakey am Tisch, in der Küche hing der tröstliche Geruch von Toast.

»Bin fertig, Mum.«

Lilith, die ihm den Rücken zugewandt hatte und das Glas Erdnussbutter zurück in den Schrank stellte, schloss die Augen.

»Mum?«

»Dann ist jetzt Zeit für ein bisschen Unterricht, Schätzchen. Wir könnten heute was über den Forscher Captain James Cook lesen …«

»Du hast *versprochen*, dass ich ihr schreiben darf! Darf ich? Bitte, bitte, bitte!«

»Ich bin nicht sicher, ob das eine gute Idee ist.« Lilith zog einen Stuhl unter dem Tisch hervor und setzte sich ihm gegenüber. »Das ist kompliziert. Es könnte doch sein, dass sie gar nichts von uns hören will. Das muss alles sehr schwer für sie sein.«

»Ich will aber.«

»Das weiß ich ja.«

Lilith klappte ihren Laptop auf. Sie hatte gehofft, Jakey etwas über Forschungsreisende und Schifffahrt und die Entdeckung neuer Welten beibringen zu können. Sie wollte Zettel und fotokopierte Landkarten auf dem Tisch ausbreiten; sich in der Normalität, im Arbeitsalltag verlieren.

»Bitte, Mum.«

Aber vielleicht half ihm das ja. Vielleicht erlaubte es ihm, nach vorn zu schauen, die düsteren Erinnerungen wegzuschieben, die er mit sich herumtrug.

Als er ihre Unschlüssigkeit spürte, testete er eine Formulierung aus, die er in Gesprächen unter den Erwachsenen aufgeschnappt hatte. »Vielleicht hilft mir das, mit der Sache abzuschließen.«

Lilith kniff die Augen zusammen.

»Bitteeeeee!«

Sie hatte keine Lust zu streiten. »In Ordnung«, seufzte sie, obwohl es nicht in Ordnung war.

Das Licht ihres Computerbildschirms ließ sein Gesicht aufleuchten.

Lilith schob ihre Bedenken beiseite und setzte sich neben ihn, ihren kostbaren Jungen, dessen Hand an der Brust fixiert, dessen Herz aber voller Güte war. Sie half ihm, die Buchstaben einzutippen, einen nach dem anderen.

Und betete, dass er keine Antwort bekam.

8

»Ich weiß nicht.« Der Boss wich ihrem Blick aus.

»Aber das ist eine neue Spur«, sagte sie.

»Stimmt das denn wirklich? Ich meine, sehen wir uns die Beweise doch mal an. Claras Schuluniform, die in Essex an Land angespült wurde.«

»Vergessen Sie das Röntgenbild nicht, das die Frith' in der Post hatten.«

Fitzroy wollte, dass er dessen Bedeutung verstand und anerkannte, dass die glänzende Schwarzweißaufnahme von Jakeys Brustkorb, die vor einem Monat im Haus der Familie angekommen war, eine Art Botschaft war und die Familie verspottete.

Der Boss machte sich an einigen Unterlagen, die auf seinem Schreibtisch lagen, zu schaffen. Der schmutzige Himmel draußen hatte die Farbe eines gelb werdenden Blutergusses. »Ja«, sagte er. »Das.«

»Ja, genau das«, erwiderte sie und versuchte, ihre Ungeduld zu bezähmen, da sie wusste, dass er auf die Wut, die an ihr nagte, nicht eingehen würde. Ihr Blick wanderte zu dem Röntgenbild von Jakey Frith' Brusthöhle, das an der Wand der Haupteinsatzzentrale hing. Seine verkrümmten Knochen schimmerten in dem künstlichen Licht. Fitzroy hörte das Summen des Verkehrs auf den verstopften Straßen draußen; es war wie ein Echo des Lärms, der in ihrem Kopf herrschte.

»Aber was sagt uns dieses Bild?« Der Boss hatte seine Unterlagen zu einem ordentlichen Stapel zusammengelegt und ging jetzt dazu über, Büroklammern aneinanderzuhängen. »Nichts, was wir nicht schon wüssten. Dass er irgendwo da draußen ist. Dass er möglicherweise noch im Land ist.« Er korrigierte sich: »Wahrscheinlich.«

»Ja«, sagte sie und ballte die Faust, »er ist noch hier, und das bedeutet, dass wir ihn finden können.«

Der Boss konzentrierte seine Aufmerksamkeit auf die Errichtung eines Turms aus Gummibändern. »Wir haben fast vier Monate lang alles darangesetzt, ihn zu finden, Fitzroy. Ja, wir können die Gezeitenmuster feststellen, die dazu geführt haben, dass Claras Kleider an genau dieser Salzwiese von Essex angespült wurden; wir können Stunden damit zubringen, Bilder aus Überwachungskameras zu sichten, und haben es ja auch bereits getan, aber das ist so, als würden wir eine Nadel im Heuhaufen suchen. Diese Ermittlung hat bereits Hunderttausende Pfund verschlungen, und wir haben immer noch nichts, was uns weiterbringt.«

Er schlug mit der flachen Hand auf seinen Schreibtisch, und sie zuckte zusammen. »Um es klar zu sagen: Wir können es uns nicht leisten, unendlich lange auf diesem Level weiterzumachen. Das lässt sich nicht ewig fortsetzen. Wir müssen ihn finden, Fitzroy.«

Seine Worte errichteten eine Mauer zwischen ihnen. Fitzroy ließ ihre Abrissbirne dagegenfliegen.

»Und Clara?«, fragte sie.

Endlich schaute er sie an. In seinem Blick lagen auch Mitleid und Schuldgefühle, aber in der Hauptsache war er hart und unnachgiebig wie ein Kieselstein; aus ihm sprachen Führungskraft und Autorität, es war der Blick desjenigen, der schwierige Entscheidungen treffen und schlechte Nachrichten überbringen musste.

»Über drei Monate, Fitzroy.«

Sie wusste, was er damit zum Ausdruck bringen wollte, auch wenn er sich nicht überwinden konnte, es laut auszusprechen. Die fünfjährige Clara Foyle mit den Grübchen und Zöpfchen war tot.

»Das wissen wir nicht«, sagte sie und verachtete sich selbst wegen des bettelnden Tons, der sich in ihre Stimme einschlich, denn er offenbarte die Schwäche, die sie in sich trug, ihre Unfähigkeit, innerlich Distanz zu wahren.

»Nein«, sagte er ruhig, »das wissen wir nicht.«

»Er könnte sie gefangen halten. Sie haben doch die Transkripte der Interviews mit Jakey Frith gelesen.« Sie zwang sich, langsamer zu reden, ihre Überlegungen vernünftig und ruhig zu präsentieren. »Sie war noch am Leben, als Brian Howley sie weggeschafft hat. Jakey hat sie gehört.«

Der Boss ging zu seinem Bürofenster und schaute auf die hektischen Straßen im Südosten Londons hinunter.

»All diese Leute da unten gehen nichtsahnend ihrem Alltag nach, arbeiten oder besuchen die Schule«, sagte er, umrahmt vom kühlen Licht eines Spätwintertages. »Einige von ihnen werden heute Abend auf der Straße Opfer eines Verbrechens. Andere werden zu Opfern, sobald sie die Haustür hinter sich zuziehen. Ihnen allen schulden wir es, diese Verbrechen zu untersuchen, sie zu schützen und andere daran zu hindern, ihnen etwas anzutun.«

»Das weiß ich.« Tränen brannten ihr in den Augen, und sie blinzelte sie weg. »Aber wir können sie nicht einfach im Stich lassen.«

»Das werden wir auch nicht.« Er räusperte sich. »Nein, das werden wir nicht tun. Ich schließe die Akte nicht, Fitzroy. Ganz und gar nicht. Herrgott, können Sie sich vorstellen, was das für einen Aufschrei gäbe? Aber wir müssen sie dringend finden. Alle beide. Und dann nageln wir den Bastard an die Wand.«

Das Telefon auf seinem Tisch klingelte. Er nahm den Hörer ab und legte seine Hand auf die Sprechmuschel.

Er bewegte die Lippen, aber es kam kein Ton heraus. *Entschuldigen Sie mich.*

Fitzroy verstand.

Draußen vertrieb die bittere Februarkälte die Hitze aus ihren Wangen. Fitzroy sog die eisige Luft ein, und ihre lose, geschmolzene Wut erstarrte zu etwas Unnachgiebigem, Unzerbrechlichem.

Wenn der Boss Beweise wollte, würde sie welche bringen. Und zwar, sobald sie herausgefunden hatte, wo sie suchen musste.

9

15.45 Uhr
Elfen.

Das war ihr erster Gedanke. Sie wünschte sich etwas, obwohl sie längst die Hoffnung aufgegeben hatte, dass Wünsche in Erfüllung gingen. Sie schloss die Augen und wusste, dass sie weg sein würden, wenn sie sie wieder aufschlug. Dass sie nur ein weiteres Produkt ihrer Phantasie waren.

Die Kälte war grausam; sie hatte Zähne, die ihr in die Knochen bissen, und Klauen, die über ihre nackte Gesichtshaut kratzten. Sie schlüpfte unter die Bettdecke und genoss die sich langsam aufbauende Behaglichkeit ihrer eigenen Körperwärme.

Aber sie konnte nicht aufhören, an sie zu denken.

Elfen.

Im schmutzigen grauen Kokon ihres Bettzeugs war es zwar viel wärmer, aber sie blieb trotzdem nicht lange darin. Die Neugier ging mit ihr durch, und sie hob eine Ecke der Decke an.

Blinzelte.

Sie waren noch da.

Clara Foyle, fünf Jahre alt und seit fast fünfzehn Wochen verschwunden, setzte sich auf. Sie wusste inzwischen, dass sie erst einen Moment warten musste, bis die Sternchen weggingen, die um ihren Kopf herumtanzten, dann konnte sie sich weiter bewegen.

Sie streckte ihre Spalthand, an der die mittleren drei Finger fehlten, nach einem Keks aus. Auch wenn sie die Gründe dafür nicht verstand, hatte sie bereits herausgefunden, dass Essen für Energie stand. Dass der Keks ihr beim nächsten Teil ihrer Aufgabe helfen würde.

Ihre Mutter hatte Eleanor stets ermuntert, vor dem Turnen eine Banane zu essen. Vielleicht war das der Grund. Bei der Erinnerung daran, dass ihre Schwester dann immer so getan hatte, als wäre sie ein Affe, traten ihr Tränen in die Augen.

Sie aß langsam, denn sie wusste aus bitterer Erfahrung, dass Krümel Insekten und Ratten anzogen. Die schmale Öffnung in dem Vorhang keine Sekunde aus den Augen lassend, sank Clara auf alle viere und setzte sich kriechend in Bewegung.

Die Fußfessel aus Metall, die um ihren Knöchel lag, rieb

über ihre zarte Haut. Der Nachtmann hatte ihre Hände zwar nicht gefesselt, aber eines ihrer Beine an den Tisch in der Mitte des Wohnwagens gekettet.

Clara wusste, dass die Kette gerade so weit reichte, dass sie zu dem Eimer in der Ecke gelangen konnte, zu dem verschimmelten Klappsofa, das ihr als Bett diente, und zu den Tüten mit Essen und Wasser auf dem Tisch, die der Nachtmann alle paar Tage vorbeibrachte.

Wenn sie ein Stück weitergehen wollte – zur Tür beispielsweise oder zum Fenster mit seinem verführerischen Lichtstreifen –, schnitt die Fußfessel scharf in ihren Knöchel. Sie hatte alle Versuche, sich zu befreien, schon vor langer Zeit aufgegeben, aber an diesem kalten Nachmittag war sie fest entschlossen, sich die Elfen anzuschauen.

Die Kette klirrte, als sie, den brennenden Schmerz an ihrem wundgeriebenen Knöchel ignorierend, auf das Fenster zukroch. Ihr Körper zitterte vor Anstrengung.

Sie verharrte ruckartig, als die Kette sich spannte und keinen Millimeter weiter nachgab.

Clara grunzte frustriert. Die länger werdenden Schatten im Innern des Wohnwagens warnten sie, dass bald die Nacht hereinbrechen würde. Dann würde der fingerbreite Lichtstreifen zwischen den Vorhängen einer erdrückenden Dunkelheit weichen.

Seitdem es hier war, lebte das Mädchen überwiegend in einem seltsamen Dämmerlicht. An sonnigen Tagen tauchten die durch den Stoff der zugezogenen Vorhänge dringenden Lichtstrahlen den Raum in leuchtende Rot- und Brauntöne. Wolkenverhangene Tage waren anders. Dunkler. Dann wurden die Schatten lediglich tiefer, bis Clara von der Nacht mit all ihren Ängsten und Geheimnissen eingehüllt wurde.

Bis auf diesen Lichtstreifen.

Er hielt sie aufrecht.

Und jetzt war er fast in greifbarer Nähe.

Sie streckte ihre Finger nach der Glasscheibe aus. Die weißen Gebilde wirbelten herum und tanzten, zu Hunderten. Sie kam ihnen nahe genug, um zu sehen, dass es keineswegs Elfen waren.

Das war Schnee.

Fasziniert beobachtete Clara die Flocken, die wie Federn an ihr vorbeischwebten.

Ist heute Weihnachten?

Es muss Weihnachten sein.

Sie dachte darüber nach, was diese neue Entwicklung bedeutete. Sie erinnerte sich daran, dass sie Lametta und Lichterketten im Supermarkt gesehen hatte, bevor sie entführt worden war. Das schien vor Ewigkeiten gewesen zu sein, aber Weihnachten konnte unmöglich schon vorbei sein, weil der Weihnachtsmann ihr ja noch keine Geschenke gebracht hatte.

Ein Gefühl wie Flügelschlagen in ihrem Bauch.

Was, wenn Santa Claus sie hier nicht fand? Was, wenn er stattdessen in ihr altes Zimmer ging? Clara nuckelte heftig an einer schmutzigen Haarsträhne. *Ach was, der Weihnachtsmann hatte für jeden ein Geschenk. Das war doch sein Job.*

Sie beäugte ihre Füße in den viel zu großen, schäbigen Socken. Zu Hause hatten sie und Eleanor riesige rote Strümpfe mit angenähten Glöckchen, die bimmelten, wenn sie ihre Geschenke herausholten. Sie bekamen immer einen neuen Schlafanzug zu Weihnachten. Hier trug sie die Kleider, die *er* ihr brachte – vor allem Pullover und Leggings oder Schlafoveralls –, auch wenn sie immer zu groß waren.

Wenn es dunkel war, würde sie einen ihrer Socken ans Fußende ihres Bettes legen, und am Morgen würden Geschenke darin sein.

»Glaubst du nicht auch, Kissen-Rosie?«

Clara nahm das klumpige Kissen und wackelte es hin und her. »Ich könnte mir was Besseres vorstellen als Geschenke«, sagt sie dann mit einer höheren Stimme.

»Was denn, Rosie? Sag's mir.«

Stille.

»Bitte.«

Dann langsamer, nachdenklicher: »Wenn der Weihnachtsmann hierherkommt, ich meine, direkt hier rein, dann weißt du, was das bedeutet, oder?«

Obwohl Clara Selbstgespräche führte, schüttelte sie demonstrativ den Kopf.

Ihre Stimme wurde noch piepsiger.

»Das bedeutet, dass jemand anders hierherfindet. Und das bedeutet« – Clara drückte das Kissen fest an ihre Brust – »dass der Weihnachtsmann uns rettet.«

Das kleine Mädchen beobachtete das Schneetreiben, bis die Dunkelheit dem Tag ein Ende bereitete. Normalerweise kroch sie lieber schon, bevor es richtig finster war, unter ihre Decke, denn sie hasste die Schatten im Innern des Wohnwagens ebenso sehr wie die Geräusche der zum Leben erwachenden Nacht.

Aber diesmal nicht.

Weil jemand kommen und sie retten würde.

Sie hatte es einfach im Gefühl.

MITTWOCH

10

Die tote Biene lag mitten auf dem Weg; sie war in dem langen Winter verhungert und konnte so ihrem biologischen Auftrag, für Frühlingsblumen zu sorgen, nicht mehr nachkommen.

Saul hob sie auf, hielt ihre sterbliche Hülle auf der Hand und begutachtete sie. Ihre Größe und ihr langer schlanker Hinterleib zeigten ihm, dass sie eine Rarität war, eine Königin. Er nahm an, dass ihre Winterruhe gerade erst vorbei war, sie aber zu wenige Reserven gehabt hatte, um zu überleben.

In der Wohnung verrieten ihm die Stille und die abgestandene Luft, dass seine Mutter nicht da war; er atmete erleichtert auf. Obwohl es schon nach vier Uhr nachmittags war, waren die Vorhänge noch zugezogen, so dass die Räume im Halbdunkel lagen. Sanft legte Saul die Biene auf einen Unterteller.

Seine Schultasche warf er auf den verschrammten Küchentisch, auf dem noch die Reste vom Frühstück standen. Ungeöffnete Briefe und kostenlose Zeitungen stapelten sich auf der Arbeitsfläche direkt an der Tür. Die Wand über dem Herd war voller Fettflecken.

Der Teenager roch an dem Milchrest, der inzwischen warm geworden und schon leicht sauer war, stellte die Plastikflasche zurück in den Kühlschrank und räumte das Geschirr in die Spüle. Das Mindesthaltbarkeitsdatum des Brotes in der glänzenden Tüte war überschritten, aber Saul strich Marmelade auf eine der Scheiben und aß sie trotzdem. Seine Hausaufgaben konnten warten.

Auf der gegenüberliegenden Seite des schmalen Flurs, der sich über die ganze Länge ihres Zuhauses erstreckte, befand sich sein Zimmer – ein schuhkartonartiger Raum, in dem gerade genug Platz für ein schmales Bett und einen Schreibtisch war.

Er trat die Tür hinter sich zu, und sein schwarzer Turnschuh hinterließ einen Abdruck auf der billigen weißen Farbe. Sauls Bettwäsche war ausgeblichen, aber sauber, durch die offenen Vorhänge fiel das nachlassende Tageslicht herein. Die Bücher lagen ordentlich gestapelt auf seinem Schreibtisch. Ordnung beruhigte ihn. Er stellte den Unterteller mit der Biene auf dem Schreibtisch ab.

Auf dem Fensterbrett stand ein schon etwas ramponierter lederbezogener Schmuckkasten mit Klappdeckel und Schubfächern. Saul trug ihn zum Schreibtisch und zog die oberste Lade auf.

Ein zarter Hauch von Verwesung stieg auf. Er atmete durch den Mund, um den Geruch nicht wahrzunehmen.

Seine Sammlung toter Bienen war in Samt gebettet; das Spitzengewebe ihrer Flügel und die charakteristische Zeichnung ihrer Körper waren klar zu erkennen. Jede Einzelne war perfekt erhalten. Saul legte die Königin dazu.

»Bitte schön«, sagte er mit einer Stimme so weich wie Schnee.

Saul drückte die Schublade vorsichtig zu und zog die darunterliegende auf.

Motten.

Sie rochen intensiver, die ausgefransten Ränder ihrer Flügel, der Staub und die toten Zellen offenbarten ein stärker fortgeschrittenes Stadium der Zersetzung. Er würde etwas dagegen tun müssen, einen Weg finden müssen, sie zu konservieren.

In der untersten Schublade bewahrte er die Grillen auf; die harten Ektoskelette ihrer bleichen grünen Körper verbargen den verfaulten Brei ihrer Innereien. Ihre schwarzen Augen starrten, ohne etwas zu sehen.

Tote Bienen und Motten waren leicht zu finden, aber mit den Grillen war es anders. Saul fing sie auf den Grasflächen, die die Kliffs säumten, lebend in Marmeladengläsern ein. Es erforderte stundenlange Geduld, um sie zu finden, denn ihre Tarnung und ihr verwirrender Chor ließen den Eindruck entstehen, dass sie überall gleichzeitig waren.

Zufrieden, dass alles seine Ordnung hatte, schloss Saul den Kasten mit den toten Insekten wieder und gestattete seinen Gedanken, auf Wanderschaft zu gehen. Letzten September hatte er in der Nähe der Schule ein totes Möwenküken mit stahlgrauem Flaum und dem unverkennbar gebogenen Schnabel auf dem Gehsteig gefunden.

Er hatte sich gefragt, wie es wohl wäre, wenn er eines aus seinem Nest stehlen, es in einer Schachtel in seinem Zimmer aufbewahren und dann langsam töten würde, indem er es in seiner Hand zerquetschte. Aber als er den toten Vogel mit dem Fuß angestupst hatte, waren Maden aus dem Kadaver gerutscht, und er hatte sich angewidert abgewandt.

Der Gedanke hatte ihn seitdem jedoch nicht mehr losgelassen.

Sein Magen grummelte. Das Marmeladenbrot hatte nicht ausgereicht, um seinen Hunger zu stillen, der schon in der ersten Schulpause eingesetzt und ihn durch den ganzen Tag begleitet hatte.

Er hatte das Mittagessen ausfallen lassen und so getan, als würde es ihm nichts ausmachen, Posh Dan dann jedoch zum Imbissstand an der Ecke begleitet, in der Hoffnung, dass sein Klassenkamerad sich, wie so häufig, zu viel kaufte und ihm den Rest anbot.

Als Saul noch neu auf dem Gymnasium gewesen war, hatte er immer kostenlose Mahlzeiten bekommen, aber als er einmal mit seinem Tablett zu dem Tisch gegangen war, an dem die anderen ihre dick mit Resten vom sonntäglichen Brathähnchen oder teuren Oliven belegten Sandwichs aßen, hatte er einen der Jungs sagen hören, das sei das Essen für die »armen Schlucker«.

Von dem Tag an hatte er es nicht mehr angerührt.

Sein Hunger trieb ihn zurück in die Küche.

Der Kühlschrank war bis auf Butter und den Rest Milch leer.

Im Schrank stand eine Dose mit einer Gemüsesuppe, die er hasste, und in einer Tüte entdeckte er Reste von Bratensoßenpulver.

Brot gab es keines mehr.

Saul nahm den Deckel von der Teedose ab, einer alten blechernen von Fortnum and Mason, die seiner Großmutter gehört hatte, und steckte die Hand hinein. Aber sie war leer, nicht einmal Münzen waren da. Vor ein paar Tagen noch hatte er einen Zwanzigpfundschein darin gesehen, aber seine Mutter musste ihn herausgenommen haben.

Er war sich nicht sicher, ob er sich deshalb oder wegen seines Hungers so hohl und krank fühlte.

Weihnachten.

Der Zehner.

Onkel Jimbo.

Die riesige Freude über die Entdeckung des klebrig-schmutzigen Geldscheins in der Weihnachtskarte seines Onkels erneut durchlebend, wollte er schon zurück in sein Zimmer laufen, als ihm wieder einfiel, dass er das Geld bereits vor Wochen ausgegeben hatte. Und Conrad, der Arsch, bestand darauf, dass sein Lohn nicht vor dem Monatsende fällig war.

Der Klang einer vertrauten Stimme, die laut schreiend von der Straße heraufdrang, zog ihn – widerwillig – ans Fenster.

Unten stand seine Mutter, ihr Haar ein dunkler, im Wind wehender Schleier. Sie rang die Hände, und sie schrie nicht nur, sie weinte. Auf ihrem Rock prangte ein feuchter Fleck, und ihre Jackentasche hing lose herab, als hätte jemand daran gerissen.

Saul spürte, wie sich ein Klumpen aus Scham und Angst in seinem Bauch zusammenballte und sich dort häuslich einrichtete. Hatte sie ihren Schlüssel vergessen? Das glaubte er nicht. Irgendetwas oder irgendjemand hatte sie aus der Fassung gebracht.

Saul ging in sein Zimmer und zog die Tür hinter sich zu.

Fünf Minuten später schrie sie noch immer, und dann hörte er den hohen, schrillen Klang berstenden Glases.

Saul riss seine Tür auf und lief die Treppe hinunter, bevor sie irgendetwas anrichten konnte, wofür geradezustehen sie sich nicht leisten konnten.

Auf dem Asphalt der Einfahrt lagen Glasscherben. Saul kam in dem Moment dazu, als seine Mutter sich nach dem abgebrochenen Hals ihrer Wodkaflasche bückte, die sie offenbar an die Wand des Nachbarhauses geworfen hatte.

Über ihr Handgelenk rann ein dünner Blutfaden.

Sie stank.

»Mum!« Sein Ruf wurde vom Lärm der vorbeifahrenden Autos verschluckt.

Gloria Anguish gab durch nichts zu erkennen, dass sie ihn gehört hatte.

Aus dem einzelnen Blutfaden wurde ein Blutstrom.

Angst verhärtete seinen Ton, formte ihn zu etwas Hässlichem und Aggressivem. »Mum.« Er entwand ihr den Flaschenhals. »Reiß dich zusammen.«

Gloria wandte ihm den Blick zu, und was er sah, erschreckte ihn, denn er sah absolut nichts, nur eine leere Fläche, wo einmal seine Mutter gewesen war – seine Mutter, die in einem anderen Leben tolle Kuchen gebacken und ihn so zum Lachen gebracht hatte, dass ihm der Bauch weh tat.

Er schob sie auf die Betontreppe zu, die zur Hintertür ihrer Wohnung führte, und stützte sie, während sie die Stufen hinaufstolperte. Sie protestierte nicht. Ihre Verzweiflung oder ihre Wut, oder was auch immer es diesmal war, kühlte in dem Wind ab, der vom Meer her wehte.

Saul reinigte sie, so gut er konnte. Ihre Wunde musste nicht genäht werden, sie brauchte nur Schlaf. Er wusch ihr das Gesicht. Zog ihr die Schuhe aus. Zwang sie, ein Glas Wasser zu trinken, legte sie ins Bett. Und hoffte, dass sie sich nicht einnässte wie beim letzten Mal.

Als sie schlief, ging er aus dem Zimmer.

Eine Stunde später kehrte er zurück. Er blieb im Halbdunkel vor ihr stehen. Aus fünf Minuten wurden zehn.

Auf dem Boden lag ein Kissen. Saul drückte es an seine Brust. Beobachtete, wie sie durch die Nase atmete, ein schleifendes, abgehacktes Geräusch. Seine Finger krallten sich in den klumpigen Schaumstoff, seine Fingerknöchel wurden weiß.

Er hörte die Autos unten auf der Straße vorbeirasen.

Den Wind, der gegen die Fenster peitschte.

Die Sekunden dehnten sich, während seine Füße ihn an ihr Bett herantrugen.

So einfach.

Seine Mutter hustete, nur ein Mal, und Saul ließ das Kissen auf den Boden fallen.

Glorias Jacke hing über der Rücklehne eines Stuhls. Er durchstöberte die Taschen, suchte nach Münzen oder, besser noch, nach einem Schein. Das war für ihn kein Diebstahl. Sondern einfach eine Notwendigkeit. Aber da gab es nichts außer einem Schlüssel an einem Band, den er nicht kannte.

Er bekam die nächste Hungerattacke.

Jetzt würde er tatsächlich etwas stehlen müssen. In der Wohnung war es bereits düster, doch die Läden auf dem Broadway, diese strahlenden Lichter des Kommerzes, würden noch geöffnet haben. Er würde vorsichtig sein müssen. Beim letzten Mal war der Filialleiter in dem kleinen Supermarkt so lange um ihn herumgeschlichen, bis er mit leeren Händen und leerem Magen wieder abgezogen war.

Verdammt.

Er wünschte sich eine Mutter, die nach Blumen roch statt nach Alkohol, und saubere Kleider trug statt dieser vom Fußboden gefischten und drei Tage getragenen Kombination. Er beneidete diejenigen, deren Eltern ihnen das Gefühl gaben, dass für sie kein Traum unerfüllbar war. Früher war Gloria auch so gewesen. Aber jetzt nicht mehr. Jetzt wäre er schon mit einer warmen Mahlzeit zufrieden gewesen. Musste ja nicht ständig sein. Aber hin und wieder wäre das schon schön.

Saul zog seine Schuluniform aus. Für den Fall, dass ihn jemand erwischte und er wegrennen musste, wollte er lieber keine Werbung für die Schule machen, in die er ging. Ein überdimensionierter Kapuzenpulli würde seinen Zweck erfüllen; darunter war reichlich Platz für Konservendosen und Tabletten für Gloria und vielleicht ein paar Tafeln von seiner Lieblingsschokolade.

Bei der Vorstellung, etwas mitzunehmen, das ihm nicht gehörte, lief ihm ein heißes Kribbeln den Arm hinunter, eine elektrisierende Spannung aus Angst, Schuldgefühlen und Vorfreude.

Es klingelte an der Tür.

Verdammt.

Er wollte nicht aufmachen. Das musste die Nachbarin sein. Saul hatte eigentlich noch die Scherben auffegen wollen, es dann jedoch vergessen. Und jetzt würde diese sauertöpfische Ziege mit ihren heruntergezogenen Mundwinkeln und ihren ungewaschenen Haaren sich wieder vor ihm aufbauen und ihn ankeifen.

Erneutes Klingeln.

Verdammt.

Der Lärm würde seine Mutter aufwecken, und das würde zu nichts Gutem führen.

Saul legte sich auf den Boden und robbte bäuchlings den Flur entlang, bis er die viereckige Glasfläche der Haustür sehen konnte, ohne gesehen zu werden.

Ein zerzauster dunkler Haarschopf. Er kam Saul irgendwie bekannt vor, aber er war sich nicht sicher, woher.

Der Kopf fuhr herum, und schwarze Augen schauten durch die Glasscheibe, direkt zu Paul hin; die Größe des Mannes verschaffte ihm den Vorteil, die Treppe hinauf und bis in die Wohnung spähen zu können.

Saul rappelte sich peinlich berührt auf.

Der Mann lächelte, als Saul die Tür öffnete.

»Ich wollte mal hören, wie es deiner Mutter geht«, sagte er.

Vor Sauls Augen blitzte das Bild mit dem gezackten Fla-schenhals in der Faust seiner Mutter auf. »Der geht's gut«, sagte er.

»Dann gab's also keine üblen Nachwirkungen?«

Saul war verwirrt, konnte aber sehen, dass der Mann eine Antwort erwartete, und dann begriff er erst, dass er gar nicht über diesen Nachmittag sprach, sondern von neulich Nacht, als Gloria fast ertrunken wäre.

»Nein.«

Der Mann nickte, schien es aber nicht eilig zu haben. Saul trat unsicher und verlegen von einem Bein aufs andere. »Äh, danke, dass Sie nachfragen«, sagte er.

Sauls Magen knurrte hörbar, eine unwillkommene Stö-rung. Der Mann lächelte ihn zum zweiten Mal an, und in seinem Blick lag etwas Wissendes.

»Hast du heute Abend schon was gegessen, mein Sohn?«

Saul zuckte die Achseln. Sein Blick verharrte auf einem Punkt an der linken Kopfhälfte des Mannes. Das war eine Taktik, die er in der Schule anwandte, wenn seine Lehrer ihn anschrien, und auch immer dann, wenn er das Mitleid oder die Wahrheit nicht sehen wollte, die sich in den Augen seines Gegenübers spiegelten.

Als er wieder einen Blick riskierte, öffnete dieser Mann, dessen Namen er nicht mal kannte, seine Geldbörse und zog einen rötlich-pinkfarbenen Schein heraus, den Saul noch nie gesehen hatte.

»Sieh zu, dass du was Warmes kriegst«, sagte er und schob ihn in Sauls widerstandslose Hand. »Geh mal ein paar Sachen einkaufen.«

Ein Fünfziger???

Nein.

Er sollte ihn nicht annehmen.

Aber ein Fünfziger.

K

R

A

S

S

Und dann war der Mann schon wieder weg, humpelte den Weg entlang in die hereinbrechende Dunkelheit. Saul erinnerte sich seiner Manieren.

»Danke, Mr …!«

»Silver.« Seine Stimme drang schwach durch die Dunkelheit. »Mr Silver.«

Auf dem Broadway, wo der Vormarsch der Gentrifizierung nach und nach die unabhängigen kleinen Läden verdrängte, kaufte Saul sich einen großen Döner. Den harten, misstrauischen Blick des Verkäufers hinter dem Tresen ignorierte er. Das Fleisch war pfeffrig und köstlich.

Im Mini-Supermarkt schichtete er Nudeln und Huhn und Orangen, Schokolade, Brot und Milch in einen Einkaufskorb. Das Restgeld stopfte er in seine Jeans. Für später. Seine Mutter brauchte nichts davon wissen.

Während er mit vollem Magen nach Hause ging, genoss er das Gefühl der schweren Plastiktüten, die ihm in die Handflächen schnitten. Seine Gedanken waren bei Mr Silver.

Saul brachte einer Menge Leuten eine Menge Gefühle entgegen. Aber was er für Mr Silver empfand, war höchst ungewohnt und in seiner Intensität überraschend.

Dankbarkeit.

11

Der Mann, der früher Brian Howley war, beobachtet den älteren Jungen, der am Kliff entlang in die Stadt geht. Er behält ihn im Blick, bis er bei der Bibliothek um die Ecke biegt und von der Dämmerung verschluckt wird.

Es macht nichts, dass Mr Silver nicht sein richtiger Name ist. Er ist unter vielen Namen bekannt. Der Knochensammler. Der Nachtmann. Der Schlächter aus Bromley.

Es ist einfach eine Frage der Notwendigkeit. Er muss einen Namen haben. In dieser Welt bedeutet ein Name alles.

Mr Silver.

Inzwischen hat er sich fast daran gewöhnt.

Sein Vermieter war der Erste, der nach seinem Namen gefragt hat. Obwohl er die Miete für das Haus am Rand des Horizonts für ein halbes Jahr im Voraus bar bezahlt hatte (in einem Umschlag, den er eingeworfen hatte, als der neugierige Alte nicht zu Hause war). Obwohl er es vorgezogen hatte, anonym per E-Mail Kontakt zu halten.

Wegen des Mietvertrags, hatte der Vermieter gesagt.

An diesem Tag war das Meer ruhig gewesen und der Himmel matt grau. Hinter den Wolken ging die Sonne auf und verwandelte das Wasser mit ihren silbrigen Strahlen in flüssiges Metall. Da war ihm dieser Name herausgerutscht.

Mr Silver.

Eine unerwartete Hommage an seine verstorbene Mutter, Sylvie.

Und jetzt kennt der Junge, der sein Erbe werden wird, ihn auch.

Er findet, er hat Glück.

Er war schon immer ein Glückspilz.

Er spürte noch immer die Handschellen um seine Handgelenke, das leise Surren des Motors, die über den Asphalt rutschenden Reifen. Das Gefühl unkontrollierter Bewegung, in dem Moment, als der Wagen sich überschlug und auf dem Dach landete. Er hat die Schlagzeilen gelesen. Den Aufschrei darüber, dass der Detective Constable ihn ohne eine weitere Begleitperson in die Untersuchungshaft gefahren hatte. Fehler mit fatalen Folgen. Unterbesetzung. Nicht vorschriftsgemäßer Ablauf. Der Wagen für den Gefangenentransport war nicht verfügbar.

Ein Glück für ihn.

Er erinnert sich an jede verlangsamte Sekunde des Unfalls, der ihm die Tür zur Freiheit öffnete. An die leeren Straßen. Die bittere Kälte der Nacht. Den erschöpften Detective.

Er wäre im Gefängnis gestorben.

Aber im Leben kommt es häufig darauf an, dass einem der Zufall zu Hilfe eilt.

Ein Fuchs war auf die Fahrbahn gelaufen und hatte das Schicksal für ihn gewendet.

Die Wucht des Aufpralls in dieser Novembernacht des vergangenen Jahres hatte seinen Kopf nach vorn schnellen lassen, aber sein Sicherheitsgurt hatte ihn geschützt, selbst als das Auto sich überschlug. Der Geruch von Rost und leichtem Regen war ins Wageninnere geströmt, während Scherben von der kaputten Windschutzscheibe über seine Haut schrammten, sie aber nicht durchbohrten. Er hatte Blut gerochen, und trotz seiner verdrehten Position konnte er den verletzten Körper des Police Officers sehen. In diesem süßen Rausch des Begreifens hatte er sogar das Feuer im Haus seines Vaters vergessen, seine verbrannten Handflächen, seinen von dem Hammerschlag schmerzenden Kopf, und sich nur darauf konzentriert, wie er entkommen konnte.

Er erinnert sich an die Stille, an das wohltuende Gefühl von Händen, die ihn aus dem Wagen gezogen und auf den Gehweg gelegt hatten. An Gesprächsfetzen in einer fremden Sprache, die er nicht verstand. Daran, dass er die Augen geschlossen gehalten hatte. Dass die Stimmen leiser wurden, sich entfernten. An das laute Quietschen gewaltsam aufgerissener Metalltüren. Dringlich klingende Worte.

Sie rufen die Polizei, einen Krankenwagen.

Er hatte sich auf die Seite gerollt. Die Männer – *seine Retter* – beugten sich, von ihm abgewandt, über den Polizisten, ihre Aufmerksamkeit ganz auf diesen gerichtet.

Jetzt.

Tu es jetzt.

Er war auf die Knie hochgekommen; die Handschellen verlangsamten seine Bewegungen, machten sie plump und unbeholfen. Er richtete sich auf und wankte auf wackeligen Beinen in die dunkle Winterdämmerung. Die Fähigkeit, die sein Vater ihm beigebracht hatte, wurde auf ihre härteste Probe gestellt. Sich zwischen den Schatten hindurchzubewegen, am Scheidepunkt zwischen Nacht und Tag. Zu verschwinden, bevor irgendjemand es bemerkte.

Er humpelte so schnell, wie seine Verletzungen es erlaubten, und blickte nicht zurück. Mit gesenktem Kopf, hochgezogenen Schultern, die Hände auf dem Rücken zusammengebunden, huschte er die nächste Seitenstraße hinunter, ohne auch nur eine Sekunde langsamer zu werden.

In der Ferne hörte er das lauter werdende Heulen von Sirenen. Sie würden sich aufteilen, die Leute von der Polizei, und nach ihm suchen, bis sie ihn gefunden hatten. Für sie war er kein Sammler, sondern ein Killer.

Ein paar Straßen weiter hatte jemand einen Haufen Kleider in einem Müllsack vor einem Oxfam-Laden abgestellt. Er trat gegen den Sack, warf ihn um und suchte darin nach einem alten Mantel, fand aber stattdessen einen übergroßen handgestrickten Pulli.

Er ging in die Knie, beugte sich vor und hob den Pullover mit den Zähnen vom Boden auf. Seine schwindelerregenden Schmerzen ignorierend, rappelte er sich wieder auf und trug das Geschenk seiner Freiheit wie eine Katze einen Vogel fort.

Drei Straßen weiter fand er einen Ort der Stille und des Gebets.

Da seine Hände auf dem Rücken gefesselt waren, konnte er die schwere Eingangstür der Kirche nicht öffnen. Aber seine Handgelenke waren spindeldürr. Im Portal stehend, kämpfte er mit den Handschellen. Er achtete nicht auf seinen dröhnenden Kopfschmerz, konzentrierte sich stattdessen ganz auf das grausame Schürfen von Metall über Haut.

Langmut.

Schmerz.

Langmut.

Schmerz.

Dann hatte er seine Hände befreit. Er ignorierte die feinen Nadelstiche in seinen Fingern und drückte die Tür auf. Dort, in der friedlichen Stille der Kirche, zog er sich den Pullover über den Kopf; er war groß und unförmig genug, um zumindest notdürftig den Nadelstreifenanzug zu verdecken, sein Markenzeichen.

Aber ihm war klar, dass er nicht verweilen durfte an diesem Ort. Er wusste bereits, wo er hingehen würde. Zurück zu den Lieblingsplätzen seiner Jugend.

Zu dem Mädchen.

An der nächstgelegenen Haltestelle war er unbeholfen über die Sperre geklettert, hatte eine frühe Bahn genommen, die Erste des Tages, und darauf vertraut, dass die verschlafen aussehenden Wachleute ihm wenig Beachtung schenken würden.

Sein Glück hatte angedauert.

Am Bahnhof war er umgestiegen.

Und überirdisch weitergefahren.

Er ließ sich tief in den Sitz sinken und sprach mit niemandem.

Als der Zug in seine Zielstation einfuhr und er den ersten Blick auf den Himmel und die Felder erhaschte, wusste er, dass er in Sicherheit war.

Als er an den Überwachungskameras vorbeikam, wandte er sein Gesicht ab, verlangsamte bewusst seine Schritte und betete, dass niemand auf einen alten Mann in einem ausgebeulten Pulli achten würde und dass er, falls es doch einer tat, einfach als verlorene Seele durchging.

Er hatte ein Haus mit zwei Autos in der Einfahrt ausgesucht und beobachtet, wie ein Mann zu Fuß in Richtung Bahnhof aufgebrochen war. Eine halbe Stunde später stiegen eine Frau und zwei Kinder in Schuluniformen in einen der Wagen. Er hatte also richtig geraten.

Weniger als zwanzig Minuten hatte er sich in dem Haus aufgehalten, und als er ging, nahm er nur einen Autoschlüssel, Bettzeug und eine Tasche mit allem Essbaren, das er finden konnte, mit.

Zuerst war er zu dem Mädchen gefahren.

C.

Nachdem er nach ihr gesehen hatte, hatte er seinen Koffer mit dem Geld mitgenommen und das gestohlene Auto auf einem abgelegenen Feld geparkt und darin geschlafen; die Bettdecke schützte ihn vor der Winterkälte.

Tage, Wochen der Angst und der Kälte flogen dahin.

Er hatte die Augen offengehalten und abgewartet. Er war zurück in die Stadt gefahren und hatte herausgefunden, wohin die Frith' ziehen würden. Dann hatte er sich einen Ort ausgesucht, an dem er wohnen und Pläne machen konnte.

Der Schrei einer Möwe reißt ihn in die Gegenwart zurück. Die Pflastersteine unter seinen Füßen sind uneben, die Nacht färbt alles um ihn herum ein.

Metallisches Graublau.

Pflaumenblau.

Immer dunkler werdendes Blau.

Aus dem Pub dringen Fetzen von Musik. Die Wellen werfen sich gegen die Hafenmauer. Die Bootsschuppen halten Wache; die Dunkelheit sickert durch ihre Holzlatten, die weitgehend unverändert sind vom Lauf der Zeit. Sein Cottage steht abseits am Ende der Straße. Eine Anomalie. Die anderen Gebäude sind Reihenhäuser, deren Backsteinmauern zusammenkleben wie die Leben darin, Generationen von Familien, Fischerleute. Er hat sich wegen dieser einsamen Lage für das Haus entschieden. Wegen seiner Isoliertheit. Dem Meerblick. Den dicken Mauern, die die Geräusche seiner Arbeit nicht nach außen dringen lassen.

Hier ist er sicher. Niemand hat ihn gefunden. Und es gibt keinen Grund, anzunehmen, dass sich das ändern wird.

Sobald er drinnen ist, schaltet er die Lampen ein, dreht den Backofen an und breitet die Tischdecke über den kleinen Küchentisch. Die Schneeglöckchen, die er ausgesucht hat, stellt er in eine Vase mit abgestoßenen Kanten.

Das Glas der Vitrine im Flur funkelt im Licht. Die leeren Einlegeböden künden von seinem Verlust, und er ist kurz geblendet, weil in seinem Kopf ein Bild aufblitzt: das lachende Gesicht dieses Miststücks von der Polizei.

Er steht reglos da, nur in seiner Wange zuckt ein Nerv. Die Wut über die Zerstörung seines Lebenswerks sitzt wie ein Stachel in ihm.

Wie er sich danach sehnt, die Vitrinen wieder mit Inhalt zu füllen.

Ein Samenkorn der Vorfreude schlägt Wurzeln in ihm.

Er vertraut darauf, dass das Mädchen seine Anweisungen befolgt. Sie wirkt so, als wartete sie auf eine Gelegenheit, gegen die Beschränkungen aufzubegehren, die ihre Behinderung mit sich bringt, als wäre sie bereit, allein loszuziehen.

Sie möchte neu anfangen, wie er.

Er schlurft langsam die Treppe hinauf. Das Cottage ist kleiner als das Haus seines Vaters, die Wände sind alle krumm und schief, die Fußböden schräg und die Decken niedrig. Er zieht den Kopf ein, als er den Raum betritt, den er für sich selbst ausgesucht hat.

In der Ecke steht eine Leiter an der Wand. Sie führt zu dem getäfelten Dachboden. Die Klappe steht offen.

Sein Körper ist nicht mehr das, was er mal war, aber er erklimmt die Sprossen, eine Hand, ein Fuß, immer nacheinander. Systematisch. Das glattgeschliffene Holz fühlt sich warm an unter seinen Händen. Er ignoriert den Schmerz in seiner Hüfte, den dumpfen Schmerz hinten an seinem Schädel, der ihm immer noch von Zeit zu Zeit Probleme bereitet; eine Erinnerung an den Vater des Frith-Jungen.

Er stemmt sich durch die Klappe nach oben. Denkt über sein Problem nach. Immerhin hat er es mit schmutzigen Kartoffelsäcken ausprobiert, die er auf einer Farm in der Nähe von Canewdon gekauft hat. Er justiert den Karabinerhaken, zieht an dem Seil. Es fühlt sich robust an.

An ihr ist nicht viel dran. Also sollte der Haken halten, denkt er. Der Dachboden riecht neu.

Neuanfänge.

Der Raum hier oben ist kleiner als der, den er im Haus seines Vaters hatte, und zugiger. Die Dachsparren singen nachts, wenn der Wind durch die Ritzen im Dach dringt. Aber es gibt dunkle, staubige Ecken, und es ist kalt genug, um die Leichen ein oder zwei Tage aufzubewahren, mindestens. Und der Platz reicht aus, um das Fleisch von den Knochen zu schneiden und das Futter für seine Kolonie vorzubereiten, die er in den unteren Räumen hält. Die besten Ausstellungsstücke wird er in den Vitrinen im Flur präsentieren.

Er fingert an dem Band der Messertasche herum, die er vor zwei Tagen in einem Laden für Küchenzubehör in der Nähe von Illford gekauft hat. Die cremefarbene Baumwolle ist noch vollkommen sauber. Ohne Flecken. Die Tasche liegt schwer in seiner Hand.

Seitdem er seinen Nachtjob im Krankenhaus aufgeben musste, fällt es ihm schwer, seine Zeit auszufüllen. Vierzig Jahre lang wach zu bleiben, wenn andere schlafen, ist keine Gewohnheit, die man so einfach ablegt. Er ist sich nicht sicher, was er will. Aber er muss eine Beschäftigung für sich finden.

Wieder hat er die Stimme seines Vaters im Ohr.

Müßiggang ist aller Laster Anfang.

Wenn alles gutgeht, wird sie in einer Stunde hier sein.

Er setzt sich unbeholfen auf den Boden und entrollt die Tasche auf seinen Beinen. Seine Finger streichen über ihren Inhalt, prüfen und biegen der Reihe nach sämtliche stählernen Spitzen.

Er entscheidet sich für das Ausbeinmesser.

12

19.46 Uhr

Selbst nach drei Monaten trafen immer noch Briefe ein. Die Umschläge hatten unterschiedliche Farben und Größen und kamen aus unterschiedlichen Teilen des Landes, manchmal sogar aus dem Ausland, aber der Inhalt war immer derselbe. Blockbuchstaben. Handgeschrieben. Mit buntem Kuli. Das zittrige Gekritzel von Rentnern mit zu viel Zeit.

Amy Foyle wollte nicht undankbar sein. Aber in letzter Zeit hatte sich der Ton der Briefe verändert. Sie hätte sie auch ungeöffnet wegwerfen können, aber während die Tage zu Wochen und Monaten verschwammen, gab sie sich der Phantasie hin, dass sich auf den dichtbeschriebenen, oftmals weder Leerstellen noch Absätze enthaltenden Seiten dieser fremden Schreiber, welche Zeugen der intimsten Gräuel ihres Lebens wurden, doch noch irgendein Hinweis finden würde.

An diesem Morgen waren zwei Briefe gekommen. Sie nippte an ihrem Wein und öffnete den ersten.

25. Februar 2013

Liebe Familie Foyle,
ich habe Sie im Fernsehen gesehen und wollte
Ihnen schreiben, dass ich Sie in meine Gebete
einbeziehe. Meine Kirche hat am Sonntag für Sie
gebetet. Ich gehe davon aus, dass Sie sich mit der
Erkennnis abfinden, dass Clara jetzt an einem
Ort ist, wo sie es besser hat. Vor allem jetzt, wo
ihre Schuluniform gefunden wurde. Ich hoffe, die
Polizei findet das arme Würmchen bald, damit
Sie sich angemessen von ihm verabschieden
können. Wir haben am Sonntag für Sie gesammelt.
Anbei finden sie unseren Beitrag zu den
Beerdigungskosten.
Gott segne sie alle.
Mrs D. Pitt (Doris)

Mit zitternder Hand schob Amy den Brief und den Scheck zurück in den Umschlag. Es war nicht das erste Mal, dass jemand ihr zu verstehen gab, Clara sei tot, aber diese Bestimmtheit war neu, und sie befürchtete, dass andere, wie wohlmeinend sie auch immer sein mochten, sich jetzt dazu aufschwingen würden, es ihr ins Gesicht zu sagen.

»Ich hab Durst. Kann ich was trinken?«

Eleanor stand im Nachthemd vor ihr, das Gesicht gewaschen, die Haare gebürstet. Obwohl sie noch zu jung war, um dieselben körperlichen Anzeichen eines Traumas zu zeigen wie Amy – silberne Strähnen im Haar, dieses eingefallene Aussehen, das mit schnellem Gewichtsverlust einhergeht –, hatte ihre Mutter ein neues Misstrauen in der Art entdeckt, wie Eleanor sich Erwachsenen gegenüber benahm.

Sie zog ihre Tochter auf ihren Schoß.

»Milch?« Sie schmiegte ihren Kopf an Eleanors Bauch. »Oder Wasser?«

Eleanor kicherte und strich ihrer Mutter über die Haare.

»Heiße Schokolade!«

Amy sah ihre Tochter mit gespielter Verärgerung an. Sie wusste bereits, dass sie in wenigen Augenblicken Milch mit ihrer Espressomaschine aufschäumen und das süße Pulver hineinmischen würde, das Eleanor so liebte. Seit Claras Verschwinden schien sie ihrer ältesten Tochter nichts mehr abschlagen zu können. Sie wusste, dass das nicht gerade ideal war und dass sie an irgendeinem Punkt irgendwann wieder Grenzen setzen musste. Aber ihre Tochter hatte in ihrem kurzen Leben schon so viele Verluste hinnehmen müssen, dass die Frage, ob Eleanor heiße Schokolade bekam oder Wasser, Amy insgesamt gesehen ziemlich bedeutungslos erschien. Denn nicht nur war Eleanors kleine Schwester verschwunden, sie hatte auch plötzlich Abschied von Gina nehmen müssen, ihrer Nanny, und dann hatte Miles auch noch entschieden, zu einer Zeit ins Ausland zu ziehen, wo sie ihn am meisten brauchten.

»Und Hunger hab ich auch«, sagte Eleanor.

»Möchtest du eine Banane?«

»Kekse.«

»Eleanor.«

»Bitte, Mum.«

Amy stellte das Getränk vor ihre Tochter, legte einen einzelnen Keks dazu und machte sich daran, den Milchschäumer zu reinigen, damit Eleanor sie nicht schon wieder weinen sah.

Es waren die kleinen Dinge, bei denen sie die Fassung verlor.

Wie Claras *Little-Miss-Sunshine*-Becher.

Er stand auf dem Regal.

Brandneu.

Unbenutzt.

Es tat weh, sich zu erinnern, aber es tat noch mehr weh, zu vergessen.

»Schau, Mummy, schau doch mal! Little Miss Sunshine!«

Amy hatte sich an diesem Tag gestört gefühlt von Clara, weil sie nach einem Geschenk suchte, das sie Miles zum Hochzeitstag geben wollte. Sie war gereizt gewesen, das wusste sie, weil sie damals fast jeden Tag gereizt gewesen war, aber ganz sicher hatte Clara sie mit ihren endlosen Fragen, dem Gezerre an ihrem Mantelgürtel und ihrem großen Bedürfnis nach Aufmerksamkeit auch überfordert.

Clara hatte ihre Mutter angebettelt, den Becher zu kaufen, und sogar angeboten, ihr eigenes Geld dafür auszugeben, aber Amy war zu sehr in Eile gewesen. Es hatte sich eine lange Schlange gebildet, und sie hatte keine Zeit gehabt, zu warten, weil Clara zum Ballett musste und Amy mit ihren Freundinnen zum Lunch verabredet war, und sie hatte Miles' Geschenk *jetzt* kaufen müssen, weil sie danach ihre Nägel gemacht bekam und Eleanor dann von einem Kindergeburtstag bei *Pizza Express* abgeholt werden musste. Sie erinnerte sich daran, wie sauer sie gewesen war, dass Gina es gewagt hatte, sich ausgerechnet an dem Samstag freizunehmen, an dem Miles beim Golf war.

Jetzt nahm sie natürlich an, dass die beiden sich getroffen hatten, aber sie stellte fest, dass das inzwischen egal war.

Sie hatte Clara ihren Wunsch also brüsk verweigert. Und Clara hatte ihre Mutter an diesem Wochenende noch mehrmals gefragt, ob sie nicht bitte diesen Becher haben könne, aber irgendwann hatte Amy ihr einfach nicht mehr zugehört.

Ein paar Tage nach Claras Verschwinden war Amy wieder in den Laden gegangen und hatte den *Little-Miss-Sunshine*-Becher gekauft. Sie hatte sich den freudigen Gesichtsausdruck ihrer Tochter vorgestellt, wenn sie ihn sehen würde. Sie hatte sich vorgestellt, dass sie nun jeden Tag ihre Frühstücksmilch daraus trinken würde.

Aber Clara war nicht nach Hause gekommen.

Clara wird nie mehr nach Hause kommen.

Eleanor fuhr sich mit dem Handrücken über den Mund und verteilte die Schokolade in ihrem Gesicht. »Lecker!«

»Zähne«, sagte Amy, ein Brennen in der Kehle, und empfand plötzlich Dankbarkeit für ihre lebendige, atmende andere Tochter. »Und dann ins Bett.«

Das Schlafengehen war die schwerste Zeit des Tages. Das Schlafengehen und das Aufwachen. Das Aufwachen, weil Amy nicht mehr als ein paar Sekunden blieben, bevor das Gewicht von Claras Entführung mit schweren Stiefeln auf ihr, auf ihrem Magen, landete. Das Wissen breitete sich in ihr aus wie ein brennender Schmerz, bis sie das Gesicht in ihr Kissen drückte und die Knie anzog und sich zu etwas Kleinem, Geschlagenem, Zerbrochenem zusammenkrümmte.

Dann kam Eleanor für gewöhnlich ins Bett ihrer Mutter und vertrieb die tiefe Traurigkeit. Ihr Geplapper verschaffte Amy Linderung, und sie gingen gemeinsam nach unten, um zu frühstücken.

Aber das Schlafengehen war ein gänzlich anderes Thema. Die Freude an der Routine des Vorlesens, Waschens und der süßen Küsse war ihr nun vergällt.

Einer Tochter konnte sie einen Gutenachtkuss geben.

Die andere Tochter war vielleicht nicht mehr am Leben.

Wenn Eleanor schlief und lange einsame Stunden vor Amy lagen, lief sie ruhelos durch die Zimmer ihres teuren Hauses in Blackheath. Sie konnte die Möglichkeit, dass Clara tot war, nicht an sich heranlassen, aber auch der Gedanke, dass sie noch lebte, und die Frage, was er ihr wohl angetan hatte oder noch antat, war zu unerträglich, um sie nicht abzublocken.

In diesen Wochen flüchtete sie sich, sobald sie sicher war, dass Eleanor fest eingeschlafen war, in eine verzweifelte neue Routine.

In der Stille von Claras Zimmer strich sie mit den Fingern über die Plastikgesichter der Puppen ihrer Tochter, die auf dem Regal saßen, wählte eine davon aus und zog ihr mit zärtlichen Gesten Babykleider der Mädchen an, die sie in Kisten aufbewahrt hatte.

Ein winziges Trägerkleid.

Ein Kaschmirjäckchen.

Seidene Schuhe.

Dann schnallte sie die Plastikpuppe in die alte Babytrage, die sie vom Speicher geholt hatte, wanderte damit, Selbstgespräche führend, durchs Haus und tat so, als wäre das kaum vorhandene Gewicht an ihrer Brust ein Kind.

Ihr Kind.

Clara.

Während Amy mit der Babytrage und verfärbten Lippen von dem Rotwein, den sie offenbar nicht aufhören konnte zu trinken, obwohl sie es sich geschworen hatte, durch die Küche streifte, erschrak sie über die Fremde, die ihr von der spiegelnden Backofentür entgegenblickte.

Sie trug ihre Haare nun kürzer, und weil sie sich nicht aufraffen konnte, zum Friseur zu gehen und selbst daran herumgeschnitten hatte, waren sie stellenweise ungleichmäßig lang.

Sie sah schmal aus, gebeugt.

Und sie trug eine Babytrage mit einer Puppe vor der Brust.

Ich bin eine Irre, ich sehe völlig gestört aus.

Aber diese Routine tröstete sie, sie half ihr zu vergessen, erlaubte es ihr, so zu tun als ob.

In der Stille des schlafenden Hauses sprang die Digitaluhr am Ofen auf die nächste Minute um – *22.36 Uhr.* Sie sollte ins Bett gehen. Stattdessen setzte sie sich an den Tisch und schenkte sich noch ein Glas Wein ein. Da lag der zweite Brief, den sie bislang nicht geöffnet und vollkommen vergessen hatte.

Nach dem, was sie am Morgen erlebt hatte, war sie versucht, ihn ungeöffnet in den Müll zu werfen, und sie hätte es auch fast getan, aber als sie den Umschlag in die Hand nahm, fühlte er sich schwerer an als gewöhnlich.

Als sie ihn aufschlitzte, fiel eine Zinnmarke von der Größe eines Fünfzigcentstückes heraus. Amy hatte so etwas schon mal in einem der Geschäfte im Ort gesehen.

In das Metall waren Buchstaben eingraviert.

HOFFNUNG

Ihre Finger tasteten nach dem Brief in dem Umschlag.

Ihr Magen zog sich zusammen.

Monatelang hatte sie es vermieden, auch nur ein Mal seinen Namen zu erwähnen, der in ihr einen komplizierten Mix von Emotionen auslöste – Verzweiflung und Neugier und, ja, Neid.

Aber jetzt schrieb Jakey Frith ihr; seine Adresse und seine Telefonnummer standen fein säuberlich oben auf der Seite.

Und er bat sie um ein Treffen.

13

22.49 Uhr

Er zieht ein frisches Paar Handschuhe über und legt ihre Kleider zu einem ordentlichen Stapel zusammen.

Roter Rock. Weicher Pulli. Dicke schwarze Strumpfhose.

Vorsichtig. Er muss sehr vorsichtig sein. Ein einziger Fehler an dieser Stelle könnte dazu führen, dass die Bullenschweine an seiner Tür schnüffeln, während er ihnen doch nur Appetit machen will.

Sie hat immer noch einen Hauch von Lippenstift auf den Lippen. Wenn er fertig ist, wird er keine Rolle mehr spielen.

Sie hat sich extra hübsch gemacht für ihn. Es rührt ihn, das zu wissen. Im Gegenzug wird er auf sie aufpassen. Er wollte nie etwas anderes, als die Sammlung seiner Familie zu schützen und zu erhalten.

Jetzt ist es seine Aufgabe, sie neu aufzubauen.

Diese letzten Wochen waren schwierig, aber die Arbeit hat bereits begonnen. Es gibt die Anfänge einer neuen Sammlung.

Die junge Frau, die auf dem Boden liegt.

Das versteckte Mädchen.

Den Jungen mit den verkrümmten Knochen.

Und jetzt Saul.

Seinen Lehrling.

Seinen Schüler.

Er lässt den Namen über seine Zunge rollen. *Saul,* sagt er noch einmal. Das bedeutet: *Der Erbetene, von Gott Geborgte.* Das ist ein Zeichen, und er wäre dumm, wenn er das ignorieren würde.

Er räumt die Reste ihres Abendessens ab, leert die Suppenschüsseln und krempelt sorgfältig die Ärmel des Nadelstreifenjacketts hoch, das er für diesen Anlass trägt. Er reibt den Abdruck ihrer Lippen vom Glas.

Sie war ganz aufgekratzt gewesen, und ihre Wangen waren gerötet wegen der aufregenden Heimlichkeiten, die sie trieb.

»Ich habe es ihnen nicht erzählt«, hatte sie zwischen zwei Löffeln Suppe ausgeplaudert. »Ich meine, ich habe ihnen nur gesagt, dass ich ausgehe.«

Er zog die Augenbrauen hoch, dann legte er seinen Löffel weg, der einen Fleck auf der Tischdecke hinterließ. »Aber ich nehme an, Sie haben eine Adresse hinterlassen, irgendwo versteckt in Ihrem Zimmer.« Er hatte gelächelt, um zu zeigen, dass es ihm egal war.

»Nein, habe ich nicht!« So naiv. So empört. »Ich vertraue Ihnen, Mr Silver.« Ein koketter Blick. »Ich wollte die Überraschung nicht verderben.«

Er hatte sie angeschaut, seinen Blick tief in sie versenkt und etwas in ihr gelöst. Wenn sie gewusst hätte, welcher Horror hinter seinen Augen lag, wäre sie weggerannt. So schnell sie konnte. Aber sie tat es nicht. Sie schätzte seinen prüfenden Blick falsch ein und verwechselte sein kaltes Interesse mit Wärme, so dass in ihr ein Selbstvertrauen erblühte, das ihr lange versagt geblieben war. Sie spürte ein Kribbeln im Bauch und schenkte sich Wein nach.

»Trinken Sie denn nichts?«

»Nein, das schadet meinen Augen, meiner Malkunst.«

Sie hatte erneut gekichert, war verlegen mit der Hand über ihre Haare gefahren und über ihr Hörgerät und hatte den silbernen Armreif betastet, den sie aus dem Zimmer ihrer Schwester genommen hatte.

»Wann fangen wir denn an?«

»Zuerst essen wir.«

»Das wird meine Eltern echt umhauen.« Dann fügte sie weniger selbstsicher hinzu: »Ich hoffe, es wird ihnen gefallen.«

»Sie werden es lieben«, erwiderte er. »Das, wofür es steht. Ihren Mut und Ihr Selbstvertrauen.« Und nach einer extra eingeschobenen Kunstpause: »Ihre Schönheit.«

Auf ihren Zügen breitete sich eine zarte Weichheit aus, die ihn an seine Frau erinnerte. *Ach, Marilyn.* Doch das schwächte seine Entschlossenheit nicht.

Sie trank ihr Glas aus, während er den Eintopf auftrug, und schenkte sich erneut nach, wobei sie sich ein wenig verschätzte. Ein Tropfen floss außen an ihrem Glas herunter.

»Also …« Sie stützte ihr Kinn in die Hand, jetzt lallte sie schon ein bisschen. Noch fünf Minuten, schätzte er. Höchstens zehn. »Erzählen Sie doch mal ein wenig mehr über sich.«

»Da gibt es nicht viel zu erzählen.« Er stellte einen Teller vor sie hin. »Ich bin Witwer. Ich male gern.« Pause. »Und ich halte Kaninchen.«

»Haben Sie Kinder?«

Er war gerade dabei, das Gemüse in eine Schüssel zu geben, den Rücken ihr zugewandt, so dass sie seine Miene nicht sehen konnte. »Das ist kompliziert.«

104

»Kompliziert ist mein zweiter Vorname«, erwiderte sie mit einem traurigen Lächeln.

»Kartoffeln?«

Sie blinzelte, weil ihr alles vor den Augen verschwamm, und als sie nach ihrem Glas griff, stieß sie es um. In der sich ausbreitenden Weinlache spiegelte sich die Kerze. Flüssiges Feuer. Er schaute weg.

»Oh. Ach du je! Das tut mir leid.« Sie hatte nach ihrer Serviette gegriffen, sich aber nicht darauf konzentrieren können. Sie hatte sich auf gar nichts mehr konzentrieren können.

Und während er den Wein mit einem Geschirrtuch aufgewischt hatte, war Sunday Cranston mit einer eigenartigen, schlaffgliedrigen Anmut von ihrem Stuhl auf den Boden gerutscht.

Jetzt liegt sie in derselben Haltung da, ein Arm verborgen unter ihrem Körper, die Wange auf den Teppich gedrückt, ein missgebildetes Ohr frei sichtbar.

Er ignoriert sie, während er das Geschirr wegräumt. *Jedes Ding an seinem Ort.* Er spült den Suppentopf aus, kippt den Rest des mit Schlafmittel versetzten Weins in die Spüle und streicht dabei mit den Fingern geistesabwesend über den Rand des Etiketts. Dann füllt er die leere Flasche mit heißem Wasser und Spülmittel.

Stöhnend schleift er sie die Treppe hinauf. Sie ist nicht schwer, aber trotzdem schafft er es nur mit Mühe. Ein leises, dumpfes Geräusch entsteht, wenn ihr Kopf gegen die Stufen knallt. Er ist besorgt, ihr Schädel könnte Fissuren davontragen oder die Knochen ihrer eingefallenen Wangen könnten Schaden nehmen.

Auf dem Treppenabsatz hält er an, um Luft zu holen, atmet

tief ein und aus. Er wartet, bis sein Herz wieder langsamer schlägt, gleichmäßiger. Prüft, ob ihre Augen noch immer geschlossen sind. Lauscht auf ihren leisen Atem.

Die Klappe zum Dachboden über seinem Zimmer steht weiterhin offen, der Haken liegt bereit. Eine Abdeckplane ist wie Wasser auf dem Boden ausgebreitet.

Er rammt die Spitze des Hakens in ihre Brust, durchbohrt dabei ihre Haut und treibt das Metall so tief wie möglich hinein.

Ihre Augenlider flattern in einem verzweifelten Rhythmus, während sie zwischen Leben gegen Tod schwebt.

Sie werden langsamer.

Regen sich nicht mehr.

Sobald er sicher ist, dass sie gut eingehakt ist, zieht er an dem Seil und kurbelt so lange, bis sie durch die Öffnung in der Decke verschwindet. Das Seil hält. Ihr Körper schaukelt hin und her, aber er fällt nicht herab.

Er steigt über die Leiter auf den Dachboden hinauf. In seinen neuen Sektionsraum.

Das Ausbeinmesser ist überraschend leicht, ein silbernes Aufblitzen im Dämmerlicht.

Er sticht es ihr ins Herz, nur um sicherzugehen.

Nebel wälzt sich landeinwärts und deckt die Welt zu. Allmählich lernt er, das Wetter an der Küste einzuschätzen, und diese Tage mit dichtem Nebel beginnen immer gleich. Die kühle Klarheit des Tages wird von wärmerer Luft verschleiert, die mit der Flut hereingetragen wird; heranschleichende Wolkenfetzen, die sich langsam zusammenballen.

Perfekte Bedingungen.

Der Nebel dämpft das Brummen des Motors, während er

über die gepflasterten Straßen der Altstadt zum Bell Wharf Beach fährt. Er parkt und nimmt die Reisetasche vom Beifahrersitz. Er kann kaum die Hand vor Augen sehen, aber er kennt den Weg.

Die Feuchtigkeit kühlt sein Gesicht, erfrischt ihn, obwohl er hellwach ist. Er fühlt sich in der Nacht zu Hause. Da gehört er hin.

Er geht über den betonierten Weg, der zum Yachtclub führt, und legt die Kleider – *roter Rock, weicher Pulli, schwarze Strumpfhose* – auf die Mauer am oberen Rand des menschenleeren Strandes. Ihre Stiefel landen weiter unten im Sand.

Soll die Polizei daraus machen, was sie will.

Er könnte ihre Kleider natürlich verbrennen. Oder sie in seinem Cottage verstecken. Aber diesmal möchte er ein Ablenkungsmanöver inszenieren. Denn er ist, trotz allem, genötigt, sie wissen zu lassen, was sie angerichtet hat.

Sie näher heranzulocken.

Ihr Angst zu machen.

Zu sehen, wie sie sich duckt und unterwirft.

Aber sie wird ihren Kopf anstrengen müssen.

Seine Finger streichen über das Erste der fragilen Skelette. Ganz kurz verwandelt er sich zurück in einen zehnjährigen Jungen; einen Jungen, dessen Mutter ebenso gestorben ist wie das Kaninchen, das sie ihm gekauft hat. Weil sein Gedächtnis sich über die Jahre immer mehr eintrübt, haben ihre Tode sich dermaßen miteinander verflochten, dass er sie nicht mehr voneinander unterscheiden kann. Er fühlt, wie er in sich zusammenschrumpft, aus dem Leben verschwindet, immer kleiner und kleiner wird.

Aber dann fällt ihm die Sammlung ein, die er wieder aufbauen muss. Seine Bestimmung, das Leben, das er gewählt und das ihn gewählt hat.

Ein Nachtvogel schreit über die Flussmündung, und sein Kreischen bringt ihn ruckartig zurück zu sich selbst.

Seine Brust schwillt an, in ihm erwacht lebhafte Freude über den Glanz und die Kraft, die von all dem ausgeht. Er war einmal mächtig, und er wird es wieder werden. Er spürt, wie er wächst, als ob jedes Atom und jede Zelle seines Körpers platzen wollten vor Stärke, Wissen und Macht. Selbst das Blut fließt triumphierend durch seine Adern. Er wird eine Armee aus loyalen Söhnen schaffen, angefangen mit Saul. Und er selbst, der Knochensammler, wird über sich hinauswachsen.

Er wird viele sein.

Und dann reißt der Nebel auf, und Sterne funkeln am Himmel, so klar, dass er sie zählen kann, und der Mond legt sich wieder auf die schwarzen Wellen, und er weiß, dass das ein Zeichen ist.

Die Nacht hängt plötzlich so voller blinkender Edelsteine, dass er sicher ist, dass es nicht regnen wird. Also fängt er am Rand der Flutlinie an zu graben; er weiß, dass das Wasser sich nicht bis dahin vorwagen und seine Schätze rauben wird.

Er braucht keine ganze Stunde dafür.

Wieder im Auto, wischt er die Sandkörner von seinen Schuhen ab und die Dreckspritzer des dickflüssigen, klebrigen Mündungsschlicks von seinen Nummernschildern. Die launenhaften Wolken sind zurückgekehrt. Er klopft auf seine Tasche. Es ist noch da. Eine Aufgabe ist erledigt, aber eine wartet noch auf ihn. Er hat Zeit, denkt er, sogar in diesem Nebel.

Er fährt durch die Wohnsiedlungen, die wie ein schmutziger Ring um die Stadt liegen, und auf die A 13. Die Straßen sind leer, wegen der späten Stunde und des Wetters.

Allmählich erreicht er vertrautes Gelände, sieht die am Horizont gezeichneten Hochhäuser der Stadt. Der Nebel lichtet sich.

Das Gefühl des Verlusts kehrt zurück und legt sich mit groben Fingern um seine Kehle, würgt ihn, erstickt ihn.

So ein großer Verlust.

Wegen ihr.

Etta Fitzroy.

Er denkt an ihr letztes Zusammentreffen, ihr kaputtes, blutendes Gebiss, das Geräusch der Sirenen, die Hitze, die vom Haus seines Vaters ausstrahlte und ihm die Haut abschälte und die Seele.

In seiner Erinnerung erleuchten die Flammen in jener Nacht, in der er alles verloren hat, ihr Gesicht, und er sieht noch etwas anderes: ihren Triumph.

Marshall, sein Vater, hockt ihm wieder auf der Schulter.

Auge um Auge, mein Sohn, Brandmal um Brandmal.

DONNERSTAG

14

»Rotwein oder Weißwein? Oder trinkst du lieber Bier oder Gin Tonic?«

Fitzroy, die auf dem Hocker neben ihm saß, griff verstohlen unter ihre Jacke, öffnete den obersten Knopf ihrer Hose und verspürte eine immense Erleichterung.

Sie erhaschte den Blick des Bartenders. »Eine Zitronenlimonade, bitte.«

Dr. Dashiell Hall trank einen Schluck aus seiner Bierflasche und beugte sich vor, damit sie ihn über die laute Musik hinweg hören konnte. Sie roch sein Aftershave und darunter seine Männlichkeit.

»Bist du immer noch im Dienst?«

»Ich bin immer im Dienst.«

»Aber du musst doch auch mal freihaben?«

Wollte er ihr mit dieser Frage etwas sagen? Wenn ja, war sie sich nicht sicher, was. Vielleicht interessierte er sich einfach nur dafür, wie so ein Ermittlerleben funktionierte. Sie kannte ihn nicht gut genug, um das einschätzen zu können.

Sie könnte ihn ja fragen. Aber war das anmaßend? Wollte sie anmaßend sein? Sie wusste nicht, wie sie sich in seiner Gegenwart benehmen sollte. Sie war immer noch mit David verheiratet, obwohl sie ihren Mann in den zwei Monaten seit ihrer Trennung nur zweimal gesehen hatte. Aber sie war hier, in dieser Bar, nach ein Uhr nachts. Was ja irgendetwas bedeuten musste.

113

»Natürlich.«

O Gott, war das zu kokett? Nein, er lächelte, und jetzt sagte er etwas über Eintrittskarten für eine Ausstellung in ein paar Wochen.

»Da muss ich mal auf den Dienstplan schauen«, erwiderte sie und fragte sich sofort, mit wem sie wohl tauschen konnte, wenn sie an dem Tag Bereitschaftsdienst hatte.

Sein Lächeln erfüllte sie.

Das war jetzt das zweite Mal, dass sie mit Dashiell ausging – und das vierte Mal, dass er gefragt hatte –, seit sie sich auf dem Gipfel des Clara-Foyle-Wahnsinns im Natural History Museum kennengelernt hatten. Er hatte ein Kaninchenskelett identifiziert, und seine sorgfältige forensische Untersuchung hatte sie zu *Dermestes maculatus* geführt, den Käfern, die Brian Howley benutzte, um das Fleisch von den Knochen seiner »Visitenkarten« zu lösen. Als sie diese Spur weiterverfolgt hatte, war sie auf Howleys Obsession für das Hunterian Museum gestoßen und schließlich auf ihn selbst.

Dashiells Intellekt erregte sie, aber heute – oder vielmehr an diesem Morgen – verspürte sie eine gewisse Hoffnungslosigkeit; das Gefühl, Clara im Stich gelassen zu haben, gescheitert zu sein.

Howley musste einen Fehler machen.

»Ich würde mich wirklich sehr freuen, wenn du mitkämst«, sagte er und strich über die Innenseite ihres Handgelenks.

Fitzroy rührte sich nicht, konnte es nicht.

Trotz all ihrer Kompetenzen als Ermittlerin – ihrer Fähigkeit, Verdächtige und deren Lügen zu durchschauen, ausweichende Blicke und übertriebenes Ableugnen zu interpretieren oder die verkrampfte Körperhaltung von jemandem, der viel zu nervös war, um glaubwürdig zu sein, zutreffend einzuschätzen –, hatte sie schon immer Probleme gehabt, das Verhalten derjenigen richtig zu deuten, die sie näher an sich herankommen ließ.

Wenn sie ehrlich war, hatte sie ihn gemieden und nur deshalb vorgeschlagen, am Ende eines langen Tages noch kurz etwas trinken zu gehen, weil sie dachte, das würde ihn vergraulen.

Und jetzt das.

Die kreisenden Bewegungen seines Fingers auf ihrer Haut.

Das langsame Schwingen und Schaukeln in ihrer Magengrube.

Das Bedürfnis, sich für ein paar Stunden in einem anderen zu verlieren.

Fitzroy zog ihre Hand zurück und kramte unter dem Vorwand, auf ihr Handy schauen zu wollen, in ihrer Tasche herum, damit sie ein oder zwei Sekunden Zeit hatte, sich zu sammeln. Bei seiner nächsten Frage brach die Realität mit Wucht wieder über sie herein.

»Gibt's irgendwas Neues von Clara Foyle?«

Er fragte sie das jedes Mal, wenn sie miteinander sprachen, und ihre Antwort war immer dieselbe.

»Noch nicht.«

»Und kommst du damit klar?«

»Entschieden besser als Clara und ihre Familie.«

Seine Besorgtheit tat ihr gut, auch wenn sie nun von neuem den Schmerz und den Frust über Howleys Flucht spürte. Eine Gruppe lachender Mädchen verließ die Bar. Sie wünschte sich, er würde sie wieder anfassen.

Dashiell trank sein Bier aus und schaute auf die Uhr. Sie waren schon zwei Stunden hier. »Gott, ist das spät. Ich sollte wohl mal aufbrechen. Wollen wir ein Taxi nehmen?«

Na, bitte, das war eine Frage. Bedeutete das, dass er hoffte, dass sie ihn zu sich mitnahm? Sie versuchte sich daran zu erinnern, wo er wohnte. Nicht weit von ihr entfernt. Dulwich? Ach nein, er war kürzlich an den Rand von Kent gezogen, nach Beckenham, was eine ziemliche Pendelei bedeutete, wie er gesagt hatte.

»Klar.«

Auf der Straße drückte der Nieselregen ihr kalte Küsse ins Gesicht. Fitzroy fröstelte, und Dashiell legte einen Arm um ihre Schultern und zog sie in seine Wärme. Zuerst wehrte sie sich und erstarrte, doch als er sich enger an sie schmiegte, entspannte sie sich und ließ sich gegen ihn sinken. Der raue Stoff seiner Jacke streifte ihr Ohr.

Trotz der eisigen Nachtluft und des sternenlosen Stadthimmels wäre Fitzroy bereitwillig dort stehen geblieben, bis die Sonne auf-, unter- und wieder aufging. Minuten verstrichen; in den Straßen war es still in dieser Donnerstagnacht. Dashiell murmelte leise etwas und stieß dabei Atemwolken aus, die sich in der Dunkelheit auflösten.

Und dann kam ein orangefarbenes Licht auf sie zu. Dashiell streckte seinen Arm aus, schob sie auf die Straße und öffnete ihr die Tür.

»Etta?«

Sie räusperte sich, nannte ihre Adresse und wartete mit angehaltenem Atem, ob er zu ihr ins Taxi steigen würde.

Er tat es.

Unterwegs fanden seine Finger ihre. Wieder spürte sie ein leises Schlingern im Magen. Sein Gesicht sah ernst aus, das

116

Licht der Straßenlaternen hob im Vorbeifahren sein Profil hervor.

Aus dem Radio drang gedämpftes Gemurmel, ihre Erschöpfung war verflogen, und sie fühlte sich hellwach. Wenn er noch mit hochkommen wollte, würde sie nichts dagegen einwenden.

Die Apartments lagen, bis auf das Sicherheitslicht, das die gemeinsame Eingangstür erhellte, in der Dunkelheit. Hatte sie daran gedacht, ihr Bett zu machen und das Frühstücksgeschirr wegzuräumen? Aber spielte das überhaupt eine Rolle? Er hatte betont, wie spät es schon war, vielleicht fuhr er ja einfach nach Hause, sobald sie ausgestiegen war. O Gott, sie war zu alt für so was.

Sie kramte in ihrer Handtasche und streckte dem Fahrer Geld hin, ohne Dashiell anschauen zu können. Ihre Finger schlossen sich um den Lederriemen ihrer Tasche, dann trat sie auf den Gehsteig hinaus, und die kalte Luft schlug ihr ins Gesicht.

»Soll ich dich noch hochbringen?« Sein Tonfall war neutral; er war ebenso wenig bereit, sich eine Blöße zu geben wie Fitzroy.

Jetzt konnte sie ihm aus anderen Gründen nicht in die Augen sehen.

»Ja«, sagte sie, »gern.«

Als das Taxi davonfuhr und sie am Straßenrand zurückließ, küssten Fitzroy und Dashiell sich nicht. Sie küssten sich nicht, während sie die Treppe im Haus hinaufstiegen und ihre Finger sich streiften oder als sie zusammen durch die Doppeltüren des dritten Stocks traten und ihre Körper sich näher kamen, aufheizten.

117

Und sie küssten sich nicht, als Dashiell über eine Kante des Teppichs stolperte, die die Hausverwaltung eigentlich zu kleben versprochen hatte, und Fitzroy ihn abstützte, indem sie sich gegen ihn drückte.

Sie küssten sich gar nicht in dieser Nacht, denn als sie beide voller Vorfreude auf das Vergessen, das sie in der Berührung des anderen suchten, vor Fitzroys Wohnung ankamen, stand die Tür offen, und sie stürzten in eine neue, andere Art von Dunkelheit.

15

03.26 Uhr

Saul wurde von den Stimmen geweckt. Nein, nicht den Stimmen. Einer Stimme. Ganz allmählich drang sie durch die einzelnen Schichten seines Bewusstseins zu ihm durch.

Instinktiv wollte er sich das Kissen über den Kopf ziehen und versuchen, wieder einzuschlafen, doch der lange, tiefe Ton des Nebelhorns von der Themsemündung erfüllte sein Zimmer. Er tastete nach seinem Handy, und das Display leuchtete in der pechschwarzen nächtlichen Finsternis auf wie ein Blitzlicht.

Sauls Hirn arbeitete noch nicht mit der üblichen Geschwindigkeit, aber er war wach genug, um zu registrieren, dass es verdammt viel zu früh war. Er ließ das Telefon wieder auf den fadenscheinigen Teppich fallen; sein Freund hatte es irgendeinem Anzugträger geklaut und ihm zum Preis eines Aufsatzes über *Die Zeitmaschine* und zwei Wochen Mathehausaufgaben überlassen. Leise fluchend streckte er die Beine aus, die inzwischen so lang waren, dass sie über das Bettende hinaushingen. In Wahrheit war er schon seit einigen Jahren zu groß für dieses Bett, aber seine Mutter konnte sich kein neues leisten.

In seinem Zimmer herrschte die klirrende Kälte einer späten Februarnacht, wenn in der ganzen Wohnung das Gas abgestellt ist und die Temperaturen draußen unter null sinken. Bei der Aussicht auf das bevorstehende eiskalte Bad zog sich in ihm alles zusammen. Vielleicht sollte er darauf einfach verzichten. Donnerstags machten sie immer Geländeläufe im Sportunterricht; die hasste er zwar, aber nach dem sinnlosen Gerenne über matschige Felder wurde man wenigstens mit heißem Wasser belohnt.

Sein Körper war bleischwer vor Müdigkeit. Als er die Augen schloss, hörte er nur noch diese Stimme, die ihm ebenso vertraut war wie seine eigene. Saul gab den Gedanken an Schlaf erst einmal auf und zog die Decke bis zum Hals hoch, um sich gegen die Kälte zu schützen.

Gloria Anguish versuchte zu flüstern, aber darin war sie noch nie besonders gut gewesen. Sie hatte eine kräftige Stimme und sprach stets etwas lauter als die meisten Menschen. Er schnappte das Wort »Schuppen« auf und danach »Viertelstunde«, dann hörte er dieses kehlige Lachen, das er für gewöhnlich von ihr hörte, wenn sie zu Mr Darenth in die Schule bestellt wurde und ihre Hand *ein wenig* zu lang auf seinem Arm liegen ließ. Saul wand sich immer innerlich, wenn er dieses Lachen hörte.

Eine Tür schloss sich, und er hörte Schritte auf dem Flur. Als seine Mutter vor seinem Zimmer kurz stehen blieb, schloss Saul die Augen und wünschte sich mit aller Macht, dass sie nicht hereinkam. Nach einer Weile hörte er aus der Küche das vertraute Klirren eines Flaschenhalses, der gegen den Rand einer Tasse schlägt.

Abscheu, so mächtig und bitter wie der Alkohol, mit dem seine Mutter sich zerstörte, sammelte sich in seinem Mund. Ein vertrauter Geschmack.

An seinem zwölften Geburtstag hatte Gloria ihm einen Fußball geschenkt und sich selbst einen Liter Wodka.

»Gefällt er dir, Liebes?« Sie hatte diesen glasigen, allzu leuchtenden Blick gehabt, den er da bereits kannte.

Saul hatte seine Fingerspitzen auf das harte Leder gelegt und sich nicht getraut, etwas zu sagen. Ja, er hatte sich einen Fußball gewünscht, aber an seinem siebten Geburtstag, nicht an seinem zwölften. Er wollte einen haben, als seine Freunde in der Juniorenliga spielten und Sammelkarten tauschten und von nichts anderem als Fußball redeten.

Mit zwölf Jahren hatte er sich ein Handy oder iPad oder einfach ein bisschen Geld für sich selbst gewünscht.

»Das ist …« Saul wusste, dass es unklug war, mit seiner Mutter zu streiten, wenn sie getrunken hatte, doch er konnte seine Enttäuschung unmöglich hinter falschen Dankesbekundungen verbergen.

Glorias Lächeln erstarrte.

»Dafür habe ich acht Pfund bezahlt, du undankbarer Arsch.«

»Aber ich hab dich nicht um einen Ball gebeten, Mum. Können wir ihn zurückbringen?«, hatte er in einem bettelnden Ton erwidert, in der Hoffnung, dass sie verstehen würde. Doch anstelle einer Antwort hatte sie nur die Zimmertür zugeknallt. Und Saul hatte am Abend seines Geburtstags allein zu Abend gegessen.

Ein weiteres Tuten des Nebelhorns drang in diese Erinnerung ein und wischte sie beiseite. Saul richtete sich auf, schwang die Beine aus dem Bett und bekam sofort eine Gänsehaut. Er zog seine Jeans und einen alten Pulli an, dessen Saum sich auflöste. Dann hörte er, wie ein Küchenschrank geöffnet wurde und Glas gegen Holz stieß. Sie stellte die Flasche zurück, so viel konnte er daraus schließen. Er fragte sich, woher sie überhaupt das Geld für den Alkohol hatte.

Als er hörte, dass sie zurück durch den Flur kam, presste Saul sich an die Wand, als hätte sie plötzlich einen Röntgenblick, mit dem sie durch die Tür schauen konnte.

Aber diesmal zögerte seine Mutter nicht. Sie war jetzt am anderen Ende des Flurs, und an der Abfolge der Geräusche erkannte er, dass sie zur Haustür hinunterging.

Ein vertrautes metallisches Klicken, und sie war weg.

In Saul legte sich ein Schalter um. *Verdammt.* Er hatte absolut keine Lust, seiner Mutter in die Nacht hinaus zu folgen, aber sie hatte getrunken, und es war nach drei Uhr. Sie würde da draußen nicht allein bleiben. Wo, zur Hölle, ging sie hin? Pflichtgefühl und Widerwille kämpften in ihm um die Oberhand.

Der Nebel füllte seine Lunge mit seinem kalten Atem und verschleierte die Nacht. Er konnte seine Mutter nicht sehen; außer den Umrissen von Autos unter dem Gazeschleier der Straßenlaternen konnte er ohnehin kaum etwas erkennen.

Die Hauptstraße, die am Kliff vorbei in die Stadt führte, lag, bedingt durch die Wetterlage, ganz still da. Keine Autos, keine Menschen, nur die Wolkenschleier, die amorph in der Luft hingen.

Saul rieb sich die Hände. *Mist.* Wo war sie hingegangen? Er hatte keine Hoffnung, sie bei dieser Witterung zu finden. Es war ja nicht sein Fehler, dass sie eine unzuverlässige Säuferin war, die ihrer Verantwortung für sich, für ihn und für alles Mögliche andere nicht nachkam.

Er schaute zu den Fenstern der schlafenden Häuser hoch – glänzende Backsteinkästen mit Familien, die sich gegen mehr als nur den kalten Nebel verschanzten. Väter mit Jobs und Mütter. Saubere Teppichböden, volle Kühlschränke und iPads, spiegelblanke Autos. Geburtstagspartys. Ermutigungen. Grenzen. Die Sicherheit von Routinen. Bedingungslose Liebe. Eine seltsame Empfindung schlich sich in Sauls Bewusstsein ein und stellte den Schutzmechanismus ab, den er so mühevoll konstruiert hatte. Er war sich nie ganz sicher, wie er dieses Gefühl beschreiben sollte. Verlust? Wehmut vielleicht. Eine Traurigkeit, die so überwältigend war, dass sich ihm der Magen zusammenzog. Heiße Tränen traten ihm in die Augen. Er hatte das Gefühl zu ersticken.

Er musste an den Jungen aus der Tierhandlung denken, an die Art, wie sein Vater sich vorgebeugt hatte, als sie sich den Vogel anschauten. Eine einfache Geste der Liebe und des Schutzes.

Saul war gestern in der Hoffnung, dass Conrad ihm einen Vorschuss auf sein Gehalt zahlte, an dem Laden vorbeigegangen. Aber sein Chef hatte ihm ins Gesicht gelacht und gesagt, Angestellte würden nun mal erst dann bezahlt, wenn sie ihre Arbeit geleistet hätten. Er hatte Saul kein Geld gegeben, ihm aber einen Umschlag überreicht.

Und es stellte sich heraus, dass der Junge und sein Vater wieder in der Tierhandlung gewesen waren.

In dem Umschlag lag das Foto eines Welpen. Für den Fall,

dass Saul Interesse habe. Irgendwer hatte *Scooby* auf die Rückseite geschrieben.

Er wischte sich über die Augen. Zur Hölle mit seiner nutzlosen Mutter. Sollte sie doch lernen, auf sich selbst aufzupassen. Das war nicht seine Aufgabe. Nicht schon wieder. *Auf gar keinen Fall.*

Saul hatte sich fast davon überzeugt, zurück in die Wohnung zu gehen, hatte sich schon wieder dem Haus zugewandt und stellte sich vor, wie er sich unter der Decke vergraben und versuchen würde, vor der Schule noch ein paar Stunden zu schlafen. Wenn er es getan hätte, wenn er in diesem Moment tatsächlich nach Hause gegangen wäre, hätte sein Leben einen anderen Verlauf genommen. *Einen sichereren.* Doch im nächsten Moment drang das Lachen seiner Mutter, das angestrengt und leicht gezwungen klang, die Stufen des Kliffs empor, und er konnte nicht widerstehen. Er trabte darauf zu.

Seine Finger schlossen sich um das Metallgeländer, und seinen Füßen waren die unebenen Stufen so vertraut, dass sie den Weg fast von selbst fanden. Aus den Büschen, die den Weg hinunter nach Belton Way säumten, schoss unmittelbar vor ihm eine kleine schwarze Gestalt heraus.

Eine Ratte.

Er trat mit dem Fuß nach ihr, denn er wollte auf keinen Fall seine Mutter aus dem Blick verlieren. Sie bog gerade um die Ecke und ging auf die Altstadt mit ihren Fischerhäuschen und Pubs zu. Er rannte los, um sie im Auge behalten zu können. Nicht zu nah, aber nah genug.

Die Pflastersteine waren hart unter den abgelaufenen Sohlen seiner Turnschuhe, aber Saul spürte nur die ersten Regentropfen auf seinem Gesicht, die ihn so kalt und überraschend erwischten wie der Schmerz über ein gebrochenes Herz.

Seine Mutter stand im Eingang eines der altmodischen Bootsschuppen. Das allzu grelle Licht der Sicherheitsleuchte fiel auf ihre rauen, alt werdenden Hände, die nach dem Schlüssel griffen, der an einem Band um ihren Hals hing. Noch während Saul versuchte, diese Entdeckung einzuordnen, wurde er bereits mit der nächsten Wahrheit konfrontiert. Hinter Gloria Anguish stand ein Mann, den er nicht kannte und dessen Hand besitzergreifend auf ihrem Hintern lag.

Saul hasste ihn jetzt schon.

Die andere Hand des Mannes glitt unter den Mantel seiner Mutter, und sie stieß ein mädchenhaftes Gekicher aus. Doch Saul hörte es nicht; er spürte nur, wie die letzten Reste seiner Liebe zu etwas Hässlichem, Aufgebrauchtem verdorrten.

Saul verfluchte seine eigene Dummheit, während er tiefer in die Altstadt hinein und auf die Abkürzung zur Bahnüberführung zuging. Nie wieder. Sollte die betrunkene, ekelhafte Kuh den Mist, den sie machte, doch ab jetzt selbst wieder in Ordnung bringen. Er fragte sich, welche Geheimnisse sie wohl sonst noch vor ihm hatte.

Der Nebel lichtete sich ein wenig, und er erblickte vor sich den Strand. Staubgrauer Mondschein drang durch die Wolken und sammelte sich auf der Wasseroberfläche. Die Sandkörner sahen aus wie winzige Metallkugeln. Die Stille des Strandes zog ihn an; sie wirkte wie eine Art Gegenkraft zu dem Zorn, der sich in seinem Innern mit aller Macht zusammenbraute.

Seine Turnschuhe sanken in den nassen Sand, als er nach

vorn zum Wasser lief. Er hob einen Stein vom Boden auf und warf ihn in die zurückweichende Flut. Dann noch einen und noch einen. Und mit jedem Wurf schleuderte er einen Teil seiner Wut aus sich heraus.

Als er ruhiger wurde, dreht er sich um. Er wollte nach Hause gehen und sich schlafen legen.

Aber in den monotonen Schatten der Nacht fiel ihm ein unerwarteter Farbfleck ins Auge. Er trat näher an die Mauer heran.

Ordentlich zusammengefaltet lagen dort ein roter Rock und ein weicher Pulli.

Und oben darauf ein handgestrickter Schal, eine Mütze und ein silberner Armreif. Er nahm ihn in die Hand, weil er dachte, er müsste sich irren. Aber das war kein Irrtum. Er erkannte den Armreif, da er einmal seiner Mutter gehört hatte, nun aber im Besitz von Cassidy Cranston war.

Dem Mädchen, das er liebte.

16

03.39 Uhr

Die Tür stand offen, ein schwarzes Gähnen. Aber es war nicht die Dunkelheit, die Fitzroy Angst machte, auch wenn ihr klar war, dass dort Gefahren lauern konnten. Schlimmer war das Wissen, dass ein Fremder ihr Zuhause entweiht hatte.

Dashiell drückte seine Finger in ihren Arm, eine stille, dringende Mahnung zur Vorsicht. Er straffte seine schmalen

Schultern und ging langsam voraus. Wenn die Situation nicht so ernst gewesen wäre, hätte Fitzroy vielleicht gelacht. David war immer froh gewesen, dass sie genug Mut für sie beide besaß. Ein Mann, der dem Stereotyp »Ich bin der Beschützer meiner Frau« entsprach, fühlte sich irgendwie tröstlich an, auch wenn es unnötig war. Sie bezweifelte, dass Dashiell sich jemals auch nur einen harten verbalen Schlagabtausch mit jemandem geliefert hatte, geschweige denn einen richtigen Kampf.

Fitzroy trat flink an ihm vorbei und holte das Pfefferspray aus ihrer Tasche. Das hatte sie stets bei sich, seit Brian Howley aus dem Polizeigewahrsam entkommen war, obwohl er ziemlich sicher längst abgetaucht war. Der schmale Streifen Licht, der aus dem Hausflur auf ihre polierten Holzdielen fiel, wies ihr den Weg.

Dashiell wollte etwas sagen, aber sie drückte ihren Finger auf seine Lippen, um ihn zum Schweigen zu bringen. In weniger als einer Minute hatte Etta sich von einer Frau, die mit einem Mann verabredet war, in Detective Sergeant Fitzroy zurückverwandelt, die mit einen Einbruch konfrontiert wurde und den Mistkerl stellen wollte.

Sie lauschte in die Finsternis, hörte aber nur das leise Surren ihres Boilers, der heißes Wasser produzierte. Sie ging weiter in ihre Wohnung hinein, vorbei an dem alten Garderobenständer, den sie mit David auf dem Spitalfields Market gefunden hatte, vorbei an ihrem von Papierkram überquellenden Schreibtisch, vorbei an Wänden, die nicht etwa deshalb kahl waren, weil der Eindringling ihre Hochzeitsfotos gestohlen hatte, sondern weil sie sie in den Tagen nach Davids Auszug selbst abgenommen hatte. Schließlich erreichte sie die geschlossene Badezimmertür.

Sie drückte ihr Ohr gegen das Holz, tastete nach dem Griff, schob die Tür vorsichtig auf und schaltete das Licht ein.

Nichts außer den glatten, hellen Linien ihres Bades und dem Geruch feuchter Handtücher.

»Leer«, murmelte Dashiell hinter ihr. Sie spürte Ärger in sich aufsteigen, aber sie unterdrückte ihn. Wenigstens versuchte er, leise zu sprechen.

Fitzroy wiederholte dasselbe Vorgehen im Wohnzimmer, in der Küche und im Gästezimmer. Doch es war alles noch an seinem Platz, nicht ein Kissen war bewegt, nicht ein Möbelstück verrückt worden. Ihr Laptop stand auf dem Küchentisch und das Radio auf dem Regal, so wie immer. David? War er hier gewesen? Aber dann fiel ihr die aufgebrochene Tür wieder ein.

Die Bettdecke im Schlafzimmer war noch genau so glattgestrichen wie am Morgen, als sie zur Arbeit gegangen war. Hinter den Jalousien, die sie morgens nicht hochgezogen hatte, weil es ihr zu hell war, lag nun wieder tiefe Dunkelheit. Dashiell war dicht hinter ihr; sie hörte seinen Atem, spürte sein Unbehagen.

In der Ecke stand ein schmaler antiker Schrank. David hatte ihn gehasst, als sie auf einem Markt in Frankreich darüber gestolpert waren, doch Fitzroy hatte sich wegen seiner feinen handgefertigten Schnitzereien und des abblätternden weißen Holzanstrichs sofort in ihn verliebt. Als er sich geweigert hatte, ihn zu kaufen, und weggegangen war, um einen Bierausschank zu suchen, hatte sie den Verkäufer und dessen Freund überredet, ihn gegen ein Trinkgeld auf dem Dach ihres Autos zu befestigen. Als David, rot im Gesicht von zu viel Nachmittagssonne und Alkohol, zurückgekommen war, hatten die Männer ihren Stand längst abgebaut und waren gegangen. Auf der ganzen restlichen Rückreise nach England hatte David nicht mehr mit ihr gesprochen.

Die Tür zu diesem Schrank stand jetzt einen Spaltbreit offen.

Fitzroy bedeutete Dashiell, sich nicht von der Stelle zu rühren, und schlich auf den Schrank zu. Als sie in Reichweite war, nahm sie die Spraydose in beide Hände und schob die Holztür mit dem Fuß ganz auf.

Aber der Schrank enthielt nur Dinge, die sie kannte: ihre ordentlich aufgehängten Kleider, die Kiste mit den Erinnerungsstücken an Nate und eine blauweiße Schachtel, die halb hinter dem Hut hervorlugte, den sie mal bei einer Hochzeit getragen hatte.

Sie atmete langsam aus, und die Spannung wich aus ihrem Nacken und ihren Schultern. Sofort setzte eine große Müdigkeit ein und erinnerte sie daran, dass sie seit zweiundzwanzig Stunden nicht geschlafen hatte.

»Es ist niemand hier.«

»Nein.«

»Möchtest du, dass ich hierbleibe? Nur um dir Gesellschaft zu leisten, nicht … du weißt schon.« Dashiell war verlegen und schaute überall hin, nur nicht zu ihr.

Er war ein guter Mann. Aufmerksam, intelligent. Die Chemie zwischen ihnen stimmte, und sie wusste, dass er es auch spürte. Aber in diesem Moment war der Gedanke an Schlaf einfach verführerischer als er.

»Ich komme schon klar.«

Seine enttäuschte Miene war ihr unangenehm, und sie überlegte, ob sie ihre Meinung ändern sollte. Aber bis sie die richtigen Worte gefunden hatte, um ihn zum Bleiben aufzufordern, fiel die Wohnungstür bereits hinter ihm zu.

»Ich rufe dich an«, sagte sie, obwohl er es nicht mehr hören konnte, und sie war sich auch nicht sicher, wann sie das tun würde.

Dankbar für den zusätzlichen Sicherheitsriegel, den sie nach Howleys Flucht hatte anbringen lassen, verschloss sie ihre Wohnungstür gründlich. Der Anruf beim Schlosser konnte bis morgen warten.

Brian Howley.

Spielte er wieder Spielchen mit ihr? Sie war sich nicht sicher. Das hier fühlte sich nicht so an, als wäre es sein Werk. Er bevorzugte dramatische Gesten und kryptische Hinweise. Sie war paranoid. Aber wie viele Einbrecher verschafften sich Zutritt zu einer Wohnung und stahlen dann nichts? Vielleicht war er – oder sie – überrascht worden.

Fitzroy zog sich aus und ließ ihre Kleider einfach auf den Boden fallen. Sie machte sich auch nicht die Mühe, ihre Zähne zu putzen oder ihr Make-up und den Schmutz der täglichen Polizeiarbeit abzuwaschen. Howley war viele Kilometer weit weg und versteckte sich irgendwo. Wenn er noch einen Funken Verstand besaß, hielt er sich im Ausland auf. Und Clara? Darüber nachzudenken ertrug sie jetzt nicht. Sie brauchte Schlaf, keine Albträume.

Das Laken unter ihrer Haut war angenehm kühl, das Kissen eine Einladung. Sie schloss die Augen und spürte, wie sie in die Dunkelheit sank und dass ihr Körper ihr heute, trotz allem, ein bisschen Ruhe gönnen würde.

Fitzroy streckte die Beine aus und genoss die Entspannung, nachdem sie sich so viele Stunden zusammengerissen hatte. Ihre Füße glitten über ihr breites Bett und streiften dabei etwas Hartes, Unerwartetes.

Sie zog reflexartig ihre Beine an; sie konnte nicht einordnen, was sie da gerade gespürt hatten, wusste aber, dass es sie an irgendetwas erinnerte. Ein kräftiger Adrenalinstoß elektrisierte ihre Sinne und vertrieb ihre Müdigkeit. Fitzroy fuhr aus dem Bett hoch, tastete nach der Lampe und zog ihre Decke vom Bett herunter.

Panik ließ sie aufkeuchen.

Zwischen den Falten des Baumwolllakens lag ein schlaffes, graues Etwas, das nach Meerwasser und Verwesung roch. Sie erstarrte, der sanfte Trommelschlag ihres Herzens nahm Fahrt auf.

Die Schere eines toten Krebses.

Ting.

Fitzroy hörte, wie die Musik in ihren Synapsen lauter wurde. Manche bezeichneten es als Instinkt, der durch die Polizeiarbeit geschärft worden war. Doch Etta halfen die Klänge ihres inneren Orchesters dabei, die Fakten freizulegen und die unterschiedlichen Fäden ihrer Ermittlung zu einer Sinfonie zusammenzufügen. Und in diesem Moment spielte dieses Orchester ein Lied der Gewissheit.

Vor ihrem inneren Auge sah sie Clara Foyles Spalthände, und sie wusste, er war zurück.

17

03.45 Uhr

»Cassidy!«

Sein Schrei durchschnitt den Nebel.

»Caaaasssss!«

Saul rannte, geisterhafte Atemwolken ausstoßend, im Kreis durch den nassen Sand und suchte nach dem Mädchen, das ihm das Gefühl gab, dass sein Leben zu irgendetwas gut war.

Das tintenschwarze Meer zog sich immer weiter vor ihm zurück, und er war völlig außer sich vor Panik. Wenn sie irgendwo dort draußen war, dann war sie jetzt tot. Die unerbittlichen Gezeiten und die Temperaturen, die jeden Körper zu dieser Jahreszeit innerhalb von Sekunden gefühllos machten, konnte niemand überleben.

Er versuchte, das Dröhnen und Rauschen in seinem Kopf zu ignorieren, das jeden rationalen Gedanken übertönte. Und er versuchte ebenso zu ignorieren, was der silberne Armreif auf diesem Kleiderstapel zu bedeuten hatte. Er fuhr mit den Fingern über die zarte Gravur, die sich über das Metall zog: *Zweifle, ob lügen kann die Wahrheit, nur an meiner Liebe nicht.*

Saul hatte Cassidy unbedingt etwas Besonderes zu ihrem sechzehnten Geburtstag schenken wollen und seine Nase an den Juwelierläden plattgedrückt, deren Angebote er sich nicht leisten konnte. Selbst wenn er jeden einzelnen Penny gespart hätte, an den er herankam, wäre es nicht genug gewesen. Auf der Suche nach achtlos liegengelassenem Münzgeld hatte er eine Schublade im Zimmer seiner Mutter durchwühlt und diesen Armreif entdeckt, der in Seidenpapier eingewickelt war. Seine Mutter hatte immer noch nicht bemerkt, dass er nicht mehr da war.

Er hatte zwei Tage hintereinander kein Abendessen bekommen und für Posh Dan einen Essay über Dickens' *Harte Zeiten* geschrieben, um Cassidy zu einem Milkshake und einem Stück Kuchen in einem Café am Broadway einladen zu können. Und als sie ihren ersten Bissen in den Mund schob, hatte er ihr eine Geschenkbox in die Hand gedrückt.

Sie machte den Deckel auf und war entzückt. »Das ist ja ein echtes Vintage-Stück, Saul. Es ist wunderschön.« Als sie die Inschrift las, belohnte sie ihn mit diesem heimlichen Lächeln, das sie zu etwas Besonderem machte. Er brachte es nicht über sich, sie zu korrigieren, als er ihr das Schmuckstück seiner Mutter über die Hand schob.

Doch jetzt lag es hier, ein schnödes Stück Metall an einem menschenleeren Strand. Es fühlte sich kalt an unter seinen Fingern, als er es in seine Tasche steckte.

Cassie war impulsiv, ja, aber *das* würde sie nie tun. *Oder?* Sie war so wütend gewesen nach ihrem Streit, dass sie aus dem Café Flora gerannt war und am nächsten Tag nicht zur Arbeit erschien. Die Sohlen seiner Turnschuhe drückten ein Gittermuster in den Sand, und plötzlich war ihm, als erlebte er ein Déjà-vu. Doch er zog sofort die Notbremse. Diesen Gedanken durfte er nicht zu Ende denken. Er würde jetzt nicht dort hingehen.

Zwei Scheinwerfer überfluteten den Strand mit Licht.

Saul blinzelte und schirmte die Augen gegen diesen künstlichen Tagesanbruch ab.

Eine Tür schlug zu. Dann hörte man langsame, wohlüberlegte Schritte auf dem Betonweg oberhalb des Strandes.

»Alles in Ordnung, mein Sohn? Es ist ein bisschen spät, um hier herumzulaufen. Du kannst nie wissen, wer sich sonst noch so herumtreibt.«

Saul konnte das Gesicht des Mannes nicht sehen, weil das Licht ihn blendete, aber er erkannte die Stimme, die wie eine verkratzte Schallplatte klang. Er fragte sich, was er um diese Zeit am Strand machte.

Mr Silver beantwortete diese Frage, bevor Saul Zeit hatte, den Gedanken zu Ende zu denken. »Ich konnte nicht schlafen. Wenn man sein Leben lang Nachtschichten geschoben hat, ist das kein Wunder. Und du?«

»Ich weiß nicht, wo meine Freundin ist.« Saul wischte sich mit einer groben Geste die Tränen ab und verspürte eine überraschende Erleichterung, dass ein Erwachsener sich der Sache annahm.

Mr Silver verließ den Betonsteg nicht, sondern kam nur vorsichtig ein Stück näher und betrachtete den Kleiderstapel und Sauls verzweifelte Miene.

»Hast du sie ins Wasser gehen sehen?«

»Ich habe gar nichts gesehen«, sagte Saul und klang empört über die Ungerechtigkeit einer solchen Frage. »Ich habe die Kleider gesehen, und ich …«

»Polizei?«

Es war eine simple Frage, weder als Tadel noch als Anweisung formuliert, aber der panische Ausdruck, der über Sauls Gesicht huschte, war Antwort genug.

»Verstehe«, sagte Mr Silver. »Natürlich, du hast recht. Wenn sie da draußen ist, können wir jetzt ohnehin nichts mehr für sie tun. Was hat es da für einen Sinn, die Polizei zu euch nach Hause einzuladen.« Ein verschlagener Blick. »Sie werden dich verdächtigen, weil du der Erste warst« – er malte Anführungsstriche in die Luft – »der ›am Tatort‹ war.«

Seine Worte hatten eine niederschmetternde Wirkung auf Saul. Er und seine Mutter waren der Polizei schon immer, wenn möglich, aus dem Weg gegangen. Er konnte es sich nicht leisten, ihnen jetzt Tür und Tor zu öffnen.

»Was sollen wir denn tun?«

Mr Silver ließ Saul zusehen, wie er über eine Antwort nachdachte. In Wahrheit wusste er, als der Junge »wir« gesagt hatte, dass dies der Moment war, auf den er gewartet hatte.

»Ich bringe dich nach Hause, mein Sohn.«

»Nein, danke, ich kann laufen«, erwiderte Saul entschieden und tastete automatisch nach dem Schlüssel in seiner Tasche. Sie war leer. Er versuchte es in der anderen und tastete dann nach und nach alle seine Taschen ab. Seine Bewegungen wurden so hektisch wie der Flügelschlag einer gefangenen Motte. Keine zehn Pferde brachten ihn zurück zu den Bootsschuppen, zu Gloria und diesem Mann.

Der Ersatzschlüssel. Unter dem Blumentopf.

Seine Anspannung löste sich, kehrte aber fast sofort in seine Nackenmuskulatur und seine Schultern zurück, als es ihm wieder einfiel: Der Schlüssel lag nicht unter dem Blumentopf. Er benutzte ihn bereits, seit seine Mutter ihren während einer ihrer extremen Trinkphasen verloren hatte, es aber nicht zugeben wollte und behauptete, sein Schlüssel sei ihrer. Und für einen neuen Schlüssel hatte das Geld nicht gereicht. Es gab keinen Ersatzschlüssel mehr.

Mr Silver beobachtete das Drama, das sich auf Sauls Gesicht abspielte.

»Alles in Ordnung?«

Saul riss seinen Kopf zu dem Unterstand herum, an dem er vor ein paar Tagen mit seinen Freunden Fish 'n' Chips gegessen hatte. »Wie's aussieht, werde ich hier schlafen«, sagte er mit forciert klingender Kühnheit.

»Du kannst nicht die ganze Nacht hier draußen bleiben.« Mr Silver legte eine Kunstpause ein. »Du wirst erfrieren.« Sein Ton war locker, nicht drängend. »Ich habe ein Sofa.« Der ältere Mann senkte den Kopf und biss sich auf die Unterlippe. »Nichts Besonderes, aber allemal wärmer als das hier«, fügte er bescheiden hinzu.

Der Nebel trübte Sauls Sicht und seine Sinne, sein Gespür für Gefahr. Er war müde und todunglücklich, und das machte ihn verwundbar. Er dachte kurz an seine Freunde. Aber zu ihnen lief er mindestens eine halbe Stunde. Und da waren auch noch Eltern zu berücksichtigen. Er konnte nicht einfach mitten in der Nacht bei ihnen auftauchen.

Geh zur Polizei.

Für Cass.

Saul zögerte; er war hin- und hergerissen. Es widerstrebte ihm, bei einem Mann Unterschlupf zu suchen, den er kaum kannte, aber die Kälte sickerte durch den Stoff seiner Jacke, und er wollte nicht riskieren, seiner Mutter zu begegnen. Er konnte sich genau ausmalen, wie sie mit übertriebener Fröhlichkeit so tat, als wäre alles wie immer, als hätte sie sich nicht gerade von diesem Dreckskerl betatschen lassen und was sonst noch alles. Und er wollte ihr eine Lektion erteilen. Wollte, dass sie sich zur Abwechslung mal Sorgen um ihn machen musste.

Und was Cassidy anging, so setzte jedes Mal, wenn er vor seinem geistigen Auge sah, wie ihre Leiche aus dem Wasser gezogen wurde, sein Herz kurz aus. Er stellte sich die Trauer vor, die ihre Mutter Helen tragen würde wie einen Hut, wenn die Polizei an ihrer Tür klingelte.

Geh zur Polizei.

Aber die Polizei würde Fragen stellen. Endlose Fragen.

Und er wollte keine Fragen beantworten.

Der feuchte Nebel kroch ihm in die Knochen und entschied für ihn.

»Danke.« Er trat mit seiner Turnschuhspitze gegen einen Kieselstein. »Wenn Sie sicher sind.«

»Na, dann komm.«

Saul trottete über den Sand auf Mr Silvers Auto zu und bewegte sich mit jedem Schritt tiefer in die Dunkelheit hinein. Er spürte die Blicke des Mannes, doch er schaute nicht hoch, da sein Kummer ihn niederdrückte.

Weniger als fünf Minuten später hielten sie vor Mr Silvers Cottage. Saul folgte ihm durch die Hintertür in eine Küche, die nach Desinfektionsmittel und Einsamkeit und nach noch etwas anderem, Stärkerem, roch, das er nicht einordnen konnte.

Mr Silver schaltete eine altertümliche Lampe ein, die ein kleines Wohnzimmer mit einem Fernseher und einem Stuhl mit harter Rücklehne erhellte. Es gab weder Fotos an den Wänden noch irgendwelche anderen persönlichen Gegenstände. In einer Ecke des Zimmers führte ein offenes Treppenhaus in das darüberliegende Stockwerk.

Mr Silver verschwand und kam mit einem Kissen und einer Decke zurück, die er auf das schlecht gepolsterte Sofa legte.

»Du schläfst hier, mein Sohn. Du legst dich jetzt besser hin.«

Saul lauschte auf die langsamen Schritte des alten Mannes auf der Treppe, bevor er seine Turnschuhe auszog und sich vollständig bekleidet hinlegte. Ein schwarzer Fleck bewegte sich über den Teppich. *Ist das ein Käfer?* So einen hatte Saul noch nie gesehen. Erschöpft dachte er darüber nach, seine Insektensammlung zu erweitern, aber jetzt hatte er nicht mehr genug Energie.

Er tastete nach dem kopflosen Püppchen in seiner Hosentasche und fragte sich, wie lange es wohl dauern würde, bis seine Mutter bemerkte, dass er nicht nach Hause gekommen war. Er schloss die Augen. Wenigstens für die paar Stunden, die von der Nacht noch übrig waren. Morgen würde er sich einen anderen Schlafplatz suchen.

Bald würde die Sonne zaghaft am Horizont erscheinen, sich immer höher und höher schieben und den Himmel entflammen.

Das Zeichen eines neuen Tages.

Ein Neuanfang.

18

Letzten Sommer

Er kann das Meer hören, bevor er es sieht. Der Wellenschlag ist wie ein erlösender Gesang. Er schließt die Augen. Dass diese Nacht so enden würde, hätte er nicht gedacht. Wenn er ein Tagebuch führen würde, würde er nur ein Wort eintragen: *Wahnsinn*.

Selbst zu dieser Stunde und obwohl eine Brise übers Wasser weht, bleibt die Luft heiß und stickig. Der Mond steht hoch am mitternachtsblauen Himmel. Eine Schweißperle rinnt ihm zwischen den Schulterblättern den Rücken hinab, eine andere läuft in seinen Mund. Seine Zunge schmeckt das Salz, doch sein Mund ist trocken. In der Luft liegt der Geruch nach totem Fisch, und halb bildet er sich ein, auf dem Küstenstreifen ihre starren runden Augen zu sehen.

Es ist Juni. Die Passionsblumen am Rankgitter des Nachbarn blühen, aber eine oder zwei sind bereits braun und tot, verwelkt. Diese Blumen symbolisieren die Kreuzigung. Irgendwie ist das eine Botschaft.

Die Leiche ist in ein altes Laken eingewickelt, das er in einem Schrank gefunden hat. Ein wenig Blut ist durch die Baumwolle gesickert, und er streicht mit den Fingern darüber. Er kann den Blick nicht von dem leuchtenden Farbfleck losreißen. Wie Blütenstaub, denkt er; der hinterlässt auch Spuren auf allem, womit er in Berührung kommt. Eigentlich sollte er weinen. Aber in ihm ist eine große Leere, und er versteht sie als Freiheit.

Er bückt sich und zerrt die Leiche aus dem Kofferraum des geliehenen Wagens. Ihm tut der Rücken weh, wegen des Gewichts, aber er beißt die Zähne zusammen und schleift sie weiter. Er atmet in kurzen, heftigen Stößen und muss zwischendurch eine Pause einlegen und sich an den Wellenbrecher lehnen, der den Sand zerteilt. Die Dunkelheit verbirgt alles, jedenfalls hofft er, dass es so ist. Wenn er entdeckt wird, ist es vorbei. Für sie beide.

Er kann kaum glauben, dass es so weit gekommen ist. Aber es ist so, und jetzt muss er damit fertig werden. Der einzige Mensch, auf den er sich wirklich verlassen kann, ist er selbst, also liegt die Zuständigkeit in dieser Sache – wie in so vielen anderen Dingen – bei ihm. Dem Mann im Haus.

Er wischt sich über die Stirn und versucht, den Heuschnupfen zu ignorieren, der nicht mit der Sonne verschwindet; seine Augen jucken, und er spürt ein Kratzen im Hals. Gewittertierchen. Diese verdammte Hitze.

Am Strand liegt überall Müll herum, Überbleibsel eines Folk-Festivals. Er denkt an das Tagespublikum, das allmählich in die Nacht driftet, die weggeworfenen Bierbecher, die vom Alkohol verzerrten Gesichter vor dem Hintergrund der fröhlichen Klänge einer Violine und eines Kornetts. Er denkt an die Finsternis, die er in sich selbst entdeckt hat und die nun durch seine Adern fließt wie flüssig gewordener Hass.

Er greift wieder nach dem Laken, das er dazu benutzt, die Leiche über den Sand ans Wasser zu ziehen. Weniger als fünfhundert Meter liegen zwischen ihm und seiner Zukunft.

19

10.16 Uhr

Amy Foyle hatte ihre Haare an diesem Morgen schon sieben Mal gebürstet, fuhr nun aber noch einmal mit den Borsten hindurch. Sie wusste selbst nicht, warum sie sich die Mühe machte. Einen sechsjährigen Jungen würde es kaum interessieren, welcher Wochentag heute war, geschweige denn, ob sie gut frisiert war.

Trotzdem hatte sie nach dem Bürsten auch noch ein wenig Lidschatten und blassrosa Lippenstift aufgetragen. Es gab viele Arten, sich zu schützen, und Amy brauchte dringend einen Schutzpanzer.

Jetzt, eine Stunde und 35 Minuten später, stand sie vor dem Haus, dessen Adresse Jakey Frith ihr in dem Brief mitgeteilt hatte – einem Holzfachwerkhaus mit einer weitläufigen, mit Verbundsteinen gepflasterten Auffahrt und Balkonen, von denen aus man auf das Meer hinaussehen konnte.

Es war deutlich zu erkennen, dass die Frith' noch mal neu anfingen.

Eine Welle der Übelkeit überkam sie, und sie hielt sich am Gartentor fest; plötzlich war sie sich nicht mehr sicher, warum sie diese Reise ins Nirgendwo überhaupt angetreten hatte. Thorpe Bay. Das hatte ziemlich hübsch geklungen, und das war es auch; große Grundstücke und gepflegte Straßen, die zum Wasser hinabführten; viele Reihen mit knallbunten Strandhütten.

Aber es war auch am Rand der Landkarte gelegen, ein Ort, der ins Meer kippte. Amy fragte sich, ob Jakey Frith ihr eigener Rand der Landkarte war. Würde sie ins Nichts stürzen, wenn sie dem Jungen Auge in Auge gegenüberstand, der sie in ihren Gedanken beinahe gleichermaßen heimsuchte wie Clara?

Sie straffte die Schultern und gab sich selbst ein Versprechen. Sie würde hören, was er zu sagen hatte, und dann würde sie zurück nach Hause fahren. Keine Erwartungen. Was auch immer passierte, sie würde ihre Tochter nicht aufgeben.

Es gab weder eine Klingel noch einen Türklopfer, nur ein glattes Türblatt aus Holz und Glas. Sie klopfte zunächst ein Mal vorsichtig an. Als niemand kam, schlug sie fester gegen die Tür, und ein Mann mit rostroten Haaren und einer Packung Frühstücksflocken in der Hand öffnete ihr. Erdman Frith. Er war in allen Zeitungen abgebildet gewesen, ein Held, der seinen Sohn gerettet hatte. In diesem Bruchteil einer Sekunde hasste sie ihn dafür, dass er nicht dasselbe für Clara getan hatte.

Nach seinem Gesichtsausdruck zu urteilen, erwartete er sie nicht. Vielleicht war er auch nicht bereit, sich seinen eigenen Dämonen zu stellen.

Amys Zunge klebte mitsamt den Worten am Gaumen fest.

»Ich …«

»Sie sind Mrs Foyle, nicht wahr?« Sein warmer Ton ließ das eisige Klümpchen in ihrem Herzen auftauen.

Sie bewegte ihren Kopf, die Andeutung eines Nickens, wollte etwas sagen, traute aber sich selbst nicht. Sie befürchtete, dass der Akt des Sprechens wie ein Schmierstoff für ihre Trauer und ihre Eifersucht sein würde und, sobald sie den Mund aufmachte, alles, was sie empfand, aus ihr herauskommen und sich wie ein schwarzer Fleck ausbreiten würde.

»Kommen Sie herein«, sagte er völlig ungezwungen. »Lilith liegt mit einer üblen Migräne im Bett. Das ist der Stress, glaube ich …«

Er unterbrach sich selbst, und sein ganzer Körper erstarrte, als hätte er einen schrecklichen Fauxpas begangen. Was für ein Recht haben wir, uns gestresst zu fühlen, konnte sie ihn förmlich denken hören, wenn diese arme Lady ihre Tochter verloren hat?

Sie berührte ihn am Ärmel, um zu zeigen, dass sie es ihm nicht übelnahm. »Soll ich ein andermal wiederkommen?«

»Nein.« Er schüttelte den Kopf. »Natürlich nicht. Jakey wartet auf sie. Wir sind heute nur« – er hielt die Cornflakes-Packung hoch – »ein bisschen spät dran.«

Die Diele war wohnlich und geräumig. Nichts im Verhältnis zu Amys riesigem Haus, aber auf jeden Fall gemütlich. Eine Hundeleine lag quer über einem schmutzigen Stiefelpaar, auf dem Boden war getrockneter Matsch verteilt. Ein Rollstuhl. Ein Schirm.

Und irgendwo in diesem ganz normalen Chaos eines Familienlebens lag ein achtlos hingeworfener Handschuh, dessen leere Finger ihr wie ein Emblem ihres eigenen Verlusts erschienen.

Amy spürte ein Brennen in der Kehle, die übliche Vorstufe zu einem Tränenausbruch. Sie konzentrierte sich auf jeden einzelnen ihrer Schritte und folgte Erdman in die Küche.

Jakey Frith saß am Tisch und trank mit einem Strohhalm die Milch aus seiner Frühstücksschale. Ebenso wie das seines Vaters hatte sie sein Foto in den Zeitungen gesehen und auch über seinen Gesundheitszustand gelesen. Münchmeyer-Syndrom, der Körper produzierte überzählige Knochenschichten, bis diejenigen Menschen, die unter dieser Krankheit litten, in einem Gefängnis aus Knochen eingesperrt waren.

Er hielt den Kopf schief, und seine Arme waren in unnatürlichen Winkeln gekrümmt, aber seine Augen, die sie fixierten, waren klar und intelligent.

»Mrs Foyle ist gekommen, um dich zu besuchen, Großer.«

»Hallo, Jakey.«

Er ließ den Strohhalm aus seinem Mund fallen. »Hallo.«

»Setzen Sie sich, setzen Sie sich doch.«

Amy glitt auf den Stuhl, den Erdman ihr hinschob. Auf der Tischplatte zwischen ihr und dem Jungen lag ein einsamer Tropfen Milch. Jakey beäugte sie immer noch wortlos.

»Tee? Kaffee?« Eine Pause. »Etwas Stärkeres?«

Ein schwaches Lächeln für einen schwachen Scherz. »Ein Glas Wasser, bitte.«

Amy lauschte auf das Geräusch des fließenden Wassers, das Klirren von Glas, das Befüllen des Wasserkessels. Und sie lauschte auch auf Jakeys Stimme. Aber er sagte nichts. Wie es aussah, musste sie fragen.

»Du wolltest mich sehen, Jakey?«

Der Junge senkte den Blick, schaute sie dann aber wieder an. Seine Stimme klang wie Sonnenlicht und Schatten.

»Glauben Sie, dass Clara tot ist?«

Amy wusste nicht, was sie erwartet hatte, aber das jedenfalls nicht. Den Namen ihrer Tochter zu hören, das drückte ihr genauso die Luft ab, wie wenn jemand seine Hände um ihren Hals gelegt hätte. Sie war sich Erdmans Anwesenheit bewusst, der zu einer Statue mit Löffel und Kaffeegranulat erstarrt war, Jakeys starren Blicks und auch des lauter werdenden Heulens des Kessels.

»Jakey, ich glaube nicht, dass du …«

Sie hob die Hand, um Erdman zu unterbrechen, um ihm zu zeigen, dass es in Ordnung war.

»Ich weiß es nicht, Jakey, aber ich hoffe jeden Tag, dass wir sie finden. Und was ist mit dir?«

Jakeys Blick flog zu seinem Vater hin. Aus dem Kessel klang lautes Brodeln, während er Kaffeepulver in seinen Becher häufte. Dann hörte man ein dumpfes Geräusch aus dem oberen Stockwerk, und Erdman schaute hoch.

»Ich gehe mal schnell nach Mum sehen«, sagte er. »Bin gleich wieder da, Großer.« Er warf Amy einen Blick zu und hielt zwei Finger hoch. *Zwei Minuten.*

Jakey wartete, bis er seinen Vater auf der Treppe hörte, bevor er Mrs Foyle antwortete.

»Ich glaube, dass Clara noch am Leben ist.«

Eine Welle der Wärme schlug überraschend über ihr zusammen. Es war das erste Mal seit langer Zeit, dass jemand das auf eine Art aussprach, als würde er es tatsächlich glauben, auch wenn Jakey nur ein Kind war. Die Bitterkeit, die sie für diese Familie empfand, verschwand. Sie suchte Jakeys

143

Miene nach Antworten ab, wartete sehnlichst darauf, mehr zu erfahren.

»Ist es wahr, was die Polizei gesagt hat? Du hast mit ihr gesprochen?«

Jakey presste die Lippen aufeinander, und sie konnte sehen, wie er die Erinnerung daran neu durchlebte. »Ja.« Seine Finger zuckten.

Sie wollte seine krummen Schultern packen und jedes Detail aus ihrem herausschütteln, doch sie rang unter dem Tisch die Hände und zwang sich, sich zu beherrschen, ihm Zeit zu lassen.

»Was hat sie gesagt?« Ein sehnsuchtsvolles Flüstern.

»Sie hat gefragt, ob Sie kommen und sie holen würden. Sie hat gewartet.« Jakey kräuselte die Nase. »Sie hat Sie vermisst.«

Amy fühlte sich in eine unerbittliche, ausgedörrte Landschaft versetzt. Sie hatte irgendwie geahnt, dass Clara sie herbeisehnen würde, aber dennoch versengten seine Worte ihr die Haut und sogen die Hoffnung aus ihr heraus, bis sie so trocken war wie eine Wüste. Sie konnte nichts darauf erwidern.

Erdmans Schritte waren über ihnen zu hören. Jakey bewegte seinen Kopf ein winziges Stück. In der Stimme des Jungen lag eine Dringlichkeit, die Amy erschreckte.

»Er ist hier! Dieser Mann! Ich hab ihn gesehen!«

Erdman kam die Treppe wieder heruntergelaufen; das Quietschen der Stufen kündete von seiner Rückkehr. Für Amy dehnte sich die Zeit; sie fühlte sich eingesperrt zwischen jedem einzelnen Ticken der Küchenuhr.

»Daddy glaubt mir nicht, aber ich hab ihn gesehen. Wirklich!«

Jakeys Gesicht war schmal und verkniffen. Er hatte Angst gehabt, es ihr zu erzählen, das konnte sie sehen. Vielleicht hatte er befürchtet, dass sie ihm auch nicht glauben würde. Aber irgendetwas in seiner Miene zwang sie, sich vorzubeugen, seine Dringlichkeit zu spiegeln. Denn wenn Brian Howley hier war, dann bedeutete das, dass Clara es vielleicht auch war.

»Wann, Jakey? Wo?«

»Draußen auf dem Gehsteig. Ist noch nicht lange her. Aber ich weiß den Tag nicht mehr.«

Amys Gedanken begannen zu rasen und tausend Möglichkeiten durchzuspielen.

»Aber dein Daddy hat es der Polizei erzählt, oder?«

»Äh, äh. Er glaubt, dass ich mir das nur eingebildet habe.«

Ein Hirngespinst, das ihm sein Trauma einflüstert. Das klang natürlich irgendwie logisch. Doch Amy war nicht bereit, die Hoffnung schon wieder aufzugeben, die er ihr gerade geschenkt hatte.

»Aber du sagst die Wahrheit?« Sie umklammerte die Tischkante, bis ihre Fingerknöchel weiß hervortraten. »Lüg mich nicht an, bitte, lüg mich nicht an!«

»Nein, ich schwör's!«

»Tut mir leid. Lilith' Kissen ist auf den Nachttisch gerutscht und hat ihr Wasserglas umgestoßen.«

Und als wäre Amys Leben nicht gerade um seine eigene Achse gekippt, war Erdman zurück in der Küche und hielt mit einem entschuldigenden Lächeln das leere Glas hoch.

Amy lockerte ihren Griff um die Tischkante. »Geht es ihr denn besser?«

»Sie muss sich nur ein bisschen ausruhen, dann wird es schon wieder.« Er biss sich auf die Lippe und schaute nervös

145

auf die Uhr. Wie aufs Stichwort vibrierte sein Handy. Er hielt es sich ans Ohr, und während er lauschte, fiel ein Schatten über sein Gesicht.

»Wo?« Er nahm einen Stift und kritzelte etwas auf die Rückseite eines Umschlags. »Ich werde da sein, sobald es geht, aber Lilith geht's nicht gut, und wir haben niemanden, der nach Jakey sehen kann.«

Er zog die Augenbrauen zusammen, als er die Reaktion am anderen Ende der Leitung hörte.

»Ich weiß, und ich fahre ja auch. Aber ich kann ihn wohl kaum mitbringen.« Pause. »Okay, okay, ich finde eine Lösung. Sag Haskell, ich bin in einer halben Stunde bei ihm.«

Erdmans Handy rutschte über die Tischplatte. Jakey verfolgte seine Bahn mit ängstlichem Blick.

»Geh und zieh dir deine Schuhe an, Großer. Dad muss arbeiten, und du kommst mit. Das wird ein Spaß werden, was?« Er warf Amy erneut einen entschuldigenden Blick zu. »Es tut mir wirklich leid. Wir hätten Sie anrufen sollen, aber Lilith ist krank und …«

Sie lächelte gezwungen.

Erdman stammelte weiter. »Jetzt sind Sie extra den ganzen Weg hierhergekommen, aber ich bin noch neu in dem Job und kann es mir nicht leisten, ihn wieder zu verlieren.« Er zögerte; er war hin- und hergerissen zwischen seiner Verpflichtung, zu arbeiten, und dem Wunsch, nicht unhöflich zu sein.

»Ich will aber nicht.«

»Jakey, jetzt bring mich bitte nicht in Schwierigkeiten.«

Sein Sohn presste trotzig die Lippen aufeinander.

»Was machen Sie denn beruflich?«, fragte Amy höflich. Sie wollte wütend werden, weil sie extra hier herausgefahren war und es mühsam gewesen war, Eleanor in den Hort zu bringen und zu organisieren, dass Miles sie von der Schule abholte, aber seit sie Clara verloren hatte, erschienen ihr die kleinen Gereiztheiten des Lebens absolut lächerlich und überflüssig.

»Daddy ist Reporter«, erklärte Jakey. »Er schreibt für die Zeitung.«

Es folgte eine angespannte Stille. Amy vermutete, dass Erdman seinen Sohn eigentlich lieber nicht mit zur Arbeit nehmen wollte, weil es nicht nur unangebracht war, sondern ihn auch daran hindern würde, seine Aufgabe ordentlich zu erledigen. Sie wusste nur zu gut, wie sehr Kinder einen mit ihren Erwartungen und Forderungen gelegentlich an den Rand des Wahnsinns bringen konnten und wie schwierig es war, sie zu beruhigen, wenn sie ihre fünf Minuten hatten. Plötzlich musste sie daran denken, wie Clara einmal wütend mit dem Fuß aufgestampft hatte, weil Amy sie nicht mit glitzernden Plastikabsätzen aus dem Haus gehen lassen wollte, und die Erinnerung zauberte ihr ein Lächeln ins Gesicht.

»Ich könnte auf ihn aufpassen, wenn Sie möchten. Nur so lange, bis Ihre Frau wieder aufstehen kann.« Sie war selbst überrascht über ihr spontanes Angebot, aber sie wollte plötzlich unbedingt, dass Jakeys Vater einwilligte.

Erdman war gerade dabei, einen Notizblock in seinen Rucksack zu stecken, und erstarrte mitten in der Bewegung. Er schaute seinen Sohn an, der Amy Foyle mit einem schwer zu deutenden Gesichtsausdruck anstarrte.

»Äh, vielen Dank. Das ist sehr nett von Ihnen, aber Jakey wird mit mir mitkommen, hab ich recht, Großer?«

»Ich möchte bei Claras Mummy bleiben.«

Erdmans Miene spiegelte seinen Zwiespalt wider – Unsicherheit kämpfte mit Erleichterung, Sorge mit Zustimmung.

»Ich weiß nicht, Schätzchen. Mrs Foyle hat bestimmt sehr viel zu tun.«

Amy fragte sich, ob er das sagte, weil er Schuldgefühle hatte, oder ob er Angst um Jakey hatte. Schließlich war sie eine Fremde, deren Tochter vermisst wurde. Vielleicht hielt er sie für labil.

»Das ist schon in Ordnung. Ich mache das gern.«

Erdmans Handy vibrierte erneut. Eine SMS. Er überflog sie und klopfte dann mit den Fingern auf das Gehäuse. Er musste dringend los, war aber noch uneins mit sich selbst, ob er seinen Sohn einfach zurücklassen konnte.

»Bist du sicher?«, fragte er Jakey.

»Ja, Daddy.«

Erdman schrieb seine Telefonnummer auf einen Zettel und drückte ihn Amy in die Hand. »Rufen Sie mich an, wenn Sie mich brauchen. Ich komme so schnell wie möglich zurück.« Er küsste Jakey auf den Kopf. »Tschüs, Großer.«

Amy beobachtete, wie er seinen Rucksack schulterte, erneut auf die Uhr sah und dann seine Sneakers zuschnürte. Sie folgte ihm in die Diele und ließ Jakey weiter frühstücken.

»Worum geht es denn bei Ihrem Auftrag?«, fragte sie. »Es klingt dringend.«

»Eine junge Frau wird vermisst. Ihre Kleider wurden unten am Strand gefunden.« Er klopfte auf der Suche nach den Schlüsseln seine Taschen ab. »Aber die Polizei glaubt nicht, dass sie sich umgebracht hat.«

»Nicht?«

»Nein, sie hat ihrer Schwester eine Nachricht hinterlassen.«

20

DS Etta Fitzroy hatte in ihrem Privatleben schon einige Tief-
punkte erlebt, aber mit einem Kollegen von der Polizei hatte
sie noch nie geschlafen; entsprechend befremdlich war es für
sie, den Boss verlegen auf ihrer Bettkante sitzen zu sehen.

Sein Hemd spannte über den Bauch, und durch den Spalt
zwischen den Knöpfen hindurch konnte sie ein Stück be-
haarte Haut sehen. Dieser kleine Einblick war intimer als
Nacktheit; er ließ ihn verletzlicher erscheinen, älter, und sie
selbst kam sich vor wie eine Voyeurin. Sie vermied es, ihm
in die Augen zu schauen, und versuchte, sich auf das zu konzentrieren, was er sagte.

»Das könnte auch ein Zufall sein.«

»Wohl kaum, Sir.«

Der Boss erhob sich von ihrem besudelten Laken und
zupfte mit spitzen Fingern etwas von seiner Hose ab. Fitzroy
wand sich innerlich vor Scham.

Aber der Boss schaute nicht sie an, er betrachtete etwas,
das er zwischen den Fingerspitzen hielt.

»Sand«, sagte er. »Tüten Sie den besser mal ein.«

Fitzroy tat es.

Als der Boss wenig später schlechtgelaunt in sein Telefon
brüllte, während er versuchte, einen forensischen Geologen
hinzuzuziehen, fragte Fitzroy sich, ob sie die Sache vielleicht
doch überbewertete.

Sie griff nach ihrem Earl Grey. Vielleicht war das Ganze ein
völlig aus dem Ruder gelaufener Scherz, aber sie konnte sich

absolut nicht vorstellen, dass einer ihrer Freunde so grausam war, bei ihr einzubrechen und das auch noch lustig zu finden.

An Tagen, an denen sie sich unter ihrer Bettdecke verkroch, weil sie es nicht aushielt, dass Clara noch immer verschwunden war, erinnerte Etta sich oft an den üblen Geruch der blutigen Niere, die Brian Howley in ihrem Auto deponiert, und an die sorgfältig gesetzten Worte, die er an den Tatorten seiner Entführungen hinterlassen hatte.

Und jetzt diese Krebsschere. Mit ihrem fauligen Gestank passte sie in das Verhaltensmuster, das sie von Howley kannte.

Sie goss gerade kochendes Wasser in zwei Becher, als der Boss plötzlich in der Küche stand.

»Machen Sie besser drei.«

Fitzroy zog die Augenbrauen hoch und holte einen weiteren Becher aus dem Schrank. Doch sie verkniff sich die Frage, wen er noch erwartete.

Der Boss schob seine Brille auf die Stirn hoch und massierte mit Daumen und Zeigefinger seinen Nasenrücken. Er sah in letzter Zeit ständig müde aus.

»Wie geht's Chambers?«

Gute Frage. Sie kannte die Antwort nicht. Jedenfalls wusste sie nichts Aktuelles. DC Alun Chambers erlebte seit dem Autounfall, der zu Howleys Flucht geführt hatte, seinen persönlichen Albtraum. Er hatte ein Schädel-Hirn-Trauma davongetragen. Quetschungen im Brustbereich. Und zwei gebrochene Arme.

Die körperlichen Schäden verheilten allmählich, aber seine Frau hatte Fitzroy anvertraut, dass er wohl nie mehr Auto fahren werde. »*Ich bin mir nicht sicher, ob er je wieder seiner Arbeit nachgehen kann*«, hatte sie mit sorgenvoller Miene geflüstert.

»Er ist noch im Krankenhaus, Sir. Sie haben mit Rehabilitationsmaßnahmen begonnen, aber es ist ein langer Weg.«

»Das glaube ich.«

Der Boss trank grimassierend einen großen Schluck Tee und stellte den Becher wieder ab. Dann ergriff er, die Schultern gestrafft und mit frischer Autorität, erneut das Wort.

»Alles in allem wird es nötig sein, dass wir diesen kleinen Besuch hier bei Ihnen näher untersuchen. Wir erhöhen die Sicherheitsmaßnahmen, Ihre Wohnung betreffend. In der Zwischenzeit schicke ich Ihnen Verstärkung. Kennen Sie DC Tony Storm schon?«

»Nein, Sir.«

»Wurde letzten Monat aus Bristol hierher versetzt und leistet ganz hervorragende Arbeit, wie ich höre. Klingt ganz nach jemandem mit einer großen Zukunft.«

Fitzroy hatte Mühe, sich nichts anmerken zu lassen. Na, großartig. Das war genau das, was sie brauchte. Ein ehrgeiziger Kollege, der nach Ruhm und Beförderung strebte und versuchen würde, ihre Ermittlung an sich zu reißen. Verdammt nochmal.

»Tony ist gleich um die Ecke. Müsste also jeden Moment hier sein. Ich bin sicher, Sie werden sich blendend verstehen.«

Ein Klopfen an der frisch reparierten Wohnungstür.

»Ah«, sagte der Boss erfreut, »das ging ja schnell.«

Fitzroy sah dem Boss nach, während er durch den Flur *ihrer* Wohnung auf *ihre* Tür zuging. Aus Protest wandte sie sich um, schaute auf die vom Regen glänzenden Dächer und Schornsteine hinaus und trank ihren Tee.

Sie war sich der Bewegung hinter ihrem Rücken bewusst,

doch sie weigerte sich, sich umzudrehen. DC Storm sollte sich verdammt warm anziehen. Sie hatte nämlich fest vor, ihm in die Parade zu fahren.

»Haben Sie vielleicht Kekse da?«

Es war die Stimme, die sie herumfahren ließ, denn sie gehörte überraschenderweise einer Frau.

Nicht Tony.

Toni.

Die Frau hatte hohe Wangenknochen, war klein und blond, aber sie füllte den Raum aus. Sie trug ein maßgeschneidertes Jackett und einen lässigen Schal mit Fransen. Ihre braunen Halbschuhe sahen teuer aus. Fleischgewordene Haute Couture.

»DC Antonia Storm. Aber nennen Sie mich Toni. Das machen alle so.«

Der Boss beeilte sich, Antonia Storm einen Becher zu reichen, und bedachte sie mit einem gutmütigen, väterlichen Lächeln. Fitzroy kannte es, weil er früher sie so angelächelt hatte. Bevor sie den Fall der verschwundenen Grace Rodríguez, des Mädchens aus dem Wald, vermasselt hatte. Bevor sie Brian Howley hatte entwischen lassen. Der Boss hatte ihr gegenüber lange Zeit Andeutungen über eine mögliche Beförderung gemacht, aber seit der Nacht, in der Howley entkommen war, war davon nie mehr die Rede gewesen. Sie fragte sich, ob ihre Hauptkonkurrentin gerade direkt vor ihr stand und Tee in *ihrer* Wohnung trank.

Was hatte ihre Mutter immer gesagt? *Man fängt mehr Fliegen mit Honig als mit Essig.*

»Detective Sergeant« – sie betonte ihren Rang – »Etta Fitzroy.« Kunstpause. »Aber nennen Sie mich Fitzroy. Das machen alle so.«

Verdammt. Sie war noch nie gut darin gewesen, Ratschläge zu befolgen, aber so sarkastisch hätte ihre Nachäfferei nun auch nicht klingen müssen.

DC Storm zuckte nicht mit der Wimper. »Namen sind doch Schall und Rauch.«

»Oh, ein Police Officer mit Bildung. Sie mögen Shakespeare?«

»Sie haben es erkannt, gratuliere. Ich habe gerüchteweise gehört, Zitate wären nicht so ihre Sache.«

Fitzroy errötete. Das geschah ihr recht. Sie und DC Chambers hatten sich, die Zitate betreffend, die Howley als seine Visitenkarten hinterlassen hatte, auf Vermutungen verlassen, die sich später als falsch erwiesen. Wie es aussah, machte das unter den Kollegen die Runde. Fitzroy fragte sich, welche anderen Misserfolge und Versäumnisse von ihr noch vor der Neuen ausgebreitet worden waren.

Der Boss räusperte sich und machte Anstalten, aufzubrechen.

»Ich lasse Sie dann mal allein, damit Sie sich kennenlernen können. Ich schlage vor, dass Sie die Köpfe zusammenstecken und sich an die Arbeit machen. Wenn – mit Betonung auf ›wenn‹ – das hier wirklich das Werk von Howley ist, ist die Kacke am Dampfen. Sehen wir zu, dass wir sie wegräumen, bevor einer reintritt.«

In der Stille, die der Boss hinterließ, tippte DC Storm mit ihren gepflegten Fingernägeln auf Fitzroys Granitarbeitsplatte. Fitzroy fiel absolut nichts ein, was sie sagen könnte.

Bevor die Stimmung in offene Feindseligkeit umkippen konnte, wurde sie vom Klingeln ihres Handys gerettet. Dashiell. Vielleicht hatte sie ihn doch nicht verschreckt.

»Hast du die Nachrichten gesehen?«

Kein Hallo. Keine höflichen Floskeln. Vielleicht war er noch verärgerter, als sie gedacht hatte.

»Nein, ich bin noch dabei, die Wohnung in Ordnung zu bringen. Was ist denn passiert?«

»Eine junge Frau ist verschwunden.«

»Es verschwinden andauernd Menschen, Dashiell.«

»In Essex.«

Nun wurde sie hellhörig. Am Vorabend hatte sie ihm in der Bar davon erzählt, dass Claras Uniform im Watt von Foulness Island angeschwemmt worden war.

»Und das ist noch nicht alles.«

»Erzähl weiter.«

»Sie leidet am Treacher-Collins-Syndrom.« Er machte eine Pause, damit sie seine Worte auf sich wirken lassen konnte. »Sie hat eine Fehlbildung des Gesichts, Etta. Ihre Kleider wurden an einem Strand gefunden.«

Ting.

Ein verschwundenes Mädchen mit einer Gesichtsfehlbildung. Und eine weitere Verbindung zur Küste. Waren die Frith' nicht auch dorthin gezogen? Nach dem Auflegen betastete Fitzroy den Asservatenbeutel mit der Krebsschere und dem Sand. Dann fiel ihr schließlich doch noch etwas zu sagen ein.

»Holen Sie Ihren Mantel, Storm. Wir fahren in den dunkelsten Teil von Essex. Und Sie sitzen am Steuer.«

21

»Meinen Sie, wir brauchen ein Vergrößerungsglas?«

Jakey schaute sie mit so großem Ernst von der Seite an, dass Amy es nicht übers Herz brachte, ihm zu sagen, dass ein Vergrößerungsglas ihrer Meinung nach nicht ausreichen würde, um einen Killer aufzuspüren.

Oder dass sie es sich anders überlegt hätte.

Stattdessen ertappte sie sich dabei, dass sie diesen falschen fröhlichen Ton anschlug, in dem so viele Leute mit Kindern reden.

»Gute Idee, Jakey.«

Der Junge schaute sie an, als sei sie völlig verblödet. »Das war ein Witz, Mrs Foyle.«

Amy lachte. Das hatte sie in den zurückliegenden Monaten nicht häufig gemacht, und es tat ihr gut; aber nur kurz, dann setzten sofort Schuldgefühle ein. So war das, wenn man trauerte, das hatte sie bereits begriffen. Zwischendurch mal einen Moment lang alles zu vergessen, das war nicht nur notwendig, um zu überleben, sondern Teil eines langen, steinigen Weges, auf dem man lernte, die Dinge so zu akzeptieren, wie sie waren. Fast immer machte sie sich nach diesen kurzen Momenten heftige Vorwürfe, dass sie überhaupt etwas anderes empfinden konnte als Verlustgefühle, so flüchtig dieses andere auch immer war. Jakey Frith erwies sich jedoch als überraschend guter Begleiter; er war ein aufgeweckter und lebhafter Junge, der trotz seines Leidens eine Menge zu sagen hatte.

»Sag ruhig Amy zu mir.«

Sie glaubte nicht recht daran, dass sie Brian Howley finden würden. Für sie war es eher ein kompliziertes Spiel, das sie Jakey zuliebe mitspielte und auch, weil es ihr das Gefühl gab, etwas zu tun.

»Wollen wir ein bisschen an die frische Luft gehen?«, fragte sie.

»Das Gehen funktioniert nicht mehr so gut bei mir.« Sein Ton war nüchtern, aber das machte die Botschaft nur umso schmerzhafter. »Meine Beine sind schlimmer geworden, seit …« Er musste es ihr nicht erklären. Sie erkannte es an seinem gequälten Gesichtsausdruck.

Sie hätte sich treten können dafür, dass sie das nicht bedacht hatte.

»Ich meine, ich kann schon ein Stückchen gehen«, sagte Jakey. »Nur nicht weit. Ist aber kein Problem. Wir können ja den Rollstuhl nehmen.«

Amy half Jakey, seinen Mantel zuzuknöpfen und seine Schuhe zuzubinden. Das fühlte sich gut an. Eleanor war jetzt schon ein bisschen älter und eher in anderer Weise auf Amy angewiesen. Aber diese Momentaufnahmen der Innigkeit erinnerten Amy auch daran, wie sehr Clara sie immer noch brauchte. Sie mochte das Gefühl, das ihr dieser Umstand vermittelte, und sie vermisste es.

Sie half Jakey in den Rollstuhl und öffnete die Haustür. Die kalte Luft war wie ein Eimer Wasser, und sie zögerte, wurde unsicher. Doch als Jakey lächelnd zu ihr hochblickte, zog sie ihm Handschuhe an und legte eine Decke über seine Knie. Sie war wieder eine Mutter.

Sie sagte Jakeys Eltern nicht, wohin sie gingen.

22

Über Sauls Wange lief ein winziger Speichelfaden, als er die Augen aufschlug, und er wischte ihn mit dem Handrücken weg. Sein Hals tat weh, und der gemusterte Stoff des Sofas hatte tiefe Spuren in seinem Gesicht hinterlassen.

Verdammt.

Cassidy.

Er trat die Decke weg und setzte sich auf. Das Wohnzimmer war leer, aber er roch Kaffee und gebratenen Speck. Er wusste nicht, wie spät es war, aber es war hell draußen, und das bedeutete, dass er eigentlich in der Schule hätte sein müssen. Mr Darenth wollte mit ihm über die Uni reden und hatte Saul den Termin geradezu aufgezwungen. *Damit sie über seine Optionen sprechen konnten.* Aber Saul wusste genau, was seine Optionen waren. Er hatte keine. Kinder wie er konnten sich ein Studium nicht leisten.

Sein ganzer Körper fühlte sich steif an, so als hätte er in einem Koffer geschlafen. Im kühlen, gnadenlosen Tageslicht sahen die Möbel in dem Raum abgenutzt und ungeliebt aus. Vor seinem geistigen Auge erschien das Gesicht seiner Mutter, und er schob es beiseite, aber das Bild, das danach kam, war noch schlimmer: Cassidy, ein vom Salzwasser aufgeschwemmter Leichnam, halb von Krebsen zerfressen und mit einer Krone aus Algen im Haar.

Der Geruch von verbranntem Öl aus der Küche ließ ihn würgen. Saul schluckte schwer.

Er musste raus hier. Seine Hände tasteten unter das Sofa. Seine Schuhe. Wo waren sie?

Die Bratgeräusche verstummten. Jetzt hörte er Geschirr klappern. Langsame Schritte.

»Hier.« Mr Silver reichte ihm einen Teller. »Iss.«

Er wollte ablehnen, so tun, als wäre er nicht hungrig, aber der duftende Speck ließ seine treulosen Speicheldrüsen auf Hochtouren arbeiten.

»Haben Sie meine Turnschuhe gesehen?«, fragte er zwischen zwei Bissen.

Mr Silver schlug seine Zähne demonstrativ zuerst in sein eigenes Bacon-Sandwich und kaute zu Ende, bevor er die Achseln zuckte.

»Aber ich muss los!« Saul hörte, wie sich ein jammernder Tonfall in seine Stimme einschlich, und verachtete sich selbst dafür. Er stellte seinen Teller weg und lief in dem Raum auf und ab, spähte hinter den Sessel und den an der Wand stehenden Schreibtisch.

»Ich muss gehen«, sagte er wieder, und diesmal erhob Mr Silver sich langsam von seinem Platz und tat so, als würde er ebenfalls nach Sauls Schuhen suchen.

»Was hast du denn mit ihnen gemacht, mein Sohn?«

Saul hatte die Antwort *Woher, zum Teufel, soll ich das wissen?* auf den Lippen, schluckte sie jedoch hinunter. Bei all ihren Fehlern hatte Gloria ihm doch einen altmodischen Sinn für Umgangsformen anerzogen. *Fluche nicht und benutze keine unflätigen Wörter.* Aber er hatte die Schuhe in der Nacht ausgezogen, das wusste er noch ganz genau.

Er musste los, um herausfinden, was bei den Cranstons passiert war, um wenigstens den Nachmittagsunterricht nicht zu verpassen, und auch, um ein paar Sachen von zu Hause zu holen, selbst wenn er dafür seiner Mutter gegenübertreten musste. Aber das konnte er nicht in Socken tun.

»Welche Größe hast du?«

»Bitte?«

»Deine Füße. Welche Schuhgröße?«

»Äh, vierundvierzig.«

Mr Silver verschwand wieder in der Küche und kehrte einige Augenblicke später mit polierten schwarzen Schuhen zurück, die er Saul hinhielt. Ein Angebot.

»Nimm sie.«

Sauls Turnschuhe waren rissig und faltig wie ein altes Gesicht. Diese Schuhe waren altmodisch. Sie sahen aus wie glänzende Käfer. Und ihm war unbehaglich zumute. Schuhe waren doch etwas Persönliches, oder nicht? Sie passten sich den Füßen dessen an, der sie trug. Fremde Schuhe anzuziehen, das war ihm zu intim; das war ja fast so, als würde er schmutzige Unterwäsche tragen. Aber er hatte keine Wahl, da er endlich gehen wollte.

»Hör zu«, sagte Mr Silver, »wenn du jetzt wegmusst, nimm die Schuhe hier und bring sie mir bei Gelegenheit zurück. Ich suche in der Zwischenzeit weiter nach deinen Turnschuhen.«

Saul nickte widerstrebend, schlüpfte in Mr Silvers butterweiche Treter und band die Schnürsenkel zu. Er bewegte die Zehen. Sie passten perfekt. Als wären sie für ihn gemacht.

»Dann bis zum nächsten Mal!«, murmelte er. Und schon war er an der Tür und verschwand, die Hand halb zum Dankesgruß erhoben.

Mr Silver bückte sich nach Sauls leerem Teller und trug ihn ohne Eile in die Küche.

Vom Fenster über der Spüle aus beobachtete er, wie die Fischer der Trawler ihre Netze entwirrten. Es herrschte Ebbe, und man sah die Boote im freigelegten Sand und Schlick verankert liegen. Darüber ein Himmel mit orangefarbenen

Streifen. Ein kalter, sauberer Tag. Ein lebensverändernder Tag.

Mr Silver lächelte sein träges Lächeln. Oben wartete die Leiche von Sunday Cranston darauf, dass er sich an die heikle Aufgabe machte, die Haut von ihrem Gesicht zu lösen. Aber sie lief nicht weg, und zuerst hatte er noch etwas anderes zu erledigen.

Der Kamin im Wohnzimmer, wo Saul geschlafen hatte, war seit Mr Silvers Einzug ungenutzt, aber der Vermieter hatte ihm einen Stapel Brenn- und Anmachholz dagelassen.

Mr Silver mochte Feuer nicht. Ihm taten sofort die Hände weh, wenn er an den Brand im Haus seines Vaters und den Verlust seiner Sammlung zurückdachte, aber er wollte das jetzt tun. Er *musste* es tun.

Behutsam knüllte er Zeitungspapier zusammen und schichtete Hölzchen auf, dann hielt er ein brennendes Streichholz daran, um sie zum Leben zu erwecken. Sobald die Flammen aufflackerten, schob er ein Scheit darauf und setzte sich ein Weilchen hin, um zuzusehen, wie das Feuer knisterte und brannte.

Ein Samenkorn des Glücks keimte in seiner Brust auf, wuchs zu einer Erkenntnis heran und schlug Wurzeln in ihm. Er konnte neu anfangen. Eine neue Sammlung. Eine neue Familie. Er hatte noch Zeit.

In dem Korb neben dem Kamin war unter dem willkürlich aufgeschichteten Holz etwas Schwarzweißes begraben. Silver wühlte darin herum und zog schließlich Sauls Turnschuhe heraus.

Er warf sie ins Feuer und sah zu, wie sie verbrannten.

23

Letzten Sommer

Zu töten, das war nicht seine Absicht gewesen. Einzuschüchtern, ja, sich zu rächen, definitiv. Er hatte die verzerrte, hässliche Fratze der Angst sehen wollen, als würde er auf einem Jahrmarkt in einen Vexierspiegel schauen, aber nicht das, was er jetzt vor sich hatte: Eine farblose Maske mit schlaff herabhängendem Kiefer, talgweißen Lippen und kalter, wächserner Haut.

Die frische Brise, die heute weht, ist seine Verbündete; sie schiebt ihn vorwärts über den Sand und zerzaust ihm die schweißnassen Haare, die ihm auf der Stirn kleben. Er stöhnt, verlagert den Körper auf einen Arm, dann wieder auf den anderen. Er ist stark, aber mit so einer schweren Last hätte jeder seine Mühe, und es ist nicht so, als könnte er jemanden um Hilfe bitten. Man stelle sich vor, was derjenige wohl sagen würde.

Sein Blick fliegt zurück zu dem Wagen, den er sich ausgeborgt hat und der geduldig auf dem schmalen Betonweg oben am Strand auf ihn wartet. In seinem Inneren brennt Licht. Es ist das Leuchten eines Handydisplays. Das ist sein Anker; zu wissen, dass sie da drinnen ist. Dass er das hier für sie tut. Für sie beide.

Er fragt sich, wie lange es dauern wird, bis die Leiche im Wasser verwest ist, bis sie von außen so hässlich ist wie von innen. Wenn er die Taschen mit Steinen füllt, wird sie dann auf den Grund des Mündungsgebiets sinken? Wie lange wird es dauern, bis sie angeschwemmt wird?

Adrenalin presst ihm das Blut durch die Adern, drängt ihn

161

vorwärts. Er darf nicht innehalten, sonst verliert er am Ende noch die Nerven.

Er wirft wieder einen Blick zurück. Das Licht im Auto ist erloschen. Sie wartet darauf, dass er fertig wird, dann werden sie losfahren und diesen Zwischenfall im Treibsand ihrer Erinnerung begraben, bis keine Spur mehr davon übrig ist.

Ihm rinnt eine winzige, glänzende Schweißperle ins Auge. Er ignoriert das Brennen. Der Dunstschleier rund um den Mond ist in Bewegung, der Wind wird stärker und trocknet den Schweiß auf seiner Stirn, bis nur noch ein salziger Rest übrig ist. Er wischt mit den Fingern über das blutige Laken. Der metallische, penetrante Pesthauch des Todes macht sich unter dem Geruch des Meeres nur wenig bemerkbar. Er hört leise Musik, und es dauert einen Moment, bis er erkennt, aus welcher Quelle das Geräusch kommt.

Es sind die Glocken an den kleinen Booten, die in der Dunkelheit erklingen. Ihr blechernes Bimmeln treibt ihn an. Nicht mehr lange, und der Horizont wird in der Verheißung eines neuen Morgens erglühen. Die reinigende Kraft der Dämmerung.

Die Füße des toten Mannes durchpflügen den Sand, und die Furche füllt sich mit unaufhaltbar einsickerndem Meerwasser. Er legt erneut eine Pause ein, seine Armmuskeln rebellieren.

Nie wird er das Gewicht des Messers vergessen; das glatte, kühle Heft; das Loch in der Brust, aus dem Blut sickert.

Die Glocken läuten. Die Wellen singen ihr rhythmisches Lied. Und unter all dem hört er wieder und immer wieder das Präludium zum Tod seines Vaters.

Es tut mir leid.
Es tut mir leid.
Es tut mir leid.

24

13.24 Uhr

DS Etta Fitzroy hörte eine andere Musik, und sie tat ihr in den Ohren weh.

»Was ist das denn für ein Mist?«

»Wer fährt, sucht auch die Musik aus. Das weiß jedes Kind.«

DC Storm schaute starr geradeaus auf die Fahrbahn, als Fitzroy sich vorbeugte und die Musik leiser drehte, aber ihre angespannte Kiefermuskulatur verriet ihr Missfallen.

Es musste eine Rechtfertigung her. »Ich höre sonst die Leitstelle nicht.«

Storm zog eine Augenbraue hoch. »Hätte gar nicht gedacht, dass Sie so konformistisch sind.«

»Sie sagen das, als wäre es was Schlechtes.«

»Ich hab nur gehört, dass Sie die Vorschriften gern auch mal über Bord werfen. Das ist alles.« Sie klang fast enttäuscht.

»Ach, tatsächlich?«

»Und dass Sie einen ordentlichen rechten Haken haben.«

»Donnerwetter. Sie sind gerade mal fünf Minuten hier und scheinen schon alles zu wissen. Hören Sie zu. Wenn Sie auf den Kerl anspielen, auf den ich losgegangen bin: Das war ein Fehler, okay? Ich musste seitdem eine Menge Steine aus dem

Weg räumen. Ich hätte fast meinen Job verloren. Und wahrscheinlich wäre es richtig gewesen.«

»Der Boss mag Sie. Er hat Sie gedeckt. Seinen eigenen Hals riskiert, wie ich hörte, und auch seine fette Pension.«

Fitzroy selbst hatte davon nichts gehört, aber das wollte sie ihrer Kollegin gegenüber auf keinen Fall zugeben. Allerdings hatte Storm offensichtlich ganz schön viel gehört, seitdem sie hier war. Vielleicht war sie eine gute Zuhörerin. Oder ein Klatschmaul. Fitzroy war sich noch nicht sicher. Normalerweise bildete sie sich innerhalb der ersten Minuten ein Urteil über Fremde, aber Antonia Storm war eine Frau, die man nicht so leicht einschätzen konnte.

Als der Wagen von der vielbefahrenen A 13 abfuhr, erhaschte Fitzroy einen ersten Blick aufs Meer. Der Wind war gnadenlos und setzte den Wellen weiße Schaumkronen auf. Sie ließ das Fenster herunter. Kalte Luft schlug ihr ins Gesicht. Über das Dröhnen des Motors hinweg hörte sie die Schreie der Möwen, noch bevor sie sie sah. Sie kreisten, auf der Luftströmung treibend, und ihre Flügel brachten Leben in einen ansonsten eintönigen Himmel.

»Du liebe Güte, machen Sie das Fenster zu. Es ist eiskalt.«

In ihrer Stimme lag kein Groll, und Fitzroy freute sich darüber, dass ihre Kollegin sich von dem Ruf, der ihr vorauseilte, offenbar in keiner Weise abschrecken ließ. Es war nicht so, dass sie keine Freunde bei der Londoner Polizei gehabt hätte, aber sie war eben so gestrickt, dass sie nicht von selbst auf andere zuging. Sie hatte das Geplänkel, das sie sich mit DC Chambers geliefert hatte, immer gemocht, aber sie wusste auch, dass sie ihn auf Abstand gehalten hatte, und jetzt war es unwahrscheinlich, dass sie noch mal ein Team bilden würden.

»Machen Sie es doch selbst zu. Das Auto hat elektrische Fensterheber.«

Storm schnaubte zwar, tat es aber. Fitzroy musste plötzlich grinsen und hielt sich eine Hand vor den Mund.

»Fahren wir zur Familie des vermissten Mädchens? Oder direkt zu der Stelle, an der ihre Kleider gefunden wurden? Das sollten wir wohl besser als Erstes erledigen, oder?« Storm spähte auf das Navi und versuchte, sich in dem System der ihr unbekannten Wohnstraßen zurechtzufinden.

»Der Boss hat das mit der Polizei in Essex geregelt und jemanden vorausgeschickt. Einen DI Thornberry. Er erwartet uns.«

Die Frauen fuhren schweigend über die Hauptstraße am grasbewachsenen Kamm des Kliffs entlang und spähten aufs Meer hinaus. Die Häuser hier waren stattlich, aber von ihrem Baustil her ein kunterbuntes Durcheinander. Riesige moderne Monolithen standen dicht an dicht mit Art-déco-Doppelhäusern. Zwei Bäume, deren kahle Äste sich knapp berührten, rahmten den Himmel ein. Plötzlich fielen Fitzroy Dashiell und der Anruf wieder ein, der sie hierhergeführt hatte, in ein Städtchen nur eine Stunde von Howleys früherem Leben entfernt. Er konnte nicht hier sein. Bestimmt nicht. *Sicher* nicht.

Das Zivilfahrzeug der Polizei rollte bergab, bog um die Ecke und überquerte die Brücke, über die man in die gepflasterte Altstadt mit ihren schiefen kleinen Häusern gelangte.

»Nett«, sagte Storm, »echt niedlich, dieses Örtchen.«

Fitzroy fragte sich, ob die Einwohner dasselbe dachten, wenn sonnenverbrannte Touristen mit ihren Bierdosen und Eimern und Schaufeln die Straßen verstopften.

Der Parkplatz vor dem Mayflower-Fischimbiss war praktisch leer. Sämtliche Betriebsamkeit konzentrierte sich auf eine wenige hundert Meter entfernte Stelle, an der einige Streifenwagen die Zufahrt zum Leigh Beach versperrten.

Fitzroy ging, ohne auf Storm zu warten, auf die vielen Uniformierten und Forensiker zu, die anscheinend führungslos am Strand umherirrten. Was wäre wohl ein guter Name für so eine Versammlung gewesen? Bullen spielen Blindekuh?

»Tut mir leid, aber das dürfen Sie nicht«, sagte ein junger Police Constable, als Fitzroy unter dem Absperrband hindurchschlüpfte.

Fitzroy zeigte ihre Dienstmarke vor. »Wo ist DI Thornberry?«

Der Polizist errötete, ein Zeichen seiner Jugend und Unerfahrenheit. Dann zeigte er auf einen untersetzten Mann mit überproportional großem Unterkiefer, der wild gestikulierend mit irgendeiner unglücklichen Seele sprach und leise fluchte, als sein Blick auf Fitzroy und Storm fiel.

»Londons ganzer Stolz, nehme ich an?«

»So weit würde ich nicht gehen«, sagte Fitzroy.

»Hören Sie, ich hab keine Zeit, anderen alles vorzukauen. Sie werden sich allein amüsieren müssen.«

Sein Handy piepte und fing dann an zu klingeln. Fitzroy beobachtete fasziniert sein Mienenspiel; seine Verärgerung zeigte sich zunächst in den Falten auf seiner Stirn und breitete sich dann auf seinem restlichen Gesicht aus wie Wellen auf einer Pfütze.

»Was haben Sie bislang?«

»Haben Sie nicht gehört, was ich gesagt habe?«, erwiderte DI Thornberry, ohne von seinem Display aufzusehen.

Fitzroy wurde ärgerlich. »Ich habe Sie keineswegs gebeten, mir alles haarklein zu berichten. Aber es wird ja wohl nicht zu viel verlangt sein, mir kurz zusammenzufassen, was passiert ist?«

»Ich glaube, was DS Fitzroy sagen wollte, ist, dass wir nach einer möglichen Verbindung zu einem bekannten Serienmörder suchen«, erklärte DC Storm sich und wandte sich mit einem strahlenden Lächeln an DI Thornberry. »Man kann ja nie wissen. Womöglich können wir Ihnen ja sogar helfen.«

Er grunzte und steckte sein Handy zurück in die Tasche. »Ich habe ein verschwundenes Mädchen, das sich vielleicht umgebracht hat, vielleicht aber auch nicht, und die Nachricht, dass sie sich mit irgendeinem Mann treffen wollte, der vielleicht der letzte Mensch ist, der sie gesehen hat. Vielleicht aber auch nicht.«

»Irgendein Mann?«

»Es stand nicht dabei, wer es ist. Sie hat ihrer Schwester nur einen Zettel geschrieben, dass sie ein Date hat und die Schwester sich irgendwas ausdenken soll, für den Fall, dass sie ein bisschen später nach Hause kommt. Den Zettel hat ihre Schwester allerdings erst heute Morgen gefunden.«

»Aber warum dann die ganze Aufregung? Woher wollen Sie wissen, dass sie nicht einfach im Eifer des Gefechts beschlossen hat, die ganze Nacht wegzubleiben, und sich jetzt nicht traut, ihrer Familie gegenüberzutreten?«

»Wissen tun wir das natürlich nicht. Aber es gibt ein paar Dinge, die unsere Alarmglocken schrillen lassen. Sie sollte heute eigentlich arbeiten, ist aber nicht aufgetaucht und hat sich auch nicht gemeldet. Dabei fehlte sie noch keinen einzigen Tag, seit sie vor drei Jahren dort angefangen hat. Und sie gilt als besonnen.«

Fitzroy fand nicht, dass das plausibel klang, behielt ihre Meinung jedoch für sich. Das Mädchen konnte auch krank geworden sein oder einfach verschlafen oder beschlossen haben, mit ihrem mysteriösen Liebhaber im Bett zu bleiben. Auch besonnene Mädchen konnten mal auf Abwege geraten.

DI Thornberry redete hektisch weiter, aber nur noch an Storm gerichtet. »Außerdem wurden ihre Kleider heute Morgen an diesem Strand gefunden.«

»Handy?«

Wie alle anderen wusste Fitzroy, dass die Geheimnisse hinter den meisten Verbrechen durch die Kriminaltechnik aufgeklärt wurden, in den verborgenen Welten der Telefone und Computer der Opfer.

»Bislang nichts.«

Fitzroy erstarrte. Kein Jugendlicher unter fünfundzwanzig Jahren, der etwas auf sich hielt, würde sein Handy aus den Augen lassen.

»Letzte Anrufe oder SMS?«

»Wissen wir nicht. Es ist seit Stunden ausgeschaltet. Wir warten auf die Rückmeldung des Telefonanbieters. In der Zwischenzeit nehmen unsere Techniker sich die Computer der Familie vor.« Sein eigenes Handy klingelte erneut. »Tut mir leid, da muss ich rangehen.«

»Was denken Sie?«, fragte Storm leise. »Verschwenden wir hier unsere Zeit? Für mich riecht das nach Selbstmord. Vielleicht ist dieser Typ nicht erschienen, und das war dann das Ergebnis.«

Einige Wochen nachdem ihr Sohn tot zur Welt gekommen war, hatte Fitzroy sich angewöhnt, durch die Straßen in der Nähe ihrer Wohnung im Süden Londons zu laufen. Es war so, als ob die bloße Bewegung, die Tatsache, dass sie einen Fuß vor den anderen setzte, sie zwang weiterzumachen, während ihr Kopf sie anflehte, all diese Gefühle der Verzweiflung und Trauer nicht nur für ein paar Tage, sondern für immer zum Schweigen zu bringen. Eines Tages hatte sie sich auf dem Gelände einer bekannten Universität wiedergefunden, als es plötzlich anfing, wie aus Eimern zu schütten. Und als die Bänke rund um den Innenhof sich leerten, war sie einer jungen Frau blindlings in eines der Gebäude gefolgt. Nichtsahnend und ohne aufgehalten zu werden, geriet sie in eine Vorlesung mit dem Thema *Die unterschiedlichen Methoden des Selbstmords erkennen – eine gerichtsmedizinische Anleitung.* Dort hatte sie, zugleich abgestoßen und fasziniert, erfahren, dass der Instinkt, der es Menschen verbot, unter Wasser zu atmen, so mächtig war, dass ein Ertrinkender erst eine Sekunde, bevor er bewusstlos wurde, einatmete.

In ungefähr zehn Prozent der Fälle verkrampfte sich der Kehlkopf, sobald das Wasser die Stimmbänder berührte, und bezwang den Atemreflex, bis das Opfer erstickte. In den anderen Fällen füllte das Wasser nach und nach die Lunge, ein langsamer Tanz aus Panik und Todesqual.

»Ich glaube, ich würde Tabletten nehmen«, hatte das Mädchen auf dem Platz neben Fitzroy geflüstert. Fitzroy hatte eine Hand auf ihren leeren Magen gelegt und nicht geantwortet. Ihre Methode der Wahl wäre der Tod durch Selbstkasteiung.

Zu ertrinken, das war eine hässliche, *schwierige* Art zu sterben, selbst mit Steinen in den Taschen. Und Sunday Cranston hatte keine Kleider angehabt.

Storm blieb neben DI Thornberry stehen und wartete darauf, dass er sein Telefonat beendete. Mit einem interessierten Lächeln hatte sie sich so postiert, dass der Inspector sie nicht ignorieren konnte. Als Fitzroy erneut aufblickte, sagte Storm gerade etwas, und Thornberry schüttelte lachend den Kopf.

Fitzroy war beeindruckt. Ihr selbst lag Smalltalk nicht sonderlich; sie rang immer um die richtigen Worte und hatte Angst, etwas Falsches zu sagen. Aber ihre neue Kollegin schien andere mit Leichtigkeit dazu zu bringen, sich zu öffnen. Diese Fähigkeit konnte ihnen eindeutig noch sehr nützlich werden.

Draußen auf dem Meer zog ein Containerschiff vorbei, ein Koloss aus Stahl. Sie beobachtete ihn, bis er verschwunden war.

Einige unzusammenhängende Informationshäppchen zuckten durch Fitzroys Kopf: Claras nasse Schuluniform, die verwesende Krebsschere in ihrem eigenen Bett, Sunday Cranstons Gesichtsfehlbildung.

Selbst ein Amateur konnte eine Verbindung zwischen einzelnen Elementen dieser Fälle erkennen, aber das bedeutete nicht zwangsläufig, dass Brian Howley auch etwas mit dem Verschwinden dieser jungen Frau zu tun hatte. Es war ein merkwürdiger Zufall, ja, aber vielleicht klammerte Fitzroy sich auch an einen Strohhalm. Höchstwahrscheinlich glaubte Sunday – wie so viele junge Leute heutzutage –, am Leben zu scheitern, war von Selbstzweifeln und Ängsten geplagt und einer Million anderer Belastungen überfordert, die so bedrückend werden konnten, dass es nur eine Möglichkeit zu geben schien, sie loszuwerden.

Fitzroy ließ ihren Blick über den Strand gleiten und überprüfte ihn ganz automatisch auf irgendwelche Auffälligkeiten. Sie erinnerte sich an die Botschaft, die Howley ihnen in dem Süßwarenladen hinterlassen hatte, in dem Clara zuletzt lebend gesehen worden war, und die bei der ersten Durchsuchung unentdeckt geblieben war. Aber sie sah nichts anderes als einen alten, mit Graffiti beschmierten Unterstand. Ein

Toilettenhäuschen. Einige Holzbänke. Und Sand, so weit das Auge reichte. Ein Stück weiter den Strand hinauf buddelte eine Schar plappernder, mit Stiefeln, Eimern und Schaufeln bewaffneter Schulkinder im Sand.

Das war nicht ihr Fall. Hier war nichts zu holen für sie.

Enttäuschung umhüllte sie wie ein schwarzer Schleier. Die nächste Spur, die nirgendwo hinführte. Machte es überhaupt Sinn, nach Foulness Island weiterzufahren, zu der Stelle, wo Claras Uniform angespült worden war? Sie sollte es tun, wenn sie ihren Job professionell machen wollte. Aber sie bezweifelte, dass es mehr bringen würde außer einer weiteren Enttäuschung.

Auf dem Rückweg zum Parkplatz sagte Detective Sergeant Etta Fitzroy nicht ein einziges Wort. Sie konnte nicht ahnen, dass der als Brian Howley und Mr Silver und der Knochensammler bekannte Mörder weniger als einen Viertelkilometer entfernt gesund und munter in einem Cottage saß und gerade etwas wirklich sehr Besonderes vorbereitete.

25

13.49 Uhr

Jeden Tag beobachtete er den Himmel über dem Mündungsgebiet, und jeden Tag bot dieser ihm etwas Neues. Vor zwei Tagen hatte sich morgens auf dem Schulweg ein glühend roter Streifen am Horizont entlanggezogen und die schieferfarbenen Wolken darüber mit seinem Feuer entzündet. Gestern hatten sich schmutziggraue Wolkenwalzen dort aufgetürmt.

Und an dem Abend, an dem seine Mutter fast ertrunken wäre, war der Himmel wie eine brennende Apokalypse gewesen – ein Bataillon von Altocumulus-Wolken, das auf die untergehende Sonne vorrückte. Der Horizont wandelte sich wie der Wind. Jetzt gerade war er völlig frei von Farbe, nichtssagend, hohl und leer wie er selbst.

Saul eilte auf das Haus der Cranstons zu, Mr Silvers Schuhe baumelten an seinem Rucksack. Darin befanden sich der Inhalt seines Kleiderschranks, seine Schulbücher, ein Ladegerät für sein Handy, ein Skizzenblock und die Schatulle mit seinen toten Insekten. Und in seiner Hosentasche steckten der Rest von Mr Silvers Geld, sein kopfloses Sorgenpüppchen sowie eine Handvoll Scheine, die er in der Fortnum-and-Mason-Dose gefunden hatte.

Es war überraschend einfach gewesen, sich Zutritt zu seinem Zuhause zu verschaffen, als er seine Sachen holen wollte. Er hatte sich darauf gefasst gemacht, ein Fenster einschlagen zu müssen, aber Gloria hatte die Hintertür nicht abgeschlossen. *Dumme Kuh.*

Als er das letzte Mal nachgesehen hatte, war die Dose leer gewesen. Aus schlechtem Gewissen hatte er den Zehnpfundschein aus der Hosentasche gezogen, der von Mr Silvers Geld übrig war, um ihr über die Runden zu helfen. Doch als er den Deckel von der Dose abgenommen hatte, glaubte er, seinen Augen nicht zu trauen, denn sie war voller Geld gewesen. Seine Mutter arbeitete nicht und gab ihre Sozialhilfe immer sofort bis auf den letzten Penny aus. Wie konnte Gloria an so viel Geld kommen? Sofort fiel ihm der Mann aus dem Bootsschuppen wieder ein und das kokette Lachen seiner Mutter. Hatte er ihr Geld geliehen? Oder geschenkt? Hatte er sie bezahlt? *Schlampe.* Saul hatte das Pfeifenreinigerpüppchen hin und her gebogen, bis der dünne Metallfaden beinahe durchgebrochen wäre. Dann hatte er das Geld genommen.

Helen Cranston stopfte einen schwarzen Plastikmüllsack draußen in die Mülltonne. Sie gab sich alle Mühe, ihre übliche Routine aufrechtzuerhalten, um ihre jüngste Tochter nicht noch mehr zu beunruhigen, die gar nicht mehr aufhören konnte zu weinen, seit sie die Nachricht ihrer Schwester entdeckt hatte.

Saul sah sie im gleichen Moment, in dem Mrs Cranston ihn entdeckte, und hatte keine Zeit, sich auf diese Begegnung vorzubereiten. Er wusste, dass sie ihn nicht mochte und dass ihr Mann Russell ihn für nicht gut genug hielt. Aber Cassidy war das immer egal gewesen. Sie hatte sein Gesicht gestreichelt und ihm gesagt, er solle ihre Eltern einfach nicht beachten.

»Mrs Cranston, ich …« Ihm fiel – zu spät – ein, dass er Blumen hätte mitbringen sollen.

»Ich nehme an, du willst zu ihr?« Helen wischte sich die Hände an ihrem Mantel ab und gab ihm mit Blicken zu verstehen, dass sie nicht sicher war, ob sie ihn reinlassen wollte.

Saul spürte plötzlich eine brennende Hitze auf seiner Haut, in seinen Augen, tief im Magen. Nicht, weil es ihm etwas ausmachte, dass Helen Cranston ihn wie ein Stück Dreck behandelte, sondern weil er gegen seine Tränen ankämpfte.

Wenn Mrs Cranston ihn fragte, ob er Cassidy sehen wollte, konnte das nur eines heißen: Ihr Leiche war gefunden worden.

Selbst die schmiedeeiserne Gartenpforte quietschte misstrauisch, als sie geöffnet wurde. Saul schlurfte mit gesenktem Kopf hinter Mrs Cranston her; er fühlte sich nicht dazu in der Lage, den Blick zu heben und sich ihrer Verachtung auszusetzen.

Das hier war schlimmer als die Nacht, in der sein Vater Gloria mit der Faust ins Gesicht geschlagen und ihr den Wangenknochen gebrochen hatte. Oder als das klägliche Wimmern, das er mitanhören musste, als der Vater seine Wut an dem Hund, der Saul zugelaufen war, ausgelassen und ihn totgetreten hatte.

Dieses Gefühl war neu; es war, als würde ihm seine Chance auf eine Zukunft, lautlos wie Asche, um die Ohren fliegen.

Würde sie auf ihrem Bett liegen? Oder in einem Sarg? Wie würde sie aussehen? O Gott, wie würde sie aussehen? Und Mrs Cranston kam ihm so eigenartig vor, sie wirkte so unheimlich ruhig.

»Schuhe aus, bitte.«

Saul zog seine Schulturnschuhe aus. Er weigerte sich, die Schuhe von Mr Silver länger als notwendig zu tragen, und seine Sneakers – seine einzigen anständigen Schuhe – waren unauffindbar.

Er schluckte und stellte seinen Rucksack auf dem makellosen Teppich ab. Mrs Cranston saugte an ihrer Unterlippe.

Schritte auf der Treppe.

Verschwimmende Farben.

Auf ihn zurasende Wärme.

Und Cassidy lag in seinen Armen.

Cassie.

Seine Cass.

Weinend und zitternd, aber lebendig.

»Sunday ist verschwunden.«

Drei Wörter, die sie ständig wiederholte.

Er drückte sie fester an sich. »Und ich dachte, du wärst es.«

Mrs Cranston, die in der Nähe stehen geblieben war, schaute scharf zu ihm hin.

»Wie meinst du das?«

»Ich hab gesehen – ich meine – ich …«

»Was hast du gesehen, Saul?«

Saul schaute Cassidy an. Ihre Miene war neutral, aber sie wartete auf eine Antwort. »Kleider, am Strand. Und Cassidys Armreif.«

»Wann?« Mrs Cranston packte ihn bei den Schultern und schüttelte ihn. »Wann? Wann hast du sie gesehen?«

Sauls Kopf fühlte sich plötzlich vollkommen leer an. Er vergaß, dass Mr Silver ihn gewarnt und ihm geraten hatte, sich von allen fernzuhalten. Weil es verdächtig wirken könne, wenn er zugab, dass er in den frühen Morgenstunden am Strand gewesen war. Aber er wollte helfen, und die Wahrheit war alles, was er ihnen schenken konnte.

Kaum hatte er es ihnen gesagt, wusste er, dass es ein Riesenfehler war.

Cassidy wich vor ihm zurück, bis sie neben ihrer Mutter stand. Mrs Cranston hatte sich kerzengerade aufgerichtet, erfüllt von Empörung und Selbstgerechtigkeit.

»Du warst mitten in der Nacht am Strand und hast Sundays Kleider gesehen und *nichts* gesagt?«

Wenn man es so formulierte, klang es nicht gut.

»Hast du es der Polizei erzählt? Du musst mit ihnen sprechen. Du musst!«

Saul mochte es nicht, wenn andere ihm sagten, was er zu tun hatte. Und er wollte nicht, dass die Polizei in seinen Angelegenheiten herumschnüffelte.

»Und warum hast du deinen Rucksack dabei? Willst du irgendwohin?«

Saul wartete darauf, dass Cassidy für ihn Partei ergriff, dass sie ihre Mutter zum Schweigen brachte und ihr sagte, dass er nichts mit dem Verschwinden ihrer Tochter zu tun hatte, und darauf beharrte, dass er niemals weglaufen würde, weil sie ihn liebte und er sie. Aber die Art, wie sie ihn anschaute, machte den Eindruck, dass sie zum ersten Mal seine Unzulänglichkeiten und Fehler sah.

»Neulich bei Flora hast du gesagt, dass ich dafür bezahlen würde, Saul.« Cassidy sprach langsam, mit weit aufgerissenen Augen. »Hast du das gemeint?«

Mrs Cranston schlug die Hand vor den Mund.

Vor Sauls Augen blitzten winzige Sternchen auf. Er versuchte, Luft zu holen, sich zu verteidigen. Aber er konnte nicht denken. Und dann fiel ihm die Situation wieder ein. Ein alberner Streit. Sie hatten zusammen in dem Pavillon hinten im Garten von Cassies bester Freundin gesessen. Er war zornig geworden, weil einer von Floras Brüdern mit Cassie geflirtet hatte, und begann eine Prügelei. Daraufhin hatte Cassie ihr Wasserglas nach Saul geworfen und war hinausgestürmt. Und am nächsten Tag war sie auch nicht bei der Arbeit in der Tierhandlung erschienen.

Ich hab das nicht so gemeint, Euer Ehren. Ich war wütend, weil jemand versucht hat, sich an meine Freundin ranzumachen. Aber ich würde ihr niemals weh tun. Oder ihrer Schwester. Nein, Euer Ehren, Sie verstehen das völlig falsch.

Das Reaktion der Cranstons war so schrecklich und grotesk, dass er spürte, wie ein Lachen in ihm aufzusteigen begann. Er wollte es nicht, wusste, dass es ganz falsch war, aber der Schock, seine Verletztheit und eine Million andere Dinge schossen ihm durchs Hirn, brachten sein Blut in Wallung und ließen sein Herz wild galoppieren.

Er lachte.

Mrs Cranston schnappte laut nach Luft, aber Cassie sagte gar nichts, was noch viel schlimmer war. Die beiden standen da und starrten ihn an, dann stürmte Mrs Cranston zum Telefon.

Saul wartete nicht ab. Bevor sie die erste Zahl eingetippt hatte, schlüpfte er in seine abgerissenen Turnschuhe und nahm seinen Rucksack. Bei der dritten Zahl öffnete er die Haustür und rannte blindlings in den Februarnachmittag hinaus.

Nicht zur Schule, dafür war es jetzt zu spät.

Nicht nach Hause, da gehörte er nicht mehr hin.

Nicht zu Cassie.

Er konnte nirgends hin. Absolut nirgends.

Während er an den Meilensteinen seiner Kindheit vorbeilief, an der Bushaltestelle, an der er seine Freundin zum ersten Mal geküsst hatte, und an der Rampe, wo er von seinem Skateboard gefallen war, schlugen ihm die glänzenden schwarzen Schuhe gegen den Rücken. Jetzt weinte er, heiße, salzige Tränen, die ihm in den Mund liefen, nicht nur wegen Sunday Cranston und Cassie und ihrer Mutter und seiner Mutter, sondern wegen des unfairen Lebens, das das Schicksal ihm zugedacht hatte.

Von plötzlichem schmerzlichem Verlangen überrollt, stellte Saul fest, dass er sich nach der Ruhe und Stille von Mr Silvers Cottage, nach den Bacon-Sandwiches und dem Sofa und nach seinen schwarzweißen Sneakers sehnte.

Er lief schneller.

Von einem Fenster im ersten Stock aus sieht Mr Silver Saul mit gequälter Miene über das Kopfsteinpflaster laufen.

Vorsichtig legt er den Pinsel ab, dann zieht er die Latexhandschuhe aus und wirft einen kritischen Blick auf die trocknende Leinwand. Fast fertig. Er spült die Farbpalette ab und sieht zu, wie die rubinroten Schlieren von Sunday Cranstons Blut im Abfluss verschwinden.

Als Saul an der Tür klingelt, hat Mr Silver sein Museum abgeschlossen und wartet im Wohnzimmer darauf, dass er seinen *Sohn* in Empfang nehmen kann.

Um damit anzufangen, ihn in der Kunst des Mordens zu unterweisen.

26

13.51 Uhr

Erdman schaute zum x-ten Mal auf sein Handy. *Verdammt.* Das hier lief ganz und gar nicht nach Plan. Er sollte längst zu Hause sein. Er konnte nur hoffen, dass Lilith noch nicht aufgewacht war. Denn sonst würde sie einen totalen Anfall bekommen. Aber das Ausbleiben von Nachrichten legte nahe, dass sie zum Glück nicht ahnte, dass er ihren Sohn in der Obhut einer Frau gelassen hatte, die er erst an diesem Morgen kennengelernt hatte.

Das ungute Gefühl, einen Fehler gemacht zu haben, bereitete ihm Magenschmerzen, aber er kannte Pete Haskell nicht gut genug, um ihn bitten zu können, ihn zu decken. »Ich kann Nichtsnutze nicht ausstehen«, hatte der Fotograf bei ihrem ersten gemeinsamen Auftrag, bei dem es um die Schließung des örtlichen Gefängnisses ging, gesagt. Pistol

Pete wurde er in der Redaktion genannt, weil er seine Fotos gern aus der Hüfte schoss. Er hatte eine Zeitlang für die überregionalen Zeitschriften gearbeitet, aber jetzt, wo er in seinen Fünfzigern war, wollte er ein ruhigeres Leben. Erdman konnte das nur allzu gut nachvollziehen.

Die Polizei hielt sich bedeckt. Einer seiner Kollegen war zum Haus der Cranstons geschickt worden; er sollte versuchen, die Familie zum Reden zu bringen. Erdman sollte am Ort des Geschehens bleiben, für den Fall, dass hier spontan eine Pressekonferenz anberaumt wurde. Aber die Erfahrung sagte ihm, dass die Bullen viel zu sehr damit beschäftigt waren, nach Antworten zu suchen, um ihre Zeit damit zu verschwenden, vor die versammelten Medien zu treten. Bislang war nur die lokale Presse anwesend, doch wenn sich das hier zu einer spektakulären Story entwickelte, würden sehr schnell auch die großen Namen der Branche anrücken.

Aber roch das hier nach einer Sensation? Erdman war sich nicht sicher. Eine verschwundene Frau. Ein Stapel Kleider. Insgeheim dachte er, dass das nach Selbstmord roch und nichts weiter. Die große Polizeipräsenz deutete jedoch auf etwas anderes hin. *Irgendetwas* war hier los, und es war seine Aufgabe, genau das herauszufinden. Vor allem, weil er seinen alten Kumpel Axel nicht enttäuschen wollte. Der hatte sich sehr aus dem Fenster gelehnt, als er Erdman für diesen Job empfohlen hatte. Und nur deshalb hatten die Frith' überhaupt beschlossen, ihr neues Leben hier an diesem Ort anzufangen. Er sollte die Sache also besser nicht vermasseln.

Von seinem Beobachtungsposten vor den öffentlichen Toiletten und hinter dem Absperrband aus beobachtete Erdman, wie einige Polizisten sich von der Schar derer, die am Strand versammelt waren, lösten.

Er signalisierte Pete, dass er bleiben sollte, wo er war, und folgte den Männern. Sie gingen an der Fußgängerbrücke neben dem Pub und dem Restaurant, das so aussah, als gehörte es an Deck eines Kreuzfahrtschiffes, vorbei in die Altstadt. Einer der Officer blieb an einem Cottage stehen, das mit seinen üppigen Blumenkübeln im Sommer eine wahre Pracht, nun aber mit toten Ranken bedeckt war.

Eine ältere, grauhaarige Dame öffnete die Tür. Erdman sah erst ihre fragende Miene und dann, wie sich ihre Lippen bewegten und sie langsam ihren Kopf schüttelte. Die Officers plauderten noch zwei oder drei Minuten mit ihr und notierten sich hin und wieder etwas.

Haus-zu-Haus-Befragungen.

Das brachte Erdman auf eine Idee. Vielleicht sollte er selbst an einige Türen klopfen und am anderen Ende der Altstadt beginnen. Eigentlich konnte er damit nichts falsch machen. Er hatte genauso viel Recht, das zu tun, wie sie. Aber er wusste, dass die Polizei sich ärgerte, wenn Journalisten sich einmischten, bevor sie ihre Arbeit erledigt hatten.

Zeugen waren bei ihrer ersten Befragung am authentischsten, vor allem, wenn man sie überraschte. Es entsprach der menschlichen Natur, Dinge zu beschönigen und zu übertreiben, beim späteren Nacherzählen die Geschichte in eine passendere Form zu kleiden und sich selbst auf diese Art von der Wahrheit zu überzeugen.

Erdman skizzierte Pete in einer SMS kurz seinen Plan. Es war eine schwierige Ermessensentscheidung. Falls sie auf etwas Interessantes stießen, konnte Pete schnell ein Porträt schießen, und sie hatten ihre Exklusivgeschichte. Aber wenn sich unterdessen unten am Strand etwas Neues ergab, war ihre Zeitung nicht vor Ort, um darüber berichten zu können.

Erdman war ein Neuling in dem Geschäft. Er hatte noch keine Freunde bei den Konkurrenzmedien und vermutete, dass sie ihr Wissen nicht mit ihm teilen würden. Aber er musste sich profilieren, Eindruck bei seinem neuen Chef machen – all diesen strategischen Scheiß, den er so hasste.

Nachdem die Entscheidung gefallen war, wartete er darauf, dass Pete nachkam, dann schlenderten die beiden Männer – entspannt, als wenn nichts wäre – an den Polizisten vorbei.

Am Ende des Kopfsteinpflasterweges, hinter den Bootsschuppen, die schon ein Jahrhundert oder länger dem rauen Klima und dem Zahn der Zeit standhielten, und hinter den Pubs und der Kunstgalerie und dem hübschen Gartencafé standen ein paar verwahrloste Fischerhäuser.

Das Erste, bei dem sie es versuchten, sah verlassen aus, und ihr Klopfen hallte durch leere Räume.

Das Zweite war bewohnt – Erdman sah schmutzige Teller auf dem Tisch stehen, als er durchs Fenster spähte –, aber die Bewohner waren nicht da, wahrscheinlich bei der Arbeit.

Ein kleines Stück dahinter befand sich noch ein drittes Haus. Freistehend. Im Abseits.

Obwohl es schon nach Mittag war, waren die Jalousien ein Stück weit heruntergelassen und ließen die Fenster wie Augen mit halbgeschlossenen Lidern aussehen. Erdman glaubte, gesehen zu haben, wie sich hinter der Scheibe etwas bewegte, konnte sich aber nicht sicher sein.

Er erwartete nicht viel, aber einen Versuch war es wert.

Als er an die Tür klopfte, spürte er einen plötzlichen Schmerz.

Er hatte sich einen Splitter tief in seinen Mittelfinger gerammt.

Erdman hob die Hand zum Mund und versuchte, den Splitter und mit ihm den Schmerz herauszusaugen. Nach einer Weile unternahm er einen erneuten Anlauf. Diesmal drückte er auf den Klingelknopf und spähte durch das satinierte Glas, das in den oberen Bereich der Tür eingesetzt war.

Wieder sah er eine schnelle Bewegung. Da drinnen war jemand.

Er schaute durch die Briefklappe und rief: »Hallo? Können wir Sie mal kurz sprechen?«

Sein Mund befand sich noch auf Höhe der Messingklappe, als die Tür aufging. Er richtete sich auf und sprach schnell, um seine Verlegenheit zu verbergen.

»Guten Tag, entschuldige bitte die Störung. Ich bin von der Lokalzeitung, und wir befragen die Anwohner zum Verschwinden einer jungen Frau in der vergangenen Nacht. Hast du vielleicht irgendetwas gehört oder gesehen?«

Ein Junge mit einem blonden Haarschopf – Erdman schätzte ihn auf ungefähr sechzehn Jahre – füllte den Türrahmen aus und sah Erdman misstrauisch an. Er kam ihm vage bekannt vor, aber das Signal war zu schwach, als dass er die Verbindung hätte herstellen können.

»Sunday Cranston. Sagt dir das irgendwas? Sie ist hier aus dem Ort.«

Der Junge, der so bleich war wie ein Winterhimmel, verschloss sich innerlich, das war ihm deutlich anzusehen; er ließ keinerlei Emotion erkennen. Erdman stutzte unwillkürlich, weil er diese Reaktion ungewöhnlich fand; es war, als hätte jemand einen Schalter umgelegt.

»Ich glaube, sie hat eine Schwester in deinem Alter. Geht sie zufällig auf deine Schule?«

Saul steckte eine Hand in die Hosentasche und drehte das zerfranste Pfeifenreinigerpüppchen. Sein Blick glitt über

Erdman hinweg und verharrte dann auf einem Punkt links von dessen Schulter.

»Ich glaube, wir verplempern hier nur unsere Zeit«, murmelte Pistol Pete mit einem geringschätzigen Schnauben.

Saul zuckte zusammen und fixierte Pete mit seinem Blick. Der Fotograf scharrte mit den Füßen; er war sich nicht sicher, ob er von der verächtlichen Miene des Jugendlichen amüsiert sein sollte oder ob sie ihm unangenehm war. Der Junge holte tief Luft, als wollte er ihnen etwas Wichtiges mitteilen.

»Eigentlich …«

Doch er wurde sofort von jemandem unterbrochen, der irgendwo drinnen im Haus war und dessen Stimme kalt und hart wie Frost klang: »Sag ihnen einfach, sie sollen sich verpissen, Saul.«

Saul.

Erdman war der Name im Gedächtnis geblieben. Er hatte am Morgen gehört, wie einer der anderen Journalisten von irgendetwas, das er auf Facebook entdeckt hatte, berichtete und in diesem Zusammenhang jemanden namens Saul erwähnte, aber er hatte nicht gewusst, wer das war. Der Name war ja eher ungewöhnlich. Aber das konnte nicht dieser Junge hier sein, oder?

Der Teenager warf einen kurzen Blick in die Richtung, aus der die Stimme kam. Diesen kurzen Moment nutzte Erdman, um Pete ein Zeichen zu geben. Er bedeutete ihm, ein Foto zu machen. Der Fotograf zwinkerte ihm zu und hob die Kamera.

Als Saul sich ihnen wieder zuwandte, schoss Pete bereits sein erstes Bild.

Die Augen des Jungen weiteten sich, als er das Klicken der Kamera hörte. Er duckte sich instinktiv und hob seine Hände vors Gesicht, dann schlug er die Tür zu.

»Gutgegangen«, sagte Pete, während er die Vorschaubilder der Aufnahmen durchscrollte, die er gerade gemacht hatte.

Erdman schnaubte unverbindlich, aber sein journalistisches Gespür sagte ihm, dass dieser Saul mit seinem unsicheren Blick und seiner verschlossenen Miene einer genaueren Betrachtung wert war.

»Was sollte das? Muss er nicht um *Erlaubnis* fragen, bevor er so was macht?«

Saul lief in dem winzigen Wohnzimmer hin und her, während Wut und Angst in ihm um die Oberhand rangen.

»Was hat er damit vor? Ob das in die Zeitung kommt? Dann verklage ich die Mistkerle. Das dürfen die gar nicht. Ich bin schließlich noch minderjährig.«

Saul beschwor vor seinem inneren Auge das Gesicht des Fotografen mit seiner beknackten Frisur und seinem schmierigen Lächeln herauf, holte mit der Faust aus und gab ihm eins aufs Maul. Er spürte förmlich, wie der Knochen brach und warmes Blut über seine Finger rann; sah, wie der Mann zu Boden ging und sich an die Brust griff. Einen Herzanfall erlitt. Und starb.

Arschgeige.

ARSCHGEIGE.

Er schlug mit der Hand auf Mr Silvers gläsernen Couchtisch und ignorierte den stechenden Schmerz, der bis in seinen Ellenbogen schoss.

»Beruhige dich, Saul.« Mr Silvers Stimme klang ruhig und gelassen, aber es lag auch ein mahnender Unterton darin. »Selbstbeherrschung, mein Sohn. Das ist der Schlüssel zu allem. Wenn du die Beherrschung verlierst, verlierst du dich selbst.«

Aber Saul fand, dass er genug Zeit damit verbracht hatte, seine Wut in Schach zu halten, zu Hause wie in der Schule, und gab der gläsernen Obstschale, die wie eine Sonnenblume aussah, einen halbherzigen Stoß. Diese Geste war ein Ausdruck seines Missmuts, mehr nicht. Ein verglimmender Ascherest seines Zorns. Doch die Schale rutschte über die glatte Tischplatte. Kippte. Und fiel herunter. Eine Orange rollte über die Bodenfliesen. Das handgeblasene grüne Glas zerbrach in ein Dutzend glänzende Klingen.

Mr Silver stand auf; seine Augen waren wie schwarze Löcher. Er schrie nicht, aber die Art, wie er seine Fingerspitzen auf Sauls Schultern drückte, signalisierte unmissverständlich Gewalt.

»Schluss damit, Junge.«

»Tut mir leid.« Saul stammelte, und das tat er sonst nie. »Ich besorge Ihnen eine neue.« Über die Kosten oder darüber, wo man so etwas herbekam, konnte er im Moment nicht nachdenken. Er wusste nur, dass er Mr Silver irgendwie dazu bringen musste, ihn nicht mehr so anzusehen.

»Wut ist gefährlich, mein Sohn.« Mr Silver sprach leise und sehr kontrolliert. »Sie sorgt dafür, dass du handelst, ohne nachzudenken.«

Saul starrte auf die Glasscherben auf dem Boden. Er fragte sich, ob Mr Silvers Finger perfekte, oval geformte blaue Flecken auf seinem Schlüsselbein hinterlassen würden.

»Aber stell dir vor, was wäre, wenn du nachdenken würdest. Wenn du deine Wut nutzen und zu etwas destillieren würdest, das noch mächtiger ist.« Er ließ Sauls Schultern los und klopfte ihm harmlos und freundlich auf den Rücken.

Saul verfiel in eine typische Teenie-Angewohnheit. Er scharrte mit den Füßen und schaute zu Boden.

»Ja«, murmelte er, aber er hatte keine Ahnung, wovon dieser alte Mann sprach.

Mr Silver lächelte.

»Oder stell dir vor, du könntest dich durch die Welt bewegen, ohne dass dich jemand sieht«, sagte er, während er die Scherben mit der Schuhspitze zu einem kleinen Haufen zusammenschob.

Saul lachte zaghaft. »Wie, Sie meinen, so als wäre man unsichtbar?«

Mr Silver lächelte wieder.

»Ja, mein Sohn, so was in der Art.« Er verschwand in der Küche und kam mit einem Kehrblech und einem Besen zurück, die er dem Jungen hinhielt. »Das ist eine Fähigkeit, die man lernen kann. Mit dem Hintergrund zu verschmelzen.«

Saul kniete sich hin und fing an, das Glas zusammenzukehren. »Keine Chance mit meinen Haaren.«

»Wir werden sehen«, sagte Mr Silver sanft. »Wir werden sehen.«

Er beobachtet einen Moment lang, wie Saul in gebückter Haltung die Unordnung beseitigt, die er angerichtet hat. Wieder verzieht ein Lächeln sein Gesicht, zerknittert seine Augen und vertieft die Falten, die wie runde Klammern rechts und links an seinen Mundwinkeln liegen. Ein Fremder könnte ihn für einen stolzen Vater halten, der sieht, dass sein Sohn Verantwortung für sein Verhalten übernimmt.

Während Saul die Spuren seines Wutanfalls beseitigt, denkt Mr Silver nur ein einziges Wort. *Ja.*

Er weiß nicht, dass seine Entscheidung, in der die Verheißung eines Neuanfangs liegt, ihrer aller Schicksal verändern wird: Sauls Schicksal und das von DS Fitzroy, das von Jakey Frith, das von Clara Foyle und das von Mr Silver selbst.

Der Tag draußen wird ungemütlich, Wind kommt auf und treibt schmutzig graue Wolken vor sich her. Mr Silver, der sich so sehr an seinen neuen Namen gewöhnt hat, dass er manchmal vergisst, dass er mal Brian Howley hieß, ist in Eile.

Er sieht zwei Männer, die ein paar Häuser weiter zwischen den Schuppen stehen. Sie strahlen Seriosität aus und haben die steifen Schultern der Macht. Mr Silver weiß, was sie sind. Er wittert sie.

»Saul.«

Der Junge kommt aus der Küche. Sein Gesicht ist bleich, das Blau seiner Augen trüb. Der Kummer lastet schwer auf ihm. Mr Silver weiß, was ihn aufheitern wird, denn dies ist schließlich sein *Sohn*.

»Wir gehen aus.«

Saul klappt den Mund auf, als wolle er etwas sagen. Mr Silver verspürt eine leichte Verärgerung. Seine Finger zucken.

»Haben Sie meine Sneakers gefunden?«

Mr Silver hat jetzt keine Zeit für dieses Thema.

»Zieh die schwarzen Schuhe an.« Er schaut auf seine eigenen Füße. »So wie ich.«

Mr Silver klimpert mit dem Schlüsselbund. Das Auto, mit dem er die Ausstellungsstücke C, J und G transportiert hat, ist er längst losgeworden. Er fährt jetzt einen gewöhnlichen Kleinwagen. Einen, den man schnell wieder vergisst.

Sie müssen durch die Hintertür hinausgehen, wenn sie keine unerwünschte Aufmerksamkeit auf sich ziehen wollen. Mr Silver möchte weg sein, bevor die Polizisten an die Tür

klopfen und sich ihre höflichen Fragen zu einem Verdacht er-
härten können. Er glaubt nicht, dass der Junge überzeugend
lügen kann. Er muss ihn hier rausbringen. Zu seiner eigenen
Sicherheit.

Er beobachtet, wie Saul seine Jacke anzieht und auf der
Suche nach seinem Handy die Taschen abklopft.

»Das kannst du später noch suchen«, sagt er. »Wir müssen
los.«

Der Junge sieht ihn herausfordernd an. Trotzig. Mr Silver
muss lächeln.

Saul wird es noch lernen.

Er wird, weiß Gott, noch viel lernen.

Er erzählt Saul nichts von dem Zimmermannshammer,
den er in seiner Reisetasche trägt. Oder von dem Messer, das
gegen seine Rippen drückt wie die Hand einer Geliebten, oder
von dem geklauten Handy. Er muss dem Jungen beibringen,
sich zu benehmen, sich unterzuordnen, ohne aufzumucken.
Wenn das nicht funktioniert, gibt es andere Wege. Wege, die
sein Vater beschritten hat. Aber nicht hier. Nicht jetzt.

»Wo fahren wir denn hin?«, fragt Saul missmutig, un-
willig.

»An einen besonderen Ort.«

Der Jugendliche schleppt sich durch die Küche, seine
ganze Haltung drückt Widerstand aus. Mr Silver, der Knochensammler, wartet an der Spüle auf ihn und krümmt seine
arthritischen Finger, ein Erbe seines Vaters. Marshall flüstert
ihm leise Anweisungen ins Ohr. Mr Silver dreht, weiter lächelnd, den Wasserhahn auf. Das Gewicht des Hammers in
seiner Tasche erinnert ihn an seine Pflicht.

»Wasch dir die Hände, mein Sohn.«

27

Gloria öffnete ein mit Wimperntusche verklebtes Auge und wartete ein paar Sekunden, bevor sie auch das andere Auge aufschlug.

Jeder Versuch, jetzt noch mal einzuschlafen, war sinnlos. Keine Chance. Egal, wie sehr sie sich bemühte, wenn sie einmal wach war, war sie wach, auch wenn ihre Glieder durch die Dehydrierung noch schwer waren.

Gloria fuhr sich mit der pelzigen Zunge über die Zähne und versuchte herauszufinden, welcher Tag heute war. Ein Würgereiz zog ihren Magen krampfartig zusammen, bis die Muskeln brannten; ihr Kopfschmerz weigerte sich, nachzulassen, egal, wie viel Wasser sie trank.

Schwaches Licht tüpfelte die Ecke ihres Schlafzimmers. Gloria brauchte nicht auf ihr Handy zu schauen, um zu wissen, dass es bereits Nachmittag war und sie die besten Stunden des Markttages verpasst hatte.

Die Haut rund um ihren Mund fühlte sich wund an, überstrapaziert. Ihre Kopfhaut tat an der Stelle weh, wo er ihr unsanft ins Haar gegriffen und daran gerissen hatte. Sie fuhr mit den Händen über die vorstehenden Knochen an ihrem Körper und zuckte zusammen, als sie die schmerzhafte Stelle berührte, den Bluterguss entlang der Wölbung ihrer Brüste.

Sie konnte das nicht noch einmal tun, das ertrug sie einfach nicht. Sie musste einen Ausweg finden, aber sie würde clever vorgehen müssen. Ansonsten würde ihr Geheimnis ans Licht kommen und ihr und Saul das nächste Fiasko bescheren, das sie irgendwie aus der Welt schaffen mussten.

Der Wind spielte mit den losen Dachziegeln und erzeugte Klänge wie ein verrückt gewordenes Xylophon; wieder und wieder warf er sich vom offenen Meer her gegen die Fenster des Hauses und wollte sie zwingen, nachzugeben. Gloria fragte sich, ob Saul schon aus der Schule zurück war. Hatte er donnerstags nicht früh Schluss? Zu Fuß nach Hause zu gehen war bei diesem heftigen Sturm gefährlich.

Gloria stand mühsam aus dem Bett auf und versuchte, den heftigen Schwindel zu ignorieren, der ihr die Orientierung nahm. Sie zwang sich, innezuhalten und zu warten, bis er sich gelegt hatte. Ihr Magen knurrte. Sie trug noch immer ihre beste Seidenbluse, die sie bei Bewerbungsgesprächen und an Abenden im Spielcasino anzog, und einen winzigen Fetzen schwarzer Gaze, der ihre Unterhose darstellte. Sie nahm ihren uralten Morgenmantel, dessen Baumwollstoff an einigen Stellen schon sehr fadenscheinig war, und schlüpfte hinein.

In ihrem Bauch, der so flach war, dass er sich fast nach innen wölbte, rumorte es, doch der Hunger, der sie quälte, würde sich nicht durch Essen stillen lassen. Sie ging ins Bad.

In dem Schrank über dem Waschbecken stand hinten zwischen dem Schwamm mit dem Rostfleck und einigen alten Toilettenreinigern eine Flasche Mundwasser. Gloria öffnete sie und setzte sie an ihre Lippen. Als der Inhalt ihre Kehle hinunterrann, würgte sie und spuckte den Rest wieder aus. Der Wodka war durch Wasser ersetzt worden.

Gloria warf die Flasche auf den Boden und wandte sich der Toilette zu. Der Spülkasten war eines ihrer bevorzugten Verstecke für Alkohol. Der Flaschenhals war an den Schwimmerhahn gebunden, damit er nicht gegen die Seitenwand schlug, wenn die Spülung betätigt wurde. Ihre Finger zitterten leicht, als sie den Deckel anhob, die darin befindliche Flasche, ohne sie abzutrocknen, an die Lippen setzte und einen vorsichtigen Schluck nahm.

Herrgott nochmal, Saul!

Sie holte tief Luft und blies sie langsam wieder aus. Sie brauchte keinen hochtrabend daherredenden Suchtberater, der ihr beibrachte, ihr Temperament zu zügeln. Das konnte sie ganz allein.

Sauls Zimmertür war geschlossen, aber Gloria sparte sich das Anklopfen. Es war kalt hier drinnen, der Wind pfiff durch die Ritzen in den undichten Fensterrahmen herein.

Sein Bett war gemacht, und auf dem Fußboden lag ein Buch aus der Bibliothek, das am Rücken schon stark beschädigt war, aber von ihrem Sohn war keine Spur zu sehen. Irgendetwas war merkwürdig an diesem Zimmer.

Sie schaute sich einen Augenblick um und versuchte herauszufinden, was es war. Seine Kleider, das war es. Normalerweise lag der alte Sessel, den er mal irgendwo vom Sperrmüll aufgelesen hatte, voller schmutziger Hosen und Pullis und T-Shirts. Aber dieses Zimmer sah aus, als wartete es auf die Ankunft eines Hotelgastes.

Sie zog seine Schublade auf und war sich sicher, das übliche Durcheinander von Socken und Boxershorts vorzufinden. Aber sie war leer. Sein Ladegerät fürs Handy war weg und sein Rucksack auch.

Wenn sie es nicht besser gewusst hätte, hätte sie gedacht, Saul wäre abgehauen. Ihre leichte Übelkeit wurde schlimmer, und Gloria kannte nur einen Weg, um sie zu vertreiben.

Wegen der alten Fenster und des bröckelnden Mauerwerks war es in der ganzen Wohnung kalt. Gloria zog ihren Morgenmantel enger um sich, als sie in die Küche trat.

Ungeschickt hantierte sie an der Fortnum-and-Mason-Dose herum. Mit dem Geld von gestern Nacht konnte sie sowohl genug Stoff für vier neue Kleider kaufen als auch ein paar Flaschen. Diesmal würde sie ihre geheimen Vorräte allerdings besser verstecken. Und wenn Saul nach Hause kam – und sie wusste, dass er das irgendwann tun würde –, würde sie ihn so lange in die Mangel nehmen, bis er schwor, nie wieder ihren Wodka wegzukippen. Dann würde sie ihm sein Lieblingsessen kochen. Würstchen mit Kartoffelbrei und reichlich Soße. Sie lächelte. Das war ein guter Plan.

Zuerst konnte sie nicht glauben, was sie sah. Das Innere der Dose bestand aus demselben glatten Metall wie immer, mit denselben hartnäckigen Teeresten unten am Boden.

Aber es war kein Geld darin.

Kein Kleingeld und auch nicht mal ein Anzeichen von den vierzig Pfund, die sie hineingelegt hatte, bevor sie sich ins Bett geflüchtet hatte.

Sie stürmte zurück in ihr Zimmer, hob ihre Jacke vom Boden auf und durchwühlte die Taschen, dann zerrte sie hektisch ihre Strumpfhose zur Seite und schaute in ihren Schuhen und unter ihrem Kissen nach.

Nichts.

Kein Geld mehr da.

Vor ihr tat sich ein Abgrund auf, sie war fassungslos und verzweifelt. Sie musste das Geld verloren haben. Aber sie erinnerte sich, dass sie die Teedose ungeschickt aufgemacht hatte, als sie am Morgen nach Hause gekommen war. Ein abgebrochener Nagel bewies es sogar. Die simple, schmerzhafte Wahrheit war nicht zu leugnen: Jetzt hatte sie nichts.

Saul hat es geklaut.

Sie schüttelte den Kopf, um diesen illoyalen Gedanken zu vertreiben. Das würde Saul nie tun. Er war ihr Junge. Ihr Beschützer. Er passte auf sie auf. Auf keinen Fall würde er sie bestehlen und sie dann mit leeren Händen zurücklassen. Und seien wir ehrlich, das war nicht das erste Mal, dass er abgehauen war. Seit das Geheimnis passiert war, verschwand er regelmäßig für ein paar Tage. Allerdings hatte er das jetzt schon Monate nicht mehr gemacht. Er hatte in letzter Zeit irgendwie ruhiger gewirkt, weniger sprunghaft. Doch selbst in dieser finsteren Zeit, in der er manchmal ohne ein Wort verschwunden war, hatte er sich nie an ihrem Geld bedient. Damals hatte sie sich oft gefragt, wovon er eigentlich lebte.

In jenen einsamen, verlorenen Tagen seiner Abwesenheit war Gloria durch die Wohnung gelaufen und hatte ihre Angstgefühle, die von Minute zu Minute stärker zu werden schienen, mit Alkohol betäubt. Wenn sie übermächtig wurden, legte sie sich ins Bett, starrte den feinen Riss an, der sich über die Zimmerdecke schlängelte wie eine Ranke, und wartete einfach darauf, dass Saul durch den Nebel seiner Trauer und seiner Reue hindurch wieder den Weg nach Hause fand.

Oh, was für eine Wonne, welch eine Erleichterung, wenn sie dann nach stundenlang aufgestauter Anspannung hörte, wie er seinen Schlüssel in die Tür steckte.

Saul hat es geklaut.

Sie summte eine wortlose kleine Melodie, um die zynische Stimme auszublenden, die offenbar entschlossen war, ihrem Sohn die Schuld zu geben. Sie weigerte sich, das zu glauben. Er würde ihr nie ihr Geld wegnehmen, nicht, wenn er auch nur die leiseste Ahnung hatte, was es sie kostete, es zu verdienen.

Aber darüber wollte Gloria nicht nachdenken. Sie wusste, wonach es aussah, und konnte ein halbes Dutzend abfällige Namen für Frauen aufzählen, die dasselbe taten wie sie.

Aber diejenigen, die sie mit diesen Namen belegten, die sie verurteilten, kamen der Wahrheit nie auch nur ansatzweise nahe. Denn sie hatte keine Wahl, was diese Sache anging. Diesen Luxus genoss sie schon seit Monaten nicht mehr.

Sie hatte nie Sex mit ihm haben wollen. Sie fand ihn abstoßend mit seinen zu großen Händen und dem schwabbeligen Bauch, der gegen sie klatschte, wenn er sie auf diese alte Matratze warf und sich nahm, was er wollte. Das Geld war ein unerwarteter Bonus, eine Brotkrume, die man einem misshandelten Hund hinwarf. Aber es ging um viel, um viel mehr als das. Denn er hatte ihr bereits klargemacht, was er tun würde, wenn sie ihm nicht zu Willen war.

Das Geheimnis würde nicht länger ein Geheimnis bleiben.

Und das wäre eine Katastrophe.

Herrgott, sie brauchte einen Drink.

Nur, dass diese Wohnung so trocken war wie die verdammte Sahara, und ihr Mund ebenso. Gloria ließ sich ein Glas Wasser einlaufen und schluckte drei abgelaufene Paracetamol aus der Packung, die sie dem zwielichtigen Typen abgekauft hatte, der ihr erlaubte, für ein paar Pfund ihre handgenähten Kleider an seinem Marktstand zu verkaufen, wenn er gut drauf war.

Sie wusch sich am Badezimmerwaschbecken mit kaltem Wasser und einem alten Lappen. Sie konnte kaum einen klaren Gedanken fassen, weil das drängender werdende Verlangen ihr den Kopf vernebelte. Sie wusste, wo sie andere Men-

194

schen finden konnte, die wie sie waren, von derselben wilden Verzweiflung getrieben. Aber sie konnte sich selbst nicht mehr leiden, wenn sie andere anbettelte, ihr einen Mund voll von ihrem billigen Fusel zu geben, und wenn ihr alles egal war, außer für ein paar kurze Stunden vergessen zu können.

Natürlich gab es immer auch andere Optionen. Aber Diebstahl war riskant, auch wenn sie dabei mittlerweile sehr professionell geworden war. Es erforderte eine gewisse Chuzpe, dem Misstrauen derer zu trotzen, die das Glück hatten, einer bezahlten Arbeit nachzugehen.

Auf der Suche nach vergessenen Münzen oder Scheinen zog Gloria in ihrem Zimmer Schublade um Schublade auf. Wenn sie nicht genug für eine Flasche Wodka fand, würde eine Dose Irgendetwas reichen müssen. Aber abgesehen von ausgewaschener Unterwäsche, einem alten Gürtel, ein paar Schmuckstücken und – rätselhafterweise – einem Bonbonpapier, waren alle Schubladen enttäuschend leer, bis auf die letzte.

Aber auch die enthielt kein Geld.

Gloria nahm den vergessenen Pass heraus, der sie für einen kurzen Augenblick in eine andere Zeit und an einen anderen Ort katapultierte. Ihre Hand zitterte, aber das war nicht der Beginn eines Delirium tremens, sondern bloß eine Erinnerung, die sie kalt erwischte.

Der burgunderrote Deckel mit den goldgeprägten Buchstaben fühlte sich leicht schmierig an. Obwohl es ihr eigentlich widerstrebte, blätterte sie den Pass durch und ließ ihn dann auf der Seite mit dem laminierten Foto aufgeschlagen fallen. Sein ebenso vertrautes wie schreckenerregendes Gesicht schaute wütend zu ihr hoch.

Name/Nom: ANGUISH
Vornamen/Prénoms: SOLOMON FINN
Nationalität/Nationalité: BRITISCHER STAATSBÜRGER
Geburtstag/Date de naissance: 11. APRIL/AVRIL 80
Geschlecht/Sexe: M
Geburtsort/Lieu de naissance: ROCHFORD

Ihr Ehemann. Sauls Vater.

Obwohl er nur zweidimensional anwesend und noch dazu hinter der glänzenden Plastikbeschichtung seines Fotos eingesperrt war, hielt sein Blick sie gefangen. Er schaute sie vorwurfsvoll an. Arrogant. Sie erinnerte sich daran, wann das Bild gemacht worden war. Damals hatte Sol zur Abwechslung mal einigermaßen anständig verdient, als Tagelöhner auf einer Großbaustelle. Ein paar seiner Kumpel planten eine Reise nach Spanien, hatte er ihr mit einem seltenen freudigen Ton in der Stimme erzählt, und sie hätten ihn gefragt, ob er nicht mitkommen wolle. Er war noch nie im Ausland gewesen, aber sie wollten in einem Hotel übernachten, in dem es – man stelle sich vor – eine Pool-Bar gab, zu der man hinschwimmen konnte. Und mit geradezu verächtlichem Trotz hatte er ihr seinen glänzenden neuen Pass unter die Nase gehalten.

Sie hatte sich große Mühe gegeben, ihm ihre Missbilligung nicht zu zeigen, und versucht, ihm nicht zu verübeln, dass das Geld für so eine Reise ausgereicht hätte, um sie alle monatelang zu ernähren oder zehn neue Schuluniformen und Schuhe für Saul zu kaufen.

Ganz war ihr das jedoch nicht gelungen, und als er ihr die Andeutung ihrer Gefühle und Gedanken am Gesichtsausdruck abgelesen hatte, war er sofort dazu übergegangen, sie mit bösartigen Worten zu attackieren. Und als das noch nicht ausreichte und sie es wagte, ihm vorzuschlagen, dass sie doch stattdessen alle zusammen einen günstigeren Urlaub machen könnten, hatte er sie am Kopf gepackt und gegen den alten Radiator im Schlafzimmer geschlagen.

Saul war damals neun Jahre alt gewesen und ausgerechnet in diesem Moment, in ein dünnes Handtuch gewickelt, aus dem Bad gekommen.

Er hatte sich nackt auf Solomon gestürzt und mit seinen kleinen Händen auf die Unterarme seines Vaters eingeschlagen, die von der monatelangen Arbeit auf dem Bau mit schweren Muskeln bepackt gewesen waren.

Gegen den bohrenden Schmerz ankämpfend, der die Nervenenden in ihrem Kopf in helle Erregung versetzte, hatte Gloria Saul zugerufen, er solle sich schnell irgendwo verstecken. Während die vertraute Schlafzimmertapete vor ihren Augen verschwamm und sie langsam in das stille Nirwana der Bewusstlosigkeit hinüberglitt, war das Letzte, was sie sah, der wimmernde, zusammengekrümmte Saul, der gegen die Wand flog.

Als sie wieder zu sich kam, lag sie auf einem Handtuch, den Kopf auf Sauls Schoß. Unter dem rauen Stoff und dem Gewicht ihres eigenen Schmerzes hatte sie das Zittern ihres frierenden und verängstigten Sohnes gespürt und war wütend auf sich selbst geworden.

Später erzählte Saul ihr, dass sein Vater davongestürmt war, nachdem er gedroht hatte, sie zu verlassen, wie er es immer tat.

»Mir reicht's jetzt!«, hatte er geschrien und sie mit den Stahlkappen seiner Arbeitsschuhe gegen den Oberschenkel getreten. »Sieh zu, wie du allein klarkommst, du blöde Kuh.«

Damals war er eine Woche weggeblieben.

Am Morgen des fünften Tages war die ängstliche Miene Sauls von einem vorsichtigen Lächeln ersetzt worden. Und als seine Mutter ihm am Abend Pfannkuchen zum Essen machte und sie zum Wenden hoch in die Luft warf, hatte er gelacht.

Am siebten Tag war Solomon Anguish zurückgekehrt.

Als Gloria ihn in einem Pub kennenlernte, war er ein gutaussehender, charmanter Typ mit einem verschlagenen Grinsen gewesen. Ein kleiner Mann mit großen Plänen. Aber die Enttäuschung hatte ihn abgestumpft, und das zeigte sich auch in diesem Schnappschuss.

Gloria schlug den Pass zu und legte ihn wieder in die Schublade. Sie sollte ihn entsorgen. Solomon Anguish würde nie wieder nach Hause kommen.

Aber jetzt hatte sie Dringenderes zu erledigen.

Sie fuhr mit der Zunge über die Innenseite ihrer Zähne und versuchte, ihren Mund anzufeuchten. Sie dachte an Handdesinfektionsmittel und daran, dass sie es mit Tafelsalz vermischen könnte, um den Alkohol daraus zu lösen. Das war billiger als Wodka, und außerdem konnte sie es im Supermarkt leichter in ihrer Tasche verschwinden lassen. Aber so weit war sie noch nicht. Oder?

Ihr Handy vibrierte, und ihr Herz machte vor Freude einen kleinen Satz.

Saul? Bist du das, mein Junge?

Doch als sie den Text überflog, legte sich eine Faust um ihr Herz und drückte zu, bis sie kaum noch atmen konnte.

Hat Spaß gemacht letzte Nacht. Heute Abend wieder, gleiche Zeit.

Das war keine Frage, sondern ein Befehl, und trotz all ihres Draufgängertums hatte Gloria Anguish zu viel Angst, um Nein zu sagen.

28

14.48 Uhr

Sauls Mutter mochte ja an ihren Sohn denken, aber ihr Sohn dachte nicht an sie.

Widerwillig folgte er Mr Silver durch die Hintertür in den Garten. Vier oder fünf kleine Ställe waren rund um eine kleine Rasenfläche und eine Holzplanke aufgestellt.

»Sie halten Tiere?« Saul hätte Mr Silver nicht als Tierliebhaber eingeschätzt.

»Kaninchen«, antwortete er, schaute aber nicht hoch, während er sich an dem Vorhängeschloss an der Gartenpforte zu schaffen machte.

Saul bückte sich und spähte durch den Maschendrahtzaun. Helle Augen starrten zurück. Aus einer Wurfkiste an der Hinterwand des Stalls drang leises Fiepen.

»Da sind Babys drin«, sagte er überrascht. »Ganz viele.«

»Junge.« Mr Silver legte das Schloss auf der anderen Seite der Pforte wieder an. Auf einer kleinen Betonfläche dahinter kam nun ein Kleinwagen in Sicht. »Komm.«

»Wie viele Kaninchen haben Sie denn? Wenn es so kalt draußen ist, muss es doch schwierig sein, sie am Leben zu halten. Haben Sie irgendwas, um die Ställe zu beheizen? Und wenn sie geboren werden, fließt dann viel Blut?«

Mr Silver fand, dass der Junge zu viele Fragen stellte.

»Steig in den Wagen, mein Sohn.«

»Wo fahren wir denn hin?« Saul rührte sich nicht von der Stelle; er war gekränkt, weil er keine Antwort bekam.

Mr Silvers Gesicht zeigte ein inneres Leuchten, doch er erklärte nichts.

Saul schlenderte zum Auto; er wollte nicht einsteigen, wusste aber nicht so recht, wie er sich weigern konnte. Als er sah, dass Mr Silver noch mal an dem Schloss rüttelte, um sich zu vergewissern, dass es auch wirklich nicht zu öffnen war, fragte er sich, warum der alte Mann sich so sehr um die Sicherheit sorgte. In seinem Haus gab es doch ohnehin nichts von Wert.

Das Auto rollte genau in dem Moment aus der Einfahrt, als die Polizisten um die Ecke bogen und ein paar Häuser weiter an die Tür klopften.

Mr Silver atmete auf.

Saul fummelte eine Weile an dem alten Autoradio herum und schaltete es dann genervt aus. Die Vorortstraßen zogen an ihm vorbei. Er hätte zur Schule gehen sollen. Bislang hatte er sich nichts zuschulden kommen lassen, aber jetzt würde Mr Darenth ihn wieder anrufen und ihm Vorträge halten, dass er sich »seine Chancen vermasselte«. Er war sich nicht sicher, ob ihm das nicht sowieso egal war. Er kniff die Augen zu, um die Erinnerung an Cassidy und Mrs Cranston zu vertreiben.

An der Ampel wandte sich Mr Silver Saul zu.

»Wie geht es deiner Mutter?«

Saul verdrehte die Augen.

Der ältere Mann gluckste leise. »So schlimm?« Seine Finger ruhten auf dem Lenkrad. Er bog und streckte sie und verzog schmerzhaft das Gesicht.

»Was haben Sie mit Ihren Händen gemacht?« Saul konnte gar nicht mehr aufhören, diese unförmige Masse aus Haut und Knochen zu betrachten.

Mr Silver antwortete erst, als der Wagen sich erneut in Bewegung setzte. »Sagen wir, das war ein unwillkommenes Geschenk meines Vaters.« Er schaltete einen Gang höher. »Stehst du deinem nahe?«

»Meinem Dad?«

»Ja.«

»Nein.«

»Aber du siehst ihn hin und wieder?«

»Seit letztem Jahr nicht mehr.«

»Wie heißt er?«

»Solomon.«

»Und was ist mit deiner Mutter?«

Saul packte einen Kaugummistreifen aus, den er in seiner Tasche gefunden hatte. »Sie kann ganz schön …«

»… schwierig sein?«

»So könnte man es nennen.« Saul genoss den intensiven Pfefferminzgeschmack im Mund.

»An meine Mutter habe ich nicht mehr viele Erinnerungen, aber mein Vater, den habe ich hier.« Mr Silver machte eine Faust und klopfte gegen seine Brust.

Saul war sich nicht sicher, ob er wissen wollte, wohin dieses Gespräch führte. Normalerweise hätte er einfach versucht, das Thema zu wechseln, aber eine Sache interessierte ihn brennend.

»Wenn Ihr Vater Sie geschlagen hat, haben Sie dann jemals … Sie wissen schon?«

»Ob ich geweint habe? Ob ich weggelaufen bin?« Mr Silver bog nach links ab. »Oder es ihm heimgezahlt habe?«

201

»Ja.«

»Ich habe darüber nachgedacht.« Er lachte. »Ich habe mich immer gefragt, wie mein Leben wohl ohne ihn wäre. Wenn ihm etwas passieren würde.« Er warf Saul einen Blick zu. »Wenn ich ihn vor einen Zug stoßen würde.«

Also kannte Mr Silver solche Gedanken.

»Und was ist mit dir?« In Mr Silvers Ton lag etwas Hypnotisches, Verlockendes. »Denkst du manchmal an den Tod, mein Sohn?«

Saul zuckte die Achseln. »Keine Ahnung.«

»Zu töten, das erfordert eine spezielle Art von Mut, Saul. Und nicht alle von uns haben diesen Mut.« Pause. »Hast du ihn?«

Saul senkte den Kopf. Er konnte nicht antworten.

»*Denn Liebe ist stark wie der Tod.*« Mr Silver sprach leise. »*Das Hohelied Salomos,* Kapitel acht, Vers sechs. Und ich bin sicher, du hast deinen Vater geliebt.«

Die Straße öffnete sich auf eine doppelspurige Schnellstraße, die Häuser wichen billigen Hotels, und das weite, graue Meer stieß am Horizont gegen einen bleifarbenen Himmel.

Ein paar zähe Gestalten trotzten dem Wetter, und der Wind zerrte an ihren Schirmen. Saul beobachtete vom warmen Auto aus, wie sie mit gesenkten Köpfen gegen die Elemente kämpften.

Während sie die Küstenstraße mit ihrer bunt glitzernden Amüsiermeile hinter sich ließen und in das dezentere Viertel Thorpe Bay eintauchten, in dem sich prächtige Villen und pastellfarbene Strandhütten aneinanderreihten, erspähte Saul in der Ferne jemanden, der einen Rollstuhl schob. Er setzte sich auf und blinzelte in den Nachmittag hinein.

Mr Silver folgte seinem Blick.

Das Auto geriet stark ins Schlingern.

Saul klammerte sich an seinen Sitz.

»Was siehst du?« Mr Silver klang beherrscht, aber Saul entging nicht, dass seine Hände zitterten.

»Den Jungen in dem Rollstuhl da hinten.« Er zeigte auf die Frau und das Kind auf dem Gehweg. Hinter ihnen bildeten Boote Flecken auf der Haut des Meeres. »Ich kenne ihn.«

»Ich auch«, sagte Mr Silver, und seine Stimme klang so weich wie die Asche von verbranntem Holz. »Sein Vater hat mir großes Unrecht zugefügt.«

Saul drehte sich so, dass er Mr Silver anschauen konnte, und kaute auf seinem Kaugummi herum. »Was denn?«

»Er hat mir etwas gestohlen.« Die Luft in dem Wagen schien dicker und dunkler zu werden. »Und ich will es wieder zurückhaben.«

Saul streckte seine Beine aus, lehnte sich gegen die Kopfstütze und bog den Kopf in den Nacken, so dass seine Kehle entblößt war.

Das Meer sah aus wie ein Gemälde aus dunklen Grautönen und Weiß. Es blendete. Und ging nahtlos in den Himmel über. Eine einsame Seemöwe kreiste kreischend in der Luft. Ein paar Schneeflocken taumelten zu Boden. Die Eintönigkeit der Szenerie spiegelte die Leere im Innern des Jungen wider.

»Und wie wollen Sie das anstellen?«

Mr Silver antwortete nicht sofort, sondern fixierte weiter die Fahrbahn, während der Wagen, dröhnend und von Wind und Wetter bedrängt, die Küste entlangfuhr.

Saul befiel eine große Müdigkeit, als er beobachtete, wie die kleinen Boote auf den Wellen hin- und hergeworfen wurden. »Der Junge kommt manchmal in die Tierhandlung«, sagte er versonnen, halb schlafend.

»Tatsächlich?«, fragte Mr Silver und fuhr nach einer Weile des Schweigens fort: »Vielleicht kannst du ja für mich ein Auge auf ihn haben.« Ein Glucksen, um zu zeigen, dass er nichts Böses im Sinn hatte. »Ich weiß, wo sie wohnen. Gar nicht weit von hier.« Den Luxus, zu protestieren, gestattete er Saul gar nicht erst. »Ich bezahle dich dafür, wenn du willst. Dann hast du zusätzliches Taschengeld.«

Saul dachte darüber nach. Ein bisschen merkwürdig war das ja schon. Aber was konnte es schaden? Er musste nicht mehr tun, als dem Jungen und seinem Vater zu folgen, sich vielleicht zu notieren, wo sie hingingen, und Mr Silver dann Bericht zu erstatten. Der alte Mann brauchte Informationen. Und Saul brauchte Geld. Ein einfacher Deal. Beide bekamen, was sie wollten.

Er zuckte erneut die Achseln, eine typische Teenager-Angewohnheit. »Warum nicht?«

Mr Silver fuhr weiter. Saul versuchte, sich dagegen zu wehren, doch vergebens: Nach seiner unruhigen Nacht wiegte ihn die stete Bewegung des Autos nach und nach in den Schlaf.

Als er wieder aufwachte, hoppelte der Wagen über einen schmalen Weg auf ein Holzgatter mit einem verwitterten Schild zu.

SUNNYSIDE WOHNWAGEN-CAMPING
GEÖFFNET APRIL – OKTOBER

Mr Silver parkte das Auto vor dem Gatter. Das Meer lag, flankiert von einem Streifen Sand, wie eine Verheißung in der Ferne.

»Warte hier.«

Saul rieb sich seinen schmerzenden Nacken und starrte aus dem Fenster. Auf einer verlassenen Wiese standen vereinzelt einige Wohnwagen. Er wartete ein paar Minuten lang darauf, dass Mr Silver zurückkam, doch es gab keinerlei Anzeichen dafür. Er klopfte mit den Fingern gegen seine Zähne. Seine Beine waren schon ganz steif vom Sitzen, und er wollte sie richtig ausstrecken. Was machte er üblicherweise in solchen Momenten, in denen er sich in Geduld üben musste? Er spielte auf seinem Handy oder schrieb Nachrichten an seine Freunde. Aber ohne Telefon als Ablenkung wurde ihm schnell langweilig.

Er öffnete die Beifahrertür.

Draußen schärfte die kühle Luft seine Sinne. Er hörte Vogelgesang. Eine Assel krabbelte über einen verrottenden Baumstamm. Am Himmel breitete eine Krähe ihre Flügel aus, ein Tintenfleck auf Leinwand.

Saul kletterte über das Gatter und ging auf den Wohnwagen zu.

29

15.37 Uhr

Mr Silver staunt bei jedem Besuch immer wieder über den Geruch. Es ist ein eigentümlicher Duft. Erst einmal natürlich das Offensichtliche. Aber darunter liegt noch etwas Dunkleres.

Angst vielleicht.

Oder Akzeptanz.

Er öffnet die Wohnwagentür und fragt sich, ob es heute so weit ist. Er versucht, so oft wie möglich herzukommen, alle zwei bis drei Tage, aber er muss auf der Hut sein. Er darf keinen Verdacht erregen. Manchmal glaubt er, dass es ein Segen für sie beide wäre, wenn er eines Tages hier ankäme und sie, mit offenen Augen, starr wie eine Statue daläge.

Das Töten macht ihm keinen Spaß.

Aber heute Nachmittag ist sie wach; sie starrt dumpf vor sich hin und ist bleich wie Wintereis.

Ihre Haare sind dünn, und man sieht kahle Stellen auf ihrer Kopfhaut. Sie hat einen Schmutzfleck am Kinn, eine wunde Stelle im Mundwinkel und den stumpfen Blick eines Kindes, das schon zu viel gesehen hat.

Die Spalthände liegen in ihrem Schoß, ohne Fesseln. Sein Blick verharrt auf ihnen, ihren ungewöhnlichen Konturen.

Sie erregen ihn in einer Art und Weise, die er nicht erklären kann.

Seine eigenen Finger zucken, vollführen einen unruhigen, rastlosen Tanz. Er vermisst seine Röntgenapparatur und deren Fähigkeit, die unter der Haut liegenden Geheimnisse zu offenbaren, die Entstellungen und Verkrümmungen einzufangen. Aber egal. Was passiert ist, ist passiert. Und Schwarzweißaufnahmen sind kein Ersatz dafür, wie sich der freigelegte Knochen anfühlt.

Er redet leise auf sie ein, versucht, ihre Ängste zu verjagen.

»Na, Mäuschen?«

Sie antwortet nicht, aber das ist nichts Neues. Ihre Stimme

ist eingerostet, weil sie sie nicht mehr benutzt und erkannt hat, dass außer demjenigen, den sie den Nachtmann nennt, niemand kommt. Sie hat es aufgegeben, um Hilfe zu rufen.

Ein Anflug von Traurigkeit.

Ein Verlustgefühl, das er schwer in Worte fassen kann.

Einhundertundvier Tage lässt er sie jetzt schon am Leben. Irgendein namenloser Drang hindert ihn daran, das zu tun, was getan werden muss. Vielleicht ein zärtlicher Impuls. Eine Ahnung davon, was in einem anderen, nicht gelebten Leben hätte sein können. Eine Tochter. Ein eigenes Kind.

Aber jetzt hat er Saul.

Und sie sollte tot sein.

Er schlendert in dem Wagen herum. Ordnet ihre Bettwäsche. Leert den Eimer. Eigentlich wollte er seit Wochen ein paar Sachen von seinem Vater wegbringen. Er öffnet die Klappe des Aufbewahrungsfachs, um sich einen Überblick darüber zu verschaffen, was da ist.

In dem Fach liegt ein altes Sparbuch, eine verrostete Kelle, ein alter, mit Staub gefüllter Beutel. Fasziniert von dieser Beute beugt er sich vor. Das Symbol auf dem Beutel zieht seinen Blick auf sich. Ein Totenkopf. Gekreuzte Oberschenkelknochen. Wie passend. Er liest das Kleingedruckte. Hochgiftig. Ein grausames, schnelles Lächeln verzerrt seine Lippen. Und ein Plan schleicht sich in seine Gedanken ein.

Er kramt alte Gartenhandschuhe aus einer Schublade, drückt sich ein Tuch über Mund und Nase und hebt den Beutel in seine Reisetasche. Danach schrubbt er gründlich seine Hände ab und achtet dabei auch sorgsam auf die Zwischenräume zwischen den Fingern, bis die Haut rosarot ist.

Er denkt an die Spur aus Brotkrumen, die er für Fitzroy

hinterlässt, winzige Stückchen, die in der Dunkelheit leuchten. Sie ist hungrig. Sie wird ihr folgen. Aber sie wird weder ihn noch Clara ausfindig machen. Dafür ist er zu schlau. Stattdessen wird sie seine Rache finden.

Er denkt daran zurück, wie er in ihre Wohnung eingedrungen ist, an den süßen Moment, in dem er es entdeckt hat, in einer blauweißen Schachtel hinten in ihrem Schrank. Einen Kassenzettel von Ende letzten Jahres. Und einen Plastikstab mit einer blassrosa Linie in einem Sichtfenster, die das Vorhandensein des Schwangerschaftshormons HCG bestätigt. Er weiß, was das ist. Ein weiterer Neubeginn. Wie die kleinen Mäuse auf der Krankenhausstation in seinem vorherigen Leben.

Bevor er geht, schraubt er den Deckel von der Wasserflasche und steckt einen Strohhalm hinein. Hält ihn an ihre Lippen. Sie trinkt gierig und schließt die Augen, wie in einer Art Ekstase. Er reißt die Folie um die Sandwiches auf, die er in seinem Cottage für sie gemacht hat. Sie kaut auf dem Brot herum, schaut ihn aber nicht noch einmal an.

An dem Tag, an dem er sie entführt hat, dieses einsame Kind, das allein den Schulhof verlassen hat, wollte er sie umbringen, ihr die Hände abschneiden und sie in seinem Familienmuseum ausstellen. Aber irgendetwas an ihr hat ihn angesprochen und sein Messer gestoppt.

Er weiß, dass es Zeit wird, zu handeln, jetzt, wo der Frühling naht. Er kann es nicht länger aufschieben. Als er letzte Woche in der Abenddämmerung hier war, hat er eine Dachsfamilie beobachtet, die über das Feld tapste, und bemerkt, dass das Gras frisch gemäht war. Bald werden sie kommen, um die Wohnwagen zu reinigen und den Campingplatz für Besucher herzurichten.

Er möchte sie eigentlich nicht töten.

Aber es ist leichter, eine Leiche zu transportieren als ein lebendes Kind, das gesucht wird.

30

Saul hörte Stimmen im Innern des Wohnwagens. Oder zumindest die Stimme von Mr Silver, der mit irgendjemandem sprach. Saul versuchte, die Antwort zu verstehen, aber er hörte nur die Vögel und das Rauschen des auffrischenden Windes.

Vorhänge verdeckten die schmutzigen Fenster und versperrten ihm die Sicht. Saul überlegte, an die Tür zu klopfen, aber dann fiel ihm wieder ein, wie Mr Silver ihn angeschaut und ihn mit seinem Blick förmlich auf seinem Autositz festgenagelt hatte. Also beschloss er, draußen zu warten.

Er setzte sich auf die Stufen des Wohnwagens und inspizierte die glänzenden schwarzen Schuhe, die Mr Silver ihm geliehen hatte. Er war an Sneakers und die billigen Treter gewöhnt, die seine Mutter ihm im Supermarkt kaufte, und hatte dieses Paar hier zuerst abgelehnt. Aber sie wirkten teuer. Schick. Solche Schuhe hatte er noch nie besessen. Vielleicht überließ Mr Silver sie ihm ja ganz.

Aus dem Wageninneren drang erneut die gedämpfte Stimme von Mr Silver. Saul trug einen alten Baumstumpf vor das Fenster. Er wackelte, als Saul sich darauf stellte und versuchte, durch einen Spalt im Vorhang hineinzuspähen.

Für gewöhnlich steckte er seine Nase nicht in die Angelegenheiten anderer Leute – er hatte selbst genügend Geheimnisse –, aber er wollte zu gern wissen, mit wem Mr Silver sich unterhielt.

Und er war nicht blöd. Er hatte die Schlösser und Ketten gesehen. Die Vorstellung, dass diese schweren Metallglieder den Ausgang versperrten – und folglich jemand dort drinnen eingeschlossen war –, wühlte ihn innerlich auf. War das Angst? Oder Erregung? Er war sich nicht sicher.

Saul drückte beide Hände gegen die Aluminiumwand des Wagens und ein Auge an die schmale Glasscheibe. Der größte Teil des Wagens lag im Schatten, aber es fiel genug Licht hinein, um etwas sehen zu können. Er erspähte ein kleines Stück knallbunten Stoffs, das vielleicht zu einer Matratze oder einer Sitzgelegenheit gehörte, und den Zipfel eines Teppichs oder Tischtuchs.

Und darauf etwas, das aussah wie die abgenutzte Ohrspitze eines Stofftiers.

Hinter Saul flog eine Schar Rotdrosseln mit lautem Gezwitscher so plötzlich auf, dass er vor Schreck zusammenzuckte und auf dem unebenen Stamm das Gleichgewicht verlor. Instinktiv einen Halt suchend, schlug er mit den Händen gegen die Außenwand des Wohnwagens.

Aus dem Inneren drang das Geräusch von Schritten.

Saul setzte sich, so schnell er konnte, wieder auf die Stufen und versuchte, ruhig zu atmen und seinen Körper möglichst stillzuhalten. Da seine Hände zitterten, setzte er sich auf sie. Ihm war klar, dass Mr Silver seine Neugierde nicht dulden würde.

Die Tür ging quietschend auf, und ihre scharfe Kante erwischte Saul genau oberhalb der Hüfte.

»Ich hab doch gesagt, du sollst im Auto warten.« Mr Silvers Stimme klang scharf wie eine Rasierklinge.

Saul kam auf die Füße, die Hände hielt er hinter dem Rücken. Seine rote Jacke war der einzige bunte Fleck in der monotonen Farbpalette der Landschaft. »Ich wollte doch nur wissen, wo Sie sind.«

»Jammere hier nicht rum.« Worte wie ein Peitschenknall.

»Tu ich ja gar nicht«, murmelte Saul, aber seine Miene sagte das Gegenteil.

»Was hast du gesehen?« Mr Silver machte einen Schritt auf ihn zu; seine Wut breitete sich von den Falten zwischen seinen Augenbrauen bis zu den höhnisch nach unten gezogenen Mundwinkeln und der harten, angespannten Linie seiner Schultern aus.

»Nichts.« Saul machte einen Schritt nach hinten und hielt beschwichtigend die Hände hoch, obwohl Mr Silver noch nicht mal einen Finger erhoben hatte.

Eine Million Fragen rasten ihm durch den Kopf, zum Beispiel die, mit wem Mr Silver gesprochen hatte, denn er wusste ja, dass er mit irgendjemandem geredet hatte, und was sie in diesem Wohnwagen mitten im Nirgendwo machten, und warum er auf ihn losging, obwohl Saul gar nichts getan hatte. Es *musste* jemand in diesem Wagen sein. Jemand, den Mr Silver verstecken wollte.

»Ich rate dir, dich jetzt nicht vom Fleck zu rühren.«

Mr Silver verschwand wieder in dem Wagen und schlug die Tür hinter sich zu. *Fick dich. Du hast mir gar nichts zu sagen.* Saul war schon auf dem Weg zu dem Gatter und der Straße dahinter, als er abrupt stehen blieb, sich umdrehte und zurücklief. So groß die Versuchung, Mr Silvers Befehl zu ignorieren, auch war – denn er hasste es, wenn ihm jemand sagte, was er zu tun hatte –, er wagte es dennoch nicht, dessen Zorn weiter zu schüren. Zumindest nicht, solange er kein Handy und keine Rückfahrmöglichkeit hatte.

Saul hockte sich ins Gras und strich mit den Fingern über die lebendigen Halme.

Kohlenstoff, Stickstoff, Phosphor und Sauerstoff. Chlorophyll und Zellulose, durch Photosynthese gebildet. Wasser und Lignin, die Hauptkomponenten.

Die Naturwissenschaften interessierten ihn. Mr Darenth sagte, er zeige »Begabung« dafür. Ein Käfer krabbelte durchs Gras, und Saul nahm ihn in die hohle Hand. Er dachte darüber nach, eine neue Spezies in seinen Schmuckkasten aufzunehmen. Diese hier mit ihren eingedellten, metallisch grün schillernden Deckflügeln wäre perfekt. Er glaubte nicht, dass es ein Grüner Edelscharrkäfer – Ordnung: *Coleoptera* – war; dafür war es noch zu früh im Jahr. Dieser Käfer hier sah eher aus wie ein abenteuerlustiger Grüner Sauerampferkäfer – lateinischer Name: *Gastrophysa viridula*. Seine eingekerbten Fühler zuckten, bevor er sich zusammenrollte wie eine Erbse und sich tot stellte.

»Was hast du da?«

Mr Silver stand im letzten Rest des Nachmittagslichts über ihm. Saul hatte nicht gehört, wie er den Wohnwagen abschloss, aber er musste es getan haben, weil er den klimpernden Schlüsselbund noch in der Hand hielt. Die Plastiktüte, die er dabeigehabt hatte, war verschwunden, doch er trug eine Tasche bei sich, deren Leder mit einer feinen Staubschicht bedeckt war.

Saul öffnete seine Hand. »Die sammele ich«, sagte er. »Insekten, meine ich.«

Der alte Mann nahm die Tasche in die andere Hand; der Käfer lief auf Sauls Handfläche im Kreis.

Mr Silvers Mundwinkel umspielte ein Lächeln. »Dann habe ich etwas, das ich dir sehr gern zeigen würde.«

31

15.48 Uhr

Er war gekommen, sie hatte es gewusst.

Clara hatte ihn mit eigenen Augen gesehen.

Ein weißer Haarschopf, der kurz am Fenster erschienen war. Ein roter Mantel.

Hoffentlich hatte er ihr eine Puppe mitgebracht.

32

15.51 Uhr

Die Straße zur Foulness Island war eingeklemmt zwischen Salzmarschen, einsamen Behausungen und der Nordsee. Hier fühlte man sich wie am Ende der Welt.

Fitzroy war nicht nach Reden zumute. Die Abgase des Autos vor ihnen und das Ei-Sandwich, das sie mittags hinuntergeschlungen hatte, verursachten ihr Übelkeit. Sie fuhren an einem Bauernhof vorbei, an Feldern, an einem verwahrlosten Campingplatz für Wohnwagen. Sie hatte irgendwo gelesen, dass diese Insel dem Verteidigungsministerium gehörte und als Testgelände für Kriegswaffen genutzt wurde. In wenigen Minuten würden sie an der Sicherheitsschleuse in Landwick ankommen. Foulness war nur ein Mal im Monat für Besucher geöffnet, aber Fitzroy hatte sie bereits darüber informiert, dass sie auf dem Weg zu ihnen waren, denn sie hatte keine Lust auf Komplikationen.

An manchen Tagen, wenn sie im Gerichtssaal saß und einem betrunkenen, teilnahms- und gewissenlosen Autofahrer zuhörte, der einem Kind, einem Vater oder einer Tante das Leben geraubt hatte, oder wenn sie einem Vergewaltiger dabei zusah, wie er während der Beweisaufnahme laut und prahlerisch lachte, dankte sie dem Schicksal dafür, dass sie einen Beruf ausübte, der lohnenswert und relevant war.

Häufiger jedoch fragte sie sich, worin der Sinn davon lag, all den Dreck von der Welt abzukratzen, der ihre Schönheit beschmutzte und in der Hass und Gewalt sich immer mehr ausbreiteten. Worin lag der Sinn, ein Kind zu suchen, das nie gefunden werden würde?

Ihr Mantel war nicht zugeknöpft, und sie glitt mit der Hand unter ihren Pulli, um die tröstliche Wärme ihres Bauchs zu spüren. Sie nahm eine unverkennbare Wölbung wahr, die zu verbergen immer schwieriger wurde. Noch war sie nicht bereit, ihr Wissen mit anderen zu teilen. Sie wollte ihr Geheimnis noch ein bisschen länger genießen.

Doch sie war es David schuldig, ihn zu informieren, obwohl sie bei der Vorstellung … Ja, was genau fühlte sie dabei? Würde er die Lippen zusammenpressen wie immer, wenn er verärgert oder genervt war? Oder würde er ihr vielleicht gratulieren? Würde er, von den Fesseln der Pflicht und der Schuldigkeit befreit, erleichtert lächeln und dann gehen?

DC Storm hatte auch keine Lust mehr auf Konversation. Ihr Geplapper war allmählich verklungen, und der angespannten Stille, die nun herrschte, fehlte – ebenso wie den beiden Frauen – die Intimität einer Freundschaft oder die Vertrautheit langjähriger Kollegen im Umgang miteinander.

Storm räusperte sich.

»Tut mir leid, dass Thornberry sich so idiotisch benommen hat.«

Offenbar glaubte sie, dass Fitzroy beleidigt war, weil der DI sich geweigert hatte, mit ihr zu kooperieren. Nicht nur clever, sondern auch noch einfühlsam.

»Dafür können Sie ja nichts. Wenigstens spricht er mit einer von uns.«

»Das stimmt, aber ich finde trotzdem, dass er sich unmöglich aufgeführt hat.«

Storms Handy, das in einer Halterung am Armaturenbrett steckte, vibrierte. Ihr Blick huschte von der Fahrbahn auf das Display und wieder zurück. »Wenn man vom Teufel spricht …« Ihr süffisanter Ton wurde von einem respektvolleren abgelöst.

»Detective Inspector Thornberry. Wie schön, dass Sie sich so schnell melden.«

Sie reckte einen Stinkefinger in Richtung des Handys und legte ihre Hand dann wieder auf die Gangschaltung. Fitzroy musste sich zusammennehmen, um nicht zu lachen.

Die Lautsprecher reduzierten Thornberrys selbstgefällig dröhnenden Bass zu einem blechernen Echo. Dass er sie brüskierte, denn eigentlich hätte er *sie* anrufen müssen, entging Fitzroy keineswegs, aber sie amüsierte sich über ihn, indem sie sich ihn als Liliputaner vorstellte, der – seiner Statur und seines Rangs beraubt – mit seinen kurzen Ärmchen ruderte, um die Aufmerksamkeit auf sich zu lenken.

»Wo sind Sie? Doch nicht auf dem Rückweg nach London, oder?«

Storm war sich nicht sicher, wie viel sie ihm mitteilen sollte, und entschied sich für eine knappe Auskunft. »Nein, wir sind noch in der Gegend.«

»Gut, dann bewegen Sie Ihre Ärsche wieder hierher zum Strand. Aber pronto.« Und mit einem hämischen Unterton in der Stimme: »Sie können sich bei mir bedanken, sobald Sie hier sind.«

33

16.21 Uhr

Von dem Augenblick an, an dem seine Familie sich im abgelegenen Essex niedergelassen hatte, wollte Jakey wieder von dort weg. Wann immer sein Vater an dem Rummelplatz vorbeifuhr, beobachtete der Junge, wie das Riesenrad sich um seine eigene Achse drehte, und dachte an das Lied: *Auf der grünen Wiese steht ein Karussell. Mal dreht sich's ganz langsam, mal dreht sich's ganz schnell.*

Sein kindlicher Verstand konnte es nicht in Worte fassen, aber wenn man ihn gedrängt hätte, hätte er gesagt, dass es ihm manchmal so vorkam, als würde er sich selbst auch immer im Kreis bewegen – seine Krankheit, die Sorge seiner Eltern, der Knochenmann, die Krankheit, die Sorge, der Knochenmann –, ohne dass noch Raum für irgendetwas anderes war.

Mrs Foyle hatte Kilometer um Kilometer mit ihm zurückgelegt, hatte ihn durch den Wind geschoben, entlang der Amüsiermeile an der Küstenstraße mit ihren blinkenden Lichtern und den einsamen Bewohnern, die an einem Winternachmittag nirgendwo anders hingehen konnten.

Hin und wieder blieb sie stehen, um seine Decke zurechtzuzupfen und ihm zuzuflüstern, wie sehr sie Clara vermisste und wie schön es war, dass sie mit ihm den Nachmittag verbringen konnte.

Doch vom Knochenmann war keine Spur zu sehen.

Nicht die geringste.

»Wo sollen wir hingehen?«, hatte sie ihn schließlich gefragt, als sie länger unterwegs gewesen waren.

Und plötzlich hatten sie sich vor dem Rummelplatz mit seiner allzu fröhlichen Musik, seinen grellen Farben und seinen lärmenden Fahrgeschäften wiedergefunden, von denen Jakey sich angezogen fühlte wie eine Motte von einer gefährlichen, gnadenlosen Flamme.

Der Achterbahnbetreiber sagte Nein.

Und er war nur einer von vielen.

Sie meinten es nicht böse, und sie waren auch nicht unhöflich, aber sie blieben hart.

»Tut mir wirklich leid, aber das gefährdet deine Gesundheit, und es gibt einfach Sicherheitsbestimmungen. Ich hoffe, du verstehst das.«

Eine Schar kleiner Jungen, die am Fahrkartenschalter anstanden, starrte ihn an. Die Mutter, in deren Begleitung sie waren, hielt einen Luftballon in der Hand, auf dem *Happy Birthday* stand. Und auf einmal rannten die Jungs jubelnd und lachend auf den Eingang des Fahrgeschäfts zu, von dem Jakey soeben abgewiesen worden war. Da wurde der bren-

217

nende Schmerz in seiner Brust so heiß, so intensiv, dass er all seine Selbstbeherrschung brauchte, um nicht in Tränen auszubrechen.

Mrs Foyle kaufte ihm Zuckerwatte.

Aber er hatte seine liebe Mühe damit, sie festzuhalten, und der gesponnene Zucker verklebte ihm die Zähne. Schließlich hatte Mrs Foyle auf die Uhr gesehen, leise nach Luft geschnappt und gesagt, es wäre Zeit, zu gehen.

Dabei war Jakey nicht mit einem einzigen Karussell gefahren.

Nicht mit einem.

Noch nie hatte er sich so minderwertig gefühlt.

34

16.34 Uhr

Die Rückfahrt führte wieder an der Küste entlang. Vorbei an den prächtigen, in Wassernähe gelegenen Villen von Thorpe Bay, an den wie bunte Bauklötze aufgereihten Strandhütten und an der Seepromenade von Southend mit ihrem hölzernen Pier, der sich mehr als zwei Kilometer weit in den leeren Himmel erstreckte. Saul blickte geistesabwesend auf den Horizont. Zum ersten Mal seit Jahren wollte er nur noch nach Hause.

»Lassen Sie mich zu Hause raus?«

Mr Silver wandte den Blick nicht von der Straße ab.

»Brauchst du irgendwas, Saul?«

Saul antwortete nicht. Er brauchte sich nicht zu rechtfertigen.

Mr Silver wartete einen Moment. »Wie du möchtest.«

Es bestand das Risiko, dass die Polizei auf ihn wartete, aber Saul wollte ohnehin nur so lange bleiben, bis er ein paar Sachen zusammengesucht hatte, dann würde er sich davonmachen. Weg von Mr Silver, seinen beunruhigenden Fragen und seinen merkwürdigen kleinen Geheimnissen. Weg von Mr Darenth. Weg von seiner Mutter und auch von Cassidy und ihrer dummen, dummen Familie.

Die Frau eilte mit dem Jungen im Rollstuhl im Dämmerlicht über die Marine Parade und in Richtung Eastern Esplanade. Mr Silver erspähte sie noch vor Saul.

Wortlos trat er auf die Bremse und hielt in der Fußgängerzone; die Warnblinkanlage pulsierte im Takt mit seinem Herzen.

»Da ist wieder dieser Junge.« Er hatte Mühe zu verbergen, wie zwanghaft sein Verhalten war. »Geh und sprich ihn an. Finde heraus, wo er hinwill.« Eine ungeduldige Pause. »Na, los!«

Saul wand sich und drückte sich noch tiefer in seinen Sitz. »Ich kann doch nicht einfach zu ihm hinlaufen.«

Mr Silver öffnete seine Brieftasche, zog ein Bündel Scheine heraus und hielt sie Saul hin.

»Dir fällt schon irgendwas ein. Sag ihm, die Tierhandlung bekäme neue Welpen.« Und mit einem plötzlichen verschlagenen Grinsen: »Er liebt Welpen.«

Es war inzwischen kühler geworden, und die nasskalte Luft legte sich unangenehm auf die nackte Haut. Saul steckte die Hände noch tiefer in die Taschen.

Amy Foyle blieb kurz stehen, um auf ihr Handy zu schauen, und Saul schlenderte auf sie zu. Ihre Blicke trafen sich, aber er kannte ihren Namen nicht, und das Einzige, woran er sich später erinnern würde, war ihre schuldbewusste, gestresste Miene.

»Hallo«, sagte Saul und schob sich die rote Kapuze vom Kopf, damit der Junge seine hellblonden Haare sehen konnte.

»Du bist doch der aus der Tierhandlung«, sagte Jakey prompt. »Wie geht's denn dem frechen Vogel?«

»Er hat einer Kundin neulich ein unanständiges Wort an den Kopf geschleudert. Daraufhin hat sie eine Dose Fischfutter fallen lassen und ist aus dem Laden gestürmt. Das war vielleicht eine Sauerei. Und ich musste den ganzen Kram wieder aufsammeln.«

Der Junge kicherte. »Ich würde ihn gern noch mal besuchen.«

»Wir wissen nicht mal, ob es ein männliches Exemplar ist. Könnte auch ein Weibchen sein.«

»Was?«

»Beos sind monomorphisch. Das heißt, dass beide Geschlechter gleich aussehen. Wir wissen erst, ob es ein Weibchen ist, wenn es ein Ei legt.«

Das Gesicht des Jungen leuchtete wie eine brennende Kerze.

»Ich werde meinen Dad fragen, ob wir am Wochenende mal wieder vorbeikommen können.«

»Kann sein, dass wir bald Welpen bekommen«, sagte Saul, während er den Dreck unter seinen Fingernägeln inspizierte.

Die Miene des kleineren Jungen verdüsterte sich kurz, so als hätte jemand die Kerze ausgepustet, aber er fasste sich wieder. Saul fühlte sich an diese Geburtstagskerzen erinnert, die wie von Zauberhand wieder aufflammen.

»Ich liebe Welpen«, sagte Jakey, fast zu leise, als dass Saul es hören konnte.

»Ich auch«, sagte Saul.

Ein schüchterner Blick. »Hast du das Foto bekommen?«

»Ja, hab ich. Danke dafür.«

»Sie heißt Scooby. Du könntest mir helfen, mit ihr Gassi zu gehen, wenn du Lust hast.«

Saul schaute ihn erstaunt an. »Wirklich?«

»Ja, das wäre super.« Saul unterdrückte ein Lächeln. Der Junge ergriff erneut das Wort. »Wie heißt du?«

»Ich bin Saul. Und du heißt Jakey.«

Die Wangen des Jungen liefen rot an. »Du hast es dir gemerkt.«

»Wo warst du denn heute?«

»Auf dem Rummelplatz.« Jakey wurde plötzlich ernst. »Aber da war zu viel los. Überall musste man anstehen. Und ich durfte nirgendwo mitfahren wegen meinem blöden Körper.« Er klang wütend, aber in seinen Augen standen Tränen.

»Der da hinten?« Saul zeigte in die Richtung, aus der sie kamen.

Jakey bestätigte es mit einem traurigen Seufzer.

»Da arbeitet mein Freund Dan. Vielleicht kann ich ja eine kleine VIP-Tour arrangieren?«

»Was heißt VIP?«

»Very Important Person.«

Die Miene des Jungen hellte sich wieder auf, als würde jemand eine Fackel davorhalten. »Können Sie Saul die Nummer von meinem Daddy geben. Mrs Foyle? Damit wir alle zusammen hingehen können?«

Amy Foyle biss sich auf die Lippe.

»Ich bin mir nicht ganz sicher, ob das richtig ist, Jakey. Ich kann doch nicht einfach so die Handynummer von deinem Dad rausgeben.«

»Doch, er hat nichts dagegen«, sagte der Junge. »Garantiert nicht. Bitte, bitteeee!«

Er schob beleidigt die Unterlippe vor. Amy war hin- und hergerissen. Zum zweiten Mal an diesem Nachmittag stand Jakey kurz davor, in Tränen auszubrechen.

Sie schaute wieder auf die Uhr und wiegte ihren Oberkörper leicht vor und zurück, wie Erwachsene es manchmal machen, wenn sie ungeduldig darauf warten, weitergehen zu können. Seufzend griff sie schließlich in ihre Tasche und zog den Zettel mit Erdmans Nummer heraus. »Enttäusch den Jungen ja nicht«, murmelte sie, als sie ihn Saul in die Hand drückte.

Saul hockte sich neben Jakeys Rollstuhl, so dass er mit ihm auf einer Höhe war. »Ich rufe deinen Dad an, versprochen.«

Der kleine Junge strahlte wieder.

»Es wird Zeit, Jakey«, sagte Amy. »Deine Mutter wird sich wundern, wo du bist.« Sie legte ihre Hände um die Rollstuhlgriffe und fing an zu schieben.

»Dann bis bald«, sagte Saul.

»Ja, bis bald«, erwiderte Jakey grinsend. »Tschüs.«

Während Saul beobachtete, wie sie in der Dämmerung verschwanden, kreiste nur ein einziger Gedanke durch seinen Kopf.

Ding, ding! Runde eins geht an mich.

Zurück im Auto, fand Saul seinen Mut wieder. Jetzt, wo er Mr Silver gesagt hatte, dass er nach Hause wollte, und getan hatte, worum der alte Mann ihn gebeten hatte, wagte er es, die Frage zu stellen, die ihn beschäftigte, seit sie auf dieser Weide gewesen waren.

»War da eigentlich jemand drin in diesem Wohnwagen?«

Saul hatte diese Worte kaum ausgesprochen, da wurde ihm ganz mulmig, denn er begriff, dass es ein Fehler gewesen war. Aber es war zugleich auch seltsam aufregend, als wenn man durch eine gläserne Brücke nach unten schaute. Ein Teil von ihm war neugierig. Neugieriger, als er es sich selbst eingestehen wollte. Aufgeregt.

Seine Finger legten sich um das kaputte Püppchen, und er verbog dessen Arm.

Aber Mr Silver biss nicht an.

»Alles zu seiner Zeit, mein Sohn«, sagte er. »Alles zu seiner Zeit.«

35

17.01 Uhr

Mr Silver hält sich etwas darauf zugute, dass er zu seinem Wort steht. Aber er wird den Jungen nicht zu seiner Mutter zurückbringen. Stattdessen fährt er ihn durch die Altstadt.

»Ich dachte, Sie bringen mich nach Hause.«

»Tu ich auch«, sagt Mr Silver ganz ruhig. »Aber ich dachte mir, dass du bestimmt zuerst deine Sachen holen willst.«

Irgendetwas an der Art, wie er das sagt, gibt Saul das Gefühl, dass tausend winzige Ameisen in seinem Nacken kribbeln.

»Okay«, murmelt er, während er über die Haut in seinem Nacken reibt. »Danke.«

Im Innern des Cottages bemalen die abendlichen Schatten die Räume mit grauen Pinselstrichen. Der Junge wirft ein ausgewaschenes Sweatshirt und ein Paar schmutzige Socken in seinen Rucksack.

»Ich bin soweit«, sagt er. »Keine Ahnung, wo meine Sneakers sind oder mein Handy. Können Sie die Sachen vorbeibringen, wenn Sie sie finden?« Er entdeckte ein Schulbuch auf dem Beistelltisch. »Und ich halte Sie auf dem Laufenden, was diesen Jungen und seinen Vater angeht.«

Mr Silver begreift, dass es dumm war, zu glauben, dass Saul bei ihm übernachten würde. Dass vielleicht ein bisschen mehr Überredung nötig ist.

»Bevor du gehst, wollte ich dir noch etwas zeigen. Erinnerst du dich?«

An dem ungeduldigen Zucken von Sauls Bein erkennt er, dass der Junge es gar nicht erwarten kann, das Haus zu verlassen. Er möchte, dass Saul bleiben *möchte*, begreift aber, dass es zu früh ist. Dass er die Dinge überstürzt hat.

Aber es gibt andere Mittel und Wege.

Saul lässt seinen Rucksack auf den Wohnzimmerboden fallen und sieht Mr Silver erwartungsvoll an. Mr Silver reagiert mit einer spöttischen Verbeugung und führt ihn die Treppe hinauf. Er trägt immer noch seine Reisetasche, deren Griffe ihm in die Handfläche schneiden.

Drei Türen gehen von dem Flur oben ab. Zwei sind geschlossen, eine steht eine Armlänge weit offen. Mr Silver zeigt darauf, und Saul schiebt die Tür weiter auf und betritt das Zimmer. Der Raum liegt im Halbdunkel, und es ist warm darin. In der Nähe der Tür steht eine Leinwand auf einer Staffelei. An der Wand hängt ein Spiegel. Er hört ein leises Klicken und nimmt den Geruch von verwesendem Fleisch wahr.

Saul schnappt nach Luft, tut das aber so leise, dass es Mr Silver beinahe entgangen wäre. Das Staunen des Jungen bereitet ihm Genugtuung.

Auf einem Schubladenschrank und einem alten Toilettentisch liegen Sperrholzplatten, auf denen mehrere Plexiglasbehälter stehen. Saul macht zaghaft einen Schritt darauf zu, und dann noch einen, bis er den ersten Behälter erreicht. Als er seine Fingerspitzen außen an die Plastikwand drückt, hinterlassen sie Spuren seiner Anwesenheit.

Er beugt sich leicht vor und späht in die schummrigen Höhlen, die die unsichtbare Grenze zwischen Leben und Tod überschreiten.

Saul blinzelt ein- oder zweimal und kneift die Augen zusammen, als hätte er nicht richtig gesehen und als würde das Bild vor ihm sich als ein Produkt seiner Phantasie erweisen, wenn er wieder hinschaut.

Er späht ein paar Sekunden hinein, während Mr Silver ihn beobachtet.

Das ist eine Art Test. Seine Reaktion wird über seine Zukunft entscheiden.

Hunderte von Käfern drängen sich auf einer milchig grauen Oberfläche aus Knochen und einer verwesenden Substanz, die sie abtragen.

Mehrere von diesen glänzenden schwarzen Tieren drängen sich um eine leere Augenhöhle.

Über Sauls Gesicht zieht eine ganze Abfolge von Emotionen. Die Neugier eines Forschers. Begreifen. Ungläubigkeit.

Und noch etwas.

Ekel, glaubt er.

Der Junge stolpert einen Schritt nach hinten, seine Stimme ist hoch, fast schrill.

»Ist das ein menschlicher ...?«

»Ja«, sagt der Knochensammler und schlägt mit dem Holzgriff seines Zimmermannshammers auf Sauls Hinterkopf.

36

17.03 Uhr

Als Fitzroy und Storm wieder am Strand ankamen, war die Polizeiabsperrung erheblich ausgedehnt worden, so dass kein Unbefugter auch nur in die Nähe kam.

»Na, die decken den Brunnen aber auch erst zu, wenn das Kind ertrunken ist«, murmelte Storm. Und da war etwas dran. Zahlreiche Journalisten, Hundehalter und Gott weiß wer waren bereits über jedes potentielle Beweisstück hinweggetrampelt. Wegen der zusätzlichen extremen Bedingungen einer solchen Umgebung rechnete Fitzroy sich nicht viele Chancen aus.

Sie erspähte mehrere Forensiker, die eine Suchformation bildeten; in exakten Abständen voneinander knieten sie im Sand und suchten diesen Zentimeter für Zentimeter ab. Mehrere kleinere Bereiche an der Flutlinie waren mit Seilen eingezäunt und mit der Art von Pappkartons gesichert, die zur Sammlung von Beweismaterial dienten. An strategischen Punkten des gesamten Strandes waren Scheinwerfer aufgebaut worden, da in einer halben Stunde die Sonne unterging.

In der Ferne sah Fitzroy DI Thornberry, der sie ebenfalls bemerkte und auf sie zuzulaufen begann. Das Team war weitaus größer als alle Teams, die Fitzroy seit langer Zeit gesehen hatte. Das konnte nicht nur mit diesem verschwundenen Mädchen zusammenhängen. Irgendetwas Bedeutendes hatte sich verändert.

Sie brauchte nicht lange zu warten, bis sie es herausfand. DI Thornberry kam auf sie und Storm zu; sein großes Mitteilungsbedürfnis stand ihm auf jeder feuchten Pore seiner Stirn geschrieben.

»Wünschen Sie mir Glück«, sagte Storm leise.

»Das ging ja schnell.« Thornberry stützte die Hände auf die Knie und beugte sich vor, um Luft zu holen. Als er hochschaute, war sein Blick starr auf Detective Constable Storm gerichtet; in Fitzroys Richtung sah er so gut wie nicht. Sie fragte sich, ob es sich befriedigend genug anfühlen würde, ihm in die Eier zu treten, auch wenn sie dafür wegen groben Fehlverhaltens gefeuert wurde.

»Wir sind nicht zum Vergnügen hier.« Fitzroys Lächeln war zuckersüß.

Thornberry holte ein Taschentuch heraus – ein Stofftuch, das bereits stark ausgewaschen war und einen gelblichen Farbton angenommen hatte – und wischte sich über die Stirn. Vom Meer wehte ein kräftiger Wind, und Fitzroy schlang die Arme um ihren Oberkörper, um sich warmzuhalten. Entweder war Thornberry alles andere als fit, oder es stimmte etwas nicht mit seinem Hormonhaushalt. Die Vorstellung, dass er unter übermäßiger Schweißbildung litt, erfüllte Fitzroy mit heimlicher Schadenfreude.

Aber die wurde ihr von Thornberrys selbstgefälliger Miene rasch wieder ausgetrieben. Er sah aus, als wäre er in ein großartiges Geheimnis eingeweiht – aber noch nicht bereit, sie daran teilhaben zu lassen.

»Diesem Fund kann ich mit Worten nicht gerecht werden. Das müssen Sie sich schon selbst ansehen.«

Die Frauen umrundeten die wachsende Journalistenschar, die sich vor dem Absperrband bildete, zogen sich die Plastiküberzüge über ihre Schuhe, die ihnen der junge Constable vom Morgen reichte, und liefen hinter Thornberry her.

Durch den Sand.

Den leicht ansteigenden Strand hinauf.

»Vorhin hat hier noch eine ganze Schulklasse gespielt«, sagte Fitzroy. »Die werden schon eine Menge kaputtgemacht haben.«

»Kommt drauf an, wie man es sieht«, erwiderte Thornberry beinahe vergnügt. »Ohne die Kinder hätten wir sie vielleicht nie entdeckt.«

»Was entdeckt?«

Thornberry bedeutete ihnen, ihm zu folgen, und ging zu dem nächstgelegenen Pappkarton. Die Forensiker stellten meist weiße Zelte auf, um das Beweismaterial zu schützen, aber als Fitzroy ihren Blick über den Wald von Kartons schweifen ließ, der sich über eine Fläche von ungefähr einem halben Fußballfeld erstreckte, wurde ihr schnell klar, dass das in diesem Fall schon wegen der schieren Anzahl an Kartons nicht machbar gewesen war. Aber sie sollten sich beeilen. Bevor die ansteigende Abendflut weiteres Beweismaterial wegschwemmte.

Thornberry streifte sich Handschuhe über. Als er den

228

ersten, bereits feucht werdenden Pappkarton anhob, fühlte Fitzroy sich schlagartig wieder in jenen Süßwarenladen in Blackheath zurückversetzt, in dem Clara Foyle zuletzt gesehen worden war. Und in jene adrenalingesättigten Tage und Nächte, in denen sie mühsam der Spur aus Brotkrumen gefolgt war, die Brian Howley ausgelegt hatte und von der sie gehofft hatte, dass sie sie zu Clara Foyle führen würde. Aber als sie schließlich die Tür des Knusperhäuschens eingeschlagen hatte, musste sie feststellen, dass die Hexe mitsamt ihren Gefangenen geflohen war.

Fitzroy schluckte mehrere Male, holte tief Luft und dann noch einmal und noch einmal. Die Welt schien an den Rändern zu verschwimmen, und sie spürte ein leichtes Kribbeln um den Mund. Sie zwang sich zur Ruhe, doch der Schock über das, was sich ihren Augen darbot, machte es ihr schwer, sich zu konzentrieren.

Er machte es schwer, an irgendetwas anderes zu denken als an ein verschwundenes Mädchen mit süßen Wangengrübchen.

In den dunkel gewordenen Sand geschmiegt, stand ein Schuhkarton, und darin lag etwas, das Fitzroy nie im Leben mehr hatte sehen wollen.

Die zarten Knochen eines fein säuberlich von seinem Fleisch befreiten Kaninchenskeletts.

Mit intaktem Bindegewebe.

Eine makabre Marionette.

Ein schwacher Verwesungsgeruch drang ihr in die Nase, und sie hob den Blick zum Himmel; die Sonne war bereits halb hinter dem Horizont versunken, und die Wolken nahmen die rauchgraue Färbung an, die die hereinbrechende Nacht ankündigte.

Fitzroy blinzelte und zwang sich, noch einmal hinzuschauen.

Der Karton innerhalb des Kartons beschwor das Bild einer Matroschkapuppe herauf.

Nur, dass es hier nicht um lackiertes Holz und aufgemalte fröhliche Gesichter ging, sondern um tote Kinder, die immer kleiner und kleiner wurden, bis sie unerreichbar waren.

»Wie haben Sie sie gefunden?«

»Das wollte ich Ihnen vorhin erklären. Diese Schulkinder haben einen Strandausflug gemacht. Sie besuchen eine Art ›Strandschule‹ oder so was und kommen regelmäßig hierher, bei jedem Wetter. Und heute haben sie wohl tiefe Löcher gegraben, um zu sehen, welches Loch zuerst voll Wasser läuft.«

»Und dabei haben sie all das entdeckt?«

»Sie haben die ersten drei gefunden, jeweils im Abstand von wenigen Metern. Hier entlang der Flutlinie. Dann haben wir uns eingeschaltet.«

»Sind sie alle …?« Fitzroy zeigte auf die mindestens ein Dutzend Pappkartons, die über den Strand verteilt waren.

Thornberry nickte mit ernster Miene.

»Ja, alle gleich.« Er machte eine Pause. »Bis jetzt.«

»Haben Sie eine Ahnung, wie lange sie schon hier vergraben sind?«

Er zuckte die Achseln. »Wir werden das untersuchen, aber ganz sicher können wir es wohl nicht feststellen. Einer von unseren Jungs hat es geschafft, eine Spezialistin für Meereskunde zu erreichen. Es ist möglich, dass sie schon mindestens zwölf Stunden hier sind. Allem Anschein nach aber länger.« Er tupfte sich erneut die Stirn trocken. »Sand wandert natürlich, diese Lagen hier bleiben jedoch über längere

Zeiträume ziemlich stabil, vorausgesetzt, es gibt keinen Sturm.«

»Aber es gab doch keinen Sturm, oder?«

»Seit Sonntagnacht nicht. Aber da hat es ordentlich geblitzt und gedonnert. Weil sie genau oberhalb der Flutlinie versteckt wurden, sagt diese Spezialistin, dass sie mit dem Salzwasser möglicherweise gar nicht in Berührung gekommen sind. Nur gerade so viel, dass sie ein bisschen Feuchtigkeit angenommen haben.«

Es war also wahrscheinlich, dass die Skelette irgendwann innerhalb der letzten Tage verscharrt worden waren. Aber es hatte keinerlei Garantie dafür gegeben, dass irgendjemand im Sand graben und sie zu Tage fördern würde.

Fitzroy biss sich auf die Lippe.

Es sei denn, die Kleider der verschwundenen jungen Frau waren absichtlich an diesem Strand zurückgelassen worden. Als eine Art Zeichen. Und diese Skelette sollten während der Suche nach Sunday Cranston gefunden werden.

Fitzroy hockte sich hin. Ihr Blick folgte der vertrauten Biegung der Wirbelsäule dieses Säugers bis zu den Hinterläufen. Da war es. Am Knochen befestigt. Ein kleines Röhrchen von der Sorte, wie sie bei Brieftauben verwendet wurden. Und von Brian Howley.

Ihre Sinne schärften sich schlagartig, die Müdigkeit von ihrer zu kurzen Nacht war wie weggeblasen. Der Strand mit seiner Verheißung von Sommer, Eiscreme und Gelächter war plötzlich von einer Unterströmung des Todes bedeckt.

»Haben Sie da schon reingeschaut?«

Thornberry griff in seine Tasche und holte mehrere Asservatenbeutel aus durchsichtigem Plastik heraus, jeder einzelne sorgfältig beschriftet und versiegelt.

Sie drehte den ersten Beutel um, um besser lesen zu können, was auf dem darin befindlichen Zettel stand. Sie erkannte seine Handschrift sofort, und obwohl die Tinte wegen der vielen Stunden im feuchten Sand ein wenig verschmiert war, war noch lesbar, was mit dickem, wasserfestem schwarzem Stift dort geschrieben stand.

Nomen mihi Legio est, quia multi sumus.

Sie wusste nicht, was das bedeutete. Die Botschaften, die er vorher hinterlassen hatte, waren auf Englisch gewesen und entstammten der Bibel oder den Aufzeichnungen von John Hunter, dem Arzt und Gründer des Hunterian Museums, das Howley so fasziniert hatte. Dieser Text hier klang wie Latein, wenn sie sich nicht irrte.

Fitzroy zog einen zweiten Beutel aus Thornberrys ausgestreckter Hand.

Nomen mihi Legio est, quia multi sumus

Einen dritten.

Nomen mihi Legio est, quia multi sumus

Einen vierten.

Nomen mihi Legio est, quia multi sumus

Sie murmelte ein Gebet, bevor sie den fünften Zettel las.

Nomen mihi Legio est, quia multi sumus

»Haben Sie eine Ahnung, was das heißt?«

»Bedeckt die Skelette«, rief Thornberry den Forensikern zu und zeigte auf den Himmel, der sich verdunkelte. Die über ihren Köpfen kreisenden Möwen kreischten beifällig; sie waren auf dem Weg zu ihren Schlafplätzen, wurden aber von dem achtlos weggeworfenen Müll der wartenden Reporter abgelenkt.

»Ich weiß, was es heißt.« Storm hatte bis zu diesem Moment schweigend auf sich wirken lassen, was sich ihr an diesem Strand darbot, doch jetzt trat sie einen Schritt vor. »Zumindest glaube ich, es zu wissen.«

Gott sei Dank. Fitzroy betete, dass sie die Wahrheit sagte, denn das hier war eine große Sache. Sogar eine verdammt große. Ein Strand voller identisch aussehender Kaninchenskelette – beim Stand der letzten Zählung waren es vierzehn gewesen –, die alle mit derselben Botschaft versehen waren.

Brian Howley hatte nicht nur einen Gang hochgeschaltet, er fuhr einen ganzen verdammten Konvoi auf.

»Legion heiße ich, denn wir sind viele.«

Storms Stimme klang leise, aber klar. Sie durchdrang das Geräusch der Wellen und die unablässigen Schreie der Aasfresser-Armee am Himmel. Sie durchdrang die Rufe, mit denen sich die Forensiker untereinander verständigten.

Und sie durchdrang Fitzroy, die unterschiedlichen Schichten ihrer Haut, bis sie ihre Adern erreichte, die diese neue Information, angetrieben durch einen Adrenalinstoß, in Schüben durch ihren Körper pumpten.

Storm redete weiter. »Das stammt aus dem Neuen Testament. Das Evangelium nach Markus. Kapitel fünf, Vers neun.«

»Wieder die Bibel.« Fitzroys Nägel bohrten sich tief in ihre Daumenballen.

»Immer dasselbe.«

»Sind Sie sicher?«

»Ich fürchte, ja. Ich habe eine religiöse Erziehung genossen.« Storm lächelte, aber über diesem Lächeln lag ein Schatten. Fitzroy hätte gern nachgefragt, doch die jüngere Kollegin fuhr fort:

»*Und niemand konnte ihn mehr binden, auch nicht mit einer Kette …*« Storm ließ ihren Blick über das Meer schweifen und sprach mit der mechanischen, tonlosen Stimme einer altmodischen Aufziehpuppe weiter.

»*Es war dort am Berge eine große Herde Säue auf der Weide. Und die unreinen Geister baten ihn und sprachen: Lass uns in die Säue fahren! Und er erlaubte es ihnen. Da fuhren sie aus und fuhren in die Säue, und die Herde stürmte den Abhang hinunter ins Meer, etwa zweitausend, und sie ersoffen im Meer.*«

Diese Worte aus sehr alter Zeit ließen Fitzroy frösteln, da ihr klar war, dass in diesem Text irgendwo eine Botschaft verborgen war.

»Was denken Sie?«

»Das ist ein verdammter Irrer.« Fitzroy hatte Thornberry völlig vergessen, der gerade wieder seine Stirn abtupfte.

»Danke für Ihre scharfsinnige Erkenntnis, Detective Inspector.«

Er besaß den Anstand, verlegen dreinzuschauen, steckte sein Taschentuch ein und hielt die Hände hoch, was wohl als eine seltene Geste der Kapitulation zu verstehen war. »War nur ein Scherz.«

»Legion ist eine Anspielung auf den Teufel, auf böse Geister«, sagte Storm. »Allerdings ist das ein ziemliches Klischee.«

Fitzroy war mit jedem Wort über die Gewalt, die Howley verübt hatte, bestens vertraut, denn alles war in seiner Akte dokumentiert, und sie glaubte ganz und gar nicht, dass das ein Klischee war. Sie hielt den Vergleich, im Gegenteil, für passend.

»Aber auf wen bezieht er sich damit? Auf sich selbst? Auf

die Geister seiner total verkorksten Familie?« Thornberry hatte offenkundig bereits ein paar Recherchen durchgeführt.

Fitzroy war nicht seiner Meinung.

Denn wir sind viele.

»Vielleicht meint er die Skelette?« Sie wies mit einer ausladenden Geste über den Strand. Ein Forensiker kam eiligen Schrittes auf sie zu, und sie unterbrachen ihr Gespräch und schauten in seine Richtung. Als er bei ihnen eintraf, zupfte er Thornberry am Ärmel, und die beiden Männer traten beiseite und unterhielten sich leise.

Storm nahm einen Apfel aus ihrer Tasche und bot ihn Fitzroy an, die den Kopf schüttelte. Storm biss ein großes Stück davon ab. »Kann sein, dass ich mich falsch erinnere, aber hat er diese kleinen Visitenkarten nicht immer hinterlassen, *nachdem* er seine Opfer entführt hatte?«

»Was wollen Sie damit sagen? Dass er vierzehn Leute mit Knochendeformationen entführt hat, ohne dass es jemand bemerkt hat?«

»Nein, natürlich nicht«, erwiderte Storm besorgt. »Aber vielleicht ist das ein Hinweis auf seine unentdeckten Opfer, auf Fälle, die womöglich Jahre zurückliegen.«

»Oder eine Warnung«, sagte Fitzroy. »Er unterrichtet uns genau darüber, was er vorhat – massenhaftes Blutvergießen.«

Howley hatte eine Vorliebe für ausgeklügelte Gesten, das wusste sie. Die Niere. Die Zitate. Und jetzt diese beunruhigende Ansammlung von Kaninchenskeletten. Sie wusste es und rief es sich jetzt noch einmal in Erinnerung, dass seine schlimmen Taten immer Methode hatten; sie musste die Botschaft nur entschlüsseln.

Aber warum riskierte er das alles? Erst das Röntgenbild, dann Claras Schuluniform und die Krebsschere, die nach Salzwasser und Tod roch. Es war fast so, als wollte er gefunden werden.

Oder er wollte ihr Angst machen. Nun, das war ihm gelungen.

Sie sah sich erneut die Zettel in den Asservatenbeuteln an, untersuchte einen nach dem anderen. Nach etwa einer Minute blinzelte Fitzroy und hielt sich einen der Beutel näher vors Gesicht.

Die Worte sprangen sie an.

Nomen mihi Legio est, quia multi sumus

Es war keine Einbildung. Das s war tatsächlich dicker, geradezu in das Papier geritzt. Aber weshalb?

Ting.

S

Für Sunday Cranston.

Eine Welle der Übelkeit überkam sie, und sie versuchte, dagegen anzugehen. Wasser. Sie brauchte Wasser. Sie holte eine fast leere Flasche aus der Tasche, und das billige Plastik verformte sich knackend, als sie daraus trank.

»Alles in Ordnung?« Auf Storms Stirn zeigte sich ein feines Netz aus Falten, die wie Risse in ihrem ansonsten perfekten Äußeren waren.

Fitzroy antwortete mit einem knappen Kopfnicken, das besagte, dass sie nicht im Zentrum der Aufmerksamkeit stehen wollte.

Aber das hier war ihr Fehler. Ein weiteres Mädchen war gestorben, weil Howley ihr durch die Lappen gegangen war.

Eine zweite Welle der Übelkeit überrollte sie, heftiger als

die erste. Fitzroy tastete nach den Crackern, die sie neuerdings immer dabeihatte, und brach eine Ecke davon ab. Sie schaute Storm nicht an, sondern wandte sich wieder den Beuteln zu, um die Texte erneut zu überprüfen.

Nichts.

Keine weiteren hervorgehobenen Buchstaben.

Keine weiteren Hinweise.

Nur Worte.

»Toni«, sagte sie. »Wiederholen Sie dieses Gleichnis noch mal, die Stelle mit den Säuen.«

»*Und die unreinen Geister fuhren aus und fuhren in die Säue, und die Herde stürmte den Abhang hinunter ins Meer, etwa zweitausend, und sie ersoffen im Meer.*«

Säue.

Ting.

Schweine.

Ting.

Bullenschweine.

»DS Fitzroy?«

Thornberry trat so dicht neben sie, dass sie den Tabak in seinem Atem riechen konnte, der sie an verbrannten Kaffee erinnerte. Als sie ihm den Blick zuwandte, standen ihm erneut mehrere winzige Schweißperlen auf der Stirn, aber er wischte sie nicht weg.

»Wir haben noch ein Skelett gefunden.« Er klang, als sei ihm unbehaglich zumute; er benutzte keinerlei Kraftausdrücke. »Sie sollten sich das besser mal ansehen.«

Zum dritten Mal an diesem Tag folgten Fitzroy und Storm Thornberry über den Strand, und die Absätze ihrer Schuhe drückten Hufeisen in den Sand. Hufeisen brachten doch Glück, oder?

»Hier ist es«, sagte der Mann in dem weißen Schutzanzug und hob den Karton an.

Zuerst verstand sie nicht ganz, was sie da sah. Kaninchenknochen, ja. Die charakteristische Wirbelsäule. Das flächige Schulterblatt. Die eingekerbte Symmetrie des Beckengürtels.

Aber da war noch etwas.

Es steckte zwischen dem Brustkorb des Kaninchens und seinem Schambein.

Fitzroy sank auf die Knie.

Ein Skelett in Miniaturform.

Ein Kaninchenbaby.

Sie presste sich instinktiv die Hand auf den Bauch.

Thornberry stand neben ihr und zog sich fahrig Plastikhandschuhe über. Behutsam löste er das Röhrchen mit der Botschaft, die am Schienbein des Kaninchens befestigt war, und entrollte den Zettel.

Nomen mihi Legio est, quia multi sumus

Die e waren tief in das Papier hineingekratzt worden, um ihnen Nachdruck zu verleihen.

E

Für Elizabeth oder Emily oder Eva oder Erin.

E

Für Emma oder Elsie, Esther oder Elaine.

E

Für Etta.

37

Als Saul die Augen aufschlug, blickte er seitlich in einen kornblumenblauen Nachthimmel.

In seinem Kopf pulsierte ein leises Brummen, so als wären in seinem Schädel Fliegen gefangen. Ein kalter Wassertropfen lief an seinem Hals hinab.

Mr Silver saß auf einem Stuhl neben dem Sofa, auf dem Saul ausgestreckt lag, und hielt einen tropfenden Beutel mit Tiefkühlerbsen in der Hand.

»Halt dir das an den Kopf«, sagte er. »Dann tut es weniger weh.«

Sauls Finger schlossen sich um den Beutel, dann schwang er seine Beine über den Rand des verschlissenen Polsters und setzte sich auf. Der Raum verschwamm ihm vor den Augen. Vorsichtig befolgte er Mr Silvers Rat und genoss den kühlenden Druck an seinem Hinterkopf.

»Wie spät ist es?«

»Fast sechs.« Pause. »Du warst eine Weile ohne Bewusstsein.«

Saul setzte zu einem Nicken an, doch als ein Übelkeit erregender Schmerz durch seinen Kopf fuhr, bewegte er sich nicht mehr.

»Was ist passiert?«

»Weißt du das nicht?«

Saul kniff die Augen zusammen. Wusste er es? Er versuchte, die Ereignisse des Tages in der Erinnerung zu rekonstruieren, aber das Dröhnen in seinem Kopf wurde lauter. Er hatte das Gefühl, sich übergeben zu müssen.

»Ich …«

»Der Spiegel, mein Sohn. Er ist von der Wand direkt auf deinen Hinterkopf gefallen. Du bist umgekippt wie ein Kegel.«

Saul betastete die Schwellung an seiner Schädelbasis und zuckte zusammen. Er erinnerte sich daran, einen plötzlichen Schlag verspürt zu haben, an den explodierenden Schmerz, der ihn nach vorn geworfen hatte, und daran, dass er mit der Wange gegen die Plexiglaswand gekippt war und nur noch schwarze Punkte gesehen hatte.

»Die Käfer –…«

»Denen geht's gut«, sagte Mr Silver. »Du bist gegen den Behälter gestoßen, als du umgefallen bist, aber der Deckel saß fest darauf.« Er grinste und zeigte auf die spinnenwebartigen Risse in dem Spiegel, der an der Wand lehnte. »Und er ist nicht zerbrochen. Du brauchst dir also wegen irgendwelcher abergläubischen Ammenmärchen keine Sorgen zu machen.«

Er nahm Saul den Erbsenbeutel aus der Hand. »Bei nüchterner Betrachtung denke ich, es wird das Beste sein, wenn du heute Nacht hierbleibst.«

»Ich würde aber gern nach Hause gehen.«

»Wird deine Mutter da sein?«

Saul zuckte die Achseln, was erneut ein schwindelerregendes Karussell in seinem Kopf in Gang setzte.

»Genau das meinte ich«, sagte Mr Silver. »Du brauchst jemanden, der auf dich Acht gibt.«

»Aber …«

»Saul, Saul, Saul. Wir können nicht immer nur tun, wonach uns gerade der Sinn steht. Wir müssen das *Gemeinwohl* im Auge haben.«

Mr Silver drehte dem Jugendlichen den Rücken zu, um zu signalisieren, dass ihr Gespräch, zumindest vorerst, beendet war.

Saul sank zurück aufs Sofa. Um ehrlich zu sein, fühlte er sich furchtbar. Ihm war übel und schwindlig. Und er wollte hier nicht bleiben, vor allem jetzt nicht mehr. Er konnte aufstehen und gehen. Aber er wollte Mr Silvers Grenzen nicht austesten, nicht heute Nacht. Dazu war er körperlich nicht in der Verfassung. Mr Silver war kein Mann, mit dem man sich anlegen sollte; man konnte nicht wissen, in welche Richtung das Pendel seines Temperaments ausschlagen würde, und Saul war nicht bereit, ein Risiko einzugehen.

Außerdem nagte etwas an ihm und verlangte nach Antworten. Trotz allem war er neugierig, zu erfahren, wer sich in diesem Wohnwagen auf einer Weide mitten im Nirgendwo befand, und er wollte herausfinden, warum Mr Silver so ein großes Interesse an diesem Jungen hatte.

Wenn Mr Silver es so sehr darauf anlegte, ihn hierzubehalten, konnte er seine Zeit ja vielleicht sinnvoll nutzen. Glaubte der alte Mann etwa, Saul würde es nicht auffallen, dass er ihn dauernd mit einem seltsamen Gesichtsausdruck »mein Sohn« nannte?

Mr Silver kam mit einem Becher Suppe in der Hand zurück ins Zimmer und stellte ihn auf den niedrigen Tisch, auf dem immer noch die Scherben der Obstschale lagen.

»Trink das, mein Sohn.«

»Danke, Paps«, sagte Saul leichthin.

Mr Silver erstarrte kurz und wandte sich dann wieder der Küche zu, aber Saul konnte erkennen, dass ein Lächeln über sein Gesicht huschte.

Kurze Zeit später kam er mit einem Käseteller zurück. Er

setzte sich in den Sessel gegenüber von Saul und schnitt mit seinem Messer eine Ecke davon ab.

»Bist du der Meinung, dass du etwas für das Gemeinwohl tust, Saul?«

»Denke schon.«

»Aber entspricht das, was du tust, auch deinen Ambitionen?«

Saul steckte sich einen Löffel voll Suppe in den Mund und zuckte die Achseln.

»Nimm doch zum Beispiel mal eine Familie. Der Vater ist ein Workaholic, und die Mutter interessiert sich mehr für sich selbst als für ihr behindertes Kind. Das Kind ist eine verlorene Seele; es braucht elterliche Liebe und Fürsorge, bekommt sie aber nicht. Was dann, Saul?«

»Armes Kind.«

Mr Silver klatschte in die Hände. »Genau. *Armes Kind.* Also wäre es doch das Beste, diesen Eltern ihr Kind wegzunehmen und es in die Obhut von jemandem zu geben, der es wertschätzt. Es über alles stellt. Oder?«

»Vermutlich ja.«

»Du vermutest es, Saul?« Sein Ton klang spöttisch. »Mit Vermutungen kommt man nicht weit. Es braucht Präzision und Planung. Denn es gibt immer Leute, die anderer Meinung sind. Die sich der Umsetzung schwieriger Entscheidungen verweigern. Aber man muss den Mut haben, für seine Überzeugungen einzustehen, findest du nicht?«

Mr Silvers Gesicht glühte vor Begeisterung über seine eigenen Gewissheiten.

»Ich möchte, dass du mir hilfst, Saul.« Er beugte sich vor und fuhr mit den Fingerspitzen über die Spitze seines Messers. »Hilfst du mir?«

Saul war ein kluger Junge. Deshalb ging er aufs Gymnasium. Deshalb verlor er sich nicht in gefährlichem und überflüssigem Geschwätz mit seinen Freunden. Deshalb hatte er so lange in der toxischen Umgebung seines Zuhauses überlebt.

Er überdachte noch einmal das, was er bereits wusste.

Ein verschlossener Wohnwagen.

Eine Käfersammlung.

Ein menschlicher Schädel.

Ein bösartiges Naturell.

Ein mysteriöses Kind mit schiefen Knochen.

Ein einsamer alter Mann, der Anschluss suchte.

Er sollte sich fürchten. Und ja, verdammt, er fürchtete sich. Aber jetzt war er sich auch sicher, dass Mr Silver ein Geheimnis hatte, und er wollte wissen, was es war. Er strich mit den Fingern über die krummen Glieder seines Sorgenpüppchens.

»Ja, Sir«, sagte er, »es ist mir eine Ehre.«

Er brauchte nicht lange zu warten. Als Mr. Silver mit Sauls Handy in der Hand und einem Plan auf den Lippen wieder den Raum betrat, wusste Saul, was er tun musste. Es war einfach, sagte Mr Silver, der Plan war wasserdicht.

Saul sollte bei den Frith' anrufen.

Er sollte Jakey und seinen Vater überreden, sich mit ihm zu treffen.

Danach würde er sein Handy wieder an Mr Silver zurückgeben.

Zur sicheren Aufbewahrung.

Um den Rest würde Mr Silver sich kümmern.

Ein guter Plan, stimmte Saul zu und umklammerte mit den Fingern die silberne Hülle seines Handys.

Aber zuerst machen wir ein Foto.

Von uns.

Wie Vater und Sohn.

Als Zeichen für diesen Neuanfang.

38

17.57 Uhr

»Mach die Lichter aus, wenn du gehst, Erd.«

Erdman Frith grunzte zur Bestätigung, schaute aber nicht hoch. Er hatte Ewigkeiten damit zugebracht, die Archive der Tageszeitung zu durchsuchen, in der Hoffnung, darin über irgendetwas Exklusives zu stolpern, womit er das Vertrauen des Redakteurs zurückerlangen konnte. Er steckte mächtig in der Tinte, weil er vom Fund der Skelette am Strand nichts mitbekommen hatte. Beziehungsweise deshalb, weil die Nachrichtenagentur bereits eine Meldung herausgegeben hatte, bevor Erdman auch nur die Chance gehabt hatte, seine Redaktion telefonisch über diese ungeheuer bedeutsame neue Entwicklung zu informieren.

»Wie stehen wir denn jetzt da, Mann? Wie eine Bande von blutigen Anfängern«, hatte Arthur Furniss, sein Nachrichtenredakteur, für Erdmans Geschmack eine Spur zu überdrüssig gesagt. »Mach so was bloß nicht noch mal!«

Aber dass er die größte Story verpasst hatte, die es in Essex seit Jahren gegeben hatte, war gerade Erdmans geringste Sorge.

Als ihm das Getuschel unter den wartenden Reportern

und ihre merkwürdigen Seitenblicke aufgefallen waren, hatte er einen trockenen Mund bekommen und Haskell stehen lassen, um über die Küstenstraße nach Hause zu seiner Familie nach Thorpe Bay zu fahren.

Unterwegs hatte er gegen sein Prinzip verstoßen, im Auto nicht zu telefonieren, und versucht, Lilith und Mrs Foyle anzurufen, doch keine von beiden war rangegangen. Detective Sergeant Etta Fitzroy hatte er ebenfalls nicht erreicht und wieder und wieder den blechernen Klang ihrer Voicemail ertragen müssen.

Als er schließlich bei der Polizeistation in Lewisham durchgekommen war und gefragt hatte, ob er einfach seine Familie schnappen und verschwinden sollte, hatten sie ihm versprochen, dass ihn bald jemand zurückrufen würde.

Aber er wartete immer noch.

Kaum dass sein Wagen auf dem knirschenden Kies in der Auffahrt zum Stehen gekommen war, war er in der verzweifelten Hoffnung, seine Familie in Sicherheit vorzufinden, die Stufen hinaufgesprintet.

Lilith' Seite des Bettes war leer, aber die Vorhänge waren noch immer zugezogen. In Jakeys Zimmer lagen Legosteine über den ganzen Fußboden verteilt. Er rief die beiden, und ihre Namen *Lilith, Jakey* hallten durchs Haus, doch Erdman bekam keine Antwort.

Halb stürzte er die Treppe wieder hinunter, seine leiser und lauter werdenden Rufe klangen wie ein Klagegesang.

Nachdem er festgestellt hatte, dass Jakeys Rollstuhl fehlte, schaute er in jedes Zimmer des Hauses. Eine Stunde lang wartete er, mit nervös zuckenden Fingern, hin- und hergerissen, was er tun und was er denken sollte.

Er zwang sich, Ruhe zu bewahren.

Entspann dich, Mann. Jakey geht's gut. Mrs Foyle ist bei ihm. Oder Lilith. Sie sind einkaufen gegangen. Und in den Geschäften haben sie keinen Empfang. Oder sie sitzen in einem lauten Café. Es wird ihn oder sie schon niemand entführen. Er ignorierte die Stimme in seinem Inneren, die höhnisch einwarf: *Niemand außer Brian Howley.*

Da er nicht wusste, was er anderes tun sollte, war er zurück ins Büro gefahren.

Und da war er immer noch.

Und riss sich den Arsch auf.

Erdman wusste natürlich, wie er die Karriereleiter hätte erklimmen können. Wie er die Mutter aller Sensationen hätte an Land ziehen und den seltenen, trügerischen Ruhm einer *weltexklusiven* Geschichte hätte ernten können, die rund um den Globus gegangen wäre. Furniss hatte weiß Gott genügend Anspielungen darauf gemacht. Aber es kam überhaupt nicht in Frage, dass er seine Familiengeschichte in dieser Weise ausbeutete. Wenn er einen Artikel über seine persönlichen Erfahrungen im Zusammenhang mit Jakeys Entführung hätte schreiben wollen, hätte er es schon vor Monaten getan, als sich die Briefe auf ihrer Fußmatte stapelten und ihr Anrufbeantworter ständig vollgesprochen gewesen war; als Journalisten von jeder überregionalen britischen wie internationalen Zeitung und sämtliche Fernsehsender den Frith' Tausende von Pfund dafür geboten hatten, dass sie ihnen *ihre Geschichte erzählten.*

Kam überhaupt nicht in Frage.

Also musste er sich weiter ganz normal abrackern, um einen Weg zu finden, sich zu etablieren. Er hatte den Vorteil – wenn man es so nennen konnte –, dass er über Insiderwissen verfügte, und wurde von dem brennenden Wunsch getrieben, seinem Sohn Gerechtigkeit widerfahren zu lassen. Und er würde sein Wissen nutzen.

Während er die Ereignisse des Tages noch einmal Revue passieren ließ, kam ihm immer wieder diese eine gequälte, verkniffene Miene in den Sinn.

Saul.

Das war zwar nur ein Vorname, aber immerhin ein Anfang.

Erdman arbeitete sich systematisch durch das Zeitungsarchiv und gab, in der Hoffnung, irgendeine Verbindung zu finden, nacheinander alle möglichen Wortkombinationen ein.

Saul und Sunday Cranston.

Saul und Cranston.

Saul und Vorstrafen.

Und noch zahlreiche weitere Varianten.

Nichts.

Aber dann.

Saul und Leigh-on-Sea.

Bingo. Drei Treffer.

Erdman rief den ersten Artikel auf. Er war nur drei Absätze lang.

```
Donnerstag, der 28. Juni 2012, Abendzeitung,
Essex, England
Typ: Artikel
Wortübereinstimmungen: 4
Seiten: 10
Tags: keine


Hilfsarbeiter Solomon Anguish wurde als vermisst
gemeldet, nachdem er nicht auf der Arbeit erschie-
```

nen ist. Der aus *Leigh-on-Sea* stammende Anguish,
verheiratet und Vater eines Sohnes, wurde seit dem
letzten Sonntag nicht mehr gesehen.
Der 33-Jährige arbeitete auf einer Großbaustelle an
der Küste von Southend und hat dem Vernehmen nach
einen Sohn im Teenageralter namens *Saul*.
In einer Stellungnahme der Immobiliengesellschaft
Waterside Homes heißt es: »Solomon ist ein ge-
schätzter Mitarbeiter. Wir hoffen, ihn bald gesund
und munter wiederzusehen.«

Daneben war ein halbspaltiges Porträt eines Mannes und
eines Jungen abgedruckt, das von Facebook oder einem anderen sozialen Medium stammte. Erdman verglich es mit dem
Foto, das Haskell ausgedruckt und ihm auf dem Schreibtisch
gelegt hatte. Die hellblonden Haare des Jungen waren etwas
kürzer, aber es war unverkennbar dieser Saul. Und jetzt stellten Erdmans Synapsen auch endlich die Verbindung her. Das
war der Junge aus der Tierhandlung. Sein Gefühl hatte ihn
nicht getäuscht. Und endlich hatte er auch einen Nachnamen,
mit dem er arbeiten konnte.

Saul Anguish.

Die anderen beiden Artikel waren nur spätere Versionen
derselben Meldung inklusive eines Aufrufs der Polizei von
Essex an die Bevölkerung, zur Aufklärung des Falls bei-
zutragen, sowie einer Spekulation über Geldstreitigkeiten.
Erdman fand auch heraus, dass der Vater des Jungen eine
Vorstrafe wegen Körperverletzung hatte.

Als Nächstes ließ er Sauls vollen Namen durch die Nach-
richtendatenbank laufen.

Und wieder kamen ein paar nützliche Informationen zutage. Zum Beispiel, dass Saul in seiner Abschlussprüfung die höchste Punktzahl im ganzen County erzielt hatte.

Oder ein Interview mit seiner Mutter, die aufgebracht war, weil eine Grundschule Saul wegen »schlechten Benehmens« vom Unterricht ausgeschlossen hatte.

Dann klingelte Erdmans Telefon.

39

20.15 Uhr

Journalisten nannten es »Witwenschütteln«, wenn sie bei einer Familie, die durch ihre Trauer verletzlich war, an der Tür klingelten oder am Briefkastendeckel rüttelten. Mit Plattitüden und einer fehlgeleiteten Hoffnung bewaffnet – und die Notizblöcke in der Tasche versteckt –, lungerten sie bei diesen Leuten vor dem Haus herum und beschwatzten sie mit wohlgesetzten Worten, bis der Spalt in der Tür sich zu einer Einladung ins Haus öffnete.

Der Eintrittskarte zu einem Interview.

Und um Kindheitsfotos zu ergattern.

Zu einer Exklusivgeschichte, mit der man der Konkurrenz um Längen voraus war.

Fitzroy interessierte sich weder für Exklusivgeschichten, noch kannte sie einen Begriff für diese belastende Verpflichtung, dem ersten Besuch bei einer Familie, die gerade einen Verlust erlitten hatte. Aber wenn man sie gedrängt hätte, hätte sie diesen Teil ihrer Arbeit »Die Stunden danach« getauft, diesen endlosen Korridor der Ungläubigkeit und Verwirrung, in dem die Zeit sich in einzelne, schmerzerfüllte Takte auflöste.

Das Haus der Cranstons war ein Traum aus frisch gereinigtem Mauerwerk und hübschen Fensterläden, ein Bollwerk bürgerlicher Solidität.

Die Familie war vor einer Dreiviertelstunde darüber informiert worden, was es mit den Kaninchenskeletten am Leigh Beach auf sich hatte. Was es mit dem in den Botschaften hervorgehobenen Buchstaben S – der Initiale von Sunday – auf sich hatte, war den Medien bewusst vorenthalten worden.

Storm berührte Fitzroy am Arm. »Soll ich den Redepart übernehmen oder wollen Sie?«

Ihre Kollegin hatte ein Couscouskörnchen im Haar. Vor einer Stunde hatten sie sich darauf geeinigt, eine kurze Pause einzulegen. Fitzroy hatte überrascht – und neidisch – zugesehen, wie Storm eine Tupperdose, einen Beutel mit Dressing und eine Gabel aus ihrer Tasche gezogen hatte. Sie war eher an DC Alun Chambers und Burger vom Imbisswagen gewöhnt.

»Ich bringe mir lieber was von zu Hause mit«, hatte Storm gesagt.

Und Fitzroy war prompt die Lust auf ihre Kartoffelchips vergangen.

»Nein, übernehmen Sie das Reden«, sagte sie jetzt. »Ich würde mir gern genau ansehen, wie die Familie reagiert.« Sie zeigte auf Storms Haare. »Aber das da wollen Sie bestimmt vorher noch loswerden.«

Helen Cranston öffnete weinend die Tür. Als sie die beiden Frauen sah, tupfte sie sich mit einem Stofftaschentuch die Augen trocken und zupfte dann an dessen zarten Spitzenrand herum, aus dem bereits lose Fäden heraushingen.

»Es tut mir so leid«, sagte Storm und drückte Mrs Cranstons rastlose Hand.

»Danke«, flüsterte Mrs Cranston; das Bewusstsein für die Wichtigkeit guter Manieren war ihr nicht abhanden bekommen, obwohl der Tod, ein ungehobelter und unwillkommener Gast, in ihr Leben eingedrungen war. Insgeheim drängt Fitzroy Storm dazu, jetzt dranzubleiben. Es klang grausam, aber man konnte aus Verletzlichkeit viele Erkenntnisse ziehen, denn durch die intensiven, ungefilterten Emotionen hindurch wurden oft auch Risse sichtbar.

»Wir sind von der Londoner Polizei«, erklärte Storm und hielt weiter die Hand der Frau fest. »Wir würden gern mit Ihnen über Sunday sprechen, wenn das okay ist.«

Mrs Cranston weinte weiter, allerdings völlig geräuschlos. Es war so, als hätte man ihr beigebracht, dass es in Ordnung sei, Schmerz zu empfinden, solange es still und unauffällig geschehe.

Ein kleiner, kahlköpfiger Mann erschien im Flur; er trug ein schwarzes Shirt, das er in seine Jeans gesteckt hatte. Er legte einen Arm um Mrs Cranston, und als er sie zur Küche führte, rutschte ihre Hand schlaff aus Storms Fingern.

Die Küche war eine dieser offenen Wohnküchen mit glänzenden Oberflächen und zweifach klappbaren Schranktüren, und sie öffnete sich auf einen kleinen, aber zweifellos perfekt gepflegten Garten.

Fitzroy schaute Storm an und nickte kaum merklich. Sie

wollte jetzt anfangen, während Mrs Cranston noch in Emotionen zerfloss und bevor ihre Fragen sich zu unnachgiebigen Werkzeugen zum Ausgraben der Wahrheit verhärteten.

»Hat Sunday jemals einen Mann namens Brian Howley erwähnt?«

Mrs Cranstons Gesicht bekam die Farbe ranziger Milch.

»Nein, nein, nein.« Sie hauchte ihre Verneinung, als könnte sie mit jeder Wiederholung dieses kurzen Wortes eine Festung gegen tausend hässliche Arten von Gräueln errichten. Im ganzen Land und darüber hinaus kannte man diesen Namen; er war ebenso ins öffentliche Bewusstsein eingebrannt wie der von Ian Brady oder Peter Sutcliffe. »Nein.«

»Sind sie absolut sicher?« Storm zog einen dünnen Plastikordner aus der Tasche und schob ihn über die Granitarbeitsplatte langsam zu Mrs Cranston hin.

Mrs Cranston betrachtete auf dem Foto die dunklen Augen und die kantigen Wangenknochen.

»Nein«, sagte sie mit festerer Stimme und schüttelte den Kopf. »Ich habe diesen Mann noch nie gesehen. Und ich bin sicher, dass Sunday ihn auch nicht ken…« Sie stockte kurz. »Kannte.«

Die Küchentür öffnete sich, und ein junges Mädchen in Jeans und T-Shirt schlenderte herein. Als sie sah, dass fremde Leute im Raum waren, trat sie unsicher einen Schritt zurück.

»Die beiden sind von der Polizei«, erklärte Mr Cranston; das war das erste Mal, dass er etwas sagte. Für einen Mann von so kleiner Statur hatte er eine überraschend tiefe Stimme.

Cassidy murmelte etwas – Fitzroy verstand jedoch nicht, was – und wandte sich zum Gehen.

»Miss Cranston«, sagte sie. »Hat Ihre Schwester jemals erwähnt, dass sie einen Freund hatte?«

»*Cassidys* Freund sollten Sie sich eher mal anschauen«, sagte Helen Cranston.

»Mum!«, rief Cassidy in einer Mischung aus Verlegenheit und Empörung.

»Er heißt Saul Anguish«, fuhr Helen unbeirrt fort. »Notieren Sie sich das.«

Fitzroy tat es.

»Und?«, hakte Storm nach. »War Sunday mit jemandem zusammen?«

»Nein«, antwortete Mr Cranston kurz und barsch. »Sunday hat keinen Freund.« Er machte eine Pause und fügte dann, ohne sich bewusst zu sein, wie grausam sie klang, hinzu: »Haben Sie sie mal *gesehen*, Officer?«

Cassidys Wangen liefen rot an. Fitzroy wusste, dass das nicht unbedingt etwas bedeuten musste. Das Mädchen war in dem bedauernswerten Alter, in dem Gespräche mit Erwachsenen eine Qual darstellen konnten, weil man ihnen gegenüber befangen war und sich unbehaglich fühlte. Vielleicht schämte sie sich für den brüsken Ton ihres Vaters oder dafür, was man aus seinen Worten schließen konnte. Aber als Cassidys Blick für den Bruchteil einer Sekunde zu ihren Eltern flog und sie dann sofort wieder wegschaute, hatte Fitzroy das Gefühl, einen Ansatzpunkt gefunden zu haben.

»Wie wär's, wenn Sie uns Sundays Zimmer mal zeigen, Cassidy? Natürlich nur, wenn Sie nichts dagegen haben, Mr und Mrs Cranston.«

Mrs Cranston hatte aufgehört zu weinen, aber ihre geröteten Kapillargefäße zeugten von ihrer andauernden Qual.

»Sei doch bitte so lieb und führe sie nach oben, Cassie.«

Fitzroy zog am Fuß der Treppe ihre Schuhe aus. Der Teppichboden war, wie alles andere in diesem Haus, makellos, und sie wollte ihn nicht mit dem Schmutz der Außenwelt verunreinigen. Storm folgte ihrem Beispiel. Sie trug gestreifte Socken, die sie verletzlich aussehen ließen, und Fitzroy empfand eine gewisse Genugtuung darüber, dass die sorgfältig arrangierte, äußerliche Perfektion der Kollegin offenbar nicht bis zu den Füßen reichte.

Die Tür zu Sundays Zimmer war geschlossen. Cassidy Cranston biss sich auf die Unterlippe, als sie sie öffnete. Für Fitzroy sah das Zimmer auf den ersten Blick so aus, als gehörte es einer weitaus älteren Person als einer jungen Frau von fünfundzwanzig Jahren.

Eine geblümte Tagesdecke, geschmacklose Vorhänge, eine Vase mit üppigen Stoff-Pfingstrosen. Das einzige Zugeständnis an ihre Jugend war das Poster eines Hollywoodschauspielers an der Wand. Eine Ecke davon hatte sich gelöst. Fitzroy erkannte den jungen Star, wusste aber seinen Namen nicht.

»Saul würde meiner Schwester nie was tun.« Die Worte purzelten aus Cassidy heraus, als könnte sie sie nicht zurückhalten. »Wir hatten Streit, das ist alles.«

»Hat er Ihnen gedroht? Oder ihr?«

»Nein. Ich meine, er war wütend, weil er dachte, dass ich flirte, aber er würde Sunday niemals anrühren. Das weiß ich einfach.«

»Hatte Sunday denn einen Freund?«, fragte Fitzroy sanft. »Jemanden, von dem Ihre Eltern nichts wussten?«

254

Cassidy war anzusehen, dass sie hin- und hergerissen war zwischen der Loyalität ihrer Schwester gegenüber und ihrem Gewissen. Sie sank auf das Bett ihrer Schwester und kaute an ihrer Nagelhaut herum.

»Ich glaube schon.«

»Weißt du denn, wer er ist?«

Cassidy schüttelte den Kopf. »Sie hat neulich so getan, als wäre sie krank. Ich bin früher nach Hause gekommen, und sie hatte sich total zurechtgemacht. Aber sie wollte mir nicht sagen, wer er ist. Sie hat mich nur gebeten, Mum und Dad nichts zu verraten.«

»Hatte sie früher schon mal einen Freund?«

»Nein, nie. Zumindest nicht, dass ich wüsste.«

Die Streicher in Fitzroys Synapsen begannen eine sanfte, leise Melodie zu spielen. Wenn dieser mysteriöse Mann Sundays erster Freund war, dann würden sie in diesem Zimmer irgendeine Spur von ihm entdecken. Sie erinnerte sich an ihre ersten Lieben, damals hatte sie begierig jeden Ticketabschnitt und jede hingekritzelte Notiz aufbewahrt. Sie verspürte eine große Erleichterung; sie würden ihn finden.

Storm hatte schon angefangen, Schubladen aufzuziehen und die Unterwäsche zu durchsuchen. Cassidy klappte überrascht den Mund auf, als Storm einen Spitzen-BH hochhielt, und machte ihn schnell wieder zu. Der Schrank, die Schubladen unter dem Bett, die Ritze zwischen Matratze und Bettgestell. Als Storm den Läufer zurückschlug, der in der Mitte des Zimmers lag, sah man ihr an, dass sie die Hoffnung allmählich aufgab.

Fitzroy nahm sich die Stellen vor, die Storm übersehen hatte. Den Spülkasten in dem winzigen eigenen Bad, ein

Brillenetu, selbst die flache Schnalle eines Gürtels (sie hatte einmal Kokain im Hohlraum des Metallgehäuses gefunden). Eine halbe Stunde später hatten die beiden Frauen noch immer nichts entdeckt.

Fitzroy richtete sich frustriert auf und ließ den Blick auf der Suche nach irgendetwas, das ihr entgangen sein könnte, noch einmal durchs Zimmer schweifen. Er blieb an dem Poster mit dem Schauspieler hängen. Sie starrte es an und ging dann zielgerichtet darauf zu.

Sie hob die lose Ecke des Hochglanzbildes an und zog es von der Wand, so dass nur noch die drei mit Tesafilm befestigten Ecken zurückblieben. Zwei Umschläge fielen auf den Teppich.

»Wie sind Sie denn darauf …?« Storm betrachtete Fitzroy mit einem Gesichtsausdruck, der verdächtig nach Respekt aussah.

Fitzroy zeigte auf die Wand. »Die Tapete unter dieser Ecke sah dunkler aus, nicht von der Sonne ausgebleicht, was mir zeigte, dass sie lange von dem Poster verdeckt gewesen sein muss. Also habe ich mich gefragt, ob sie vielleicht erst kürzlich angehoben und dann nicht mehr richtig befestigt worden ist.« Sie hielt die Briefe hoch. »Und wie es aussieht, hatte ich recht.«

Aber Storm schaute nicht auf die Briefe. Sie schaute auf die Rückseite des Posters, das Fitzroy auf Sundays Bett gelegt hatte.

Dort stand ganz dünn mit Bleistift ein Name – *Mr Silver* – und eine Adresse.

40

Er hört dem Jungen zu. Sein Atem wird gelegentlich schneller und dann wieder langsamer. Mr Silver weiß, dass der Junge dann schneller atmet, wenn er Schmerz empfindet. Das wird vorbeigehen. Er weiß das, weil er selbst genügend Schmerzen überstanden hat.

»Nicht mehr lange, mein Sohn.« Er genießt es, dieses Wort auszusprechen. *Sohn.* Er möchte es wieder und wieder sagen, es um den Jungen herumwickeln, sie beide mit Worten und Taten aneinanderbinden. Ist es wahr, dass Blut dicker ist als Wasser? Vielleicht. Aber der Vater des Jungen ist verschwunden, und die Mutter eine Säuferin. Die Familienbande sind gekappt.

Mr Silver wird jetzt seine Familie sein.

Aus demselben Glas zu trinken, das schweißt zusammen.

Dasselbe Blut zu vergießen, das schweißt zusammen.

Er kann es gar nicht erwarten, dass der Junge wieder Vater zu ihm sagt.

Seine Hand ruht locker auf dem Lenkrad, die Straße erstreckt sich endlos vor ihm. Während der Fahrt rekapituliert der Knochensammler, was in den letzten beiden Stunden passiert ist.

Wenn alles gutgeht, werden die Frith' in die von Saul ausgelegte Falle tappen.

Und die Ermittlerin in die von ihm selbst ausgelegte.

Es kann sein, dass Ausstellungsstück *S* für die Sau von der Polizei geopfert werden muss.

Aber er ist bereit, dieses Risiko einzugehen.

Denn diesmal ist die Ermittlerin die fettere Beute.

Er lächelt, und die Nacht wird ein bisschen dunkler, und die Sterne stehen wie Piercings am Himmel, kalte Stecker aus Metall, die das hässliche Wunder jeder Geburt und jedes Todes bezeugen. Früher. Heute. Immer.

Sein Sohn zieht seine Jacke ein bisschen enger um sich.

Mein Museum nimmt Gestalt an, denkt Mr Silver.

Bald werde ich die Sammlung um C ergänzen.

Und wenn er sich sicher ist, dass er nicht geschnappt wird, kommt J an die Reihe.

Und die anderen. Ihre Zeit wird kommen.

Er hat jetzt seinen Sohn als Assistenten.

Nomen mihi Legio est, quia multi sumus.

Legion heiße ich.

Denn wir sind viele.

Wir.

Mein Sohn und ich. Mr Silver hat allerdings viel aus den Fehlern des letzten Jahres gelernt.

Die Polizei wird ihn nicht noch einmal in einen Hinterhalt locken.

Diesmal nicht.

Er dreht den Spieß um.

Er denkt über das nach, was er im Wohnwagen gefunden hat, als er zuletzt mit Saul dort war, in einem Versteck unter dem Fußboden.

Jetzt ist Marshall schon seit zwei Jahren tot, und er ist ihm immer noch zu Dank verpflichtet.

Sein Vater.

Immer hilfsbereit. Immer auf der Suche nach neuen Objekten für die Sammlung.

Er lächelt erneut und schmeckt Blut auf der Lippe. Und er will mehr. Immer mehr.

Sein Sohn starrt aus dem Fenster, hängt seinen eigenen Gedanken nach.

Heute Abend wird er ihn lehren, was seine Pflicht und sein Privileg ist.

Er weiß nicht, wann die Polizei sein Fischerhäuschen entdecken wird.

Nur, dass sie es entdecken wird.

Ja, er wird den Verlust von Ausstellungsstück *S* bedauern.

Das ruft ihm ein anderes *S* ins Gedächtnis zurück, ein anderes Leben.

Doch jetzt hat er Saul an seiner Seite, und er sieht in diesem stillen Jungen auf dem Beifahrersitz etwas, das ihn an ihn selbst erinnert. Die gemeinsame Liebe zu Insekten. Dieser gehetzte Gesichtsausdruck. Die Widerspiegelung der Erfahrung von Verlust und Tod. Und das Wissen, dass die Schatten in den Augen dieses jungen Mannes davon zeugen, dass er Bekanntschaft mit der Finsternis gemacht hat.

Die Küstenstraße liegt verlassen da. Er weiß, dass es hier zu dieser Nachtstunde menschenleer ist, weil er die Straße schon häufig entlanggefahren ist. Eine Eule streicht über die ausladenden Bäume. Im Auto ist es, abgesehen von den Atemgeräuschen seines Sohnes, still. Die Weide liegt gleich hinter der nächsten Biegung. Er hält an dem Bahnübergang und wartet geduldig auf den durchfahrenden Zug.

Selbst jetzt erinnert ihn das Geräusch der Räder auf den Schienen noch an seine Mutter.

Saul spürt seinen Blick, wendet ihm den Kopf zu und lächelt.

Der Knochensammler frohlockt innerlich.

41

Der Zug ruckelte und schaukelte, und sie schloss die Augen. Sie hatte den größten Teil der Nacht wachgelegen und sollte sich ein bisschen Ruhe gönnen. Wenn sie überzeugend sein wollte, musste sie ihre fünf Sinne beisammen haben. Er hatte ein untrügliches Gespür für Wahrheit und Lüge.

Ihr Zug sollte in einer halben Stunde in Charing Cross ankommen. Sie bekam einen trockenen Mund. Sie hatte nicht die geringste Lust, zurückzufahren, wenn man davon absah, dass sie ihren Sohn holen wollte. Aber sie würde nicht lange bleiben. Nächsten Monat um diese Zeit würden sie weit weg sein und bei ihrer Schwester wohnen, und dann musste sie nie wieder zu ihrem Mann zurück.

Der Zug fuhr rumpelnd und holpernd dahin. Ihre behandschuhten Hände lagen gefaltet auf ihrem Schoß. Der Pappkarton stand auf dem Sitz neben ihr. Sie hätte für ihr Leben gern eine Tasse Tee getrunken. Oder etwas Stärkeres.

Selbst jetzt konnte sie noch nicht glauben, was sie getan hatte. Pater Michael würde entsetzt sein, und sie wagte gar nicht, daran zu denken, wie all die anderen reagieren würden; bestimmt würden sie mit den Fingern auf sie zeigen und sich die Mäuler zerreißen. Sollten sie doch. Sie würde ohnehin nicht mehr da sein, um zu hören, was sie sagten.

Das sanfte Schaukeln des Zuges erinnerte sie an das Wiegen eines Babybettchens. Es war schon seltsam, wie das Gedächtnis arbeitete, aber diese Phantasie brachte sie nicht mehr aus der Fassung. Sie hatte bereits vor langer Zeit ak-

zeptiert, dass sie keine weiteren Kinder mehr bekommen würde. Aber das behielt sie sorgsam für sich. Sie hatte sogar darauf bestanden, dass sie noch ein Kinderzimmer einrichten mussten. Aber das war nur Show gewesen. Sie wollte nicht noch mehr, das sie an ihn band. Vielmehr suchte sie nach einer Möglichkeit, zu fliehen.

Ihr Sohn liebte es, sich Züge anzusehen. Er stand häufig auf der Brücke, öffnete den Mund, um den Dampf einzuatmen, und lachte, wenn er ihm ins Gesicht wehte. Wenn sie ihn so glücklich sah, musste sie auch lachen.

Er lachte viel zu wenig. Eigentlich sollten zehnjährige Jungs über die Felder streunen und in Bächen plantschen, anstatt anatomische Zeichnungen zu studieren und sich mit ihren Vätern tuschelnd in den Ecken herumzudrücken. Sie atmete tief ein, um sich zu beruhigen. Zwei Wochen. Mehr nicht. Dann würden sie weg sein.

Sie betrachtete das Fellbündel in dem Karton. Sie hoffte, dass es ihrem Sohn den Abschied ein bisschen einfacher machen würde.

Die Frau ließ ihre Gedanken schweifen. Auf ihrer Oberlippe glänzte ein leichter Schweißfilm. Ihr Atem wurde tiefer, ihr Kopf sank nach vorn. Der Zug wiegte sie sanft. Die Schienen glänzten im Sonnenschein. Ein perfekter Sommertag, so reif und süß wie die Beeren, die auf dem naheliegenden Bauernhof wuchsen.

Es passierte ohne Vorwarnung.

Ein entsetzliches Geräusch, berstendes Metall.

Sie riss ihre Augen auf.

Licht und Schatten wirbelten durcheinander: die Kornfelder und der weite Himmel, ein unpassend fröhlicher Streifen Blau.

Die Welt drehte sich.

Dann regnete es Koffer, und der Inhalt ihrer Tasche flog quer über den Boden, und ein Mann rief etwas, und alles stand Kopf.

Sie schlug auf dem Fußboden auf, der genau genommen das Dach des Zuges war, und landete unsanft auf ihrer Schulter; etwas Weiches fing ihren Sturz auf.

Sie schreckte zurück, als sie begriff, dass es sich dabei um den Körper eines älteren Mannes handelte, vor allem, da sie ihre Hände in der Verwirrung gleich nach dem Aufprall haltsuchend in den Bauch des Mannes gedrückt und sich auf ihn gestützt hatte, um wieder auf die Füße zu kommen.

Der Wagen war ein einziges Chaos.

Ein wildes Durcheinander von Fahrgästen, Gepäck und Hutschachteln.

Und Blut. Sehr, sehr viel Blut.

Grundgütiger, dachte sie, der Wagen hat sich überschlagen. Der Zug ist entgleist.

Sie beugte sich über den Mann, auf den sie gefallen war. Seine Augen waren geschlossen, sein Brustkorb bewegte sich nicht mehr.

Als sie am Morgen darauf gewartet hatten, den Zug besteigen zu können, hatte derselbe Mann mit den zurückgegelten Haaren und der eleganten Jacke ihr anvertraut, er sei auf dem Weg nach London, um seinen Sohn, der länger in Übersee gewesen sei, zum ersten Mal seit drei Jahren wiederzusehen. Seine Augen hatten geleuchtet, so sehr freute er sich auf dieses Treffen.

Sie hatte ihm von ihrem eigenen Sohn erzählt. »Er heißt Brian und ist zehn Jahre alt.«

Der alte Mann hatte sie milde angelächelt. »Das ist ein tolles Alter.« Dann hatte er in seiner Jackentasche gekramt und eine halbe Krone herausgeholt. »Hier, geben Sie ihm das, von einem glücklichen alten Burschen für einen jungen Burschen.«

Sie war vor Verlegenheit errötet. »Nein, nein, das kann ich unmöglich annehmen.«

»Ich bestehe darauf«, hatte er gesagt, die Münze in ihre Hand gelegt, die Finger darüber geschlossen und sie dann getätschelt. »Heute ist ein spezieller Tag für mich, weil ich meinen Sohn wiedersehe. Ich möchte etwas von der Freude darüber weitergeben.«

Sie streichelte die trockene Hand des Mannes und verging fast vor Kummer, weil sie wusste, dass dieses Wiedersehen nun niemals stattfinden würde.

Über den Wagen senkte sich Stille und fügte sich in die unheimliche kurze Zeitspanne ein, die zwischen einem eigentlichen Aufprall und der Erkenntnis vergeht, dass etwas wahrhaft Schreckliches passiert ist.

Sie hielt nicht lange an.

Schluchzer vertrieben die Stille, bis Schmerz und Schock und Ungläubigkeit schließlich den ganzen Raum einnahmen. Kaum dazu fähig, diesen Horror zu begreifen, hielt sie sich die Ohren zu. Sie trug noch immer ihre Handschuhe, aber der helle Stoff war nun mit etwas Dunklerem durchtränkt.

Ein Mann packte sie am Ellbogen und führte sie zu dem verbogenen Etwas, das einmal eine Tür gewesen war. Wegen einer blutenden Schnittwunde am inneren Bogen seiner Augenbraue sah er aus, als weinte er Blut. Sie holte ein Taschentuch aus ihrer Tasche, doch er schüttelte ungeduldig den Kopf.

»Der Zug ist entgleist«, sagte er. »Wir müssen so schnell wie möglich hier raus.«

Er bückte sich und zerrte an einem Schiebefenster, und als es nicht nachgab, trat er hart gegen die Scheibe. Einmal. Zweimal. Das Geräusch ließ sie zusammenzucken.

Er zog sein Sportsakko aus, wickelte es um seine Hand und tastete dann durch das zersplitterte Glas nach dem Griff der Wagentür.

Plötzlich bewegte sich der Boden, und sie schrie.

Der Mann hob den Blick und erstarrte, er wartete ab.

»Alles okay«, sagte er dann. »Die Wrackteile senken sich nur ab.« Er schaute sie an. »Was macht Ihre Hand?«

Sie zog den klebrigen Handschuh aus. Quer über ihren Handballen zog sich ein tiefer Schnitt.

»Es geht mir gut.«

Sie warf noch einen Blick auf den alten Mann. Er hatte sich nicht bewegt, aber aus seinem Ohr sickerte eine dunkelrote Flüssigkeit. Die Übelkeit zwang sie, sich an das zerbrochene Fenster zu drücken. Eine leichte Brise kühlte ihre heiße Haut und trug zugleich das Heulen von Sirenen herbei.

»Wir haben es gleich geschafft«, sagte der Mann und stemmte sich mit Gewalt gegen die Tür. Als sie überraschend aufging, stürzte er halb auf die Wiese draußen.

»Geht es Ihnen gut, Sir?«, rief sie.

Er raffte sich auf.

»Ich werd's überleben.« Er reichte ihr die Hand. »Kommen Sie, Mrs …?«

»Howley. Ich bin Sylvie Howley.«

Seine warmen Finger schlossen sich um ihr Handgelenk. Zum zweiten Mal innerhalb von zwanzig Stunden war sie von einem Mann berührt worden, der nicht ihr Ehemann war. Sie errötete über dieses ungewohnte Gefühl und zog ihre Hand zurück, sobald sie sicher auf dem Boden stand.

Der Zug war eine zerdrückte Metallschlange, die quer über die Böschung und auf das Feld eines Bauern gerutscht war. Eine Leiche lag mit dem Gesicht nach unten auf den Schienen. Eine Kuh käute wieder, völlig unberührt von dem Tableau des Todes, das sich vor ihr entfaltete. Der Geruch von Dung und Feuer erfüllte die sommerliche Luft.

Sylvie wandte sich von ihrem Retter ab, beugte sich vor und übergab sich.

Der Mann strich ihr verlegen über den Rücken.

»Das ist ein Schock«, murmelte er. »Ein schrecklicher Schock.«

Wie hätte sie ihm sagen können, dass ihr nicht wegen dieses Unfalls so übel war, sondern weil sie nun ganz sicher zu spät nach Hause kam und sich vor der Reaktion ihres Mannes fürchtete.

Joyce Manning aus Hausnummer 30 watschelte, so schnell sie konnte, die Straße hinunter, was bei einer Frau ihres Leibesumfangs nicht besonders schnell war.

Sie hämmerte an die Tür von Hausnummer 17. »Mr Howley, kommen Sie, schnell.«

Mrs Manning wartete den Bruchteil einer Sekunde, bis sie erneut mehrmals laut anklopfte. Die Geräusche hallten durch die ruhige Straße und sorgten dafür, dass die Vorhänge der Nachbarn sich leicht bewegten. Sie zog ihr Mieder hoch und versuchte, ihr Keuchen zu unterdrücken. Schweißtropfen liefen ihr über die geröteten Wangen. So

*viel körperliche Anstrengung war sie definitiv nicht ge-
wohnt.*

Die Tür öffnete sich einen Spalt breit.

*»Was gibt's, Frau?«, sagte Marshall Howley. Er trug ein
weißes Unterhemd und tupfte sich die Lippen mit einer Serviette ab.*

*Mrs Manning bekam einen trockenen Mund. Sie schluckte
hörbar, dann purzelten die Wörter nur so aus ihr heraus.*

*»Meine Sandra arbeitet in dem großen Haus oben an der
Lindemanns Lane, dem mit den steinernen Löwen davor.
Die haben da eins von diesen Fernsehgeräten, und es hat
ein schreckliches Zugunglück mit einer dieser großen alten
Schnellzugloks gegeben. Es ist der Zug von Folkestone nach
London.«*

*Sie holte tief Luft und atmete während des Sprechens
aus.*

*»Und meine Sandra sagt, sie hätte Mrs Howley gesehen,
Sir. In der Nähe der Zugtrümmer. Sie hatte eine Decke über
den Schultern und trank irgendwas, heißen Tee, vermute ich
mal. Aber sie stand auf ihren zwei Beinen und sah nicht so
aus, als wäre sie schlimm verletzt. Das muss ja ein Schock
für sie gewesen sein, die Arme! Ich dachte mir, ich erzähl
Ihnen das besser, damit Sie und der Kleine sich keine Sorgen machen, wenn sie nicht pünktlich zu Hause ist und das
Schlimmste befürchten. Bestimmt bringen sie es inzwischen
auch im Radio.«*

*Sie lächelte; wichtige Nachrichten zu überbringen, das
verschaffte ihr Befriedigung.*

*»Meine Frau ist in Teddington bei ihrer Schwester, sie ist
vor zwei Tagen mit dem Oberleitungsbus hingefahren. Ich
habe sie selbst an der Haltestelle abgesetzt. Und ich erwarte*

sie in« – er schaute auf seine Armbanduhr und sagte dann langsam und bedächtig – »zehn Minuten zurück.«

Mrs Manning, die noch nie die Hellste gewesen war, wenn es darum ging, Alarmzeichen zu erkennen, schüttelte stur wie ein Stier den Kopf.

»Nein, nein. Das war ganz sicher Mrs Howley! Sandra hat sie erkannt. Hundertprozentig, hat sie gesagt. Sie ist den ganzen Weg nach Hause gerannt, um es uns zu erzählen.« Sie gluckste. »Jetzt will sie, dass ihr Vater ihr ein Fernsehgerät kauft. Na, der habe ich den Marsch geblasen! ›Das Radio ist für deinesgleichen mehr als ausreichend, Fräulein‹, habe ich zu ihr gesagt.«

Sie hätte, ohne sich dessen bewusst zu sein, was sie damit eigentlich sagte, noch weitergequasselt, doch Marshalls Miene versteinerte zusehends, und er schaute sie aus seinen dunklen Augen geradezu verächtlich an.

Diese Veränderung ließ sie stocken und den Kurs wechseln.

»Vielleicht haben sie ja einen schönen Ausflug gemacht, bevor sie wieder zurückgefahren ist«, sagte sie zögerlich.

Er starrte sie weiter einfach nur an.

Mrs Manning senkte den Blick und spürte trotz der Hitze des Tages eine Kälte, die ihr bis in die Knochen drang.

»Na ja«, sagte sie, »vielleicht hat Sandra sich ja doch geirrt. Dann geh ich jetzt wohl mal besser, was?«

Sie spürte seinen unerbittlichen Blick im Nacken, während sie, vorbei an Mr Hope, der gerade seinen Rhododendron goss, und an Mrs Driver, die sie laut rufend zu einer Tasse Tee einlud, die Straße wieder hochging. Und selbst als sie, vor Anstrengung hechelnd wie ein Hund, sicher zurück in der Nummer 30 mit ihrer vertrauten Tapete und ihren Nip-

pesfigürchen war, wurde sie das Gefühl nicht los, dass sie
Mrs Howley mit dem Dienst, den sie ihrem Mann erwiesen
hatte, in ernsthafte Schwierigkeiten brachte.

42

21.14 Uhr

Das Haus lag im Dunkeln, als Amy in den Pagoda Drive ab-
bog. Zwölf Stunden vorher, als der bleiche Morgenhimmel
ihr noch genügend Schutz vor der fernen Nacht geboten
hatte, war es ihr lächerlich, ja sogar verschwenderisch erschienen, die rustikalen Leuchten rechts und links von der
Haustür einzuschalten.

Doch jetzt, wo sie diesen Schatten allein ausgesetzt war,
wünschte Amy, sie wäre so vorausschauend gewesen, den
Weg zum Haus zu beleuchten.

Sogar zu dieser späten Stunde war auf der Straße mehr los
als sonst, und die Autos standen in dem normalerweise ruhigen Wohngebiet dicht an dicht. Ein Lieferwagen blockierte
ihre Einfahrt und zwang sie, ihren Wagen ein Stück weiter
die Straße hinunter zu parken.

Mit gesenktem Kopf und den Schlüssel abwehrbereit zwischen den Fingern, huschte Amy durch ihre Gartenpforte
und zum Haus hinauf. Kein Licht, keine Wärme. Kein Will-
kommensgruß.

Da Eleanor über Nacht bei Miles blieb und Clara weg war,
war das Haus exakt nichts weiter als das. Ein Haus. In einem
Zuhause lebten Menschen. Nie zuvor hatte ihr das so klar

vor Augen gestanden. Das hier waren Backsteine und Mörtel, sonst nichts, die leere Hülle dessen, was einmal ihr Leben gewesen war.

»Mrs Foyle«, rief jemand, und da sie so dumm war, überrascht zu sein, drehte sie sich auf der Türschwelle noch einmal um. Autotüren öffneten sich, und Journalisten von der Spätschicht, die auf ihre Rückkehr gewartet hatten, stiegen aus der Wärme ihrer Wagen in die kalte, frische Nacht hinaus. Fotografen rannten auf sie zu. Ein Kameramann filmte.

Blitz.

»Haben Sie es schon gehört?«

Blitz.

»Was gehört?«

Blitz.

Der Journalist sah sie verlegen, ja geradezu peinlich berührt an. »Dass Howley wieder zugeschlagen haben muss?«

Blitz.

Eine andere Stimme. Brüsk. Unhöflich. »Haben Sie eine Nachricht von Sunday Cranstons Mutter bekommen?

Blitz.

»Was möchten Sie Howley sagen, für den Fall, dass er zuschaut?« Eine dritte Stimme hinten aus der Menge.

Amy, die auf diesen Hinterhalt überhaupt nicht vorbereitet war, erstarrte. Übermorgen würden diese Fotos in allen Zeitungen und Fernsehnachrichten zu sehen sein: Sie mit einem erschreckten Ausdruck im Gesicht, in dem jedes einzelne, von Trauer und Verlust hineingezeichnete Fältchen von dem künstlichen Licht hervorgehoben wurde. Allerdings würden sie nicht aus dem Grund abgedruckt werden, den sie – oder die Leute von der Presse – vermutet hätten, sondern aus einem Grund, von dem die einsame und verlassene Amy in diesem Moment absolut noch nichts ahnte.

Mit bebenden Fingern schloss sie die Haustür auf und schlug sie hinter sich zu.

Amy hielt sich nicht damit auf, ihren Mantel oder ihre Schuhe auszuziehen. Sie ging schnurstracks in die Küche und riss, dabei unbewusst Gloria Anguish' Verhalten spiegelnd, die Schranktüren auf. Nur dass Amy nicht lange suchen musste, um an das heranzukommen, was sie wollte. Im Haushalt der Foyles war teurer Wein leicht zu finden.

Sie schenkte sich ihr Glas Ribera del Duero derart achtlos und hastig ein, dass die Flüssigkeit über den Rand auf die Tischdecke schwappte, in die Baumwollfasern einsickerte und sich langsam ausbreitete, bis der Fleck einen großen Teil des Stoffs einnahm.

Während sie früher schnell reagiert, den Flecken trockengetupft und als Gegenmaßnahme hektisch Salz oder Weißwein darüber geschüttet hätte, machte Amy nun keinerlei Anstalten, etwas dagegen zu tun.

Stattdessen zog sie einen Stuhl heraus, setzte sich und starrte auf das randvolle Glas.

Sie stellte sich vor, wie ihre Finger nach seinem Stiel greifen und sie es an ihre Lippen führen würde und wie sie es dann in einer einzigen Bewegung austrinken und die herben Tannine und die komplexen Maulbeer- und Brombeernoten dabei in ihren Mund und ihre Nase strömen würden. Wie sie es erneut füllen und wieder austrinken würde. Bis die Welt um sie herum verschwamm.

Wie Lilith Frith *ausgesehen* hatte.

Jakeys Mutter hatte draußen auf dem Gehsteig vor ihrem

Haus gewartet, als Amy den Rollstuhl des Jungen um die Ecke geschoben hatte und direkt auf sie zugegangen war. Im unvorteilhaften orangefarbenen Licht der Straßenlaterne hatte ihr Gesicht – man konnte es nicht anders sagen – alt gewirkt.

Mrs Frith hatte Hausschuhe getragen und einen davon verloren, als sie ihnen entgegenrannte, war aber einfach ohne ihn weitergelaufen. Das war etwas, das Amy ohne Weiteres nachempfinden konnte.

Diesen Wunsch, einfach immer weiterzulaufen.

Aber in letzter Zeit fragte sie sich, wie lange man damit ohne Aussicht auf eine Ziellinie weitermachen konnte.

»Wo sind Sie gewesen?«, hatte Lilith aufgeregt gerufen.

»Es tut mir leid, wir waren abgelenkt, und ich habe gar nicht bemerkt …« Amy gestikulierte in die hereinbrechende Nacht. »Es tut mir leid«, wiederholte sie, doch sie wusste, dass das nicht reichte.

»Warum, um alles in der Welt, haben Sie keine Nachricht hinterlassen?«

Darauf hatte Amy keine Antwort. Jedenfalls keine, die sie laut aussprechen wollte.

»Ich wusste nicht, wo Sie waren«, sagte Lilith dann ein wenig ruhiger. »Ich habe überall nach Ihnen gesucht. Im Park. Am Strand. Ich habe sogar in der Bibliothek nachgesehen und bin eben erst zurückgekommen.« An ihren verkniffenen Lippen und dem Blitzen in ihren Augen konnte Amy ablesen, was sie nicht sagte: *Gerade Sie hätten es doch besser wissen müssen.*

»Ist schon gut, Mummy«, sagte Jakey. »Amy hat gut auf mich aufgepasst.«

Die Anspannung in Lilith' Gesicht löste sich.

»Ja, sicher hat sie das.« Sie klang schon wieder gefasster; ihrem Sohn zuliebe schlug sie einen freundlichen Ton an. An Amy gerichtet, sagte sie: »Danke, dass Sie sich um meinen Sohn gekümmert haben, während mein Mann arbeiten musste.« Dann wandte sie sich wieder ihrem Sohn zu. »Es ist schon spät, Jakey. Du musst jetzt was essen und dann ins Bett.« Sie half ihm aus dem Rollstuhl und führte ihn ins Haus.

»Auf Wiedersehen!«, rief Jakey.

Lilith hatte angefangen, den Rollstuhl zusammenzuklappen. Als ihre Blicke sich kurz trafen, war es Amy so vorgekommen, als wollte sie noch etwas sagen, aber dann schaute sie wieder weg.

»Es tut mir ehrlich leid, Mrs Frith.«

Um zu signalisieren, dass sie ihre Entschuldigung annahm, hatte Lilith wortlos genickt. Amy wollte noch etwas hinzufügen, die Stille zwischen ihnen mit ihrer plötzlichen Traurigkeit füllen. Aber die Atmosphäre zwischen ihnen, zwischen diesen beiden Müttern, die so viel gemeinsam hatten, war angespannt, und diese Anspannung war auch nicht mehr aus der Welt zu schaffen.

»Ich fahre dann mal«, sagte Amy.

»Ja«, erwiderte Lilith. »Ich hoffe …«

Aber was sie hoffte, sagte Lilith nicht.

Und Amy war gegangen.

Ein Teil von Amy hätte Lilith gern wegen ihrem abweisenden und unhöflichen Verhalten geschüttelt und auch dafür, dass Lilith sie einfach wegschickte. Amy wollte schreien: »*Sie haben Ihren Sohn ja wenigstens noch!*« Doch sie schwieg, da sie wusste, dass ein sadistischer Zug in ihr sich wünschte, dass Lilith sich Sorgen machte. Amy war sich am Nachmittag der Tatsache, dass die Zeit schnell verflogen war, durchaus bewusst gewesen, und sie hatte genau bemerkt, an welchem Punkt ihr zunächst angemessenes Verhalten in ein unangemessenes umgeschlagen war.

Sie wollte diesen Jungen, der als Letzter mit ihrer Tochter gesprochen hatte, bemuttern.

Mit ihm zusammen zu sein, das hatte sich für sie wie eine Verbindung zu Clara angefühlt, egal, wie dürftig dies auch sein mochte.

Und dann hatte sie auf ihr Handy gesehen und die Nachricht gelesen, dass Brian Howley wahrscheinlich wieder zugeschlagen hatte.

Und nun saß sie hier an ihrem Küchentisch.

Es gab nur sie.

Das Glas.

Und ihre Willenskraft.

Und trotz all ihrer Privilegien und ihres Reichtums war Amy, wenn man den schönen Schein abzog, den Geld produzieren kann, gar nicht so anders als Gloria.

Sie nahm das Glas, trank gierig und versuchte, all ihren Kummer, all ihre Versäumnisse, all ihre dunkle, namenlose Angst zu ertränken.

Dann warf sie das leere Glas an die Wand.

43

Saul roch Erde, fruchtbare, dunkle, gehaltvolle Erde. Und darin waren Würmer, die den Boden umgruben. Armeen von Käfern und Ameisen und Larven. Er sah sie alle vor sich, wie sie, von der Natur konditioniert, ihren Aufgaben nachgingen. Der auffrischende Wind brachte die Verheißung von Schnee mit sich.

Mr Silver hatte das Auto in der Nähe eines Zaunübertritts geparkt, der auf *die* Weide führte. Aber diesmal wies er Saul nicht an, im Wagen sitzen zu bleiben. Stattdessen öffnete er die Beifahrertür und trat einen Schritt zurück. Saul nahm die Einladung an.

Als er sich abschnallte und aussteigen wollte, verschwamm ihm alles vor den Augen, und der pulsierende Schmerz an seiner Schädelbasis meldete sich mit Macht zurück. Er stützte sich an der Kopflehne ab, und Mr Silver bot ihm seinen Arm an. Ein kurzer Gang über die Weide. Als wäre es das Normalste von der Welt.

Zwei oder drei Flocken fielen, eingefangen vom gleißenden Licht der Taschenlampe, vom Himmel herab.

Aus der Nähe sah der Wohnwagen genauso aus wie beim letzten Mal. Derselbe Rostfleck links unten. Dieselbe windschiefe kurze Treppe davor. Die sehnigen Muskeln in Mr Silvers Arm spannten sich an, während er mit der Taschenlampe hantierte. Der Schlüssel fand den Weg ins Schloss.

»Für das Gemeinwohl, mein Sohn.« Mr Silvers Augen glänzten in der Dunkelheit wie schwarze Steine.

Saul atmete nervös ein und hielt die Luft an. Sein Herz schlug schnell in seiner Brust. Sie hatten unterwegs angehalten, um etwas zu Abend zu essen, was ihm nun schwer im Magen lag. Er nahm den in einen Dunstschleier gehüllten Mond wahr, das Rauschen des Laubes und unter all dem einen üblen Geruch.

Licht strömte ins Innere des Wohnwagens.

Er wusste nicht, was er erwarten sollte. Er konnte es nicht wissen.

Aber.

Da.

War.

Es.

Ein Hauch von einem Kind. Es schlief auf einer Bettdecke. Seine Haare waren so verfilzt, dass man ihre Farbe nicht mehr erkennen konnte, die Haut dreckverkrustet, die Arme spindeldürr.

Saul stand da wie eine Statue. Er wusste nicht, ob er sich bewegen und es dadurch aufwecken oder ob er es einfach dort liegen lassen sollte. Die unangenehme Wahrheit war, dass er Ekel vor diesem kleinen Kind verspürte, auch wenn es falsch war. Er konnte nicht erkennen, ob es ein Mädchen oder ein Junge war. Er hatte keine Erfahrung im Umgang mit kleinen Kindern, und er hatte keinerlei Vorstellung davon, wie es dorthin gekommen war.

Das Kind wimmerte und drehte sich auf die Seite. Im schwachen Licht des Wohnwagens erblickte Saul seine Hände, die wie Zangen aussahen. Sie erinnerten ihn an einen Pseudoskorpion – Klasse: *Arachnida* – oder einen Ohrenkneifer – Ordnung: *Dermaptera*.

In Sauls Erinnerung regte sich etwas; er hatte das Gefühl,

als würde eine Spinne über sein Hirn krabbeln. Mit diesen Händen hatte es irgendetwas auf sich.

Es war an einem jener seltenen ruhigen Tage während der seltsam ereignislosen Zeit zwischen Weihnachten und Silvester gewesen. Er und seine Mutter Gloria waren an dem verlassenen Strand spazieren gegangen, der salzige Wind blies ihnen ins Gesicht, nahm ihnen den Atem, zerrte an ihren Haaren.

Zurück in der Wohnung, hatte Saul seine Jogginghose angezogen, während seine Mutter ihnen ein Abendessen aus dick gebutterten Truthahnsandwiches, eingelegten Zwiebeln und übrig gebliebenen Pringles zubereitete; sie hatte Wochen dafür gespart. Mit den Tellern auf dem Schoß hatten sie vor dem Fernseher gegessen, süßen Tee und Whisky dazu getrunken und sich zum Nachtisch Orangen und jeder eine Handvoll von dem in Glanzpapier eingewickelten Konfekt aus der Quality-Street-Packung gegönnt, die ihnen eine ältere Nachbarin geschenkt hatte. Er erinnerte sich noch, dass seine Mutter eine Dokumentation angeschaut und über ein verschwundenes Kind geredet hatte.

Das ist echt schlimm. Mein Gott, sie hat Spalthände, die Arme.

Gloria hatte empört geklungen, so als wäre es für Kinder mit normalen Händen kein Problem, wenn sie verschwanden. Saul hatte seine Mutter mit einem Kissen beworfen, und sie hatte gelacht, und das erinnerte ihn daran, wie es sich anfühlte, glücklich zu sein. Auch in den Zeitungen, im Radio und in den Fernsehnachrichten war über diesen Fall berichtet worden, und der Name des Mädchens hatte sich tief ins Bewusstsein der ganzen Nation eingeprägt. Selbst ein Jugendlicher wie er hatte von Clara Foyle gehört.

Er betrachtete das auf dem Boden liegende Kind. Es gähnte und blinzelte.

Langsam und flehentlich schaute es dann zu ihm hoch.

War es möglich, dass sie es war?

Mr Silver hielt den kleinen silbernen Schlüssel eines Vorhängeschlosses in der Hand.

»Es wird Zeit«, sagte er.

44

22.28 Uhr

Fitzroy erwartete keinen Erfolg. Das war die brutale Wahrheit, und es entlastete sie, sich das einzugestehen. Es hatte zu viele falsche Fährten gegeben, und zu viel Zeit war mit unnützem Hoffen vergeudet worden.

Clara Foyle würde nie mehr nach Hause kommen.

Brian Howley war verschwunden.

Es konnte Jahre dauern, ihn zu finden, wenn überhaupt.

Aber während sie das Cottage in dieser gepflasterten Straße betrachtete, über dem der Mond hoch am Himmel stand und in dessen oberem Stockwerk ein einzelnes Licht brannte, hörte Fitzroy, wie Storm leise betete. So weit war es also gekommen, dass sie eine unbewiesene Gottheit anriefen. Sie brachte nicht die Energie auf, sich deswegen gekränkt zu fühlen. Sie brauchten alle Hilfe, die sie kriegen konnten.

Fitzroy hatte weder einen Durchsuchungsbeschluss, noch hatte sie DI Thornberry erzählt, was sie planten. Sie war immer noch nicht eins mit sich, ob das nicht doch ein Fehler war.

Strenggenommen hielt sie sich in seinem Revier auf, aber andererseits war das hier Teil einer Ermittlung der Londoner Polizei. Und dennoch erwartete sie schlicht und einfach nicht, dass sie Brian Howley finden würde.

Sie suchte nach einem Mann namens Mr Silver, weil sie hoffte, dass Sunday Cranston ihm etwas anvertraut hatte, das sie zum Knochensammler führen würde. Er selbst stand nicht unter Verdacht, aber er war ein potentieller Zeuge.

Sie legte einen Finger an die Lippen und drückte ihr Ohr an die Haustür. Dann lauschte sie auf Stimmen oder Geräusche aus einem Radio oder Fernseher; es war spät für einen Besuch, aber das hier war wichtig.

Doch sie hörte nur den alles übertönenden Lärm der Betrunkenen, die vor der Kneipe am Ende der Straße standen und rauchten.

Sie klopfte laut an die Tür.

Fünf Sekunden.

Zehn.

Keine Reaktion.

»Was meinen Sie?«

Storm zuckte die Achseln und spähte durch ein Fenster ins Innere des Hauses. Die Jalousien waren halb heruntergelassen, und es war zu dunkel, um irgendetwas erkennen zu können.

»Ob er schläft?«

Fitzroy glaubte es nicht. Als sie vorhin vor dem Haus angehalten hatten, war ihr Blick auf einen Ölfleck ein ganzes Stück weiter hinten auf dem Grundstück gefallen, der im Licht der Autoscheinwerfer glänzte. Dort musste also bis vor kurzem ein Auto oder Lieferwagen gestanden haben. Vielleicht würde der Besitzer ja bald nach Hause kommen.

Sie klopfte erneut an die Tür.

Als niemand öffnete, wies sie in Richtung des Gartens hinter dem Haus. Fitzroy und Storm gingen seitlich um das Cottage herum, bis sie die betonierte Zufahrt erreichten, an deren Rand verwilderte Sträucher, eine altertümliche Mülltonne und einige Holzkisten standen. Das Licht einer Straßenlaterne erleuchtete die Backsteinmauer, in deren Fugen der Zement bröckelte und deren verräterische Risse auf eine Absenkung des Hauses hindeuteten. Die Gartenpforte war mit einem großen Vorhängeschloss gesichert.

Fitzroy rüttelte daran, obwohl sie wusste, dass es Zeitverschwendung war. Sie brauchte ein Ventil für ihren Frust.

Storm legte ihre Hand beruhigend auf Fitzroys. »Gehen wir«, sagte sie. »Wir können morgen früh wieder herkommen.«

Während die beiden Frauen zurück zum Wagen gingen, quetschte sich ein schmales Tier mit braunweißem Fell unter den Holzlatten des Tores hindurch. Wenn sie es gesehen hätten, hätten sie es vielleicht für eine Ratte gehalten, ganz ähnlich wie die, die Saul Anguish in der Nacht gesehen hatte, in der seine Mutter beinahe ertrunken wäre.

Doch Fitzroy und Storm stritten sich gerade darum, wer sich ans Steuer setzen musste. Fitzroy war müde und gereizt, und sie hasste es, im Dunkeln zu fahren; sie tat es nur, wenn sie keine andere Wahl hatte. Deshalb kehrte sie nun die Vorgesetzte heraus. Storm trug es mit Fassung und knuffte sie gegen die Schulter.

»Morgen ist ein neuer Tag. Nach einem Bad und einer Runde Schlaf wird alles schon wieder viel besser aussehen.«

Aber den beiden blieb keine Gelegenheit, herauszufinden,

ob das stimmte, denn schon bald überschlugen sich die Ereignisse.

Durch die Dunkelheit gellte ein von Schmerz und tausend namenlosen Ängsten zerrissener Schrei.

Fitzroy fuhr herum. »Was, zum …?«

Ein zweiter, noch lauterer Schrei, der in kurzem, abgehacktem Wimmern endete, schnitt ihr das Wort ab.

Fitzroy und Storm rannten zurück zu dem verschlossenen Gartentor. Storm suchte nach ihrer Taschenlampe, während die ältere Ermittlerin mit dem Fuß auf das Tor zielte.

O Gott, das ist ein Baby, ein sehr kleines Kind, ziel auf den schwächsten Teil der Tür in der Nähe des Schlosses, aber nicht auf das Schloss selbst, sonst brichst du dir den Fuß, Gott sei Dank geht das Tor nicht nach außen auf, nicht dagegenwerfen, hat der Ausbilder gesagt, sonst renkt man sich womöglich die Schulter aus, lieber ein gutplatzierter Tritt, da, der nächste Schrei, das ist ein Baby, ein dünnes weinendes Stimmchen, es stirbt, o Gott, es klingt, als würde es sterben.

Fitzroy trat mit aller ihr zur Verfügung stehenden Kraft gegen das Tor. Das Holz splitterte, aber es zerbrach nicht. Doch Fitzroy gab nicht auf; sie traktierte weiterhin unermüdlich das Tor, während die Schreie schwächer wurden. Es klang ganz so, als würde dieses kleine Leben unwiederbringlich in die Nachtluft entweichen und zu den kalten Sternen am Himmel emporsteigen.

Schließlich gab das Tor mit einem lauten Krachen nach.

Fitzroy schaute Storm an und hob die Hand.

Wir warten kurz.

Sie lauschten.

Hörten ein leises schmerzvolles Wimmern.

Als wären sie nicht erst seit Stunden Kolleginnen, sondern seit Jahren, stiegen die Frauen über das zerbrochene Tor hinweg in den Garten und trennten sich dann in einer einzigen geschmeidigen Bewegung, um herauszufinden, woher die Schreie kamen, ohne sich selbst zu gefährden.

Storm war die Erste, für die sich die Bruchstücke zu einem Bild zusammenfügten. Der dünne Strahl ihrer Diensttaschenlampe erfasste einzelne Details eines Gartens. Einen alten Rattanstuhl. Einen schmiedeeisernen Tisch.

Mehrere Augenpaare, die sie unverwandt anstarrten.

Sie schwenkte die Taschenlampe hin und her, um sicherzugehen.

»Hier drüben Fitzroy.«

Die Ermittlerin stand in null Komma nichts neben Storm. *Ting.*

»Kaninchen«, hauchte sie.

Sie wussten beide, was das bedeutete.

»Aber die Schreie …?«

Storm lenkte den Lichtstrahl ins Innere eines der Ställe.

Drei Kaninchen hockten zitternd vor Angst dicht nebeneinander in der Ecke. Auf dem Heu in der Mitte des Stalls lag, geschlagen und kraftlos, ein großes Kaninchen auf seiner Flanke; es hatte zwei klaffende Wunden am Hals und starrte mit glänzenden Augen dem Tod ins Gesicht.

Ein Wiesel stand auf seinen Hinterläufen, die spitzen scharfen Zähne vom Blut seiner Beute befleckt.

Obwohl dieses Bild etwas Verstörendes hatte, begriff Fitzroy, dass dies der natürliche Lauf der Dinge war. Dass das Wiesel einem Instinkt gehorchte, dem es nichts entgegensetzen konnte.

Brian Howley hatte diese Entschuldigung nicht.

Fitzroy starrte auf die leeren Fenster des Hauses.

Sie musste da hinein.

45

Die Matratze war durchgelegen und roch muffig. Die quietschenden Sprungfedern bohrten sich in seinen Rücken, als Erdman sich auf die andere Seite drehte, und die Federkiele aus dem Kissen piekten ihn in die Wange.

Das Gästezimmer.

Vor nicht allzu langer Zeit hatte er den größten Teil der Woche im Gästezimmer geschlafen; damals war seine Ehe über ihm zusammengebrochen wie eine alte Mauer, und er hatte versucht, sich dort vor den herabfallenden Steinen in Sicherheit zu bringen. Lilith und er hatten ihre Beziehung jedoch in einer schmerzhaften Prozedur Stein um Stein wieder aufgebaut. Überrascht hatten sie festgestellt, dass das Fundament ihrer Ehe einen stählernen Kern besaß und somit solider war als gedacht. Sie hatten überlebt; doch die Ironie, dass ausgerechnet die denkbar schrecklichsten Qualen ihre Liebe gerettet hatten, war ihnen keineswegs entgangen. Mittlerweile bemühten sie sich sehr, ihre Zeit nicht mit Streitereien zu verschwenden. Aber Erdman war zu weit gegangen. Er hätte Lilith Bescheid sagen sollen, bevor er Jakey der Obhut von Amy Foyle überließ. Das musste selbst er zugeben.

Als er aus der Redaktion nach Hause gekommen war,

schlief Jakey bereits, aber Lilith war auf ihn losgegangen und hatte auf ihn eingeschlagen, bis er sich gezwungen sah, ihre Hände festzuhalten.

Das hatte es in ihrer Ehe noch nicht gegeben.

»Was ist passiert?«, hatte er gefragt, obwohl er es bereits wusste.

»Du hättest es mir sagen müssen.« Ihr Gesicht war fleckig und tränenüberströmt. »Ich wusste nicht, wo Jakey war.« Sie schluchzte. »Und dann diese Nachrichten. *Er* war überall in den Nachrichten.«

Erdman brauchte nicht zu fragen, wer mit *er* gemeint war.

Danach war sie verstummt und hatte ihm den Rücken zugedreht.

»Belinda Chong hat angerufen«, sagte sie gereizt. Es war eine Weile her, seit er den Namen der Familienbetreuerin gehört hatte, die die Polizei ihnen während Jakeys Entführung zur Seite gestellt hatte, und er brachte viele schmerzhafte Erinnerungen mit sich. »Draußen steht ein Wagen der Polizei, nur für heute Nacht. Morgen schicken sie jemanden her, der uns abholt. Ich gehe jetzt packen. Und ich schlage vor, dass du dasselbe tust.« Das waren die letzten Worte, die sie an diesem Abend zu ihm gesagt hatte.

Von draußen drang der helle Lichtkegel einer Straßenlaterne durch die zugezogenen Vorhänge ins Zimmer. Erdman war nicht müde. Nicht im Geringsten. Aber nachdem Lilith in den Eisköniginnen-Modus umgeschaltet hatte, war die Atmosphäre zwischen ihnen so frostig geworden, dass selbst ein zugiges Zimmer ohne Fernseher und mit unsagbar schlechtem WLAN-Empfang ihrer Gesellschaft vorzuziehen war.

Wenigstens schlief sie jetzt; die Migräne und die nötigen Medikamente dagegen setzten sie zuverlässig außer Gefecht.

In einer Minute würde er nach unten gehen, um ein Glas Whisky zu trinken und ein bisschen fernzusehen. Er würde heute Nacht kein Auge zutun. Irgendwo da draußen in der Dunkelheit war Howley und legte seine Skelette für die Toten aus.

Morgen würden sie in ein sicheres Versteck umziehen.

Und morgen würde er auch mit Etta Fitzroy sprechen.

Es gab eine Menge zu bereden.

Während er allein auf dem Bett lag, gestattete er es sich, an diesen Anruf von heute zurückzudenken und ihn im Kopf noch einmal durchzugehen.

Die Frage war: Konnte er diesem Jungen aus der Tierhandlung trauen? Irgendetwas an ihm flößte Erdman Unbehagen ein, auch wenn er nicht genau definieren konnte, was das war. Ihr Gespräch war irgendwie bemüht gewesen. Und unerwartet. Aber wenn der Junge die Wahrheit sagte …

Seine Finger betasteten das harte Holz des Baseballschlägers unter seinem Kopfkissen.

Heute Nacht war es seine Aufgabe, seine Familie zu beschützen.

»Daddy …«

Die Tür ging auf, und ein kleiner Schatten – wie ein Baum mit krummen Ästen – trat ins Zimmer.

Erdman setzte sich auf und schaltete die Nachttischlampe ein.

»Was ist, Großer? Hast du schlecht geträumt?« Den Gedanken, der ihm vor allen anderen durch den Kopf schoss, sprach er nicht aus. *Wo tut's denn weh?*

Sein Sohn humpelte auf ihn zu. Erdman widerstand dem Drang, vom Bett aufzuspringen und ihn in die Arme zu nehmen. Es tat Jakey gut, wenn er in Bewegung blieb. Es war nur so schrecklich schwer, ihm dabei zuzusehen, wie er sich abmühte.

»Er ist da draußen, Daddy, ich weiß es genau.«

Erdman wusste nicht, was er sagen sollte. Er wollte seinen Jungen, seinen Großen, nicht anlügen. Er hatte zusehen müssen, wie das Strahlen seiner kindlichen Unschuld während der letzten drei Monate immer weiter verblasst war, und wollte nur eines: die Schatten aus Jakeys Augen vertreiben und die Dunkelheit von allen Dämonen befreien. Doch Howley war wirklich dort draußen. Und er würde seinen Sohn nicht belügen, nicht noch einmal.

»Ja, Großer. Das stimmt.«

Jakey biss sich auf die Lippe, so als wollte er sagen: *Ich wusste es.*

»Ich muss sterben, oder, Daddy?«

Erdman hatte diese Frage schon einmal gehört, aber Jakey schaute ihn so intensiv an, dass er das Gefühl bekam, dass er etwas Wichtiges von ihm erwartete; nur wusste er nicht, was. Er schwang die Beine über die Bettkante.

»Wir sterben alle irgendwann, Großer.« Etwas Besseres fiel ihm gerade nicht ein, aber er fand selbst, dass es eine schwache Antwort war.

»Du hast gesagt, ich soll immer die Wahrheit sagen, Daddy. Dann musst du es aber auch tun.«

Jakey klang ernsthaft genervt. Und eine so große Ungeduld war derart ungewöhnlich bei seinem Sohn, dass Erdman nichts anderes übrigblieb, als sich ihm uneingeschränkt zuzuwenden. Er wählte seine Worte sorgfältig.

»Statistisch gesehen ist es wahrscheinlich, dass Mum und ich dich überleben, aber das heißt nicht, dass es auch wirklich so kommen muss.« Erdman hoffte, dass Jakey die hinter dem Nebelschleier der Sprache versteckte Wahrheit nicht erkannte.

»Heißt das jetzt, dass ich zuerst sterbe oder Mummy und du?«

»Jakey …«

»Daddy! Sag's mir einfach. Heißt das, dass ich vor euch sterbe?«

Erdman zwang sich, seinem Sohn in die Augen zu sehen. Jakey ließ sich nicht mit Phrasen und feigen Beteuerungen abspeisen. Er bat seinen Vater, ehrlich zu ihm zu sein.

»Ja, Großer. Das heißt es.«

»Und vielleicht auch schon bald?«

Erdman wollte dieses Gespräch nicht führen. Er wollte nicht über die möglichen Komplikationen einer Lungenentzündung reden oder über die Folgen des beschleunigten Knochenwachstums für die inneren Organe in Jakeys langsam versteinerndem Körper oder über die Bewegungseinschränkungen, die ihm physisch und psychisch immer stärker zusetzen würden.

Er wollte kein Licht auf die dunklen Befürchtungen werfen, die er in jedem wachen Moment mit sich herumtrug und die ihn manchmal auch im Schlaf heimsuchten.

Er hatte immer wieder schreckliche, schweißtreibende Albträume, die vom Verlust seines Sohnes handelten.

Albträume, die wahr werden würden.

»Schon möglich, Schätzchen.«

Jakey atmete langsam aus. Wenn Erdman sich auf eine Interpretation dieser Reaktion hätte festlegen müssen, hätte er gesagt, dass sie Erleichterung ausdrückte.

»Habe ich mir schon gedacht«, sagte Jakey. Traurigkeit, stoischer Gleichmut, Trotz – all das verfinsterte sein jun-

286

ges Gesicht, als würden sich dunkle Wolken vor die Sonne schieben.

Das war zu viel für Erdman. Innerhalb einer Sekunde war er vom Bett aufgesprungen und zog sein Kind so fest in seine Arme, dass die scharfen Kanten von Jakeys Knochen in seine Haut schnitten.

»Wir können nicht wissen, was die Zukunft bringt, Großer. Das sind alles nur Wahrscheinlichkeitsberechnungen. Es kann auch gut sein, dass du richtig alt wirst.«

Jakeys Augen funkelten. Er brauchte nichts zu sagen; Erdman wusste auch so, was dieser Blick bedeutete.

Erzähl mir keinen Quatsch.

»Aber wahrscheinlich nicht.« Als er seinen Vater fragend anblinzelte, wusste Erdman nicht mehr, worauf sein Sohn hinauswollte. Doch wenn Jakey bereit für die Wahrheit war, musste er sich dieser Herausforderung stellen.

»Nein«, sagte er leise, »wahrscheinlich nicht.«

»Der Knochenmann will mich umbringen – …«

Was konnte er darauf antworten? Die Wahrheit konnte zu schrecklich sein, um ihr ins Gesicht zu sehen. Mit Jakey auf dem Schoß, sank Erdman zurück aufs Bett.

»… aber ich sterbe ja sowieso …«

Erdman schaute seinem Sohn erstaunt ins Gesicht, auf dem ein geheimnisvolles Leuchten lag. Jakey lächelte zu seinem Vater hoch, überraschend liebevoll. Erdman fühlte sich zunehmend unwohl.

»… wenn ich mich ihm anbiete …«

Nein.

»… dann kommt er, um mich zu holen …«

Neinneinneinneinneinneinnein.

»… und vielleicht führt er die Polizei dann ja zu Clara.«

Erdman schüttelte vehement den Kopf, als könnte er diese haarsträubende Idee allein dadurch wieder vertreiben. Jakey wollte sich als Köder anbieten? Nur über seine, Erdmans, Leiche.

»Nein, Großer, das wird nicht passieren.« Kurze Pause. »War das Mrs Foyles Idee?«

Jakeys schob in einer vertrauten Geste der Sturheit die Unterlippe vor.

»Nein, das war meine Idee. Und wenn du mir nicht hilfst, mache ich es allein, Daddy.«

Erdman ließ sich zur Seite fallen und schmiegte sich an seinen Sohn, so dass Jakey mit dem Rücken an seiner Brust lag und seine Haare ihm in der Nase kitzelten. Während die Stille des Hauses sie beide umgab, lauschte er auf den Atem seines wunderbaren, lebendigen Sohnes.

»Das ist viel zu gefährlich, Großer. Dabei kann viel zu viel schiefgehen.«

Jakey lag ganz still da und malte mit dem Finger ein Fünf-eck mit einem *S* in der Mitte auf den Unterarm seines Vaters.

»Du hast mich gerettet, Daddy. Wie ein Superheld, wie Superman. Ich werde nie so ein Daddy wie du werden, aber ich will wenigstens ein Mal ein Superheld sein.«

In Erdmans Kehle bildete sich ein Kloß. Er wagte es nicht, etwas zu sagen, weil er wusste, dass er dann die Tränen nicht zurückhalten könnte.

»Wenn ich doch sowieso sterbe, könnte ich doch auch was Mutiges tun, Daddy.«

Ganz ruhig dazuliegen, während er weinte, fiel Erdman schwerer, als er erwartet hatte. Eine überwältigende Traurig-keit befiel ihn, und er spannte seinen Körper an, um ein Stück von seinem Sohn abzurücken. Gut, dass er mit dem Rücken zu Jakey lag. Ein Gesicht, rotz- und tränenverschmiert, war nicht die Art von väterlicher Bestärkung, die Erdman ihm geben wollte.

Um Zeit zu gewinnen, fuhr er Jakey mit den Fingern durchs Haar, und irgendwann bemerkte er, dass sein Sohn sich entspannte und die Lücke zwischen ihnen sich langsam wieder schloss. Er musste sich zusammenreißen und etwas sagen.

Keine Chance.

Das hier hätte er gern gesagt; nein, nicht gesagt, sondern von den Dächern gerufen: *Du bist sechs Jahre alt, und das ist eine völlig hirnrissige Idee, und du lässt das gefälligst bleiben!*

Aber aus den Worten seines Sohnes sprach so viel ruhige Überzeugung; er wollte etwas Ehrenwertes tun, und das brach Erdman das Herz. Weil es so verdammt mutig und tapfer war. Sein Junge war doch noch so klein, und trotzdem hatte er den Mut, so etwas auch nur zu denken, und damit zeigte er mehr Courage als ein fünfmal so alter Mann.

»Jakey, ich …«

»Ich werd's tun, Daddy.«

Erdman konnte nichts mehr sagen und nickte stattdessen nur, und Jakey schmiegte seine Wange an die weiche Innenseite von Erdmans Arm, als er das Nicken spürte.

Schließlich fand Erdman den Mut, selbst etwas zu sagen.

»Wie stellst du dir das denn vor?«

»Keine Ahnung, Daddy, aber er ist ganz in der Nähe. Ich hab ihn gesehen, das weißt du doch.« Nach einer Weile fuhr er fort: »Du hilfst mir doch, oder? Versprich mir, dass du mir hilfst.«

Erdman brachte es nicht fertig, Jakey seine Bitte abzuschlagen. Er wusste jetzt, dass sein Sohn die ganze Zeit die Wahrheit gesagt hatte.

Jakey setzte sich auf. »Bitte, Daddy!«

Erdman küsste seinen Sohn auf die Stirn. Seine Haut roch nach Zahncreme und Seife, aber in seinem Blick lag etwas Wissendes, eine Reife, die von seinen schrecklichen Erfahrungen herrührte.

»Wir werden sehen, Liebling.« Die unverbindliche Vertröstung, zu der Eltern gerne greifen.

Aber Jakey beschwor ihn: »Der alte Knochenmann bringt sie um, Daddy! Er wird Clara umbringen!«

»Das weißt du doch gar nicht.«

»Doch, das weiß ich, Daddy. Ich weiß so was. Wirklich. Und vielleicht tut er's sogar schon heute Nacht.«

46

22.38 Uhr

Zu Sauls zehntem Geburtstag kaufte eine Freundin seiner Mutter ihm ein Schmetterlingsgarten-Set, weil sie mitbekommen hatte, wie leidenschaftlich er sich für die Natur interessierte.

Es steckte in einem Karton, mit einer Volierennetz, und außen waren mit Tesa drei Einpfundmünzen angeklebt, damit er sich Schmetterlingsraupen zuschicken lassen und das Wunder ihrer Metamorphose miterleben konnte.

Als ihm die winzigen, sich windenden Raupen in einem

Plastikbecher per Post zugestellt wurden, war das einer der schönsten Augenblicke seines Lebens.

Eine Woche lang staunte Saul darüber, wie die Raupen sich in ihrer Größe verdoppelten, verdrei- und vervierfachten. Er beobachtete fasziniert, wie sie ihre Exoskelette abwarfen, sich in ein seidiges Gewebe einspannen und sich an den Deckel des Bechers klebten. Er hielt die einzelnen Phasen der Verpuppung in seinem Notizbuch fest und wartete mit unendlicher Geduld darauf, dass die Kokons härter wurden. Dann setzte er sie ganz vorsichtig in ihr neues Habitat und verschloss die Voliere zu ihrem eigenen Schutz.

Acht Tage lang wartete er, sprang morgens aus dem Bett, kaum dass er die Augen aufgeschlagen hatte, und rannte sofort in sein Zimmer, wenn er von der Schule nach Hause kam.

Und eines warmen Mainachmittags schlüpfte der erste Schmetterling.

Zuerst hielt Saul den scharlachroten Fleck für Blut und befürchtete, der Schmetterling hätte sich verletzt. Er rief mit hysterisch schriller Stimme nach seiner Mutter.

Gloria tauchte, sich die Haare mit einem Handtuch trocknend, in der Tür auf und blätterte rasch das Booklet durch, das zusammen mit dem Set gekommen war.

»Nein«, sagte sie dann, »das ist kein Blut. Das ist das da«, fuhr sie, mit dem Finger auf das Wort zeigend, fort.

Saul spähte über ihre Schulter. »Me-ko-nium.« Er las hastig den Text. Es war nichts Besorgniserregendes, einfach nur ein natürliches Produkt des Transformationsprozesses – Puppenharn.

Große Erleichterung.

Er schnitt einen schrumpeligen Apfel klein, den er im Kühlschrank gefunden hatte, sammelte abgefallene Blüten aus dem Vorgarten der Nachbarn auf und beschmierte die Blütenblätter mit Zuckerwasser. Überglücklich beobachtete er dann, wie der Schmetterling mit seinem Rüssel den selbstgemachten Nektar aufsog.

Zur Schlafenszeit schlüpften zwei weitere Schmetterlinge.

Am nächsten Tag, einem Donnerstag, hatte sich der vierte Schmetterling freigekämpft und entfaltete seine bunten Flügel.

Der fünfte warf seinen Kokon ab, während Saul in der Schule war.

Einer seiner Flügel war zerknittert und nur halb ausgebildet; das junge Insekt hatte sich in der Seide des Kokons verfangen und zog die leere Hülle seines Zuhauses hinter sich her. Saul befreite den Schmetterling davon und versuchte, ihn mit Zuckerwassertropfen am Leben zu erhalten. Da er nicht fliegen konnte, setzte er ihn zwischen die Blütenblätter.

Wenn Saul in seinem Bett lag, lauschte er auf das leise Schlagen ihrer Flügel. Am Wochenende, nachdem er sich noch ein, zwei Tage an ihnen erfreut hatte, wollte er sie freilassen.

An diesem Sonntag war er als Erster auf den Beinen. Draußen war es schwülwarm. Er trug das Habitat nach unten und öffnete die Tür. Die Flügel seiner Schmetterlinge schlugen gegen das Netz.

Aus dem oberen Stockwerk drang die Stimme seines Vaters. Saul konnte nicht verstehen, was er sagte, aber an dem hässlichen, aggressiven Ton war erkennbar, dass Solomon Anguish extrem üble Laune hatte.

Eine Sammlung von Schmetterlingen nennt man Kladistik oder auch Kaleidoskop.

Er unterhielt sich flüsternd mit sich selbst, damit er der wütenden Stimme seines Vaters nicht weiter zuhören musste.

Oder auch eine Familie, eine Gruppe.

Schwere Schritte stampften die Treppe hinunter. Saul schmeckte Blut in seinem Mund. Er hatte sich innen auf die Wange gebissen, und der Geschmack löste einen Würgereiz bei ihm aus.

Sein Vater erschien laut fluchend in der Tür. Er trug Shorts und sein T-Shirt vom Vortag, kombiniert mit einer zerfurchten Stirn und einem gehässigen Gesichtsausdruck.

»Was glotzt du so, verdammt nochmal?«

Saul senkte den Blick, doch es war zu spät.

Sein Vater erspähte das Netz in Sauls Hand. Er entriss es ihm und schüttelte es. Die Schmetterlinge flatterten panisch umher.

»Nicht!«, schrie Saul, bevor er sich besinnen konnte.

»Warum gibst du dich mit so einem Scheiß ab, Saul?« Er schüttelte das Habitat erneut, diesmal stärker. »Geh und guck dir was im Fernsehen an oder so.«

Saul spürte, wie Hitze in ihm aufstieg.

»Nein, Daddy, nicht!« Er griff nach dem dünnen Netz. »Du verletzt sie doch.«

Sein Vater nahm grinsend den Deckel ab. Einer der Schmetterlinge, ein Distelfalter – lateinischer Name: *Vanessa Cardui* –, krabbelte vertrauensvoll auf seine Hand. Solomon streckte die Hand mit dem Schmetterling aus und zerdrückte den zarten Körper mit seiner anderen Hand.

Saul ging auf seinen Vater los, aber da er dünn und klein für sein Alter war, hatte das ungefähr denselben Effekt, wie wenn ein Papierpfeil gegen eine Mauer fliegt. Sein Vater wehrte ihn lachend ab. Von der plötzlichen Bewegung auf-

293

geschreckt, flatterten die anderen Schmetterlinge hektisch in dem Netz herum. Solomon fing und tötete sie alle. Dann ging er pfeifend über den Gartenweg davon.

In diesem Moment, in dem Saul den größten Verlust seines bisherigen Lebens erlitt, konnte er nicht wissen, dass über fünf Jahrzehnte zuvor ein anderer zehnjähriger Junge von *seinem* Vater wie ein Leibeigener gehalten worden war; dass dieser Junge das Kaninchen verloren hatte, das die letzte lebendige Erinnerung an seine Mutter gewesen war; dass Leben und Tod und Mord sich in Mustern bewegten; dass menschliches Verhalten über die Zeit hinweg seinen Niederschlag findet und sich wiederholt.

Das Einzige, was er in diesem Moment verstand, war der brennende Schmerz, den er verspürte.

Das achtlos weggeworfene Habitat lag auf der Seite, und das bereits vergammelnde Obst und die Blüten waren ins Gras gerutscht. Saul weinte so heftig, dass ihm der Rotz aus der Nase lief, während er die zerdrückten Überreste seiner Schmetterlinge aufsammelte. Seine Mutter besaß einen alten Schmuckkasten. Darin wollte er die Einzelteile aufbewahren, bis er entschieden hatte, was er damit machen würde.

Er hob eine verwelkte Blüte auf und wollte sie schon in die Büsche werfen, als sie sich bewegte. Er zuckte zusammen vor Schreck. Der Schmetterling mit dem deformierten Flügel war unter den Blütenblättern versteckt und deshalb der Grausamkeit seines Vaters entgangen.

Er lebte noch.

Seine Schwäche war zu seiner Stärke geworden.

An diesen Schmetterling erinnerte ihn Clara Foyle.

47

Saul wollte das Kind nicht anrühren, aber Mr Silver trieb ihn mit ungeduldigen Gesten an, so dass er sich über die kleine, am Boden sitzende Gestalt beugte, bis ihre Gesichter dicht voreinander waren.

»Äh, hallo.«

Das Kind regte sich nicht. Saul sah, dass es – sie – an den Tisch gefesselt war. Sie verströmte einen unangenehmen, strengen Geruch, und Saul verzog das Gesicht, als hätte er auf eine saure Zitrone gebissen.

Mr Silver schwang den silbernen Schlüssel in seiner linken Hand.

»Hier.« Er warf ihn Saul zu, der ihn geschickt auffing.

Das Mädchen beobachtete ihn. Seine Augen dominierten das dünne Dreieck ihres Gesichts. Er wollte es fragen, ob es ihm gutginge, aber das erschien ihm eine blöde Frage. Stattdessen lenkte er seine Aufmerksamkeit auf den nässenden Knöchel.

»Ich mache nur das Schloss auf. Kann sein, dass es ein bisschen weh tut, aber das hört wieder auf. Ist das okay« – er zögerte –, »Clara?«

Das Aufblitzen in ihren Augen bestätigte ihm, dass er sich nicht geirrt hatte.

»Sehr gut, Saul«, murmelte Mr Silver. »Das hast du messerscharf erkannt. Wie ich sehe, gehst du nicht umsonst aufs Gymnasium.«

Saul entfernte den Metallring von Claras Knöchel. Er wusste auch nicht genau, was er erwartet hatte, vielleicht, dass sie versuchen würde wegzurennen, weil er das wahrscheinlich an ihrer Stelle getan hätte, aber das Mädchen tat gar nichts. Es blieb sitzen und fixierte mit stumpfem Blick irgendeinen unsichtbaren Punkt; es war an einem Ort, an den er ihm nicht folgen wollte.

»Man muss die Gelegenheit beim Schopf packen«, sagte Mr Silver.

Er stellte seine Reisetasche auf den Tisch, öffnete sie und holte eine blaue Plane heraus.

Saul betrachtete erst die Plane und dann das Mädchen. Es hielt seine Spalthände gefaltet im Schoß, seine Füße waren nackt, die Haut an seinem Knöchel blutig.

Ein lädierter Schmetterling.

Er versuchte zu verstehen, was hier vor sich ging.

Clara Foyle.

Ihr Name war ihm vertraut, aber die Details ihrer Entführung wollten ihm nicht mehr einfallen. Er wünschte sich, er hätte sich die Nachrichtensendungen aufmerksamer angesehen oder diese Doku, von der seine Mutter an Weihnachten so fasziniert gewesen war.

Er betrachtete erneut Claras Hände.

Dachte an die Käfer in Mr Silvers Haus.

An dessen verschlagene, gierige Blicke.

Er war hin- und hergerissen zwischen seinem Ekel und dem Nervenkitzel, den er in der Nähe dieses Mannes verspürte, der das Mädchen entführt zu haben schien. Er durchforstete sein Hirn nach irgendeiner weiteren Information, nach einem Hinweis darauf, mit wem er es hier zu tun haben könnte. Auf einmal spuckte sein Gedächtnis ein Bild von Claras Vater aus. Ein Arzt. Er stand weinend vor einer Fernsehkamera und setzte eine Belohnung aus.

Plötzlich brach all das – der Gestank in diesem Wohnwagen, die Wunde an seinem Hinterkopf und die Erkenntnis, dass seine Anwesenheit in diesem Wohnwagen ihn in die ganze Sache mithineinzog – mit voller Wucht über ihn herein.

»Ich glaube, ich muss mich übergeben«, sagte er und stolperte zur Tür.

Mr Silver folgte ihm nach draußen.

»Es ist ganz normal, dass du dich so fühlst, Saul.« Er lächelte, und seine Zähne funkelten wie Perlen in der Dunkelheit. »Nach einer Weile wird es einfacher, vor allem der chirurgische Teil.«

Was für ein chirurgischer Teil?

Mr Silver wartete, bis Saul fertig war, und hielt ihm die Tür auf.

»Komm, mein Sohn.«

Saul wischte sich den Mund mit seinem Ärmel ab und trottete zurück in den Wagen. Er hatte ein flaues Gefühl und verspürte plötzlich eine riesige Sehnsucht nach seinem ärmlichen Zimmer mit den schäbigen Möbeln, das ihm jetzt wie der Inbegriff von Vertrautheit und Behaglichkeit erschien.

Mr Silver hatte ein dunkles Jackett mit feinen Nadelstreifen übergezogen und holte nun eine wollene Rolltasche heraus. Sauls Blick flog zu dem Mädchen hin. Clara hatte sich nicht von der Stelle gerührt. Am liebsten hätte er sie wachgerüttelt, sie geschlagen, damit wieder Leben in sie kam. Sie bot einen mitleiderregenden Anblick. Ihre magere Gestalt erinnerte ihn an Gloria. Sofort überkam ihn ein Anflug von Verärgerung, und er fragte sich, ob er mehr mit Mr Silver gemeinsam hatte, als ihm bewusst war.

Plötzlich fühlte er sich völlig von der Situation entkoppelt. So, als wäre er weit von diesem Ort entfernt, eine Million Kilometer weit. Und dennoch verspürte er Interesse. Er *wollte* sehen, was passieren würde.

Die Rolltasche lag nun offen auf dem Tisch. Sechs Messer mit entblößten Klingen.

Mr Silver murmelte etwas von *proximalen Phalangen* und *Kahnbein erhalten*. Saul hatte nicht den leisesten Schimmer, wovon er redete, doch mit Messern kannte er sich aus, und er wusste, dass sie Ärger bedeuteten.

»Saul?« Mr Silvers Stimme klang höflich. »Sind deine Hände sauber?« Er zeigte auf die Messertasche. »Möchtest du mir die Ehre erweisen?«

»Ich …«

»Wähl ein Messer aus, mein Sohn.«

Claras Kopf fuhr hoch. Ihr Blick flog zwischen Saul und Mr Silver hin und her. Dann wich sie ganz langsam vor ihnen zurück, schob sich Zentimeter um Zentimeter auf ihrem Po nach hinten und zog die Beine auf dem schmutzigen Boden nach.

»Warum soll ich das tun, Mr Silver?«

Saul war ein kluger Junge. Er wusste, wie man Zeit schindete, wie man eine Situation hinauszögerte, die mit hohem Tempo auf eine Katastrophe zusteuerte. Mr Silver zog ein Fleischerbeil aus der Messertasche und fuhr mit der Fingerspitze über seine scharfe Schneide.

»Ich arbeite lieber mit toten Exemplaren. Das Wichtigste ist die Erhaltung, mein Sohn, und die erfordert ein gewisses Maß an Geschicklichkeit. Die Hände müssen intakt bleiben«, sagte er mit einem sympathischen Lächeln. »Hab keine Angst. Du wirst es lernen.«

Clara starrte wimmernd die Klinge an.

Mr Silver reichte das Beil an Saul weiter. »Vorsicht«, sagte er, »es ist scharf.« Er verschränkte die Arme. Sein Verhalten erinnerte Saul an einen Lehrer. Ermutigend und doch auch fordernd. Der ältere Mann senkte die Stimme und zeigte auf eine Stelle oben an seinem eigenen Hals. »Ein sauberer Schnitt zwischen Atlas und Axis, dem ersten und zweiten Halswirbel, sollte ausreichen.«

Das Gewicht des Fleischerbeils in Sauls Hand fühlte sich ebenso schwer an wie sein Herz. Das hier war keine Prüfungsfrage, bei der es mehrere richtige Antworten gab. Diese Situation ließ keinen Platz für Zweifel. Mr Silver wollte, dass er tötete.

Saul stellte sich vor, wie die Klinge in Claras Hals eindringen würde. Er fragte sich, ob sie schreien oder ob die Klinge den Schrei unterbrechen würde. Dieses Kind zu überwältigen, das lange die Sonne und gute Nahrung entbehrt hatte, die kleine Wesen zum Wachsen und Gedeihen brauchten, würde ein Leichtes sein.

Seine Finger waren taub von der Kälte. Ein Fehler, und er konnte einen davon oder einen Zeh verlieren. Das Kind weinte jetzt laut und deutlich und drückte ein Kissen an seine Brust. Saul spürte wieder dieses kurze Aufflammen von Ärger. Als könnte sie sich so schützen.

»Nun mach, Saul!«

Er ging einen Schritt auf sie zu, das Beil in der Hand hing locker an seiner Seite. Die Zeit schien langsamer zu werden und stehenzubleiben, jede Sekunde ein einzelnes Standbild. Alle seine Sinne waren geschärft. In der Ferne schrie eine Eule. Winzige Eiskristalle in der Luft ließen seine Lunge vor Kälte brennen. Er hörte gedämpfte Männerstimmen.

Männerstimmen?

Gelächter und leises Fluchen.

Dann klopfte jemand an die Wohnwagentür.

Mr Silver gab Saul ein Zeichen, Clara den Mund zuzuhalten. Saul hockte sich neben sie und tat es. Ihr warmer Atem kitzelte seine Hand. Eine muffige Decke landete auf ihnen beiden, und es wurde dunkel.

Erneutes Klopfen.

Er hörte, wie Mr Silver durch den Wagen ging, dann öffnete sich quietschend die Tür, und eine unbekannte, höfliche Stimme drang ins Wageninnere.

»Hallo, entschuldigen Sie bitte vielmals, dass ich sie um diese Zeit noch störe, aber wir sind mit dem Auto liegengeblieben. Wir denken, es ist die Batterie, und da wir hier Licht gesehen haben, dachten wir, wir könnten mal fragen, ob Sie ein Starthilfekabel haben.«

»Nein.«

»Äh, okay. Könnten Sie uns dann vielleicht eine Taschenlampe ausleihen? Es ist stockdunkel hier draußen, und wir sehen die Hand vor Augen nicht. Wir kommen morgen früh wieder vorbei und bringen sie zurück. Vorausgesetzt, wir kriegen die Dreckskarre wieder hin, natürlich.« Ein vorsichtiges Lachen. »Oder können wir uns drinnen vielleicht ein bisschen aufwärmen?«

»Nein.« Saul hörte, dass Mr Silvers Stimme beinahe kippte, aber er glaubte nicht, dass die Männer es mitbekommen hatten. »Ich glaube, ich habe eine Taschenlampe im Auto.«

Die Wohnwagentür schloss sich.

Saul ließ Clara los und schüttelte die Decke ab. Das Mädchen hielt das Kissen noch immer mit diesen Händen umklammert, die Saul an seine toten Schmetterlinge erinnerte. Er legte das Fleischerbeil vorsichtig auf dem Boden ab.

Zwei Augen starrten ihn an.

Ein kindlicher Tonfall.

»Du bist nicht der Weihnachtsmann, oder?« Und fast wie zu sich selbst: »Aber wer rettet mich denn dann?«

Saul antwortete ihr nicht sofort. Dieses Kind konnte nicht verstehen, dass er mehr mit der Frage beschäftigt war, wie er sich selbst retten konnte. Es lag ohnehin schon ein dunkler Schatten auf seiner Seele. Wenn er tat, was Mr Silvers von ihm verlangte, würde sie gänzlich schwarz werden.

Das Licht an der Decke des Wohnwagens ließ die Stahlklinge funkeln und blitzen. Er hatte durchaus einen Hang zur Grausamkeit; er wollte ihr Angst machen, wollte sehen, wie sie weinte, wollte sie dazu bringen, dass sie sich wehrte.

Er beugte sich vor und flüsterte ihr etwas ins Ohr.

48

22.40 Uhr

»Wir brauchen eine richterliche Anordnung, Fitzroy.«

»Wir haben noch eine aus der Zeit von Howleys Verhaftung.«

Der Blick, den Storm ihr zuwarf, sagte so viel wie: Machen Sie keinen Scheiß. Keiner von ihnen beiden wusste, wer hier wohnte. Ohne eine konkrete Verbindung zwischen Howley und diesem Grundstück hatten sie allenfalls Indizienbeweise.

Eine auf die Rückseite eines Posters gekritzelte Adresse. Ein paar in Ställen gehaltene Kaninchen. Eine verschwundene junge Frau. Das konnte ausreichen, um den diensthabenden Richter zu überzeugen. Wahrscheinlich. Aber selbst in Notfallsituationen brauchten diese Dinge Zeit. Alles brauchte immer Zeit.

Sie wollte Storm nicht in Schwierigkeiten bringen.

Aber sie wollte auch nicht warten.

Sie hatte genug vom Warten.

»Setzen Sie sich ins Auto.«

Storm presste ihre Lippen fest aufeinander, bewegte sich aber nicht vom Fleck. Sie konnte Fitzroy den Druck ansehen, unter dem sie stand, und dass die Kollegin offenbar bereit war, sämtliche Grenzen zu übertreten, ängstigte sie. Fitzroys Schuhabdrücke waren deutlich in dem gefrorenen Gras zu sehen. Sie nahm die Rückseite des Hauses näher in Augenschein. Howley war nicht der Typ, der draußen irgendwo einen Ersatzschlüssel versteckte. Aber eine kleine Glasscheibe in der Hintertür konnte man leicht einschlagen.

Sie konnte ja sagen, sie hätte ein Kind schreien hören.

In gewisser Weise stimmte das sogar.

Nur eben nicht ganz.

Storm zu bitten, für sie zu lügen, widersprach ihrer inneren Überzeugung. Aber konnte sie darauf vertrauen, dass die jüngere Kollegin schweigen würde? Fitzroy konnte es sich nicht leisten, einen Fehler zu machen.

»Gehen Sie zurück zum Auto, Toni«, beharrte sie.

Storm hob einen losen Stein vom Boden auf und prüfte sein Gewicht.

»Nur fürs Protokoll: Das hier ist eine vollkommen hirnverbrannte Idee, aber ich lasse Sie da nicht allein reingehen.

302

Sorgen Sie nur dafür, dass man sie nicht erwischt, ja? Ich habe nämliche eine makellose Akte, und die möchte ich nach Möglichkeit auch gern behalten.«

Storms Karriere wollte Fitzroy nicht auf dem Gewissen haben. Aber bevor sie einen schärferen Ton anschlagen und Storm den Befehl erteilen konnte, zum Auto zurückzugehen, zog die eine Asservatenbeutel aus ihrer Tasche, steckte den Stein hinein und schlug ihn gegen das Fenster.

Das Geräusch, mit dem Storms untadeliges Verhalten im Dienst in Dutzende Scherben zersprang, hallte durch die Nacht.

»Verdammt nochmal«, raunte Fitzroy. »Sie hätten mich wenigstens vorwarnen können.«

Storm bedachte sie mit einem hübschen kleinen Lächeln. »Ich habe genügend Einbrüche bearbeitet, um zu wissen, dass es so aussehen muss, als wären wir in Eile gewesen.«

Fitzroy öffnete den Mund und klappte ihn wieder zu. Das war das Letzte, was sie erwartet hatte. Sie hätte nie gedacht, dass Storm gegen die Vorschrift handeln würde, eher im Gegenteil.

Storm wickelte denselben Beutel um ihre Hand, streckte sie durch die zerbrochene Scheibe und drehte den im Schloss der Hintertür steckenden Schlüssel.

»Ich möchte es denen zwar nicht leichtmachen, aber *irgendwas* muss ich ihnen geben, sonst wirkt es doch zu verdächtig.« Sie rieb den Ärmel ihres Mantels über die zerbrochene Scheibe, um einige Stofffasern zu hinterlassen. »Beste Zara-Qualität. Es gibt Tausende, die in diesen Mänteln rumlaufen.«

Storm hatte nicht ganz Unrecht. Für den Fall, dass dieser Einbruch untersucht wurde, sollte die Polizei von Essex es nicht zu leicht haben. Aber für den Fall, dass er doch mit ihnen in Verbindung gebracht würde, sie zugeben mussten, hier eingedrungen zu sein, musste die Sache realistisch aussehen, so als hätten sie auf einen Notfall reagiert, ohne sich Gedanken darüber zu machen, welche Spuren sie dabei hinterließen.

Fitzroy straffte die Schultern. »Na, dann los.«

Im Haus war es still, aber in seinen Mauern wohnte der Tod. Fitzroy roch ihn, sobald sie die Schwelle überquert hatte. Diesen unverkennbaren Gestank, der sich auf ihre Zunge legte und ihre Nasenlöcher füllte, der sich in ihre Kleider, ihre Haare und ihre Hautzellen setzte. Den blutigen Geruch eines gewaltsam beendeten Lebens.

Nach Storms Miene zu urteilen, nahm sie ihn ebenfalls wahr.

»Sollen wir Verstärkung rufen?« Storms Flüstern wurde von der lauten Trommel in Fitzroys Hirn übertönt. »Ich denke schon.« Sie griff bereits nach ihrem Funkgerät.

Fitzroy schloss die Augen und lauschte auf die Geräusche des Hauses, auf den Takt der Trommelschläge. Obwohl sie nie hier gewesen war, kannte sie diesen Ort. Er war voller Anklänge an jene kalte Novembernacht, in der der Psychopath Howley sie in sein Museum geschleppt hatte, um sie dort sterben zu lassen. Auch hier hörte sie das leise Echo von klappernden Knochen, das stille Weinen der Verschwundenen und der Toten.

Auf ihren Wimpern bildete sich eine Träne.

Da war er wieder. Dieser irrationale Drang, die Verlorenen zu schützen, die Würde der Opfer zu wahren.

»Ich will zuerst sehen, womit wir es hier zu tun haben«, sagte sie. »Dann rufen wir den Boss an.«

Storm schaltete das Licht im Wohnzimmer ein.

Ein Kamin.

Kalte Asche auf einem gusseisernen Rost.

In einem ihrer Fälle hatte ein treusorgender Ehemann seinen betagten Schwiegervater mit dem stumpfen Ende eines Schürhakens erschlagen. Während seine ahnungslose Familie sich hingesetzt hatte, um sich einen Sonntagabendfilm im Fernsehen anzusehen, hatte er für sie ein Feuer im Kamin entfacht und die Einzelteile des zertrümmerten Schädels seines Opfers darin verbrannt. Fitzroy nahm sich vor, auch diese Aschereste von den Forensikern untersuchen zu lassen.

Ein halboffener, mit Ansteckern übersäter Rucksack.

Darin ein Physikbuch mit vielen Eselsohren.

Kopfhörer.

Entweder wohnte hier ein Jugendlicher. Oder es war einer hierher entführt worden.

Fitzroy lief zur Treppe.

»Still!«, zischte Storm. »Sie machen ja Lärm wie eine Herde Elefanten.« Sie holte scharf Luft. »Hören Sie, Etta, wir brauchen Verstärkung.«

Fitzroy verhielt sich unprofessionell, das war ihr klar. Es gab detaillierte Vorschriften für solche Situationen, die dem Schutz der Beamten dienten. Fitzroy hätte es in diesem Augenblick besser wissen müssen. Sie hätte an all das denken sollen, was schon passiert war, an all das, was sie mit ihrer impulsiven Art bereits angerichtet hatte.

Aber stattdessen machte sie sich daran, die Treppe hinaufzugehen.

49

Der Mann mit den vielen Namen winkt den fremden Besuchern falsch lächelnd nach, während sie in die Nacht entschwinden und der Lichtstrahl ihrer Taschenlampe so wild zuckt wie sein Herz.

»Morgen reicht vollkommen!«, ruft er ihnen noch nach, doch er weiß bereits, dass er sie nicht wiedersehen wird, dass er und Saul schon lange weg sein werden, wenn die Sonne aufgegangen ist und die Männer wieder an die Tür des Wohnwagens klopfen. Er sieht sie genau vor sich, wie sie sich am Kopf kratzen und zu höflich sind, um mehr zu tun, als einfach wieder zu gehen. Vielleicht würden sie die Taschenlampe auf die Stufen legen. Vielleicht kamen sie aber auch gar nicht zurück. Was auch immer passieren würde, es war vollkommen gleichgültig. Ausstellungsstück C war dann bereits tot.

In dem weiten Himmel über seinem Kopf funkeln Tausende von Sternen. Diese leuchtenden Kugeln aus explodierendem Gas erinnern ihn daran, dass er auf dieser Erde nicht mehr als ein Staubkörnchen ist, dass das Universum sich noch weiterdrehen wird, wenn er schon Knochenstaub und Futter für die Würmer ist. Zu wissen, dass seine neue Sammlung ihn überleben wird, ist ein Trost. Das Ende ist nicht mehr weit. Er spürt es.

Die schneeverheißenden Wolken sind ostwärts gezogen. Der Mond ist ein Segen; sein kaltes, hartes Licht weist ihm den Weg über die Weide.

Sein unnachgiebiger Blick fällt auf den Wohnwagen. Ein

schäbiges, gedrungenes Feriendomizil. Im Rauschen der Bäume, die an den alten Abstellplatz grenzen, hört er das Lachen seines Vaters, in den Liebkosungen der Luftströmung, die die Äste erzittern lässt, spürt er die Abwesenheit seiner Mutter.

Seit Monaten hat er auf das hier gewartet.

Hin- und hergerissen zwischen Leben und Tod.

Aber jetzt steht die Entscheidung fest.

Es wird Zeit, dass C ihren Platz in den Familienannalen einnimmt.

Und dass Saul sein erstes Blut vergießt.

Der alte Mann geht über die Weide zurück. In seinem Herzen ist er kein Mörder, sondern ein Sammler, berauscht von der Vorfreude darauf, das neueste Stück für sein Museum nach Hause zu tragen.

Der Mond schaut ihm zu, und der Wind beginnt zu trauern.

50

23.15 Uhr

Fitzroy hätte dringend ein Taschentuch gebraucht, am liebsten ein mit ätherischen Ölen getränktes. Aber sie hatte kein richtiges Taschentuch mehr gesehen, seit sie elf Jahre alt war und gegen ihre Mutter rebelliert hatte, die unbedingt wollte, dass sie sich eines in den Ärmel ihres Schulblazers schob. Also musste sie improvisieren.

Sie zog den Kragen ihrer Strickjacke über Mund und Nase,

aber die Nylonfasern schützten sie nicht vor dem Gestank des Todes, der in jedem Winkel dieser Hütte herrschte.

Die Stufen quietschten. In ihrem Gedächtnis öffnete sich eine Tür, aus der Flammen und Rauch schlugen, und sie sah wieder die Skelette gequälter Kinder vor sich. Eine grausame Erinnerung an ein anderes Haus. Eine andere Treppe. Einen anderen Flur. Sie schlug diese Tür wieder zu. Aber die Bilder verließen sie nicht mehr.

Weil Fitzroy jetzt, drei Monate später, erneut im Flur eines oberen Stockwerks stand.

Drei Türen.

Eine offene Dachbodenluke.

Ein Stahlhaken.

Es gab gewisse Übereinstimmungen.

Und genau das erfüllte sie mit Furcht.

Sie schaute zu Storm hin. Die jüngere Kollegin wirkte wachsam. Und ängstlich. Fitzroy suchte und fand den unter dieser Angst versteckten Vorwurf. Sie geriet kurz in Versuchung, zurück nach unten und in die reinigende Nachtluft hinauszuschlüpfen. Noch ein kleiner Einwand von Storm, und sie würde es tun. Sie würde dieses Haus verlassen und Verstärkung anfordern und, ja, verdammt, sie würde den Boss und Thornberry für all das hier die Lorbeeren ernten lassen.

Aber Storm gab keinen Mucks von sich, und so verstrich der kurze Augenblick, in dem das alles noch möglich gewesen wäre, und Fitzroy näherte sich, natürlich ohne es zu ahnen, dem Moment, in dem sie diese verpasste Gelegenheit bereuen würde.

In stillem Einverständnis schoben die beiden Frauen sich Zentimeter um Zentimeter weiter durch den Flur. Angst hat

308

ihren ganz eigenen, eigentümlichen Geschmack. Als Fitzroy klein war, hatte sie nach Kohl geschmeckt und nach dem Gefühl, nicht geliebt zu werden. Als sie dann eine Ehefrau geworden war und vom Mutterdasein träumte, hatte sie nach der bitteren Enttäuschung geschmeckt, schon wieder nicht schwanger geworden zu sein. Und hier und jetzt, in ihrem Leben als Polizistin, besaß die Angst eine muffige und säuerliche Note, die ungute Mischung aus vergangenen Schrecken und denen, die die Zukunft bringen würde.

Was lag hinter diesen Türen?

Fitzroy bedeutete Storm, hinter ihr aufzurücken. Ihre Finger streiften die Klinke. Der helle Teppichboden zu ihren Füßen wies dunkle Flecken auf. Sie sank auf die Knie. Kaffee? Oder Blutspritzer?

In der Nähe des Türeingangs verlief hauchdünn, straff und kaum sichtbar etwas quer über dem Teppich. Fitzroys Blick wanderte daran entlang, während die Synapsen in ihrem Kopf laut spielten: *Ting-Ting.* Stirnrunzelnd durchforstete sie in Gedanken ihr gesammeltes polizeiliches Wissen, all die Aus- und Weiterbildungskurse, Fälle und Erfahrungen im Job.

Ein Stolperdraht.

Storm war inzwischen an ihr vorbeigeschlichen, öffnete bereits die Tür und konnte nicht mehr darauf reagieren, dass Fitzroy ihr halblaut zurief, dass sie hier rausmussten.

Sie sah die Käfer in ihren Behältern nicht und auch nicht den Spiegel mit den spinnwebartigen Sprüngen. Sie sah weder das blutige Porträt von Sunday Cranston, das an der Wand lehnte, noch das achtlos auf eine Kommode geworfene Messer.

Der elegante Spann ihres Fußes hatte eine Falle ausgelöst,

und als sie den Blick, mit leicht geöffneten Lippen, nach oben richtete, riss ein Beutel auf, und bleicher Schnee rieselte auf sie herab.

51

Wie lange war Mr Silver weg gewesen? Zwanzig Minuten? Dreißig?

Aber gerade als Saul dachte, der alte Mann würde nie mehr zurückkommen, ging die Tür des Wohnwagens auf, und er trat mit dem Blick eines hungrigen Wolfs aus dem Schatten.

Mr Silver durchquerte zielstrebig den kleinen Raum und wählte ein Messer mit einer dünnen Klinge aus der Rolltasche aus.

Saul hockte sich hin wie ein Tier, das seine Beute ins Visier nimmt, und packte mit feuchten Fingern den Griff des Fleischerbeils auf dem Boden.

Silvers schwarze Augen schauten in Sauls blaue.

Stillschweigendes Einvernehmen.

Saul erhob sich langsam.

Clara wich durch den Wohnwagen zurück; sie versuchte, möglichst weit von ihnen wegzukommen, während ihre nackten Füße über das glatte Holz rutschten und sie die Spalthände hinter ihrem Rücken zur Tür ausstreckte. Ihr Blick flog von Saul zu Silver.

Von Silver zu Saul.

Von Saul zu Silver.

Ein kaum hörbares Wimmern kam über ihre Lippen.

Saul bewegte sich, das Beil wie eine Trophäe über den Kopf haltend und entschlossen, vor Mr Silver bei ihr anzukommen, beherzt auf das zusammengekauerte Mädchen zu.

Die ganze Situation löste in ihm eine Wildwasserfahrt der Erregung aus, und alle seine Sinne waren hellwach.

Er registrierte Claras rasselnden Atmen.

Das Schlurfen von Mr Silvers glänzenden schwarzen Schuhen.

Den Mief von feuchter Kälte und Butangas in der Luft.

Den scharfen Geruch von Angst.

Clara hielt sich die Augen zu.

Mr Silver erneuerte seine Aufforderung: »Jetzt, Saul! Tu es, mein Sohn.«

Der Junge sog die verpestete Luft ein und stieß seinen Atem zitternd wieder aus. Er stellte sich so hin, dass er dem Mädchen diagonal gegenüberstand, und drehte sich zur Seite, um Mr Silver die Sicht nicht zu verdecken.

Um sicherzustellen, dass bei dem alten Mann keinerlei Zweifel aufkommen konnte.

Als Saul die Klinge nach unten führte, hörte er ein ganz leises Zischen.

Dann bohrten sich Claras Zähne wie winzige perlenfarbene Dolche durch die Haut seines Unterarms.

Saul schrie laut auf, lauter, als er geplant hatte, taumelte gegen die Tür und ließ das Beil fallen; es landete nur knapp neben seinem Fuß.

An seinem Arm zeigten sich zwei Bissmale in Form gezackter Halbkreise.

Eine Spiegelung.

Ein Brandzeichen.

Er warf sich ungestüm gegen die Tür und schrie erneut auf wegen der Schmerzen, die überraschend intensiv waren und den gesamten Arm hochzogen.

Mr Silver bewegte sich auf die beiden zu, Dunkelheit und Schatten; die harten Konturen seiner Wangenknochen zogen sich wie zwei symmetrische Narben durch sein Gesicht.

Saul stolperte erneut, stellte sich mit dem Rücken zur Tür hin und blockierte Mr Silvers Sicht auf den Griff und seine Finger, die sich hektisch daran zu schaffen machten, während er in Gedanken leise betete.

Clara bewegte sich in ihrem Pyjama wieselflink und schnell wie der Blitz.

In dem entstehenden Handgemenge nahm Saul zwei Dinge wahr:

Ein zorniges Zischen von Mr Silver.

Und die Kälte, die durch die offen stehende Wohnwagentür hereindrang.

52

Letzten Sommer

Er hat noch nie zuvor eine Leiche gesehen.

Das Bedürfnis, ihm weh zu tun, ja, das versteht er. Ihn zu zwingen, ihn anzubetteln, sich zu entschuldigen. Aber nicht das. Ein Mann mit einem Messer in der Brust, aus der Blut sickert und – das stellt er sich vor – auch seine schwarze Seele.

Aber dennoch.

Ein Anflug von unerwarteter Freude.

Darüber, seinen Vater zu einer leeren Hülle aus Fleisch und Knochen reduziert zu sehen; die brutalen, vernarbten Hände erschlafft; die spöttischen, grausamen Augen für immer geschlossen.

Der dumpfe Aufschlag hatte ihn geweckt. Er war aus seinem schweißnassen Bett aufgestanden und dem Geräusch nachgegangen. In der Erwartung, seine Mutter beruhigen zu müssen, ihr Paracetamol und ein Glas Wasser zu geben und sie zurück ins Bett zu hieven.

Im Flur ist es dunkel, und sie steht da wie ein Stummfilmstar: ihr Gesicht ein heller Fleck in der Nacht, die Umrisse ihres Nachthemds geisterhaft, ihr Mund weit aufgerissen.

Und das Blut, Herrgott, das Blut.

Schwarz und dickflüssig.

Sie drückt die blutverschmierten Hände gegen die Wand, in ihr Gesicht, vorn auf ihren weißen Frotteebademantel.

Er hat in der Schule Lady Macbeth durchgenommen, und als er sieht, wie sie ihre Hände ringt, flüstert er leise:

»Wer hätte gedacht, dass der alte Mann noch so viel Blut in sich hätte?«

Ihr Blick irrt schockiert umher, all diese Brutalität.

»Was hab ich getan?« Ein Flüstern, das zum Schrei anschwillt. »Was hab ich getan?«

»Schsch!« Er legt einen Finger an ihre Lippen und zeigt mit einem Kopfnicken auf die Wand, die ihre Wohnung mit der der Nachbarn verbindet. »Geh duschen.«

Sein Vater liegt auf dem Küchenboden.

Er hat irgendwo gehört – wahrscheinlich von einem aus

seiner alten Clique –, es sei gefährlich, ein Messer aus einer Wunde zu entfernen. Das erhöhe den Blutverlust nur noch, und deshalb beschleunige in Wahrheit dieser unangebrachte Versuch, zu helfen, das Sterben nur noch.

Er zieht die Klinge aus der Brust seines Vaters.

Aus dessen Mund dringt eine Blase aus Blut und Flüssigkeit. Als sie platzt, bleiben auf der Unterlippe winzige Tröpfchen zurück, ein offizieller Stempel des bevorstehenden Todes.

Sein Vater verblutet. Lateinischer Terminus: Exsanguinatio.

Er hockt neben der auf dem Linoleum liegenden Gestalt, die ihr Leben aushaucht.

Die Haut des Mannes ist feucht, aber gemessen an der hochsommerlichen Hitze dieser Nacht überraschend kühl. Ein hörbares Einatmen, so als versuchte er mit aller Macht, auf dieser Erde zu bleiben, als könnte er sich aus reiner Willenskraft an sein Menschsein klammern.

Die Hand des Jungen krallt sich in die feuchte, blutige Masse, die einmal der schneeweiße Haarschopf dieses sterbenden Mannes war.

Die Finger seines Vaters zucken und tanzen wie Marionetten, sein Gesicht verzieht sich vor Schmerz. Jetzt bewegen sich seine Lippen, er versucht zu sprechen.

»Saul«, sagt er, »mein Saul.«

53

Clara scheiterte beinahe an der ersten Hürde. Da ihr nackter Fuß sich an der Stufe verfing, verlor sie das Gleichgewicht und stürzte in die eisige Dunkelheit.

Der Nachtmann war dicht hinter ihr, das roch sie. Sein Geruch erinnerte sie an das Nasenbluten, das sie in der Schule gehabt hatte, an die tote Maus, die Gina letztes Jahr an Halloween unter einer Bodendiele gefunden hatte, und an die Angst, die ihr Normalzustand geworden war.

Aber nachdem das Glück so lange nichts von ihr wissen wollte, wandte es Clara nun seinen freundlichen Blick zu, und der Nachtmann trat auf die Klinge des Beils, das Saul hatte fallen lassen.

Sie verursachte nicht viel Schaden; sie durchdrang das Leder seines Schuhs gerade so weit, dass aus seinem Fuß sechs winzige Blutstropfen austraten, aber der unerwartete Schmerz reichte aus, um ihn kurz aufzuhalten. Durch diese vielleicht dreißig Sekunden gewann Clara die Zeit, sich aufzurappeln und auf die Büsche zuzulaufen, die die Weide umgaben.

laufgraslaufkaltmondlauffüßekaltlaufbäumelauflauflauf-findenversteckenlaufenlaufen

Ihre Sinne schärften sich schlagartig, nachdem sie so lange unnütz und stumpf gewesen waren. Durch ihren kleinen Kopf wälzte sich ein Strom von Gedanken, die übereinanderpurzelten wie die Clowns, die sie mit Eleanor im Zirkus gesehen hatte. Es war lange her, dass Clara saubere, kalte Luft eingeatmet hatte; die plötzliche Fülle davon stieg ihr zu Kopf und erfüllte sie mit euphorischer Energie.

Sie stolperte an den dunklen Silhouetten der anderen Wohnwagen vorbei, versuchte, Leben in ihre von Monaten der Gefangenschaft verkümmerten Muskeln zu zwingen, und überhörte das Rascheln eines umherstreifenden Fuchses. Früher einmal hatten die durch die Dunkelheit anonymen Konturen und Geräusche ihr unaussprechliche Angst gemacht. Das Klopfen der Zweige zu Hause an ihrem Fenster. Der schwarze Mann, der sich in einem Kleiderstapel in der Ecke ihres Zimmers versteckte. Der Tod, der sich unter ihrem Bett verbarg. Doch jetzt fürchtete sie sich nicht.

Clara hatte der Angst ins Auge gesehen.

Sie hatte hohle Wangen und magere, ausgetrocknete Hände.

Sie sah aus wie ein zum Leben erwecktes Skelett.

Clara hörte Schritte hinter sich, nicht in Reichweite, aber nah genug. Ihre Beine zitterten, aber sie zwang sich, noch energischer zu laufen. Schneller.

Ihr fünfjähriges Herz glich einem fliegenden Vogel, einem dahinrasenden Zug, einer schlagenden Trommel.

Energischer.

Schneller.

Die Bäume und Sträucher winkten sie zu sich heran. Sie standen für Sicherheit. Zuflucht.

Clara warf sich in das Durcheinander unterhalb der Äste und Blätter eines Strauches in der südwestlichen Ecke der Weide. Da sie klein war, konnte sie ganz weit darunter rutschen, und sie ignorierte die Zweige, die ihr die Wangen zerkratzten und an den Haaren zerrten.

Sie hatte nur wenige Sekunden Zeit, um Atem zu schöpfen, dann sah sie auch schon seine glänzenden schwarzen Schuhe und hörte seine wütende Stimme, die trocken und rau wie Treibholz durch die Nachtluft klang.

»Wo bist du?«, sang er. »Ich komme, um dich zu holen.«

Sie rollte sich unter dem Strauch hindurch und kam auf der anderen Seite wieder zum Vorschein, auf einer anderen Weide.

keinezeitstehenzubleibenlaufweiterweiterweiter

Der Geruch eines Bauernhofs drang ihr in die Nase, und ihre nackten Füße versanken in etwas Weichem. Aber das kümmerte Clara nicht.

Weil dieser Geruch für Tiere stand. Und Tiere standen für Menschen.

Die Nacht war dunkler als jede Nacht, die sie bisher erlebt hatte. Vom Pagoda Drive in London war sie Straßenlaternen und das beruhigende Licht der Flurlampe gewohnt. Selbst der Nachtmann hatte die Vorhänge im Wohnwagen einen kleinen Spalt offen lassen, damit der Mond hineinspähen konnte. Doch die Schwärze hier auf dieser Weide war ihr fremd. Aber ausnahmsweise gefiel sie ihr. Denn in ihr konnte sie sich verstecken.

Sie hörte ihn bei den Sträuchern herumpoltern. Er war zu groß, um darunter hindurchkriechen zu können, und sie vermutete, dass er darüberzusteigen versuchte, über diese Tore aus Grünzeug. Das verschaffte ihr ein Gefühl der Befriedigung. Jetzt konnte er sehen, wie es sich anfühlte, in der Falle zu sitzen.

Aber wenn es ihm gelang, die Sträucher zu überwinden, würde er sie bestimmt kriegen. Als sich eine Lücke in der Wolkendecke auftat und ein Strahl kalten Mondlichts hindurchfiel, konnte sie die ganze vor ihr liegende Weidenfläche überschauen: keine Bäume, keine Sträucher, nichts, nicht mal Schafe oder Kühe. Keine Möglichkeit, sich zu verstecken.

Er konnte schneller laufen als sie.

Clara zog ihre Zehen auf der gefrorenen Erde ein und traf eine Entscheidung.

Jenseits der Weide, wo aus dem schwarzen Himmel ein schwarzes Alles wurde, stand ein Haus. Und darin brannte ein Licht.

54

23.26 Uhr

Zweiundsechzig Kilometer Luftlinie entfernt setzte Amy Claras Puppe auf einen mit Giraffen bedruckten Schlafanzug.

Was für ein mieser Tag. Ihre Wangen glühten bei der Erinnerung an ihre kurze Auseinandersetzung mit Lilith Frith. Es war dumm von ihr gewesen, nicht darüber nachzudenken, was ihr Verschwinden bewirken würde. Nein, nicht dumm, sogar idiotisch.

Amy drückte ihre Lippen auf das Gesicht der Puppe und wurde von einem berauschenden Duft begrüßt, einer Mischung aus Talkum und Liebe, der ein kleines Feuerwerk an Erinnerungen entfachte: Ein in eine Schachtel verpacktes Geschenk. Nachsichtiges Lächeln. Das Geräusch von zerreißendem Papier.

Claras Kichern.

Wenn Erinnerungen doch nur zum Anfassen wären. Wenn sie doch nur die Hand ausstrecken und jeden dieser Momente aus der Vergangenheit berühren, sie alle dazu bringen könnte, wieder zu Fleisch und Blut zu werden.

Mit sanften Fingern knöpfte Amy das Oberteil der Puppe zu. Da Eleanor bei ihrem Vater übernachtete, bestand keine Notwendigkeit, den Schein der Normalität zu wahren.

Amy legte sich unter ihre kalte Bettdecke, zog die Puppe an ihre Brust und verschloss die Augen und ihr Herz vor dem nächtlichen Ansturm der schlimmen Worte und Gedanken, dem Kopfkarussell und den flüsternden Stimmen.

»Gute Nacht, Clara.« Sie küsste die kalten Finger. »Bis morgen früh.«

Sie konnte nicht wissen, dass ihre jüngste Tochter in diesem Moment auf einer Weide an der Küste von Essex um ihr Leben lief.

55

23.29 Uhr

Als kleines Mädchen hatte sie es geliebt, den Schneeflocken zuzusehen, wie sie vom Himmel fielen, und die Perfektion in dem Chaos jeder Einzelnen gesucht.

Aber so sehr Detective Constable Antonia Storm sich auch bemühte, sie konnte nichts Schönes an dem Gestöber des hellen Pulvers entdecken, das aus dem zerrissenen Beutel auf ihr Haar fiel, in ihre Nase und in ihren Mund drang.

Fitzroy stand, zu einem Bild der Sorge erstarrt, draußen im dunklen Flur. Ihre Lippen formten Wörter, doch Storm hörte nur das Dröhnen in ihren Ohren.

Sie fuhr sich instinktiv mit der Zunge über ihre Lippen

und schmeckte eine ihr unbekannte, bittere Substanz. Da ihre Zunge dick wurde und ihr Mund verklebte, schluckte sie reflexartig, und die Substanz glitt ihre Kehle hinunter.

Storm versuchte zu verstehen, was gerade mit ihr passierte, aber es gelang der jungen Ermittlerin nicht, ihre Gedanken in eine sinnvolle Reihenfolge zu bringen. In ihrem Kopf herrschte eine erhebliche Verwirrung, während zugleich vage eine klare Erkenntnis zu ihr durchdrang: *Das ist nicht gut.*

Fitzroy bewegte sich, eine Hand auf Nase und Mund gepresst, auf sie zu. »Raus hier!«, rief sie. »Los, Toni, laufen Sie!«

Das Pulver war wie Sand in ihrer Kehle, ihr Mund mit Sägemehl gefüllt und ihre Lungen voller Staub. Auch ihre Gesichtshaut, ihre Wimpern und die zarten Härchen ihrer Augenbrauen waren damit bedeckt. Storm hob den Blick, und der faltige leere Sack über ihrem Kopf bestätigte ihr, was sie bereits wusste: Dies war ein Hinterhalt. Eine Falle. Ausgelegt vom Knochensammler. Sie war geradewegs hineingetappt.

Ihre Augen juckten.

Ihre Haut brannte.

Von einem Gefühl der Reue, dem sehnsüchtigen Wunsch, die Zeit zurückdrehen zu können, geschwächt, lehnte Storm sich an die Wand.

»Toni, kommen Sie!« Fitzroy streckte die Hand nach ihrer Kollegin aus, drängt sie, sich zu bewegen, zu ihr zu kommen, während sie sich zugleich wegen des Chemiegeruchs in der Luft die Nase zuhielt.

»Nicht berühren.« Die Worte kosteten Storm eine große Anstrengung.

Auf Fitzroys Gesicht zeigten sich Schmerz und Bestürzung, als Storm plötzlich auf die Tür zusprang und sie zuwarf. Oben am Türblatt befand sich ein krummer Riegel, der so aussah, als wäre er eilig angebracht worden, und die jüngere Frau schob ihn vor, schloss sich selbst ein.

Sie hielt ganz still, während sie den Schock auf sich wirken ließ. Ihr Blick wanderte durch das schwach beleuchtete Zimmer.

Plexiglasbehälter.

Ein Schädel.

Ein blutiges Gesicht auf einer Leinwand.

Fitzroys hatte sich also nicht geirrt. Ihr guter Ruf war verdient. Sie war eine hervorragende Ermittlerin.

»Machen Sie die Tür auf!« Pause. »Bitte, Toni! Okay, ich hole Verstärkung. Sie werden bald hier sein, versprochen. Aber Sie müssen aufmachen für den Fall, dass Sie bewusstlos werden oder dergleichen.« Sie schlug noch einmal gegen die Tür. »Kommen Sie schon!«

Storm hörte die Schuldgefühle in Fitzroys Stimme. Sie wollte ihr sagen, dass sie ihr keine Vorwürfe machte und dass sie dumm war, wenn sie dachte, Storm hätte die sanfte Wölbung ihres Bauches nicht bemerkt und wüsste nicht, was sie bedeutete. Sie wollte ihr sagen, dass sie versuchte, sie zu schützen, auch wenn sie sich kaum kannten. Sie wollte ihr sagen, dass sie sich darauf gefreut hatte, sie besser kennenzulernen.

All das wollte sie Fitzroy sagen, doch sie hatte sehr starke Kopfschmerzen und den Geschmack von Erbrochenem im Mund.

Das Trommeln an der Tür wurde lauter, verzweifelter.

Aufhören.

Storm wusste nicht, ob sie es laut gesagt hatte. Da war so ein seltsames Geklingel in ihrem Kopf, tausend Glocken, die bimmelten und dann leiser wurden wie eine ferne, vom Wind davongetragene Musik.

Feuer. Mein Kopf fühlt sich an, als stünde er in Flammen.

Der Schmerz wurde so groß, dass Storm die Augen zukniff und mit den Fingerknöcheln ihre Schläfen massierte. Sie rutschte an der Wand herab, bis sie in einer sitzenden Position war, die Beine ausgestreckt vor sich wie die einer übergroßen Puppe.

Ihr linkes Bein zuckte.

Einmal.

Zweimal.

Im Staccato.

Staccato. Italienisch, Partizip Perfekt von staccare; bedeutet so viel wie losgelöst, voneinander abgesetzt; in kurze, klare Einzeltöne zerteilte Musik.

Zerteiltes

Leben.

»Können Sie mich hören, Toni? Öffnen Sie die Tür!« Flehentlich: »Bitte!«

Storm konnte den Blick nicht von ihrem Bein losreißen. Ihr Oberschenkel hüpfte erneut hoch, zwei-, dreimal. Ein Muskel in ihrer Wange zog sich zusammen. Vor ihrem geistigen Auge sah sie die handgeschriebenen Notizen vor sich, die sie sich während eines ihrer Kurse in der Polizeifachhochschule gemacht hatte.

Zu den Symptomen eines myokolischen Anfalls gehören unwillkürliche Muskelzuckungen und -krämpfe. Es gibt viele verschiedene Arten von Anfällen. Einige Betroffene erleben wenige Sekunden vorher eine Aura, eine Erweiterung des

Bewusstseins, die sich in Form eines merkwürdigen Geruchs oder Geschmacks oder eines Gefühls des Losgelöstseins oder seltsamer Lichter äußern kann.

Sie schmeckte Metall auf der Zunge.

Sie blinzelte.

Der Raum wurde zu einem Karussell, einem sich um seine Längsachse drehenden Schiff. Storm hatte sich immer etwas auf ihren klaren Verstand zugutegehalten, aber jetzt war er voller wabernder Bilder, die ihr das Gefühl gaben, durch Wasser zu schwimmen.

Musik erklang, Violinen und ein Cello stimmten ein Klagelied an. Storm verrenkte sich auf der Suche nach der Quelle, da sie nicht wusste, dass die Musik aus einer fernen Erinnerung stammte und nur in ihrem Kopf spielte.

Lautes Poltern hinter der Tür. Fitzroy trat wieder dagegen. *Sie. Darf. Hier. Nicht. Rein.*

»Aufhören!«

Diesmal war ihre Stimme so laut, dass das Hämmern sofort aufhörte. Wahrscheinlich blieben ihr nur noch wenige Sekunden. Dreißig vielleicht. Sie erkannte die Zeichen. Ihr kleiner Bruder James hatte immer von einem Brandgeruch gesprochen. Aber er hatte jetzt schon seit zwölf Jahren nichts mehr gesagt. Würde er im Himmel auf sie warten, wenn sie starb?

Ihr ging ein altes Bibelzitat durch den Kopf.

Fürchte dich nicht, ich bin mit dir; weiche nicht, denn ich bin dein Gott. Ich stärke dich, ich helfe dir auch, ich halte dich durch die rechte Hand meiner Gerechtigkeit.

Zwanzig Sekunden.

Eine Art Frieden überkam sie. Gott scherte sich also nicht darum, dass sie ihn fallengelassen hatte. Er war trotzdem da, wenn es darauf ankam. Das würde ihrer Mutter gefallen.

Storm rutschte ein kleines Stück weiter an der Wand nach unten. Ihr Körper – der ihr dreißig Jahre lang gute Dienste geleistet hatte – war mit der Last ihres Wissens befrachtet.

Fünf Sekunden, bestenfalls sieben.

Jetzt konnte sie sich nicht mehr erinnern, wie sie überhaupt in diesen Raum gekommen war und warum. An viel erinnerte sie sich ohnehin nicht mehr, nur noch daran, wie es sich angefühlt hatte, als sie klein war und Tomatensuppe und Kekse, lange Sommertage und Gutenachtküsse von ihrer Mutter der Inbegriff von Liebe und Glück gewesen waren. Oder Kirchenbänke und die Sonntagsschule.

Ihr wurde heißer und heißer.

Inzwischen hatte sie die Fähigkeit verloren, ihre Gedanken zu artikulieren, aber wenn sie noch hätte sprechen können, hätte sie Fitzroy gesagt, dass sie einen dummen Fehler begangen hatten. Storm wusste noch nicht, wie hoch der Preis war, den sie dafür zahlen musste, aber sie wollte verhindern, dass Fitzroy ihn ihr ganzes restliches Leben lang bereuen musste.

Der dunkle Raum mit den klickenden Käfern und dem Todesgeruch löste sich auf.

Storm wand sich in konvulsivischen Krämpfen.

56

23.43 Uhr

Christopher Cherry machte sich Sorgen wegen des Geldes. Genauer gesagt darüber, dass er keines hatte. Und das war der Grund dafür, dass er in seinem Arbeitszimmer saß und seine

Kontoauszüge anstarrte, anstatt in seinem Bett zu schnarchen.

Er hätte schon vor Stunden nach oben gehen sollen. Die Kühe würden sich am Morgen nicht selbst melken, und seine Frau würde es auch nicht tun. Joan nahm es sehr genau mit der Gerechtigkeit. Sie kümmerte sich um die Hühner und Schweine, regelte alles, was den Campingplatz betraf, und pflegte die verfluchte Website, die für ihn ein Buch mit sieben Siegeln war. Seine Aufgabe, oder zumindest eine davon, war es, für die Kühe zu sorgen. Er hatte Joan erst ein Mal unten in der Scheune gesehen, aber er wollte auch nicht erst wieder eine Lungenentzündung bekommen, damit Joan das Melken übernahm.

Er atmete ein und spürte, wie die kalte Luft seine Lunge dehnte, bevor er sie mit einem besorgten Seufzen wieder ausatmete. Die Zahlen waren ein einziges, hässliches Chaos. Aufs Doppelte gestiegene Futterkosten und fallende Milchpreise hatten ein katastrophales Jahr bedeutet. Er würde zwei oder drei von den Jungs entlassen müssen. Eine unglaubliche Schande, vor allem, weil Jerome gerade eine Hypothek aufgenommen hatte.

Auf ins Bett.

Er schnüffelte an seinem Handrücken, eine Angewohnheit aus Kindheitstagen, die er einfach nicht ablegen konnte. Der Geruch seiner warmen, leicht nach Tabak duftenden Haut tröstete ihn in diesen schwierigen Zeiten.

Christopher, ein korpulenter Mann, hievte sich aus seinem Stuhl und schaltete das Licht aus. Er hatte seinen linken Fuß gerade auf die erste quietschende Treppenstufe gesetzt, als plötzlich die Sicherheitsleuchte anging und es im Flur wieder hell wurde.

Verdammte Füchse.

Er war hundemüde, aber sein Gewissen würde ihn nicht ruhen lassen, bis er nachgesehen hatte, ob im Hühnerstall alles in Ordnung war. Vor nicht einmal zwei Monaten hatte er achtunddreißig Hühner in einer einzigen Nacht verloren. Ein Fuchs hatte in einem Blutrausch allen Tieren den Kopf abgebissen, aber nur eines gestohlen. Diese sinnlose Verschwendung hatte Christopher sehr wütend gemacht, doch Joan hatte nur ruhig auf einem Elektrozaun beharrt. Wenn es einen Kurzschluss gab, nützte der allerdings auch nichts.

Er schlüpfte in seine abgewetzte Wachsjacke, die zwei Traktoren überlebt hatte, schnappte sich seine Taschenlampe und stieg in seine Stiefel.

Die Nachtluft roch eisig. Den Regenduft – die leichte erdige Nässe, die entsteht, wenn feuchte Tropfen auf trockene Erde oder Asphalt fallen – nannte man Petrichor. Aber falls es auch einen Begriff für den Geruch von Eis gab, kannte er ihn nicht. Vielleicht war es gerade die Geruchlosigkeit, die knackig kalten Nächten wie dieser ihren eigenen charakteristischen Stempel aufdrückte.

Eine dünne Eisschicht hatte das Gras vor dem Bauernhaus in spröde Splitter verwandelt. Seine Stiefel wirbelten bei jedem Schritt winzige Stückchen davon auf. Er suchte die Dunkelheit nach den glühenden Augen eines Fuchses ab und lauschte auf sein verräterisches schrilles Bellen.

Als er um die Ecke bog und auf den Hühnerstall am südwestlichen Rand seines kleinen Hofes zuging, rannte etwas kleines Helles auf ihn zu.

Sein erster, verwirrter Eindruck war, dass es sich um irgendein streunendes Tier handelte. Ein Schaf, das von einer der benachbarten Weiden ausgebrochen, oder ein Hund, der den Weg zurück nach Hause nicht gefunden hatte.

Aber seine Verwirrung hielt nur kurz an, denn er erkannte ziemlich bald, dass es ein kleines Kind war.

Der Wind frischte auf. Das Kind bewegte die Lippen, aber er konnte nicht hören, was es – nein, *sie*, wie er aus den langen zerzausten und verfilzten Haaren schloss – sagte.

Als er sich vorbeugte, schreckte sie zurück, als würde er ihr etwas tun. Um ihr zu zeigen, dass er das nicht wollte, hielt er die Hände hoch.

»Er kommt«, sagte sie. Ihre Stimme klang ganz dünn, so als hätte sie lange nicht gesprochen.

Christopher sah den Schlafanzug und die nackten Füße, das schmutzige Gesicht. »Hast du dich verlaufen?«, fragte er besorgt. »Bist du weggelaufen?«

Sie schüttelte so heftig den Kopf, dass er befürchtete, sie könne sich weh tun. »Nein. Ja. Ich bin weggelaufen. Vor dem Nachtmann. Er kommt.« In ihren Worten lag ein Nachdruck, der ihr zartes Alter Lügen strafte. Er dachte, sie würde anfangen zu weinen, doch sie schaute über die Schulter und war entweder nervös oder verängstigt; er war sich nicht sicher.

Christopher Cherry hatte keine Kinder. Er war ein guter Mensch, der ein einfaches, unkompliziertes Leben führte und Ärger aus dem Weg ging. Aber nach all den Jahren, in denen er es als Milchbauer mit Geschäftsleuten zu tun gehabt hatte, die so schmierig waren wie die aus seiner Milch gemachte Butter, besaß er einen guten Instinkt für Lügner, und er wusste so sicher, wie Joans Hühner morgen Eier legen würden, dass dieses Kind die Wahrheit sagte.

Er hockte sich in der Dunkelheit hin, achtete aber darauf, ihr nicht zu nahe zu kommen.

»Wie heißt du?«

»Clara Edith Foyle.«

»Und macht er dir Angst, dieser Nachtmann?«

Sie schluckte und nickte. *Ja. Ja. Ja.* Der nächste Blick über die Schulter. Christopher richtete sich wieder zu seiner vollen Größe auf und schaute in die finstere Nacht hinaus.

»In dem Fall rufen wir besser die Polizei, würde ich sagen.«

Als sie in dem Bauernhaus Zuflucht gefunden hatte, schaltete Christopher die Lampen an und griff nach Joans Strickjacke; sie hatte sie in der Küche über einem Stuhl hängen lassen.

Mit ihren viel zu langen Ärmeln und dem Saum, der ihr bis zu den Knien ging, sah Clara darin noch jünger aus, als sie war.

»Warte hier«, sagte er.

Zähneklappern. »Ich möchte bei Ihnen bleiben.«

»Dann komm. Wir gehen hoch und wecken Joan. Das ist meine Frau.«

Man musste Joan, die mit offenem Mund und einer dicken Schicht Creme im Gesicht schlief, zugutehalten, dass sie erstaunlich ruhig blieb, als sie beim Aufwachen ein Kind in ihrem Schlafzimmer vorfand. Sie setzte ihre Brille auf und hörte ihrem Mann zu, ohne ihn zu unterbrechen.

»Hallo, Kleines«, sagte sie zu Clara.

Und dann zu Christopher: »Ruf die Polizei.« Und nach einem Moment: »Und hol die Flinte.«

Weniger als drei Minuten später stand Joan in ihrem Morgenmantel in der Küche, schaltete den Wasserkocher ein und wärmte Suppe auf. Clara saß still am Tisch, aber alle paar Sekunden blickte sie nervös zu dem schwarzen Rechteck des Fensters.

»Jetzt gibt es erst mal was zu essen und zu trinken für dich. Und danach möchtest du dich ja vielleicht ein bisschen hinlegen, bis die Polizei hier ist. Du siehst erschöpft aus, meine Kleine.«

Während Christopher in seinem Arbeitszimmer die Nummer des Notrufs wählte, reichte Joan Clara einen Becher warme Milch.

»Du magst doch Milch, oder?«, fragte Joan mit einem aufmunternden Lächeln. »Alle Kinder mögen Milch. Und vielleicht hilft sie dir beim Einschlafen.«

Das Geräusch, mit dem das Geschirr zerbrach, erschreckte sie beide.

Clara schaute auf ihre Hände, als hielte sie sie solch einer vorsätzlichen Zerstörung gar nicht für fähig.

Doch sie weinte noch immer nicht.

FREITAG

57

»Guten Morgen, hier ist die Polizei von Essex. Um welchen Notfall geht es?«

»Ähm, ich habe ein kleines Mädchen auf meinem Hofgrundstück entdeckt. Sie hat Angst und sagt, sie wäre vor irgendwem weggelaufen, der hinter ihr her ist.«

»Wie lautet Ihre Adresse?«

»The Old Blue House, Foulness Island, SS3 9XN.«

»Brauchen Sie einen Krankenwagen?«

»Ich bin nicht sicher. Sie ist sehr dünn und nervös, aber ansonsten scheint es ihr gutzugehen. Ähm. Sie sagt, dass sie das verschwundene Mädchen ist, ähm, Clara Foyle. Sie wissen schon, die aus dem Fernsehen. Sie sagt, er hätte sie gegen ihren Willen festgehalten. Darum denke ich, dass Sie sie ja vielleicht, äh, untersuchen sollten.«

»Irgendwelche sichtbaren Verletzungen?«

»Oberflächlich betrachtet, nicht, aber nach dem, was sie uns erzählt hat, hat sie wohl Glück, dass sie noch lebt. Beeilen Sie sich, ja? Sie sagt, dass er bald hier sein wird.«

58

»Guten Morgen, hier ist die Polizei von Essex. Um welchen Notfall geht es?« »Wo bleiben Sie denn? Ich brauche
die Feuerwehr und einen Krankenwagen. Ich habe vor einer
Viertelstunde schon mal angerufen. Ich bin Polizistin. Meine
Kollegin ist ...«

»Wie lautet Ihre Adresse?«

»Die Altstadt von Leigh-on-Sea. Die Postleitzahl weiß ich
nicht. In der Nähe des Pubs. Das Haus hat einen Namen. Seeblick, glaube ich.«

»Brauchen Sie einen Krankenwagen?«

»Ja, das sage ich doch die ganze Zeit! Ist er schon unterwegs? Er müsste längst unterwegs sein. Schnell! Bitte! Sorry,
aber beeilen Sie sich. Sie hat irgendetwas verschluckt, ein
Gift, einen chemischen Stoff. Ich weiß es nicht. Bitte, beeilen
Sie sich! Sie braucht dringend fachärztliche Hilfe. Ich überlege die ganze Zeit. Aktivkohle, oder? Ich kann nicht denken.«

»Irgendwelche sichtbaren Verletzungen?«

»Ich kann sie nicht sehen, die Tür ist verschlossen, aber –
o Gott, Entschuldigung, Entschuldigung, aber ich habe gerade gehört, dass sie umgekippt ist. Vielleicht ist sie ja
tot!«

59

»Pink oder rot?«

Gloria hielt den Lippenstift an ihr Spiegelbild. Rot behielt sie meistens den Männern vor, um deren Aufmerksamkeit sie buhlte. Aber heute Abend war es anders. Heute war ein besonderer Anlass. »Rot, Madam.«

Nachdem sie eine Schicht aufgetragen hatte, die so dick war, dass sie ihre Schneidezähne verschmierte, wählte sie einen BH und einen Slip aus. Die Spitze fühlte sich an wie eine grobe Liebkosung auf ihrer Haut.

Wo, zur Hölle, steckte Saul? Er saß garantiert in der Scheiße. Aber knietief oder bis zum Hals?

In der Wohnung war es still. Keine Musik. Keine Möwenschreie. Nur das Geräusch, mit dem die Flasche gegen ihre mit Lippenstift verschmierten Zähne stieß. Sie stellte sie vorsichtig zwischen der Zahnpasta und ihrem Make-up aufs Waschbecken und schüttelte ihre Haare.

Dem Himmel sei Dank für clevere Verstecke.

Sie hatte den Wodka vor ein paar Stunden in Zeitungspapier eingewickelt im Kamin gefunden, als sie das Papier rausholen wollte. Das Versteck war so clever, dass sie ganz vergessen hatte, dass sie dort auch eine Flasche untergebracht hatte.

Sie nahm noch einen Schluck. Dabei legte sie den Kopf in den Nacken und genoss es, das Brennen der flüssigen Hitze in ihren Adern zu spüren.

Verdammt geiles Lebenselixier.

Seit jener Nacht im letzten Sommer, in der dieser ganze

335

Mist angefangen hatte, hatte sie sich gezwungen, nicht darüber nachzudenken, was sie getan hatte. Aber jetzt wurde es Zeit, sich daran zu erinnern und die Sache zu beenden. Alles andere war zu riskant, vor allem, da der heutige Tag sich extrem seltsam entwickelte. Angefangen hatte es am Nachmittag, als diese Mistkerle ihr fast die Tür eingeschlagen hätten.

Sie hatte versucht, sie zu ignorieren, aber einer von ihnen hatte durch den Briefkastenschlitz gerufen, und seine dröhnende Stimme war in der stillen Wohnung eingeschlagen wie eine Granate.

»Bist du zu Hause, Saul? Hier ist die Polizei. Wir müssen dich sprechen.« Als niemand antwortete, hatte er es mit Drohungen versucht. »Es wird einfacher für dich sein, wenn du tust, worum wir dich bitten. Du willst doch nicht verhaftet werden, oder?«

Daraufhin hatte sie sich vor Schreck im Bad eingeschlossen, bis sie weg waren. Als sich auf Sauls Handy nur die Voicemail meldete, hatte sie die Abendnachrichten eingeschaltet, um zu sehen, ob sie irgendeinen Hinweis darauf brachten, warum die Polizei vor ihrer Tür herumgelungert und ihren Sohn gesucht hatte.

Sunday Cranston?

Das Mädchen mit dem Gesicht.

Das ist doch Cassies Schwester, oder?

Aber was hat das mit meinem Saul zu tun?

Er hat nichts damit zu tun.

Oder?

Ich kann die Polizei unmöglich hier herumschnüffeln lassen.

Ich muss es loswerden.

336

Heute Nacht noch.
Ich muss es loswerden.

In den Stunden nach dem *Ereignis* im letzten Sommer hatten Gloria und Saul beschlossen, ihr Geheimnis ebenso tief in sich zu vergraben wie ihre Erinnerungen an jene schreckliche Nacht. Aber ihr war es nicht gelungen, dieses ganze gottverdammte Fiasko zu vergessen, obwohl sie es versucht hatte. Die Wahrheit trieb immer wieder an die Oberfläche wie Öl und verschmutzte alles um sich herum.

Blut an deinen Händen fühlt sich an wie warmes Wasser.

Ihre Schuldgefühle verfolgten sie. Sie lauerten in jedem Glas Alkohol, in jeder schlaflosen Nacht, in jeder erhobenen Stimme und zerbrochenen Flasche. Allerdings nicht wegen ihr selbst, sondern wegen Saul. Wegen der Last, die sie ihm damit aufgebürdet hatte.

Es war der letzte Samstag im Juni gewesen. Vor acht Monaten. Sie erinnerte sich nur in einer Aneinanderreihung von Schnappschüssen an diesen Abend – ein albtraumhaftes Fotoalbum, das die letzten Momente im Leben von Sauls Vater einfing. Solomon war spätabends von einem Folk-Festival zurückgekehrt und hatte, nach Bier und schlechter Laune stinkend, die Schranktüren in der Küche aufgemacht und wieder zugeschlagen. Gloria war auf Zehenspitzen durch den Flur gelaufen, um die Tür zu Sauls Zimmer zuzumachen, der schlief und nichts mitbekommen sollte, bevor sie zurückging und ihren Mann zur Rede stellte.

»Was, zum Teufel, ist dein Problem?«

»Verpiss dich, Gloria.«

Die nächste laut zugeschlagene Tür. Er hatte Becher und Gläser herausgeholt und sie anschließend achtlos wieder zurückgestellt. Dann hatte er den Deckel von der Fortnum-

and-Mason-Dose aufgerissen und sie auf den Boden geworfen.

»Wo ist es?«

»Was?«

»Mein verdammtes Geld.«

»Du hast es ausgegeben.«

»Du hast es geklaut, du faule Fotze.«

Ein hartes, sarkastisches Lachen. »Nein, du hast es verprasst.«

In weniger als fünf Sekunden durchquerte er den Raum, legte seine Hände um ihren Hals und drückte ihr die Luft ab. Dabei presste er sie in der Lücke zwischen Tür und Arbeitsfläche an die Wand.

»So sprichst du nie wieder mit mir, du Miststück.«

Gloria hätte nichts mehr sagen können, selbst wenn sie gewollt hätte. Er würgte sie so stark, dass sie nicht mehr atmen konnte. Kleine schwarze Punkte explodierten vor ihren Augen.

»Sag, dass es dir leidtut.«

Wieder konnte sie nichts antworten. Auch wenn sie ihn gern verhöhnt und ausgelacht hätte dafür, dass er sich selbst widersprach.

Er packte noch fester zu, und ihr verschwamm alles vor den Augen, bis sie nur noch vage Umrisse und Eindrücke wahrnahm. Sie wollte Luft einatmen, aber das war nicht möglich.

»Sag es.«

Sie schlug mit der linken Hand um sich und tastete blindlings nach einem Gegenstand.

Irgendeinem.

Ungeöffnete Briefe fielen zu Boden.

Ihre Fingerspitzen stießen gegen einen Stift, der Saul gehörte, gegen die schon halb zerfledderte Schachtel eines Kartenspiels, den Messerblock aus poliertem Holz.

Sie tasteten sich nach oben.

Bis zu einem vertrauten, tröstlichen Griff.

In einer flüssigen Bewegung zog sie das Messer heraus und stieß es ihm in die Brust.

Salomons Augen weiteten sich, so als hätte sie ihn mit einem Kuss überrascht oder seinem Lieblingsessen oder einem kalten Bier aus dem Kühlschrank. Er ließ von ihr ab und stolperte nach hinten, nur ein oder zwei Schritte. Gierig atmete sie ein. Noch mal. Und noch mal.

Ihr Hals fühlte sich wund an, gequetscht. Einer ihrer Exfreunde hatte sie beim Sex gern gewürgt, aber nie so heftig. Sie versuchte zu schlucken, aber es fühlte sich an, als würde sie Glasscherben schlucken und anschließend einen brennenden Tequila trinken.

Salomon torkelte leicht, das Messer ragte in der Nähe des Herzens aus seiner Brust, ein überraschender Anblick.

Was für eine Ironie, dass ich ihn ausgerechnet da getroffen habe, dachte sie. Schließlich hatte ihr eigenes Herz früher nur für ihn geschlagen, sie hätte auch jeden anderen Teil seines Körpers treffen können.

Er sank vor ihr in die Knie.

Geh weg. Weg von mir.

Sie verpasste ihm einen Tritt ins Gesicht. Salomon fiel nach hinten, die Beine verdreht. Sein Kopf schlug mit einem dumpfen Knall auf dem Boden auf, der in der Stille der frühen Morgenstunden besonders laut zu sein schien. Unter seinem Körper bildete sich eine rasch wachsende Blutlache von der Farbe einer Bloody Mary.

Gloria schaute sie schockiert an. Mit kleinen, hektischen Bewegungen versuchte sie, das Blut mit den Händen zusammenzuschieben und wieder in seine Brust zu drücken, auch wenn das hoffnungslos war, auch wenn sein röchelnder Atem immer leiser wurde, auch wenn seine Haut sich trotz der Hochsommerhitze schnell abkühlte.

Ogottogottogottogott

Eine Motte stieß wiederholt gegen die Deckenlampe, während Gloria durch die Küche stolperte und sich die blutigen Hände vors Gesicht schlug.

In der Ecke neben dem Toaster lugte unter einer zerlesenen Food-Zeitschrift ein hellbrauner Umschlag hervor. *Solomon Anguish* stand mit Kugelschreiber darauf, und die Wölbung ließ darauf schließen, dass eine Menge Bargeld darin steckte.

Panisch vor Schreck über das, was sie getan hatte, rannte sie in den Flur. Das Blut ihres Mannes trocknete bereits unter ihren Fingernägeln.

Dann war Sauls Zimmertür aufgegangen, und ihr Sohn, ihr heißgeliebter Sohn, war zu ihrem Komplizen geworden.

In den folgenden Wochen verloren sie kein Wort darüber. Gloria hatte es versucht; vor allem in jenen Momenten, in denen Saul vollkommen distanziert wirkte, hatte sie mit allen Mitteln versucht, sich Zugang zu seinen Gedanken zu verschaffen. Aber ihr Sohn hatte dichtgemacht und wollte nicht mit ihr darüber reden.

Dann hatten die Dinge einen noch fataleren Verlauf genommen, und jetzt, acht Monate später, konnte sie nicht mehr darüber sprechen, selbst wenn Saul es gewollt hätte. Ihre Erinnerungen an jene Nacht waren inzwischen von denen an zahlreiche andere Nächte überlagert. Denn das Monster, dessen Wagen sie sich geliehen hatten – er verdiente es nicht länger, als Freund bezeichnet zu werden –, zwang sie seitdem, Dinge zu tun, die sie nicht tun wollte.

Als Belohnung für sein Schweigen.

Saul wusste nichts davon und würde es auch nie erfahren.

Noch ein Schluck. Hitze. Feuer.

Angetrunkener Mut.

Und so hatte Gloria vor einigen Stunden, als die Frühabend-Nachrichten vorbei waren, die Kissen aus dem Kaminschacht gezogen, mit denen sie die kalte winterliche Zugluft einzudämmen versuchten, und ihre Hand hineingesteckt.

Sie hatte auf der Suche nach dem Plastikbeutel darin herumgetastet. Der Wodka war eine herrliche, unerwartete Belohnung gewesen, ja, aber sie hatte eigentlich etwas anderes gesucht.

Die Tüte war nichts Besonderes, eine aus dem Supermarkt. Und da sie so alltäglich aussah, hatte Gloria das seltsame Gefühl gehabt, etwas völlig Normales zu tun, was man eben an einem Donnerstagabend so machte. Ihre Hände waren rußverschmiert wieder zum Vorschein gekommen.

Sie hatte sich mit einem Schluck Wodka beruhigt.

Als sie schließlich bereit war, den Inhalt zu entnehmen, war die Flasche halbleer gewesen.

An dem Messer, mit dem sie ihren Mann getötet hatte, klebte immer noch sein Blut.

Und heute Nacht würde sie damit einen weiteren Mann töten.

60

Die Gesichter der Feuerwehrmänner waren rußgeschwärzt. Einer von ihnen, ein sehr junger Mann, hatte weiße Tränenspuren auf den Wangen. In seinen Armen lag die Leiche eines Mädchens, die er aus den Trümmern des Zuges gezogen hatte und nun weinend in ein Gebäude trug, das als Lager diente.

Auf dem Boden war eine Plane ausgebreitet worden, um die Leichen vor Dreck und Öl zu schützen. An einer anderen Stelle erblickte sie einen breitschultrigen Mann mit staubigen Haaren, der Tücher vor den Fenstern anbrachte, um die Toten vor Gaffern abzuschirmen. Das zu sehen versetzte Sylvie einen Stich. Eine Dame, deren Garten an die Bahnstrecke angrenzte, wusch – in Hausschuhen und Morgenmantel – die Gesichter der Toten und tauchte dazu ein immer schmutziger werdendes Tuch in eine Schüssel mit Wasser.

Die Zärtlichkeit, mit der sie das tat, gab Sylvie den Rest. Sie wandte sich ab, um den Mann zu suchen, der ihr aus dem Zug geholfen hatte, doch er war in der Menge verschwunden. Männer schrien herum, Menschen weinten. Der blaue Himmel füllte sich mit Wolken der Trauer.

Ihre Hand tat weh, aber andere brauchten dringender ärztliche Versorgung als sie. Irgendjemand reichte ihr einen Tee, doch sie nippte nur daran. Die Decke, die man ihr umgelegt hatte, war zu warm. Sie versuchte, sie zusammenzulegen, aber der Schmerz war zu stark.

»Lassen Sie mich das machen.« Eine Frau faltete die

Decke und legte sie auf den Rasen. »Sie sollten Ihre Hand mal anschauen lassen.«

»Ich werde es überleben.« Sylvie wollte nicht barsch sein, aber der Schock ließ allmählich nach, und an seine Stelle trat die Angst. Marshall sah es nicht gern, wenn sie zu spät kam.

»Kommt Sie jemand abholen?« Am Gesicht dieser Frau konnte man ablesen, dass sie hart arbeitete und ein schweres Leben hatte.

»Nein.« In Wahrheit hatte Sylvie nicht mal eine Idee, wie sie zurück nach London kommen sollte. Vielleicht konnte sie ja einen der Polizisten um Hilfe bitten.

»Wo wohnen Sie?«

Sylvie erzählte es ihr, und die Frau lächelte. »Da wohnt die Tante meines Mannes.« Sie blickte sich um. »Freddie, Fred, komm mal her.« Ein bärtiger Mann kam angeschlendert.

»Diese Dame wohnt in Bromley, ganz in der Nähe von Daisy. Wir könnten ...« Sie machte ihm Zeichen mit den Augen, und sein Achselzucken signalisierte Zustimmung. Die Frau wandte sich wieder Sylvie zu. »Wir fahren Sie hin, wenn Sie möchten. Wir haben angehalten, weil wir etwas tun wollten. Lassen Sie uns helfen.«

Sylvie bückte sich und hob ihren Karton vom Boden auf. Sie wollte nicht zu Fremden ins Auto steigen. Sie wollte auch keine Konversation machen und höflich sein. Sie wollte nur so weit weg von zu Hause wie möglich.

Aber sie war zu müde und zu ängstlich, um zu widersprechen.

61

Wenn ein Vogel gegen das Fenster eines Hauses fliegt, ist das ein Omen für den Tod eines Fremden. Wenn er stirbt, stirbt auch ein geliebter Mensch.

Mr Silver schaut lächelnd auf die Schleiereule; sie liegt mit verdrehtem Hals auf der gefrorenen Erde, die Krallen zeigen in den dunklen Himmel. Er bewundert den Abdruck ihrer Federn auf der Scheibe, der wie ein Geist ihrer selbst aussieht.

Dem Volksglauben zufolge wird in dieser Familie heute Nacht jemand sterben.

Er leckt sich über die aufgesprungenen Lippen, schmeckt das vertraute Blut.

Zuerst wird er den Mann töten.

Mr Silver ist keiner, der zum Vergnügen mordet. Doch wenn er jetzt nicht handelt, wird er dieses kostbare Ausstellungsstück verlieren.

Der große Mann, der den Tod bei sich trägt, bewegt sich leise um das Bauernhaus herum. Seit der Ankunft des Kindes ist es zum Leben erwacht und hell erleuchtet. Er überschlägt in Gedanken, wie weit sie von der nächsten Stadt entfernt sind und wie lange es dauern wird, bis die Polizei eintrifft.

Er wird auf die Halsgrube zielen. Seine Klinge wird erst das äußere Gewebe der Gefäßwand durchtrennen, die Adventitia, dann die muskulöse mittlere Schicht, die Media, und schließlich die zartere Intima erreichen. Den Stich auf beiden Seiten ausgeführt, und der Mann wird innerhalb weniger Minuten verbluten. Das Töten nimmt kaum Zeit in Anspruch, wenn man es richtig macht.

62

»Mr Silver ...«

Sauls Stimme hallte leise über die Felder. Er stand auf der Stufe vor dem Wohnwagen und blickte suchend in die Dunkelheit hinaus. *Verdammt.* Er wusste nicht, was er machen sollte. Sein Kopf tat ihm weh, und ihm war kalt bis auf die Knochen, so kalt, dass ihm die Zähne schmerzten.

Nicht zum ersten Mal wünschte er sich, er wäre zu Hause. In seinem schäbigen kleinen Zimmer mit dem schäbigen schmalen Bett und der schäbigen ausgeblichenen Decke. Wer, zum Teufel, hatte mit sechzehn Jahren noch ein schmales Bett? Von seinen Freunden jedenfalls keiner. Cass hatte ein extragroßes Doppelbett, ihren eigenen Fernseher und einen ultracoolen Plattenspieler, auf dem sie die alten Bowie-Alben ihres Vaters abspielte. Und das Zimmer von Posh Dan war ungewöhnlich groß und mit einem kompletten Entertainment-System ausgestattet. Herrgott, die hatten sogar einen richtigen Kinoraum im Untergeschoss. Aber während er schon immer neidisch gewesen war auf das instagramtaugliche Hochglanzleben seiner gleichaltrigen Freunde mit ihren iPhones und MacBooks, wollte er jetzt nichts lieber, als in seinem schäbigen kleinen Zimmer zu sein und das leise Klirren, mit dem Glorias Flasche gegen den Rand ihres Glases stieß, zu hören.

Ein seltsames Röcheln drang durch die Dunkelheit. Es klang, als würde jemand rasselnd Luft holen und sie dann stöhnend wieder ausstoßen. Saul erstarrte. Was, zum Teufel, war das? Er kam aus der Stadt, war im urbanen Umfeld von

Hochhäusern, Einkaufszentren und Schnellstraßen aufgewachsen. Ein Ausflug mit der Schule zu einem Landerlebnis-Center für Kinder im Alter von elf Jahren war das einzige Mal, dass er auf dem Land gewesen war. Und dieses Geräusch hier war echt gruselig. Er wusste zwar, dass es von einer Eule oder einem anderen Tier stammen musste, aber es hatte geklungen wie der letzte Atemzug eines Sterbenden.

Saul spähte über die Weide, konnte aber außer den schwachen Umrissen der Hecken kaum etwas erkennen. Mr Silver und das Mädchen waren verschwunden, bevor er noch richtig begriffen hatte, was vor sich ging, und er wusste nicht einmal, in welche Richtung sie gelaufen waren. Er wandte sich wieder dem Wohnwagen zu. Der Matratze. Dem klumpigen Kissen. Den Essensverpackungen und dem Uringestank. Mr Silver hatte das Mädchen gefangen gehalten.

In Saul machte sich Übelkeit breit. Dadurch, dass er hier gewesen war, die Klinke der Wohnwagentür angefasst, Fasern von seinen Kleidern und einzelne seiner unverwechselbaren weißblonden Haare verloren hatte, war er in eine Riesensauerei hineingezogen worden.

Saul lief zurück zum Wohnwagen, nahm die Tasche mit den Messern und stopfte sie in die Innentasche seiner Jacke. Dabei stieß er mit der Spitze seiner glänzenden schwarzen Schuhe gegen einen Stapel Kinderzeichnungen, die sich über den Fußboden verteilten.

Es waren detaillierte Zeichnungen. Dutzende. Hässliche, abscheuliche Bilder und allesamt als das Gekrakel eines Kindes erkennbar. Ein Schädel mit spitzen Zähnen. Eine Hand mit sieben Fingern. Ein Skelett, aus dessen Torso Zweige ragten.

Während Saul diese Bilder anstarrte, füllte sich sein Mund

mit etwas Bitterem. Er spürte ein Kribbeln im Gesicht und an den Armen und Beinen, so als würden etliche Nadeln in seine Haut gestochen, und eine schwere Last legte sich auf seine Schultern. Wäre er abergläubisch gewesen, hätte er dieses intensive Gefühl, diese Gewissheit, dass etwas Schreckliches bevorstand, für eine Todesahnung gehalten.

Aber er musste kein Hellseher sein, um eines zu wissen: Wenn Mr Silver die Kleine erwischte, würde er sie umbringen.

Er sah sie vor sich, Clara Foyle, Liebling der Schlagzeilen, blutend, sterbend, mit einem Messer im Hals im kalten Gras liegen.

Plötzlich ein Summen wie von einem Bienenschwarm. Saul blickte hoch und versuchte herauszufinden, woher es kam.

Mr Silvers Reisetasche.

Darin Sauls verschollenes Handy und ein Autoschlüssel.

Das eröffnete eine Perspektive.

Er machte schnell ein Foto und trat in die eiskalte Nacht hinaus.

63

00.09 Uhr

Jakey lag auf dem Schoß seines Vaters und sah fern. Alle paar Minuten fielen ihm die Augen zu, doch er riss sie immer wieder auf, so als könnte er durch schiere Willenskraft wach bleiben.

Erdman ertrug nicht noch eine Folge von *Mighty Morphin' Power Rangers* und lenkte sich ab, indem er auf seinem Handy die zahllosen aktuellen Nachrichtenmeldungen über Howley durchscrollte.

In seinem Kopf kristallisierte sich eine Idee heraus, aber er war sich nicht sicher, ob sie funktionieren würde. Vor nicht einmal einer Minute hatte er versucht, den Jungen anzurufen, doch der hatte nicht abgenommen. Natürlich nicht. Es war ja auch schon nach Mitternacht. Wahrscheinlich schlief er.

Wo war Fitzroy, wenn er sie brauchte? Er wählte erneut ihre Nummer. Zum millionsten Mal an diesem Tag. Sie ging nicht dran. Was auch sonst.

Jakey fielen wieder die Augen zu, und diesmal blieben sie geschlossen. Erdman hielt ganz still. In ein paar Minuten, wenn er sicher war, dass sein Sohn schlief, würde er ihn nach oben tragen. Seine Träume von der Rettung der Welt konnten bis morgen warten.

Er schaltete den Fernseher aus. Im Zimmer wurde es still.

Ein Auto fuhr vorbei, und an dem gedämpften Geräusch erkannte Erdman, dass es wieder angefangen hatte zu schneien. Er gähnte. Wahrscheinlich sollte er auch schlafen. Morgen würde ein schwieriger Tag werden.

Er erhob sich mühsam vom Sofa. Jakey wurde älter und schwerer. Erwachsen würde er allerdings nie werden, nie eine eigene Familie haben. Der Gedanke erfüllte Erdman mit tiefer Traurigkeit. Und er war nicht nur für Jakey traurig, sondern auch für sich selbst und für Lilith.

Er beobachtete seinen Sohn, seine Muskeln wurden weich, und sein Kiefer erschlaffte.

Dann vibrierte das Rechteck aus Metall und Plastik, Erdmans Mobiltelefon.

Er starrte es an, als könnte er es nicht glauben. Da lag es. Auf der Armlehne des Sofas. Und blinkte und pulsierte. Plötzlich kam Leben in Erdman, und er nahm das Gespräch an, bevor der Anrufer wieder auflegte.

Der Junge sprach ängstlich, hektisch; die Worte purzelten nur so aus seinem Mund.

»Ganz langsam«, sagte Erdman. »Fang noch mal von vorn an.«

Während er zuhörte, nahm die Idee in seinem Kopf, die eben noch recht vage und verschwommen gewesen war, plötzlich Gestalt an. Es war ein letzter, verzweifelter Versuch.

Er ließ den Jungen ausreden, dann war es an Erdman, ihm Fragen zu stellen.

»Du meinst jetzt?« Pause. »Ich bringe Jakey mit.« Wieder eine Pause. »Ja, natürlich. Ich rufe sie sofort an.« Erdman raufte sich die Haare. »Okay, wo?« Stille. »Wir werden da sein«, sagte er.

Erdmans Herz raste. Sofort versuchte er wieder, Fitzroy zu erreichen.

»Los, komm schon, geh endlich ran, verdammt!«, murmelte er.

Als er zu seinem Sohn hinschaute, war Jakey wach und beobachtete ihn.

»Ich bin bereit, Daddy«, sagte er.

64

Der Klang der Sirenen erinnerte Fitzroy immer wieder daran, dass die Stadt ein lebendes, atmendes Gebilde war. Millionen Stimmen. Millionen Herzen. Alle verschieden. Alle menschlich.

Der Lärm, mit dem die Einsatzkräfte unterwegs waren, konnte ein Baby zum Schreien bringen und so den Streit entfachen, der zur Scheidung führte. Oder er konnte dafür sorgen, dass der betrunkene Jugendliche verharrte, bevor er vom Gehsteig auf die Straße trat, und dieser Moment des Zögerns konnte dann ganz knapp – um die Breite eines Außenspiegels etwa – sein Leben retten.

Der Schmetterlingseffekt.

Aber hier in diesem alten Fischerort, zwischen dem Kopfsteinpflaster und der dezenten Schönheit des Mündungsgebietes, klangen die Sirenen des Rettungswagens so misstönend wie Gewehrfeuer.

Fitzroys Karriere war so gut wie beendet.

Sie schaute in den Himmel, betrachtete das bleiche Gesicht des Mondes im Wasser. Das erinnerte sie an einen anderen Himmel, einen anderen Mond. Ein Hotelzimmer an einer vielbefahrenen Straße. Die Sehnsucht nach menschlicher Wärme. Danach waren sie beide verlegen gewesen; nicht wegen der Sache an sich, sondern weil sie sich beide ohne Sinn und Verstand darauf eingelassen hatten. Weil sie die Kontrolle verloren und sich ganz der Chemie, dem Überschwang hingegeben hatten. Und weil sie sich schmutzig fühlten.

Sie waren übereingekommen, erst einmal Abstand voneinander zu halten.

Genau genommen, war sie ja noch mit David verheiratet.

Aber dieses eine Mal hatte schon ausgereicht.

Der Funke der Schöpfung.

Er wusste es immer noch nicht. Als sie neulich mit Dashiell auf einen Drink ausgegangen war, hatte sie es ihm eigentlich sagen wollen, aber dann hatte es in dieser finsteren Nacht doch keine Gelegenheit mehr dazu gegeben.

Leben versus Tod.

Der Anfang und das Ende.

Antonia Storm lag in Howleys Haus und war entweder bewusstlos oder tot. Und Fitzroy war schuld daran. Ein weiterer Makel, der sich für immer mit ihrem Namen verband. Der Todesstoß.

Sie würde ziemlich sicher suspendiert werden. Wahrscheinlich sogar auf die Straße gesetzt. Ohne Pensionsansprüche, ohne Perspektive. Sie konnte natürlich lügen, aber das passte nicht zu ihr, und wenn Storm überlebte und ihre Version mit der von Fitzroy nicht übereinstimmte, würde alles noch tausend Mal schlimmer.

Clara Foyle würde niemals gefunden werden, wenn Fitzroy von dem Fall abgezogen wurde.

Dieser Gedanke bereitete ihr Bauchschmerzen.

Der Rettungswagen rollte über das Pflaster und tauchte die Mauern der Häuser in sein grellblaues Licht.

Sie trat auf die Straße hinaus und winkte.

Es war ihre Pflicht, hierzubleiben. Um ihrer kranken Kollegin beizustehen. Und auch, um sich selbst untersuchen zu lassen. Schließlich wusste niemand, was genau das für ein

Pulver war, mit dem sie in Berührung gekommen war. Ob es Auswirkungen auf das Baby haben würde.

Sie sollte bleiben.

Sie würde bleiben.

Ein kleines Stück hinter dem Rettungswagen sah sie die massige Gestalt eines Feuerwehrautos. Es war stehen geblieben, weil es zu breit war, um durch die schmale Straße zu fahren, ohne die auf beiden Seiten parkenden Autos zu beschädigen.

Zwei Feuerwehrmänner in Schutzanzügen rannten, gefolgt vom Rest der Mannschaft, auf sie zu. Und direkt vor ihnen hielten gerade die Sanitäter.

Fitzroys Telefon klingelte erneut, und im Display erschien eine Nummer, die sie nicht kannte. Von derselben Nummer war sie schon den ganzen Nachmittag angerufen worden. Aber sie ging nicht dran. Sie ertrug es nicht, jetzt mit jemandem zu sprechen; die Worte laut auszusprechen und den ganzen Horror, der sich hier ereignet hatte, in Untersuchungen und Disziplinarverfahren münden zu lassen. Mit dem Büro des Coroners zu sprechen. Mit der Familie von Storm.

Die Mannschaft von der Feuerwehr kam bei ihr an. Sie müssten sie unter Quarantäne stellen, sagten sie. Nur zur Sicherheit. Es ging ihr gut. Sie fühlte sich gut. Sie erzählte dem Einsatzleiter, was sie wusste, und schaute dann zu, während er sich mit seinem Team beriet, sie ihre Atemschutzgeräte aufsetzten und ins Haus gingen.

Sie mussten Storm dekontaminieren, bevor sie sie behandeln konnten. Wodurch weitere kostbare Minuten verlorengingen.

»Haben Sie die Chemikalie eingeatmet?« Der Einsatzleiter organisierte sein Team und errichtete Sicherheitsabsperrun-

gen. Möglicherweise mussten sie die anderen Bewohner eva-
kuieren. Nur zur Sicherheit. Wieder dieser verdammte Satz.
Was war das Leben ohne Risiko?

Einer der Männer aus seinem Team machte ihm Zeichen,
und er hielt einen Finger hoch, um Fitzroy zu signalisieren, dass er kurz abgelenkt war. Inzwischen fielen schwere
Schneeflocken vom Himmel.

Fitzroys Handy klingelte schon wieder. Dieselbe Nummer.
Verdammt. Ihr Pflichtgefühl siegte.

»Ja ...«

Sie klang barsch, abgelenkt und hörte gar nicht richtig zu.
Ihre Aufmerksamkeit war auf die Feuerwehrleute und die
machtlosen Sanitäter gerichtet. *Beeilen Sie sich doch*, dachte
sie. *Beeilen Sie sich.* Die örtliche Polizei würde bald eintreffen. Der Boss war auch bereits unterwegs.

»DS Fitzroy?«

»Ja.«

Die Stimme war ihr vertraut, aber sie konnte sie nicht
sofort einordnen; sie wusste nur, dass sie deren tiefen, freundlichen Ton kannte. Und das, obwohl sie zusammen mit diesem Mann dem Tod ins Auge geblickt hatte.

»Ich bin's. Erdman Frith, der Vater von Jakey.«

Erleichterung. Ihm brauchte sie nichts zu erklären.

»Ihre Nummer hat sich geändert.«

Er klang überrascht. »Das ist mein Arbeitshandy.« Pause.
»Ich habe Ihnen mehrere Nachrichten hinterlassen.«

Schuldgefühle, mal wieder.

»Wie geht es Jakey?«

»Na ja, Sie wissen ja ...« Er klang durch und durch müde
und frustriert. Sie sah seine hängenden Schultern förmlich
vor sich. Vielleicht hatte sich Jakeys Zustand verschlimmert,

oder der Junge litt immer noch sehr unter den Nachwirkungen seiner Entführung. Oder beides.

»Es ist spät, Mr Frith. Was kann ich für Sie tun?«

Er redete nicht lange drum herum. »Howley.«

Plötzlich bekam sie keine Luft mehr.

»Morgen werden wir in ein sicheres Versteck gebracht.«

»Gut.«

»Glauben Sie, Sie haben ihn bald?«

Sie wusste nicht, was sie antworten sollte.

»Bitte, sagen Sie's mir.« Ein sanftes Flehen.

»Nein.«

Sie war zu unglücklich, um auch nur zu versuchen, ihre Unfähigkeiten und Fehler zu erklären oder zu entschuldigen. Wenn Howley vorgehabt hatte, heute Abend in sein Haus zurückzukehren, würde er es jetzt nicht mehr tun. Sie hatte ihre Kollegin in Gefahr gebracht und ihre beste Chance vermasselt.

»Das dachte ich mir schon ...«

Was konnte sie darauf sagen?

»... und genau deshalb rufe ich an.«

Der erste Streifenwagen kam in hohem Tempo angefahren. Eine Nachbarin spähte aus ihrem Fenster und auf Fitzroy herab, und am liebsten hätte sie sie angeschrien und sie gefragt, warum sie so glotzte. Oder einen Stein durch ihr hübsches Bleiglasfenster geworfen.

»Reden Sie weiter.«

»Sie sind jetzt an seinem Haus, oder?«

»Woher, zum Teufel, wissen Sie das?«

»Jemand in der Redaktion hat einen Tipp von einem Kontaktmann bekommen. Er ist mit einem Fotografen auf dem Weg dorthin.«

»Mist!« Sie presste die Fingernägel in ihren Handballen.

»Aber ich glaube, ich kann Ihnen vielleicht helfen.« Er klang zögerlich, unsicher.

»Wie meinen Sie das?«

Plötzlich war sie hellwach.

»Es gibt etwas, das Sie wissen sollten. Mich betreffend. Und Jakey.«

Ting.

Ein Polizist sprach mit dem Einsatzleiter, und sie zeigten in ihre Richtung, drehten sich aber schnell um, als sie sahen, dass Fitzroy sie anschaute.

»Was denn?«

»Wir haben eine Idee, wie man ihn anlocken könnte.«

»Wie?«

»Jakey.«

»Nein.«

»Es wird funktionieren …«

»Nein.«

»… aber es muss heute Nacht passieren.«

»Nein.«

»Sonst bringt er Clara um.«

Sie erstarrte. Die ganze Welt blieb stehen.

»Sie lebt?«

»Ja.«

»Woher wissen Sie das?«

Die Festigkeit seiner Stimme verblüffte sie. Wie konnte er so ruhig klingen, obwohl ihr der Boden unter den Füßen wegzukippen drohte?

»Lassen Sie es mich erklären, Fitzroy. Und dann entscheiden Sie. Das ist das mindeste, was Sie uns schulden.«

Sie konnte das nicht unterstützen. Und würde es auch nicht tun. Es war unverantwortlich und absolut hirnverbrannt.

Aber das Orchester in ihrem Kopf nahm seine Instrumente zur Hand und stimmte sie; bereitete sich auf das Crescendo vor, auf das Fortissimo. Das Finale. Ja, sie hatte bereits viele Probleme. Aber das war eine einmalige Chance. Ihre Karriere hatte sie sich ohnehin schon versaut, doch vielleicht konnte sie Clara auf diese Weise retten. Und Howley zu Fall bringen. Sie würde zuhören, sonst nichts. Keine Versprechungen.

»Wie schnell können Sie mich abholen?«

Dem Polizisten, dem die undankbare Aufgabe zugefallen war, sie im Auge zu behalten, rief Fitzroy zu, sie müsse sich mal erleichtern. Er nickte und schaute dann diskret zur Seite.

Als sie sicher war, dass niemand sie beobachtete, kletterte sie über die Ufermauer auf den Strand und lief los.

Bei jedem Schritt, jedem Abdruck, den sie im Sand hinterließ, dachte Fitzroy daran, dass sie Erdman Frith' Anruf beinahe ignoriert hätte. Und dass die nächsten Stunden möglicherweise alles verändern würden.

Dass ein einzelnes Gespräch die Zukunft verändern konnte.

Die Zukunft von allen.

Der Schmetterlingseffekt.

65

Clara war gerade dabei, ihre Suppe hinunterzuschlingen – die erste heiße Mahlzeit seit drei Monaten –, als in dem Bauernhaus das Licht ausging.

Sie wimmerte, weil die Dunkelheit anders war als die in normalen Winternächten. Dies war eine Dunkelheit mit jagenden Schatten und Gestalten, die lautlos durch das Reich des Todes glitten. Dies war die Dunkelheit des Nachtmanns.

»Mach dir keine Sorgen, Kleines«, sagte Joan beruhigend; sie legte das Messer hin und reichte Clara eine dicke, mit gesalzener Butter bestrichene Brotscheibe.

»Christopher!« Joans Ruf hallte durch die Küche und den Flur, ins Wohnzimmer und die Treppe hoch. Dann noch einmal, sehr viel lauter, ungeduldiger: »Christopher!«

Sie durchwühlte eine Schublade nach Kerzen und wandte sich dann mit einem besänftigenden Lächeln zu Clara um, obwohl das Kind sie in der dunklen Küche nicht sehen konnte. »Das ist nur die Sicherung. Christopher wird sie in einer Mi…«

Das Geräusch von splitterndem Glas ließ Joan verstummen; die restlichen Worte blieben ihr im Hals stecken. Clara wimmerte erneut, und Joan ging zu ihr; plötzlich hatte sie Angst.

Das Mädchen zitterte am ganzen Körper. Für Joan, die ihren Arm fürsorglich um seine schmalen Schultern gelegt hatte, fühlte es sich an, als würde das Kind durch unsichtbare Fäden, die an seinen Gliedern rissen, in ein tanzendes Skelett verwandelt.

»Das ist er«, flüsterte Clara. »Er ist hier.«

Joan war eine praktisch denkende, nüchterne Frau, und sie war dem Tod bereits begegnet. Sie hatte zusehen müssen, wie ihre Mutter Maud der Demenz zum Opfer fiel. Damals war es Joan so vorgekommen, als hätte der Henker seine schwarze Haube über ihre Mutter gestülpt, bis nur noch ihre Augen zu erkennen waren.

Zudem war es Joan gewesen, die die Leichen der geköpften Hühner nach *der Nacht der langen Zähne*, wie sie sie insgeheim nannte, in eine Schubkarre geladen hatte. Und sie hatte auch Elkie, Christophers Hund, unter dem Weidenbaum begraben, während ihr Mann an seiner Pfeife paffte und still weinte.

Aber die schleichende Kälte, die jetzt unter den Türen und zwischen den Bodendielen in den Raum drang und den Geruch von verdorbenem Fleisch mit sich brachte, war für Joan neu, ebenso wie die undurchdringliche Finsternis, die sich in ihre Kehle zu setzen schien. Sie hustete und würgte; so etwas hatte sie noch nicht erlebt.

Ihre Mutter war in einem Altenpflegeheim angestellt gewesen, bevor sie dazu verdammt wurde, durch die verlassenen Korridore ihrer Kindheit zu wandeln. Und sie hatte ihr erzählt, dass die Pfleger spürten, wann der Tod kam; dass er Einzug hielt wie ein von Energie vibrierender Wirbelwind.

Es hatte Maud immer erstaunt, dass Alzheimer- oder Schlaganfallpatienten nach Monaten, in denen kaum eine Kommunikation mit ihnen möglich war, vor ihrem Tod plötzlich wieder klar denken und sprechen konnten. Sie hatte berichtet, dass sie freudig und geradezu erleuchtet wirkten, was zu dem Phänomen gehörte, das als *terminale Geistesklarheit* bekannt war.

Doch Joan glaubte nicht, dass wirklich Freude dabei im Spiel war.

Für sie war es die *Angst*, die im Moment des Sterbens die Zungen dieser Menschen löste, und es war *Angst*, die ihren Augen diesen glasigen, erstaunten Ausdruck verlieh.

Weil sie *ihn* gesehen hatten.

Den Sensenmann.

Den Tod.

Jetzt endlich verstand Joan, was ihre Mutter gemeint hatte. Denn sie begriff instinktiv, dass der Tod hier war, in ihrem Bauernhaus.

»Christopher!«, rief sie noch einmal, und die Angst schärfte das Wort zu einem stählernen Messer, das die Stille aufschlitzte.

Doch Christopher mit seiner Flinte Kaliber 12 und seinem beruhigenden massigen Körper antwortete nicht.

Links von der Kochinsel, die in der Mitte der Küche stand, befand sich eine alte Holztür in der Wand. Sie hatte einen runden Knauf, und nach dem griff Joan nun.

»Wir müssen uns verstecken«, sagte Joan. »Im Keller.« Als Clara sich nicht rührte, packte sie das Mädchen bei den Schultern und zerrte es von seinem Stuhl. »Schnell!«

Aber das Eis in Claras Adern sorgte dafür, dass sie starr stehen blieb und ihre Atmung sich verlangsamte. Ihre Zähne klapperten. Sie *konnte* sich nicht bewegen.

Dann war der Geruch des Todes in der Küche und verpestete die Luft, und Clara schrie, weil sie diesen Geruch kannte.

Der Nachtmann.

Der Zugang zum Keller, eine feuchte Falle, die ein halbes Dutzend Flaschen von Christophers selbstgemachtem Wein und eine ganze Mäusebrigade beherbergte, befand sich auf der einen Seite der Küche, die Arbeitsfläche mit dem Brotmesser auf der anderen. Joan begriff es zu spät. Das Brotmesser lag zu weit weg, um ihr nützlich sein zu können.

Auch Joan nahm den Geruch wahr. Er weckte in ihr Erinnerungen an das Einmachglas, das immer auf dem Fensterbrett ihrer Mutter gestanden und in dem sie Kupfermünzen für die Brustklinik gesammelt hatte. Und an warmen Sommertagen hatte der Geruch dieser Münzen in der Luft gehangen.

Doch diese Erinnerung wurde durch den Schatten von etwas Größerem ausgelöscht, das vor ihr aufragte. Und durch einen anderen Geruch, den Joan sofort erkannte, wie jede Bäuerin es tun würde. Denn auch wenn Christopher gern etwas anderes behauptete, interessierte sie sich durchaus für das, was mit ihren Kühen geschah; sie hatten sogar einmal den örtlichen Schlachthof besichtigt.

Das hier roch genauso, und doch anders.

Blut.

Frisches Blut.

Hitze wallte durch Joans Körper, und gleich darauf ergriff eine eisige Taubheit von ihr Besitz, die kribbelnd über ihre Haut wanderte und sich schließlich in ihrer Magengrube einnistete.

Von wem stammte dieser Geruch nach Eisen und Erde? Von ihren Kühen? Von Christopher? Sie widerstand dem Drang, erneut seinen Namen zu rufen, und schob Clara grob hinter ihren Rücken, verdeckte sie mit ihrem eigenen Körper.

»Geben Sie sie mir.«

Die Stimme klang höflich, doch aus ihr sprachen die Bürde des Alters und langer, düsterer Jahre voller Gewalttaten. Es war eine Stimme, die Aufmerksamkeit forderte. Sie bedeutete Angst, Tod und Schmerz, verpackt in das dunkle Timbre eines Psychopathen.

Die Lichter flackerten und gingen wieder an.

Jetzt sah Joan ihn. Der Mann in der Küche war sehr viel größer als ihr Mann. Er trug einen Anzug, und auf seinem weißen Hemd sah sie dunkelrote Spritzer.

Das Skelett eines kleinen Säugetiers hing lose in seiner behandschuhten Hand. In der anderen Hand hielt er ein Skalpell und eine Flinte.

In der Küche herrschte Stille; nur der Atem dreier Menschen war zu hören und ein Geräusch, das wie ein tropfender Wasserhahn klang.

Joan schaute zu Boden.

Von der Jacke des Fremden fielen dicke Tropfen auf den Boden und bombardierten die Fliesen mit rubinrotem Regen. Der Stoff seines schwarzen Anzugs war durchnässt, was ihm eine noch tiefere Dunkelheit verlieh.

Tropf.

Tropf.

Tropf.

Joan wusste es natürlich nicht, aber das Blut stammte von ihrem Mann, der im Flur lag; eine Glasscherbe hatte sich durchs Auge in sein Hirn gebohrt und eine zweite mit einem präzisen Schnitt seine Kehle aufgeschlitzt.

Der Knochensammler, der Nachtmann, der Mann, der den Tod mit sich brachte, beäugte Joan und die dünnen Beine von Clara Foyle, die hinter ihr stand.

»Geben Sie sie mir«, sagte er erneut. Seine Stimme war eine Drohung und ein Versprechen.

Joan rührte sich nicht.

Er machte einen Schritt auf sie zu.

Lächelte.

Und warf das Skalpell in Richtung ihres Kopfes.

Joan duckte sich und zog Clara mit zu Boden, das Kind schrie auf. Er ging ohne Eile auf sie zu. Schaute auf seine Uhr. Noch zwei Minuten, vielleicht etwas mehr.

Er spannte den Hahn der Waffe und zielte auf sie beide.

»Ihr Leben für das des Mädchens.« Leise, fast sanft. Eine Liebkosung.

Joan stellte sich ihr Gewissen wie ein Blatt Papier vor, das in zwei Hälften gerissen wurde. Wenn sie ablehnte, waren sie wahrscheinlich beide tot. Aber wenn sie es ihm leichtmachte, gab es eine Chance, dass er sie verschonen würde.

Verräterische Gedanken stürmten auf sie ein.

Sie hatte nichts von all dem hier gewollt. Sie war erst fünfundfünfzig Jahre alt und gesund. Dieser Mann hatte es nicht auf sie abgesehen. Wenn dieses Kind nicht wäre, das die Finsternis in ihr Haus gebracht hatte, hätten sich ihre Wege nie gekreuzt.

Sie schuldete Christopher, dass sie um ihr Leben kämpfte.

Joan Cherry erhob sich und zog Clara mit sich hoch. Als sie beide standen, gab sie dem Kind einen Schubs und drängte es so in seine Richtung.

Das ungläubige Erstaunen über den Verrat, das sich in Clara Foyles Gesicht abzeichnete, sollte Joans letzte Erinnerung bleiben.

Der Nachtmann durchquerte mit drei schnellen Schritten die Küche. Er nahm Joans Holzhammer, den sie zum Fleischklopfen verwendete, und schlug ihn in die Mulde an ihrer Schläfe.

»Ich sagte: ›*Ihr* Leben für das des Mädchens.‹ Danke für Ihr Opfer.«

Der Hammerschlag fügte ihrem Pterion, der dünnsten Stelle des Schädelknochens, ernsthaften Schaden zu, doch er tötete Joan nicht. Das tat die Angst, die schließlich einen Herzstillstand herbeiführte. In weniger als einer Minute war Joan tot.

Jetzt gab es nur noch Clara und den Nachtmann.

So wie es immer gewesen war.

So wie es immer sein würde.

Der Nachtmann zeigte Clara das Skalpell.

»Es wird sich anfühlen wie einzuschlafen, meine Kleine.«

Er hockte sich neben Clara und zog sie an sich. Dann drückte er die Klinge an ihren Hals und beobachtete ihren hektisch zuckenden Puls.

Flick.

Flack.

Flick.

Flack.

All die Jahre, all der Kummer, der Verlust, die Liebe, die Pflicht und das Privileg, und dann am Ende: ein einziger schöner Moment. Claras Hände lagen in ihrem Schoß. Sie zitterten. Er strich voller Staunen und Bewunderung mit dem Daumen darüber.

Während die Sekunden vergingen, wurde ihm klar, dass er weder die Zeit noch die Lust hatte, das Gewicht ihres ganzen Körpers zu schultern; dass er ihre Hände abtrennen musste, um seine Flucht zu vereinfachen.

In diesem Moment des Überlegens unterlief dem Knochensammler ein Fehler.

Weil er den Blick von Clara abwandte, weil er sich von ihrer Deformation hinreißen und seine Gedanken abschweifen ließ, entging ihm das kurze Aufblitzen in ihren Augen. Und so war er nicht darauf vorbereitet, dass dieses Mädchen, das immer so fügsam gewesen war, den Mut aufbrachte, seine Flucht zu planen.

Aber Clara hatte einen kleinen Vorgeschmack auf die Freiheit bekommen und wollte jetzt mehr davon. Als der Nachtmann ausholte, um das Skalpell mit der nötigen Kraft gegen sie führen zu können, bleckte Clara die Zähne und fauchte wie ein wildes Tier, das gegen seinen Willen festgehalten wird.

Der Nachtmann zweifelte keine Sekunde an seiner Überlegenheit; er tätschelte ihre Schulter und umklammerte sie an der Taille fester.

Im gleichen Moment hob Clara die Hand und rammte ihren Daumen mit aller ihr zur Verfügung stehenden Kraft in das Auge des Nachtmanns. Was für eine Ironie, dass ausgerechnet die Exemplare, auf die er am meisten versessen war, ihn am Ende zu Fall brachten.

Er schrie auf und hielt sich instinktiv die Hände vors Gesicht, wodurch Clara sich ihm entwinden konnte. Sie rannte aus der Küche und lief durch den Flur auf die Tür des ihr fremden Hauses zu.

Direkt an dem immer noch blutenden, toten Christopher Cherry vorbei.

Sie schrie.

Der Nachtmann war schon wieder auf den Beinen, seine glänzenden schwarzen Schuhe hallten auf dem Steinboden wider. Clara streckte ihre Hände gerade nach der Türverriegelung aus, die ein bisschen zu weit oben saß für eine Fünfjährige, als er zu ihr in den Flur trat.

Er rannte nicht, der Nachtmann, der Knochensammler. Das hatte er nicht nötig, denn er wusste, wie er mit der Dunkelheit verschmelzen konnte.

Clara versuchte, auf den Zehenspitzen stehend, immer noch, die Klinke zu erreichen, als der dunkle Flur plötzlich in grelles Licht getaucht wurde. Sie hielt einen Moment inne und fragte sich, ob sie schon tot war, aber dann huschten die Lichter weiter, und man hörte Motorengeräusche, das Zuschlagen von Autotüren, Stimmen.

Und das Geräusch des Türklopfers.

Clara schaute sich in dem Flur um, zog ein kleines Schuhregal zur Tür, ignorierte die herabfallenden Stiefel und Schuhe und kletterte auf die wacklige Konstruktion.

Ihre Hand schloss sich um die Verriegelung, und endlich, endlich öffnete sich die Tür, und sie stand vor einem Mann und einer Frau in Polizeiuniform.

Das kleine Mädchen drehte sich zu der Stelle um, an der der Nachtmann gestanden hatte. Der Flur war leer. Sie glaubte, das Knirschen seiner Schuhe in der Dunkelheit zu hören, aber sie war sich nicht sicher.

»Hallo«, sagte die Polizistin und legte einen Arm um die Schulter des Kindes. »Bist du Clara Foyle?«

Ihre Stimme klang sanft wie warmes Badewasser, die Frühlingssonne, die Berührung einer mütterlichen Hand.

Und endlich konnte Clara ihren Tränen freien Lauf lassen.

66

Saul wollte gerade die vereiste Wiese überqueren, als er ein Bataillon von Frontscheinwerfern die Straße am unteren Ende der Weide hochkommen sah.

Blaue Lichter tanzten über der Hecke und verschwanden dann wieder. Saul brauchte nicht lange, um sich einen Reim darauf zu machen. *Die verdammten Bullen sind da.*

Er schloss die Augen, als könnte er, indem er die Welt ausblendete, alle Erinnerungen an seine Vergangenheit auslöschen und die Zeit bis zu dem Punkt zurückspulen, an dem er noch ein kleiner Junge gewesen war und die Felsbrocken, die jetzt auf seinen Schultern lasteten, noch auf der Erde gelegen hatten.

Wenn die Lichter flackerten, aber die Sirenen abgestellt waren, bedeutete das, dass die Polizei keine Aufmerksamkeit auf sich ziehen wollte. Plötzlich gingen die zuckenden Lichter, die die Bäume blau färbten, aus. Nun hörte er nur noch das Knirschen ihrer Autoreifen, als sie über die unebene Straße rollten.

Der Autoschlüssel lag schwer in Sauls Hand.

Er war selbst noch nie gefahren, aber er hatte seine Freunde beneidet, die zum siebzehnten Geburtstag Fahrunterricht geschenkt bekommen hatten. So etwas würde er niemals geschenkt bekommen, Gloria besaß kein Auto, hatte nie eines besessen. Seine Kumpels zogen ihn damit auf, aber Saul ließ es an sich abprallen. Posh Dan gab dauernd damit an, dass er sie alle in dem Audi seines Vaters herumkutschieren würde, wenn er die Fahrprüfung hinter sich gebracht hatte. Die Gefahr bestand allerdings so bald nicht.

Mr Silvers Wagen, der am anderen Ende der Weide hinter dem Gatter abgestellt war, bedeutete eine Chance. Ein Ausweg. Für sie beide. Wie schwer konnte das mit dem Autofahren denn schon sein, verdammt? Es gab doch bloß ein Lenkrad und ein paar Pedale.

Das Auto war nicht abgeschlossen, und er setzte sich auf den Fahrersitz.

Mr Silvers Schuhe drückten inzwischen. Saul lockerte die Schnürbänder, schlüpfte aus den Schuhen und warf sie in den Fußraum des Beifahrersitzes. Dann spreizte er seine Zehen und genoss es, seine Fußsohlen auf dem harten Metall der Pedale zu spüren.

Saul steckte den Schlüssel ins Zündschloss und drehte ihn.

Das Auto sprang kurz an und machte einen Satz nach vorn, dann war der Motor abgewürgt.

Mist.

Saul versuchte verzweifelt, sich an Details übers Autofahren zu erinnern, die er mal aufgeschnappt hatte, aber ihm fiel nur Glorias idiotischer Freund aus Luton ein, der sein Auto irgendwann mit dem falschen Kraftstoff betankt hatte und mehrere hundert Pfund für das Entleeren und Reinigen des Tanks hinblättern musste.

Um die Wahrheit zu sagen, hatte er nicht den leisesten Schimmer, wie man fuhr.

Er probierte es erneut und trat dabei nach dem Zufallsprinzip auf den Pedalen herum.

Der Wagen bewegte sich noch einmal ruckartig ein Stück nach vorn.

Saul versuchte zu erraten, welchen Weg Mr Silver genommen hatte. Die sich fast lautlos fortbewegenden Streifenwagen fuhren alle in dieselbe Richtung. Deshalb war wohl davon auszugehen, dass Mr Silver und Clara sich ebenfalls dort aufhielten. Wenn er den Ritter in der glänzenden Rüstung spielen wollte, musste er schnellstens eine Rettungsmaßnahme einleiten.

Er probierte es noch einmal. Nichts.

Zehn Minuten vergingen. Fünfzehn. Saul fröstelte, wurde unruhig. Wenn die Polizei ihn fand, wäre er dran. Er drehte ein weiteres Mal den Schlüssel im Zündschloss, ein Fuß auf dem Gaspedal, den anderen auf der Kupplung, die Hand am Schaltknüppel, wie er es bei Mr Silver gesehen hatte. Und wie durch ein Wunder sprang der Wagen an.

Saul ließ den Motor aufheulen; der Lärm zerriss die nächtliche Stille.

Eine Minute später trat Mr Silver mit seiner Reisetasche in der Hand aus der Dunkelheit und öffnete die Tür.

Die Innenbeleuchtung des Wagens tauchte seinen Auftritt in grelles Licht. Saul rutschte wieder auf den Beifahrersitz.

»Schnell«, sagte er zu dem alten Mann, »die Polizei ist hier. Ich hab sie gesehen.«

Er versuchte, den merkwürdigen Geruch auszublenden, der in seine Nase drang. Mr Silver trug Handschuhe und umklammerte das Lenkrad; auf seinem Schoß lag das Skelett eines kleinen Tieres. Was Saul unmöglich ignorieren konnte, war Mr Silvers Auge, denn das war komplett mit Blut gefüllt. Das Auto bog langsam auf die Straße ab.

»Wo ist …?« Saul wusste nicht, wie er den Satz beenden sollte, und versuchte es so: »… Ihr Auge?« Er wollte Mr Silver fragen, was mit Clara passiert war und ob er im Dunkeln überhaupt sicher fahren konnte und was eigentlich mit der Polizei war. Er wollte fragen, ob Mr Silver zum Wohnwagen zurückgekehrt war, um seine Tasche zu holen oder um Saul zu holen, seinen *Sohn*. Aber Mr Silver saß wie versteinert da, nur seine Finger bewegten sich auf dem Lenkrad, während das Auto die holprige Straße entlangfuhr.

Draußen fiel Schnee.

Drinnen lief eine blutige Träne über Mr Silvers eingefallene Wange.

67

00.37 Uhr

Um unangenehmen Gesprächen mit dem Boss aus dem Weg zu gehen, hatte Fitzroy ihr Handy und alle anderen Kommunikationsmittel ausgeschaltet. Sie hatte ihm eine Nachricht geschickt, um zu erklären, was mit Toni Storm passiert war, und er hatte ihr von unterwegs kurz darauf geantwortet. Er würde innerhalb der nächsten zehn Minuten in Leigh-on-Sea eintreffen. Aber solange er nicht mit ihr gesprochen hatte, konnte er sie nicht suspendieren.

So kam es, dass Fitzroy nicht erfuhr, dass Clara Foyle fünfzehn Wochen nach ihrer Entführung lebend gefunden worden war. Sie wusste nur, dass Erdman Frith seinen Sohn durch den Sand trug, um sie in der dunkelsten Stunde der Nacht zu treffen.

Und laut Auskunft von Mr Frith, der sie noch nie belogen hatte, stand Claras Leben auf dem Spiel.

Woher er das wusste oder was sie mit dieser Information anstellen würde, war ihr in diesem Moment selbst noch nicht klar.

»Schön, Sie wiederzusehen«, sagte Mr Frith.

»Lügen Sie mich nicht an«, sagte sie, aber als er grinste, verlor sie ein bisschen von ihrer Angst vor der Zukunft.

»Hallo, Jakey.« Sie bückte sich, um seine Hand zu berühren.

Dann betrachtete sie die beiden. Vater und Sohn. Die gleichen Augen. Das gleiche rostbraune Haar. Die gleiche entschlossene Miene.

»Überzeugen Sie mich«, sagte sie.

Mr Frith reichte ihr sein Handy. Sie schaute sich das erste Foto auf dem Bildschirm aufmerksam an. Zwei Gesichter. Ein Junge mit weißblonden Haaren. Ein älterer Mann. Man musste sich den Bart und die gefärbten schwarzen Haare wegdenken, aber seine Augen waren die schwarzen Klumpen, die sie kannte.

Ein zweites Bild.

Das Innere eines Wohnwagens. Eine schmutzige Matratze. Ein alter Stoffhase.

Mr Frith zog ein weiteres Foto aus der Tasche. Derselbe Junge in der Tür eines Hauses in der Altstadt. Fitzroy kannte das Cottage. Sie erkannte die Haustür.

Ting.

»Der Junge heißt Saul«, sagte Mr Frith. »Er sagt, der Mann heißt Mr Silver. Er bringt ihn uns. Aber wir müssen jetzt los.«

Das Orchester spielte nun in voller Lautstärke. Fitzroy wollte ihn fragen, wie das alles zustande gekommen war und warum er ihr das nicht schon früher erzählt hatte. Aber dann fielen ihr all die verpassten Anrufe ein und das künstliche

Licht auf dem Foto aus dem Wohnwagen, und es blieb keine Zeit mehr für Fragen; es blieb überhaupt kaum noch für irgendetwas Zeit.

Als sie in Frith' Wagen saßen, holte sie ihr eigenes Handy aus der Tasche. Sein schwarzes Display war eine Anklage. Was auch immer es sie kostete – und sie würde einen hohen Preis zahlen –, sie durfte die Fehler der Vergangenheit nicht wiederholen.

Der Boss nahm sofort ab.

68

00.41 Uhr

Der Knochensammler konzentriert sich auf die Straße vor ihm. Mit dem linken Auge sieht er nur verschwommen, und sein Verlust bereitet ihm großen Kummer.

Erst ist ihm der Junge gestohlen worden, und jetzt ist auch das Mädchen weg.

Die Ausstellungsstücke J und C.

Er befürchtet, die Fassung zu verlieren, wenn er etwas sagt, und deshalb schweigt er, obwohl er Sauls Blicke auf sich spürt. Obwohl sein Sohn darauf wartet, dass sein Vater die Führung übernimmt.

Die Landschaft zieht vorbei, bis hinter einer Kurve das Meer auftaucht.

Es hat aufgehört zu schneien.

Er holt langsam und tief Luft, nutzt die Zeit, um Ordnung in seine Gedanken zu bringen.

Sein Sohn beugt sich vor, und das Radio durchbricht die Stille.

Musik, Geplauder und plötzlich die Stimme eines Ansagers.

Eine Eilmeldung für alle Nachteulen da draußen. Unbestätigten Berichten zufolge wurde eine Ermitt-lerin der Londoner Polizei heute beim Austreten von Chemikalien in einem Haus in der Altstadt von Leigh-on-Sea schwer verletzt. Die Nachbarhäuser werden zurzeit evakuiert.
Wir informieren euch, sobald es etwas Neues gibt.

Der Knochensammler redet nicht.

Er atmet nicht.

Er tut gar nichts, außer seinen Fuß mit leichtem Druck auf dem Gaspedal liegen zu lassen.

Die Rache ist mein; ich will vergelten, spricht der Herr.

Fitzroy hat gefunden, was für sie bestimmt war.

Er spürt ein Engegefühl im Hals, er kann jetzt nicht mehr in das Cottage zurückkehren.

Die Sache kommt ihn teuer zu stehen.

Das Ausstellungsstück *S*.

Seine Kolonien.

Die vierzehn Krankenakten, die er im Royal Southern Hospital gestohlen hat, als er in jener Novembernacht des letzten Jahres geflohen ist.

Alles weg.

Und seine Kaninchen, oh, seine Kaninchen; der weiche Flaum ihres Fells und die perfekte Symmetrie ihrer Skelette.

Das Gefühl des Verlusts überwältigt ihn.

So ein großer Verlust.

69

»Bitte! Sie müssen mir Ihre Adresse geben. Dann erstatte ich Ihnen die Benzinkosten per Postanweisung.« Sie hielt den Blick auf ihre Handschuhe gerichtet, denn sie spürte plötzlich ein Brennen in den Augen. »Und danke nochmals. Ich weiß gar nicht, was ich ohne Sie gemacht hätte.«

Die Frau wandte sich lächelnd der Mitfahrerin zu. »Kein Problem, ehrlich. Jetzt gehen Sie nach Hause zu Ihrer Familie. Die machen sich bestimmt schon schreckliche Sorgen – und vergessen Sie das da nicht.«

Mit einem Grinsen zeigte sie auf den Karton, der neben Sylvie auf dem Rücksitz stand.

Es war schon Nachmittag, als Sylvie ihren guten Samaritern ein paar Häuser von ihrem eigenen entfernt nachwinkte. Sie konnte nicht riskieren, dass Marshall sie in Begleitung von Fremden sah, und sie brauchte keine Uhr, um zu wissen, dass sie schrecklich spät dran war.

Das Kaninchen verhielt sich ruhig, nach dem traumatischen Tag schlief es nun. Sie hob den Karton vom Boden hoch. Dabei öffnete sich die Wunde an ihrer Hand wieder, doch der Schmerz war harmlos im Vergleich zu ihren heftigen Bauchkrämpfen.

Die Vorhänge am Haus von Mrs Manning bewegten sich, als sie vorbeiging. Sylvie hatte es ziemlich gut geschafft, sich den Schmutz aus dem Gesicht und von den Kleidern zu wischen. Den größten Teil der Autofahrt hatte sie damit verbracht, sich zu überlegen, was sie Marshall sagen würde.

»Ich bin hingefallen und hab mir die Hand an einem Stein aufgeschlitzt. Und weil ich danach zum Arzt musste, habe ich den Bus verpasst.«

»Ich wollte nach den Tomaten sehen. Dabei bin ich ausgerutscht und mit der Hand durch das Glas des Gewächshauses gestoßen. Und weil die Wunde verarztet werden musste, habe ich den Bus verpasst.«

»Ich habe einen Teller fallen lassen und mich geschnitten, als ich die Scherben aufkehren wollte. Und weil die Wunde verarztet werden musste, habe ich den Bus verpasst.«

Sie hielt den Karton verlegen im Arm. Das war eine dumme Idee gewesen, aber jetzt war es zu spät; sie konnte ihn ja nicht einfach irgendwo zurücklassen. Sie stellte sich Brians Freude vor. Er hatte den Tod des Kaninchens, das sie ihm zum sechsten Geburtstag geschenkt hatte, nie recht verwunden. Dieses hier würde seinen Schmerz über die Trennung von seinem Vater ein wenig lindern, hoffte sie.

»Huhu, Mrs Howley …!«

Sylvie hielt den Blick starr geradeaus und tat so, als hätte sie die größte Klatschbase der Straße nicht gehört. Sie beschleunigte ihre Schritte.

»Mrs Howley!« Sie hatte kaum die Zeit, auszuatmen, da wurde sie schon wieder gerufen, und diesmal entschiedener. »Sylvie!«

Sylvie setzte eine neutrale Miene auf. Mrs Manning kam auf sie zu; sie hatte eine Schürze umgebunden und Mehl an den Händen. Wenn sie so schnell ging, sah die korpulente Nachbarin aus wie ein großes schwankendes Schiff.

»Joyce.«

Mrs Manning wischte sich die Hände so energisch an der Schürze ab, dass Staubwolken aufwirbelten. »Ich war gerade dabei, den Teig für die Pastete zu machen«, erklärte sie unnötigerweise.

»Tut mir leid, ich kann nicht stehen bleiben. Ich hab's ziemlich eilig.«

»Ja, darum wollte ich Sie ja abfangen«, sagte Mrs Manning und schaute zum Haus der Howleys hinüber.

Sylvie wartete darauf, dass die Nachbarin sich erklärte, aber es blieb keine Zeit mehr dazu, denn in diesem Moment ging die Haustür auf, und Marshall erschien im Türrahmen. Er ließ die Arme hängen und fixierte sie mit finsterer Miene.

Mrs Manning folgte Sylvies Blick. Als sie Mr Howley sah, erschrak sie sichtlich und schnappte nach Luft.

»Tut mir leid«, murmelte sie mit gesenktem Kopf und huschte zurück ins Haus.

Marshall grinste, als sie ihm über den Gartenweg entgegenkam. Es wird alles gut werden, dachte sie, und das Gefühl der Enge in ihrer Brust ließ gerade so weit nach, dass sie zurücklächeln konnte.

»Verdammt nochmal, Sylvie, wo hast du gesteckt?«

»Ich bin hingefallen und hab mir die Hand an einem Stein aufgeschlitzt. Und weil ich danach zum Arzt musste, habe ich den Bus verpasst.« Das würde zumindest auch die Schmutzreste an ihrem Mantel und ihren Handschuhen erklären.

Er kniff die Augen zusammen. »Was ist in dem Karton?«

»Ein Kaninchen.« Ihr Lächeln wurde breiter. »Für Brian.«

Marshall rieb sich über sein Kinn, und man hörte das kratzende Geräusch seiner Bartstoppeln. »Du verhätschelst den Jungen.«

Aber er erbot sich nicht, ihr den Karton abzunehmen, und

diese simple Unterlassung erinnerte sie daran, dass sie ihn in zwei Wochen verlassen würde.

»Hast du dich gut amüsiert mit deiner Schwester?«

»Es war schön, sie zu sehen«, sagte sie und stellte den Karton auf der Treppe ab. »Wir waren im Botanischen Garten, Kew Gardens.«

Sie hob langsam den Blick, um zu sehen, ob sie mit ihrer Lüge durchkam.

»Und was hat dir da am besten gefallen?« Er lächelte immer noch, war aber leicht vornübergebeugt und machte sich an der Schnalle seines Gürtels zu schaffen.

In der prallen Nahmittagshitze schien dieser Moment zwischen ihnen zu etwas Ungewissem zu zerschmelzen, zu einer Art Scheideweg, einer Besiegelung des Schicksals.

»Alles. Es ist sensationell schön da.«

Er neigte den Kopf und pfählte sie mit seinem Blick. »Aber es muss doch was gegeben haben, dass dir ganz besonders gut gefallen hat.«

Sylvie erstarrte. Sie kramte in ihrer Erinnerung nach irgendeinem Detail, das sie aus dem Radio oder der Zeitung kannte, irgendeinem hingeworfenen Kommentar, den sie sich gemerkt hatte und der sie jetzt retten konnte. Eine Fliege flog brummend um ihren Kopf.

Aber ihr fiel absolut nichts ein, weil Marshall sie so anstarrte.

»Nein«, sagte sie, »eigentlich nicht.« Und sie wusste, wie kleinlaut sie klang.

Er nickte. Sein neutraler Gesichtsausdruck verschwand, und an seine Stelle trat eine so unverhohlene Enttäuschung, dass ihr erster Gedanke war: Er weiß es.

Aber dann sprach Marshall weiter.

»Schade. Ich wollte nämlich auch immer schon mal da hin.« Er öffnete die Tür ein Stück weiter und ließ sie eintreten. »Komm rein, ich mache uns einen Tee.«

Sylvie lachte auf; ihre Anspannung war sofort verflogen. Als sie sich nach dem Karton bückte, war sie so erleichtert, dass ihr gar nicht auffiel, dass dieses zuvorkommende Benehmen ganz untypisch für ihren Mann war.

»Wo ist Brian?« Das Lächeln umspielte weiter ihre Lippen, als sie durch die Haustür eintrat. »Ich dachte, er freut sich, dass ich zurück bin.«

»Er ist unten und räumt den Keller auf«, sagte Marshall. »Warum gehst du nicht runter und sagst es ihm.«

Er schloss die Tür und zog den Gürtel aus seiner Hose.

70

00.43 Uhr

»Wohin fahren wir?«

Sauls Stimme verhallt in der Dunkelheit des Wagens. Es herrscht jetzt eine große Vertrautheit zwischen ihnen. Das spürt er, und er weiß, dass sein Sohn es ebenfalls spürt.

Aber er beantwortet Sauls Frage trotzdem nicht, weil er es nicht kann.

Er weiß nicht, wie.

Er befindet sich auf hoher See.

Treibt dahin.

Er hat erneut seine Sammlung verloren.

Und sein Zuhause.

Aber dann wirft ihm sein Sohn eine Rettungsleine zu, als könnte er Gedanken lesen.

»Ich weiß, wo wir hinfahren können«, sagt Saul lächelnd.

Er erzählt ihm von dem Plan. Dem verabredeten Treffen. Davon, was er arrangiert hat.

»Es wird Zeit, dass er zurückgibt, was er uns gestohlen hat«, sagt Saul.

Dass er »uns« sagt, bleibt nicht ohne Wirkung auf Mr Silver.

Er hört gar nichts anderes.

Plötzlich wird er von seinem Sohn gerettet, einfach so.

Stimmt, es gibt ja noch den Jungen.

Den er schon so lange haben will.

Mr Silver *muss* weitersammeln.

Für sich.

Und für seinen Sohn.

Er kann nirgends hin.

Außer dorthin.

71

01.07 Uhr

Amy schlief und schlief irgendwie doch nicht. Sie lag reglos auf der Seite, fragte sich, was sie geweckt haben mochte, und versuchte, die Geräusche der Nacht einzuordnen. Doch sie hörte nur den Rhythmus ihres schlagenden Herzens.

Poch-poch. Poch-poch. Poch-poch.

In ihrem Zimmer herrschte vollkommene, undurchdringliche Dunkelheit. Eine Diele im Flur knarzte, einmal, zweimal, dann hörte sie eine Art Rascheln, und sie wünschte sich nicht zum ersten Mal, dass Miles zu Hause wohnen würde; dass ein geliebter Mensch bei ihr wäre, den sie wecken und der ihre quälenden Ängste vertreiben könnte.

Amy setzte sich auf. Sie hatte einen trockenen Mund und fragte sich, wo sie ihr Handy hingelegt hatte. Als sie die Hand zum Nachttisch ausstreckte, streifte sie einen Gegenstand aus hartem Plastik. Die Puppe fiel mit einem dumpfen Ton auf den Teppichboden, und das Knarzen im Flur erstarb.

Sie hielt den Atem an.

Wartete.

Ihre Finger ertasteten das stummgestellte Telefon.

Achtzehn verpasste Anrufe.

Gleichzeitig ging plötzlich das Licht in ihrem Schlafzimmer an.

Miles erschien in der Tür, ihm standen die Haare kreuz und quer vom Kopf ab, und er trug einen alten Pulli und Schuhe, die nicht zusammenpassten. Seine Sonnenbräune war innerhalb weniger Tage verblasst.

Und er weinte.

Für Amy schrumpfte das Zimmer in schwindelerregendem Tempo zusammen. Sie spürte eine sengende Hitze in der Kehle. Es konnte nur einen Grund geben, warum ihr Mann, von dem sie sich entfremdet hatte, mitten in der Nacht in ihrem Zimmer erschien; nur eine Erklärung, die nicht bis morgen warten konnte.

Er nahm die Brille ab und fuhr sich mit dem Ärmel über die Augen.

Amy ertrug es nicht, seinen Schmerz zu sehen. Er war die schreckliche Bestätigung dafür, dass das Leben eine Reihe von Zufällen, von seltsamen Launen war. Dass nichts sicher war. Dass das Kind, das gekichert und genervt und ins Bett gemacht und das in jede Liebkosung all seine Liebe gelegt hatte, einfach verschwinden konnte, als sie mal nicht hingeschaut hatte.

»Nein«, sagte sie kopfschüttelnd, »nicht mein Mädchen. Nicht meine Clara.«

Aber dann veränderte sich Miles' verweintes Gesicht, und es erschien die Sonne darauf, ein Lächeln, das nicht breiter hätte sein können. Er war ein einziges Strahlen. Die Freude in Reinform.

»Du bist nicht ans Telefon gegangen.«

Amy rührte sich nicht; sie hielt die Luft an und zuckte nicht mal mit der Wimper. Sie war an das Bett gekettet, wurde vom Gewicht der Unsicherheit darauf niedergedrückt. Sie glaubte zu wissen, was Miles ihr andeutete, hatte aber höllische Angst, sein Verhalten irgendwie falsch zu interpretieren.

Und dann sagte er es; die Worte flossen aus seinem Mund wie Wasser für die Durstigen.

»Sie haben sie gefunden, sie haben unser Mädchen gefunden. Clara lebt, und sie spricht und fragt nach uns. Sie lebt.«

Amy hatte diesen Moment so lange im Kopf geprobt. Aber nun stellte sie fest, dass sie kein Wort herausbrachte, dass sie nicht weinen konnte, dass sie überhaupt nicht reagieren konnte. Es war, als wären jede Emotion, alle Hoffnung und alle Energie aus ihr herausgesogen worden.

Miles zog einige Kleidungsstücke aus dem Schrank und warf eine Hose und einen blassen Kaschmirpulli aufs Bett. »Zieh dich an, du musst dich anziehen. Wir werden auf der

Polizeistation erwartet. Sie bringen sie dorthin. Sie müssen sie befragen, um herauszufinden, was passiert ist. Und sie muss gründlich untersucht werden« – an dieser Stelle verfinsterte sich seine Miene einen Augenblick lang – »aber wir dürfen die ganze Zeit dabei sein.«

»Sie haben sie gefunden?«, krächzte Amy, als verstünde sie kaum, was Miles ihr da sagte. Sie hatte sich noch immer nicht aus dem Bett bewegt; ihre Beine zeichneten sich unter der Decke ab.

Er setzte sich zu ihr und nahm ihre zitternden Hände in seine. »Ja, meine Liebe. Clara kommt nach Hause.«

Clara kommt nach Hause.

Clara kommt nach Hause.

Clara

kommt

nach

Hause.

Plötzlich war Amy wie elektrisiert. Sie schoss aus dem Bett und rannte nach unten in die Küche. Zwei Minuten später war sie wieder oben und legte den *Little-Miss-Sunshine*-Becher auf das Bett ihrer verschwundenen Tochter.

Dann ging sie zurück in ihr Zimmer und zog eine Unterhose und einen alten BH an, ohne sich darum zu scheren, ob Miles sie sah; sie vergaß in diesem Moment, dass er sie vor Monaten das letzte Mal nackt gesehen hatte. Als sie in ihre Hose schlüpfte, schaute sie zu ihrem Mann hoch. Er betrachtete sie mit einer Art sehnsüchtigem Verlangen.

Sie griff verlegen nach dem Pulli und wärmte sich in diesem Blick. Sie war zu dünn, die Ereignisse der letzten Monate hatten ihr nicht nur eine Tochter, sondern auch den Appetit geraubt.

Plötzlich kam ihr ein Gedanke.

»Wo ist Eleanor?«

»Sie ist in Sicherheit, bei meiner Mutter.«

»Weiß sie es?«

Er sah ihr ins Gesicht. »Wir lassen sie am besten schlafen.«

Er sprach es nicht aus, aber das Wort *sicherheitshalber* hing zwischen ihnen in der Luft. Sie verstand es. Er musste Clara erst sehen und sie anfassen, bevor er wirklich glauben konnte, dass sie gerettet worden war. Herausfinden, in welchem Zustand sie sich befand.

Sie biss sich auf die Lippe. »Glaubst du, Clara wurde …?« Sie nahm einen neuen Anlauf. »Haben sie gesagt, ob er ihr …«, ihre Augen füllten sich mit Tränen, »… weh getan hat?«

Miles suchte in der Schublade nach Socken für sie. »Sie haben gar nicht viel gesagt. Nur, dass wir zur Polizeistation kommen sollen.« Er hielt ihr Telefon hoch. »Dir hätten sie dasselbe erzählt, wenn du rangegangen wärst.«

Sie lächelte ihn an, und zum ersten Mal seit Monaten lag eine aufrichtige Herzlichkeit in ihrem Lächeln.

Sie waren noch unbeholfen im Umgang miteinander, wussten nicht so recht, wie sie einander nach all dem, was passiert war, begegnen sollten. Zwischen ihnen herrschte eine Distanziertheit, von der sie nicht wusste, wie sie sie auflösen sollte und ob sie das überhaupt wollte.

Miles räusperte sich.

»Ich weiß nicht, ob das zu viel verlangt ist, aber ich habe mich gefragt, ob – ich meine, Clara geht ja davon aus, dass wir beide zu Hause wohnen. Wäre es da okay, wenn ich für ein paar Nächte hierbleibe, nur bis sie sich wieder eingewöhnt hat?« Miles' Stimme bebte. »Ich meine, ich bin doch ihr Daddy, und ich war nicht hier, als sie mich brauchte. Und das ist jetzt eine Chance für mich, es wiedergutzumachen. Ich werde ab jetzt jeden verdammten Tag für sie da sein, an dem sie mich braucht.«

Miles fing an zu schluchzen. Der Schmerz und die Hoffnung und das Trauma der letzten fünfzehn Wochen überwältigten ihn; er weinte, bis er kaum noch Luft bekam, und sank auf die Knie.

Amy breitete ihre Arme aus, und Miles vergrub sein Gesicht an ihrem Bauch, und Claras Eltern, über deren Ehe, über deren Leben durch den unbeschreiblichen Verlust ein Schatten gefallen war, machten ihre ersten zaghaften Schritte zurück ins Licht.

72

01.09 Uhr

Die Jacke war zu groß für sie und rutschte ihr immer wieder von den Schultern, aber das schien niemand zu bemerken. Und Clara war es egal. Am liebsten hätte sie sich versteckt vor den vielen Gesichtern um sie herum, vor den Leuten, die sie prüfend betrachteten, auf sie einredeten und gierig alle ihre Reaktionen auf die einfachsten Fragen registrierten. Vor all den Fremden. Dem Lärm. Und der Aufmerksamkeit.

Ein kleiner, verräterischer Teil von ihr sehnte sich nach der Stille im Wohnwagen zurück.

Irgendjemand hatte eine geblümte Decke über den alten Mann gebreitet. Christopher hieß er. Es war dieselbe Decke, die auf seinem Bett gelegen hatte, als sie ihm nach oben gefolgt war. Sie hatte Blut auf dem Boden gesehen, jede Menge Blut. Clara war weggeführt worden, als jemand bemerkte, dass sie es anschaute.

Geht es Joan gut?, hatte sie jeden dieser Fremden gefragt, aber sie waren alle verstummt bei dieser Frage, alle außer der Frau mit der Jacke, die Clara erklärt hatte, dass sie bald mit einem Auto nach London gebracht würde.

Die Frau mit der Jacke – Clara wusste ihren Namen nicht mehr – hatte den Kopf geschüttelt, als sie Claras Schlafanzug sah, und ihre dicke Winterjacke ausgezogen und sie über Claras Schultern gehängt. Jetzt flüsterte sie gerade mit irgendjemandem am Telefon, aber ein paar Wörter schnappte Clara trotzdem auf.

To-ma-ti-siert.

Sie wusste nicht, was das hieß, aber sie musste an den Ketchup denken, den Poppys Mutter ihnen an dem Tag, als der Nachtmann sie entführt hatte, zu ihren Würstchen mit Pommes versprochen hatte.

Was, wenn mich alle vergessen haben?

Clara wollte fragen, ob ihre Mum und ihr Dad kamen, aber die Frau mit der Jacke telefonierte noch immer. Sie sprach mit so einem Unterton, den ihre Eltern auch manchmal hatten, und darum fühlte Clara sich ein bisschen eigenartig; so, als ob sie jemanden enttäuscht hätte. Als ob sie verärgert wären, weil sie vom Schulhof weglaufen und sich diese Erdbeerbonbons gekauft hatte.

Als ob sie sie gar nicht hier haben wollten.

Bei dem Gedanken an die Bonbons lief ihr das Wasser im

Mund zusammen, und ihre Hand glitt automatisch in die Tasche am Oberteil ihres Schlafanzugs.

Die Bonbons waren schon lange aufgegessen, aber Clara hatte oft etwas zu essen in ihren Taschen versteckt, und das war eine Gewohnheit, die sie nicht so leicht ablegen konnte.

Diesmal fand sie kein Essen, aber ihre Finger stießen auf etwas Weiches. Sie zog es lächelnd heraus.

Ein Pfeifenreiniger mit zwei Armen und Beinen, aber ohne Kopf.

Der große Junge hatte ihr gesagt, sie sollte ihn beißen.

Der große Junge hatte ihr gesagt, sie sollte weglaufen.

Sie strich mit den Fingern über die Beine.

Er hatte ihr doch noch eine Puppe gebracht.

73

01.11 Uhr

»Ich verhungere«, sagte Saul, als sie an den bunten Lichtern der Strandpromenade von Southend vorbeifuhren. »Wollen wir anhalten und uns Fish 'n' Chips kaufen? Sie werden bald hier sein.« Er atmete scharf ein. »Jetzt sofort. Wir müssen anhalten. Ich glaube, ich hab sie gesehen.«

Saul war so verzweifelt, dass er fast schrie, und einen Moment lang befürchtete er, dass er es vermasselt hatte, dass Mr Silver ihn ignorieren und alles verloren sein würde. Aber nur wenige Sekunden später bog der alte Mann auf einen Parkplatz in der Nähe des Vergnügungsparks ab. Der Rummelplatz lag im Dunkeln. Die meisten Verkaufsstände, die diesen Teil der Stadt säumten, hatten im Winter geschlossen, nur eine Imbissbude war auch zu dieser Jahreszeit rund um die Uhr geöffnet.

Die blinkenden Lichter der Spielhallen heischten um Aufmerksamkeit. Die Schatten, die die Gebäude warfen, verwandelten die hochaufragenden Fahrgeschäfte des Rummelplatzes in Gestaltwandler, die mal sichtbar waren und mal nicht und die trotz ihrer Trostlosigkeit dafür sorgen würden, dass sein Geheimnis gewahrt blieb. Saul zählte darauf.

»Ich gehe mal die Lage peilen«, sagte Saul und zog seine Schuhe wieder an.

Mr Silver nickte kurz; sein Blick blieb auf den Rückspiegel gerichtet. »Beeil dich.« Das waren seine ersten Worte, seit Clara ihm entwischt war. »Wir wollen ja nicht, dass sie keine Lust mehr haben, zu warten, und gehen.«

Nach der erstickenden Atmosphäre im Innern des Wagens empfand Saul die kalte Luft wie eine Wohltat. Sie schlug ihn ins Gesicht und gegen die Ohren. Sie roch nach Schnee und nach heißem Fett. Ihm lief das Wasser im Mund zusammen.

Er riskierte einen Blick zu der Bude. Ein paar Leute standen davor an. Saul erspähte einen Rollstuhl und einen vertrauten rostbraunen Haarschopf. Eine Gestalt mit Wollmütze und Schal.

Wahnsinn. Es passierte wirklich.

Er kehrte um, öffnete die Autotür und beugte sich hinein; sein Atem bildete kleine Wölkchen vor seinem Gesicht.

»Dieser Junge, Jakey Frith, er ist hier. Und sein Vater auch.«

Mr Silver wandte sich ihm zu. Die Augen des alten Mannes schienen aus Obsidian zu sein, und sein Körper vibrierte vor unterdrückter Energie.

»Wo genau?«

»Genau da, wo wir es verabredet hatten. Wenn Dan sein Versprechen gehalten hat, bringe ich sie zum Rummelplatz. Wir treffen uns dann dort, im *Schiefen Haus*.«

Damit verschwand Saul in der Nacht.

74

01.13 Uhr

Ein Zeichen Gottes, glaubt er, und ihm entschlüpft ein Lachen.

Von einem fernen Ort, aus der Vergangenheit, dringt eine Stimme zu ihm. Seine Erinnerung zeigt ihm einen Morgenmantel und Lockenwickler. Er schmeckt Gewürzkuchen, der noch ofenwarm ist. Es muss vor fünfzig Jahren oder mehr gewesen sein, seit er sie zuletzt gesehen hat.

»Wenn du an Gott glaubst, Brian, dann glaubst du doch sicher auch an den Teufel.«

Auch wenn es lange her ist, dass er an ihre alte Nachbarin Mrs Manning gedacht hat, kann er noch immer die seltsame krächzende Stimme heraufbeschwören, mit der sie gesprochen hat, wenn sie alle zusammen zu der Kirche am Ende der Straße gingen. Jeden Sonntagmorgen trafen sie Mrs Manning und ihre Tochter pünktlich an der Ecke. Er sieht noch genau ihre fleischigen Wangen vor sich, gerötet unter ihrem besten Hut, die glitzernden Schweißperlen auf ihrer Oberlippe und im Kontrast dazu die duftige Leichtigkeit seiner Mutter.

Doch all das hatte sich in dem Moment geändert, als sein Vater in der ganzen Straße erzählte, Sylvie habe ihre Familie sang- und klanglos verlassen und nicht einmal ihre Sachen mitgenommen. Von dem Tag an hatte Mrs Manning in der Kirche vor ihnen gesessen und sich bekreuzigt, wann immer sie ihnen begegnet war.

Dass Saul, jetzt, wo er den Verlust des Mädchens verkraften muss, bei ihm ist, ist ein Zeichen.

Nicht von Gott, sondern vom Teufel selbst.

Sein Sohn macht seine Sache gut.

Seine Naivität ist rührend.

Der Knochensammler steigt aus und holt seine Tasche aus dem Kofferraum.

Darin liegen sein Zimmermannshammer, ein Seil und Stahlbolzen.

Er steckt zwei Messer in die Innentasche seiner Jacke.

In der Hand hält er ein Kaninchenskelett.

75

2. Juli 1955

»Ich bin wieder da, Schätzchen«, rief Sylvie in den Keller hinunter und wartete darauf, dass Brian ihr antwortete. Er hasste es, von ihr getrennt zu sein. Aber sein Schweigen deutete auf das Gegenteil hin.

»Geh und schau mal nach ihm«, sagte Marshall und trieb sie weiter die Kellertreppe hinunter. »Er hat eine Überraschung für dich.«

Sein Ton war so freundlich, dass sie sich zu ihm umdrehte. Es war lange her, dass er so mit ihr gesprochen hatte; seit Jahren behandelte er sie nur noch wie ein Dienstmädchen. Seine schwarzen Augen glänzten wie winzige Käfer.

Schuldgefühle ritzten ihr Kerben ins Herz wie eine scharfe Klinge. Ein Junge brauchte seinen Vater, und sie traf Vorbereitungen dafür, ihn von ihm wegzureißen.

»Wie schön«, sagte sie also. Sie wagte sich nur selten in diese feuchte Höhle unter ihrem Zuhause, aber es war leichter, Marshall den Rücken zuzudrehen, als sich anzusehen, wie er plötzlich wieder seine Liebe zur Schau stellte. Er war so dicht hinter ihr, dass sie seine Körperwärme spürte. Sie konnte es sich nicht leisten, jetzt schwach zu werden.

Brian stand im Keller, den Rücken ihr zugewandt. Sie erspähte einen Behälter voller Insekten, die auf etwas herumwimmelten. Einem Hühnerknochen, vermutete sie. In der Ecke stand die anatomische Nachbildung eines menschlichen Skeletts, das an der Wirbelsäule mit einem Haken befestigt war. Marshall hatte nichts davon erzählt und offenbar einfach eines gekauft. Mein Gott, es sah beinahe echt aus. Aber sie vermutete, dass es schrecklich viel Geld gekostet hatte.

Hier unten herrschte eine unangenehme Hitze, der Keller war wie eine Unterwelt aus Moder und verwesendem Fleisch. Sie hielt sich Mund und Nase zu. Der Geruch versetzte ihren Magen in Aufruhr.

»Hallo, Brian«, rief sie und ging auf ihn zu. Brians Schultern bebten, aber bevor sie ihn fragen konnte, worüber er lachte, riss eine Lederschlinge ihren Kopf zurück und legte *sich so eng um ihren Hals, dass sie nicht einmal mehr nach Luft schnappen konnte.*

Ihre Finger mühten sich vergeblich, die Schlinge zu lösen und sich ein bisschen Luft zu erkämpfen.

Brian drehte sich langsam um.

Und dann die Überraschung:

Ihr Sohn lachte gar nicht.

Er weinte.

Marshall beugt sich dicht vor sie; seine schwarzen Augen traten hervor, während er die Gürtelschlaufe noch enger zog.

Sie roch seinen Atem, seine Wut, die nach Whisky und Tabak schmeckte.

»Du hast mich angelogen, du Miststück.«

Sie wollte es ihm erklären, ihm sagen, dass das der Grund war, warum sie ihn verlassen würde. Die Gewalt. Die Wut. Dieser merkwürdige Keller und die Wirkung, die all das auf ihren Sohn hatte. Sie wollte sich entschuldigen und ihn bitten aufzuhören.

Sie würde ihn auch auf Knien anbetteln, wenn es nicht anders ging.

Bitte.

Bitte.

Nur, dass sie es nicht aussprechen konnte. Denn dazu bekam sie nicht genug Luft. So blieb es einfach ein Wort, das durch ihre Gedanken kreiste.

Bitte.

Bitte.

Bi...

Sylvie Marshall, Mutter, Ehefrau, Schwester und Geliebte, bekam keine Chance mehr, ihren Sohn ein letztes

Mal zu küssen. Keine Chance, ihr neues Leben anzufangen, und keine Chance, mehr zu sein, als sie in diesem Moment war.

Marshall tötete sie im Sektionsraum und zwang Brian, sie Organ für Organ auszuweiden. Als ihre Leiche ein paar Tage alt war, durften seine Käfer sich an ihr sattfressen. Dann wurde aus ihr das erste Ausstellungsstück namens S.

Es war die erste Tötung, die Brian mitangesehen hatte.

Und seine erste Ausweidung.

Ein paar Stunden später ging Brian, nachdem der Auftrag seines Vaters erledigt war, wie in Schockstarre über das, was er getan hatte, nach oben.

Der Mantel seiner Mutter hing im Flur. An der Wand stand ein Pappkarton.

Brian spähte hinein.

Seine Augen weiteten sich, und der Schatten eines Lächelns huschte über sein Gesicht, der Hauch eines Lichtschimmers an diesem dunkelsten aller Tage.

Er lief in die Küche, um eine Schüssel mit Wasser und ein übriggebliebenes Kohlblatt zu holen. Für dieses Kaninchen würde er sorgen; diesmal würde er sein Temperament zügeln und es nicht töten wie das davor. Es würde eine Erinnerung an Sylvie sein, eine lebende Hommage an sie. Etwas, das er lieben konnte.

Die Finger des Zehnjährigen strichen über das glänzende Fell des Kaninchens, streichelten seine weichen Ohren und hoben seinen Kopf an.

Aber es zuckte nicht mit den Schnurrhaaren und kräuselte nicht die Nase; es blinzelte nicht einmal.

Es tat überhaupt nicht sehr viel.

391

Und es kam Brian so vor, als ob der Tod dieses Kaninchens all seine Trauer repräsentierte. Über das, was er Sylvie angetan hatte. Und über das, was sein Vater getan hatte und weiterhin tun würde.

Über die Ausweidung seiner Mutter. Über ihre toten Augen, die ihn wenige Minuten zuvor noch liebevoll angeschaut hatten. Über den Geruch des warmen, rohen Fleisches und den Kokosduft in ihren Haaren.

Ein Stein steckte hart und glatt in seiner Kehle, und er weinte um seine Mutter, um sich selbst und um das arme tote Kaninchen.

Als er fertig war mit Weinen, als er sich wieder gefasst hatte und sein Vater rauchend und singend in der Badewanne saß, trug Brian den Karton in den Keller.

Das Ding, das einmal seine Mutter gewesen war, lag auf einer Betonplatte, ausgehöhlt, mit leerem Blick. Trocknend. In Vorbereitung für die Kolonie.

Brian nahm das leblose Kaninchen und steckte es ihr unter den Arm.

76

01.16 Uhr

Die Achterbahn stand schon seit Jahren dort, sie dominierte das Hinterland der Küste und stanzte mit ihren metallenen Schlaufen runde Ausschnitte aus dem Himmel aus.

Da sie noch nie zu so einer nächtlichen Stunde in der Nähe eines Vergnügungsparks gewesen war, überraschte es Fitzroy, dass die Lichter an den Fahrgeschäften ausgeschaltet waren. Der Spaß endete und begann hier auf Knopfdruck.

Ohne die wild flackernden Farben, die laute Musik, das Geplärr der elektronischen Stimmen und die spitzen Schreie der erlebnishungrigen Besucher existierte der Vergnügungspark quasi nicht.

Er lag verlassen da.

Dunkel.

Der Wind musizierte auf dem Riesenrad, indem er dessen Kabinen klappern und tanzen ließ; es klang wie das Rasseln von Ketten und geschärften Messern.

Die Dunkelheit sprach mit Fitzroy. Verhöhnte sie. Es konnte so viel schiefgehen.

Es gab viel zu verlieren.

Die Flut hatte fast ihren Höchststand erreicht, und das leise Flüstern des Wassers war wie ein ängstlicher Atem in ihrem Nacken, der ihr die Haare zu Berge stehen ließ. Sie schaute sich um, wachsam, voller Skepsis, und die Geister all der verlorenen Kinder starrten ihr entgegen.

»Wissen Sie noch, was ich Ihnen gesagt habe?«, fragte Fitzroy Erdman und Jakey leise. »Weichen Sie auf keinen Fall von dem ab, was wir ausgemacht haben.«

Damit verschwand sie im Schatten, in den dichten Büschen, die die hohen Zäune des Parks säumten. Sie verbarg ihre Locken unter einer Mütze und zog sich den Schal zur Hälfte übers Gesicht. Während sie sich langsam nach hinten bewegte, stieß sie gegen etwas Festes, Unnachgiebiges und schrie auf. Nur ein Mülleimer. Ihre Nerven waren zum Zerreißen gespannt.

Erdman vergrub die Hände in den Manteltaschen. Nicht wegen der Kälte, obwohl es gerade wieder angefangen hatte zu schneien, sondern wegen dem, was vielleicht gleich passieren würde.

Und weil er nichts lieber getan hätte, als an seiner Nagelhaut zu zupfen und an seinen Nägeln zu kauen. Als Schmerz zu empfinden. Sich selbst zu zerfleischen. Weil das Leben seines Sohnes auf dem Spiel stand und er es sich nicht erlauben konnte, unachtsam sein, nicht mal den Bruchteil einer Sekunde lang.

Wie aufs Stichwort tauchte der Junge aus der Tierhandlung vor ihnen auf.

Er grinste sie an. »Alles klar?«

»Jaaaaa«, sage Jakey.

Saul gab dem Metalltor am östlichen Eingang des Vergnügungsparks einen Schubs.

Es fiel mit einem scheppernden Geräusch ins Schloss, das wie das leise Läuten einer Sterbeglocke klang.

Und sperrte sie ein.

Sie gingen in die Dunkelheit davon.

Der Rummelplatz.

Ein Riesenrad. Zwei Achterbahnen. Die spiralförmige Riesenrutsche mit bunten Lollistreifen.

Für ein Kind das Paradies.

Oder sein Grab.

Ein, zwei Sekunden lang schaute Erdman zu dem Riesenrad hin, das sich von selbst zu bewegen schien. Er hatte einen trockenen Mund und schluckte mühsam, während sein Blick über die schaukelnden Kabinen glitt.

Die metallenen Speichen des Fahrgeschäfts drückten sich gegen den Himmel, und er glaubte, einen großen dünnen Mann zu sehen, der auf dem Riesenrad fuhr und sich über den Rand beugte; sein Kopf schimmerte in der Dunkelheit, und er lachte; seine Zähne waren spitz und scharf und seine Augen leere Höhlen.

Erdmans Mut zerbrach in tausend Stücke.

»Lass uns nach Hause fahren, Großer«, sagte er. »Das ist einfach zu gefährlich.«

Jakey richtete sich in seinem Rollstuhl so weit auf, wie er konnte. Einem Fremden wäre es wohl nicht aufgefallen, aber Erdman sah, dass sein Sohn das Kinn trotzig hochreckte.

»Nein, Daddy«, sagte er in einem strengen, entschlossenen Ton.

Erdman warf einen Blick zurück, und das Riesenrad stand still. Kein Gesicht, keine Zähne und kein Grinsen, nur der Mond schaute auf ihn herab.

Jenseits des Zauns, der den Rummelplatz umgab, erstreckte sich der lange Southend Pier in die schwarze Leere des Meeres, dessen Salzgeruch wie eine Verheißung in der Luft lag. Die Angst strich Erdman mit spitzen Fingern über den Rücken.

»Kommen Sie«, sagte Saul und ging auf den Kontrollraum zu. Die Tür war nicht abgeschlossen, wie verabredet. »Ein paar Kumpel von mir sind hier mal eingebrochen«, erzählte er lässig. »Sie sind über den Zaun geklettert und zwanzig Minuten lang Achterbahn gefahren, bevor der Wachdienst die Polizei gerufen hat.« Er lachte. »Sie sind mit einer Verwarnung davongekommen.«

Er betrachtete das Schaltpult und stellte eines der Flutlichter an. Dann drehte er sich grinsend zu Jakey um. »Vielleicht haben wir noch Zeit für eine kleine Privatführung. Was möchtest du zuerst sehen?«

Erdman versuchte, aus der Miene des Jungen schlau zu

werden. War das irgendein raffinierter Trick? War das hier nicht mehr als ein Scherz für ihn? Saul wirkte locker, während Erdmans ganzer Körper verkrampft war. Diese Geschichte konnte niemals funktionieren. Er hoffte, dass Fitzroy in ihrer Nähe war, aber der Platz war menschenleer. Er betete, dass sie ihr Versprechen gehalten hatte.

»Die Achterbahn kommt natürlich nicht in Frage, wenn ich das richtig sehe. Aber wie wär's mit der Riesenrutsche?« Sauls Miene wurde ernst, während er Jakey anschaute. »Zu riskant, was?« Pause. »Ach, ich weiß, was wir machen.« Er lächelte, und seine Zähne schimmerten in der Dunkelheit. »Wir gehen ins *Schiefe Haus*.«

Die Wolken waren aufgerissen, und fedrige Schneeflocken rieselten zu Boden. Der Schnee brachte eine besondere Art von Stille mit sich; er dämpfte alle Geräusche und machte die scharfen Konturen weicher. Erdman hatte vollkommen vergessen, dass es Wetterphänomene gab, in denen die Normalität abrupt zu verschwinden schien. Plötzlich kam ihm dieser Platz zu groß für Jakey und ihn vor. Er fühlte sich zu exponiert.

»Ich glaube nicht, dass wir ...«

»Bitte, Daddy. Bitte!«

Erdman ließ seinen Blick durch die Dunkelheit schweifen. Niemand weit und breit. »Aber nur für eine Minute«, sagte er dann. »Und keine Sekunde länger.«

Erdman hatte Jakey gerade aus dem Rollstuhl gehoben und trug ihn vor Saul in das Haus, als an einer anderen Stelle des Rummelplatzes etwas aufblitzte.

Saul und Erdman hatten es beide aus dem Augenwinkel gesehen und drehten sich gleichzeitig um.

Der Schnee fiel jetzt dichter herab und ließ die Umrisse seines schwarzen Nadelstreifenjacketts verschwimmen. Trotzdem war der große Mann unverwechselbar, der mit bedächtigen Schritten und gierigen Blicken durch die Dunkelheit auf sie zukam.

»Da sah ich ein fahles Pferd; und der, der auf ihm saß, heißt ›der Tod‹; und die Unterwelt zog hinter ihm her«, murmelte Saul die Worte aus der Offenbarung des Johannes.

77

01.12 Uhr

Scheiße, dachte Erdman.

78

01.21 Uhr

Scheiße, dachte Fitzroy.

Der Wachdienst des Rummelplatzes hatte seine Hausaufgaben gemacht; er hatte schnell auf die Anrufe reagiert, die Tore geöffnet und der Londoner Polizei auf diese Weise Zugang zum Vergnügungspark verschafft.

Ein Team von zehn Polizeibeamten, von denen einige, weil alles so schnell gehen musste, aus DI Thornberrys momentan stark beanspruchter Essexer Truppe stammten, hatte strategisch günstige Positionen bezogen. Die Männer waren nicht zu sehen, hatten jedoch unverstellte Sicht auf das, was vermutlich das Epizentrum der Aktion sein würde.

Bleiben Sie im Freien, hatte sie Erdman gewarnt. *Meiden Sie dunkle Ecken, Schatten und Gebäude.*

Wenn Sie unseren Rat nicht befolgen, können wir nicht für Ihre Sicherheit garantieren.

Und jetzt standen sie im Begriff, ein geschlossenes Gebäude ohne Überwachungskameras zu betreten, das von außen nicht einsehbar war.

Ting.

Kummervolle Streicher und sanfte Kesselpauken stimmten in ihrem Kopf den Trauermarsch aus Händels *Saul* an. Die Ironie entging ihr nicht.

Fitzroy hatte das Geschehen genau im Blick behalten, und erst als Jakeys Rollstuhl in dem Haus verschwunden war, huschte sie durch die eisige Dunkelheit zu dem diskret postierten Wachmann im hinteren Teil des Parks. Sie fühlte sich, als hätte sie einen Felsen im Bauch. Sie hatte sich freiwillig bereit erklärt, Howley über die Videoüberwachungsanlage zu beobachten und den Boss mit Informationen zu versorgen, bis der richtige Moment gekommen war und er den Befehl zum Einsatz geben würde. Das war ein hochriskantes Spiel, aber sie hatte schon immer zu denjenigen gehört, die ihr Glück auf die Probe stellten.

Was passieren würde, wenn sie verlor, war zu schrecklich, um darüber nachzudenken.

Fitzroy kamen Zweifel. Es war ausgemacht gewesen, dass der Junge Howley erzählte, sein Freund Dan, der für einen der Fahrgeschäftsbetreiber arbeitete, hätte ihm einen gestohlenen Schlüsselbund überlassen. Und dass sie

398

alle drei deutlich sichtbar im Freien blieben. Aber was war, wenn Saul sie nun absichtlich ins *Schiefe Haus* geführt hatte? Das verstieß eindeutig gegen die Absprache, aber bedeutete es auch automatisch, dass Saul ein doppeltes Spiel spielte?

Rasch überdachte sie die Lage.

»Die Ausgänge«, zischte sie dem Wachmann zu, dessen Aufgabe es war, während der Nachtschicht auf dem Gelände Streife zu gehen und die Überwachungskameras im Auge zu behalten. Sie zeigte auf das Gebäude. »Wie viele Ausgänge hat dieses Haus?«

Der Mann schaute sie verblüfft an. Er war es gewohnt, dass Kinder über die Zäune kletterten oder auch betrunkene jungen Männer, die einen Junggesellenabschied feierten. Aber die Sache hier hatte eine andere Größenordnung. Er rieb sich das Kinn. Seine Antwort kam so quälend langsam, dass Fitzroy ihn am liebsten geschüttelt hätte. »Keine Ahnung. Zwei?«

»Aber Sie sind sich nicht sicher?«, drängte sie. Sie brauchte Fakten, keine Vermutungen.

Er zuckte die Achseln und sah sie verzweifelt an.

Fitzroy biss sich auf die Lippe und richtete ihren Blick zurück auf die Bildschirme.

Der große Mann ging weiter auf das *Schiefe Haus* zu. Er war kräftiger, als sie ihn in Erinnerung hatte, seine Haare waren wesentlich dunkler, und er trug einen Bart. War das wirklich Howley? Sie glaubte ja, aber letzte Gewissheit konnte sie nicht haben.

Sollten Sie jetzt einschreiten oder besser warten?

Unschlüssigkeit.

Der Geisteszustand, in dem sie zu Fehlern neigte.

Ting.

Der feierliche Klang von Posaunen und leisere Flötentöne. Die Musik spielte weiter und wurde immer lauter, bis sie alles um sie herum übertönte. Aber sie sah ihn.

Und das Kaninchenskelett in seiner Hand.

Sie rannte los.

79

01.22 Uhr

Seltsam passend, dieses *Schiefe Haus*.

Hier ist er mit Marshall gewesen, nachdem seine Mutter Sylvie gestorben war. Jetzt fällt es ihm wieder ein. Sie haben damals in dem Wohnwagen übernachtet, den Pier besucht, warme Doughnuts gegessen, an den Spielautomaten gespielt und diese kuriose Attraktion auf dem Rummelplatz besucht: ein windschiefes Haus mit beweglichen Böden und wackligen Treppenstufen, auf denen man als Besucher nur mühsam das Gleichgewicht halten kann. Ein beliebtes Ausflugsziel für Londoner. Es ist schon alt, dieses Haus, denkt er jetzt. Wie ich. Aber es steht noch.

Er fragt sich, ob es darin noch den schiefen Mann mit seinen blinden Augen und abstehenden Haaren und seinem Rasierpinsel gibt.

Saul hat getan, worum er ihn gebeten hat.

Er hat sich bewährt.

Der Knochensammler hat seinen rechtmäßigen Erben gefunden.

Das zu wissen gibt ihm ein Gefühl der Ruhe.

Er beobachtet Jakey und Erdman, sieht die Angst in ihren Gesichtern, als sie in dem Haus verschwinden.

Ja, denkt er, seltsam passend.

Ein schiefer Junge in einem schiefen Haus.

80

01.27 Uhr

Die Stufen neigten sich so stark nach rechts, dass Saul die Augen schließen musste, damit ihm nicht schwindlig wurde.

Es war finster hier drinnen, und er wusste nicht, wo die Stromschalter waren. Er hatte keine Ahnung, wie man die animatronischen Darstellungen aktivierte und wie er ihnen ohne Licht einen Weg aus dieser Dunkelheit zeigen sollte.

Jakey Frith konnte nicht weglaufen.

Irgendwie hatte er das vergessen.

Vielleicht hatte er das tief in seinem Unterbewusstsein aber auch einfach ignoriert.

Jetzt waren die Frith' in einem Haus mit wackeligen Böden und krummen Fenstern eingeschlossen.

Und Mr Silver kam mit seinen Messern.

81

»Der alte Knochenmann ist hier.«

Auch Erdman hatte das Quietschen der Türangeln gehört. Er drückte Jakey eine Hand auf den Mund und versuchte desorientiert und verzweifelt, auf den unebenen Stufen dieses verdammten Hauses nicht den Halt zu verlieren.

Jakey zitterte, und seine Angst war ansteckend; sie übertrug sich auf Erdman und verhinderte, dass er klar denken konnte.

Weichen Sie auf keinen Fall von unserem Plan ab.

Das hatte DS Fitzroy gesagt. Aber allein schon dieses Haus zu betreten war gegen die Abmachung gewesen. *Bleiben Sie im Freien, wo man Sie gut sieht,* hatte sie ihn gewarnt, nachdem der Wachdienst das Tor für sie geöffnet hatte. Aber sie hatten das Gegenteil getan.

»Daddy ist bei dir, Großer«, flüsterte er Jakey ins Ohr. »Aber du musst still sein, sonst findet er uns.«

In der Stille des *Schiefen Hauses* hörte man, wie eine schwere Tasche auf dem Boden abgestellt und ein Reißverschluss geöffnet wurde, dann das dumpfe, grausame Klacken von Stahl.

»Es ist vorbei, Mr Frith. Geben Sie mir den Jungen.«

»Tu's, Daddy«, sagte Jakey.

Erdman presste seine Hand auf Jakeys Mund.

Doch sein Sohn wand sich so heftig und so unerwartet in Erdmans Armen, dass er seinen Griff lockerte, um ihm nicht weh zu tun, und bevor er sich versah, humpelte sein Sohn von ihm weg, auf den Knochensammler zu.

Jakey Frith war mutiger als die meisten anderen, und das hier war das Opfer, das er bringen wollte.

Hätte er gewusst, was der Knochensammler vorhatte, hätte selbst der mutigste Junge von allen Angst bekommen.

Denn der Knochensammler plante, ihm die Kehle durchzuschneiden und ihn ausbluten zu lassen. Dann wollte er seine Leiche in die Reisetasche packen und mitnehmen.

Aber Saul ahnte genau das.

Und der Knochensammler unterschätzte seinen Erben.

82

01.32 Uhr

Mr Silver stand in dem schräg abfallenden Flur direkt neben einer mechanischen Puppe mit toten Augen und einem Kopf, der sich in Zeitlupe drehen würde, jetzt aber ebenso still war wie die Nacht.

Saul wusste das nicht, weil er kaum die Hand vor Augen sah. Die Böden in diesem Haus machten es schwer, sich zurechtzufinden. Er hörte nur ein Keuchen und das Flüstern zwischen Mr Silver und Jakey.

Und dann ein langes, leises, ängstliches Wimmern, das ihn daran erinnerte, wie es gewesen war, sechs Jahre alt zu sein.

Und sich zu fürchten.

In Saul wetteiferten Licht und Schatten miteinander. Er war der Tod, und er war das Leben, ein traumatisierter Junge und ein geschädigter Teenager. Ein Sohn. Eine Waise.

Jetzt war der Moment.

Danach gab es kein Zurück mehr.

Das hatte er gewollt, als er Erdman Frith angerufen und ihm von dem Mann namens Mr Silver erzählt hatte, der ein obsessives Interesse an seinem Sohn habe.

Mr Frith hatte erschrocken nach Luft geschnappt.

Und ihn gebeten, ihm einen Beweis zu liefern.

Deshalb hatte er ihm ein Foto von sich und Mr Silver geschickt.

Aber dann hatte Mr Silver ihm Clara Foyle vorgestellt.

Und ab da hatte Saul gewusst, dass er nicht in dessen Fußstapfen treten wollte.

Er hatte Clara Foyle geholfen zu entkommen.

Und sein Handy wiedergefunden.

Und er und Mr Frith hatten sich diesen Plan ausgedacht.

Er hatte Mr Silver angelogen. Er hatte gelogen, als er ihm erzählte, Dan würde das Tor aufschließen.

Um es überzeugend aussehen zu lassen.

Mr Frith hatte versprochen, die verdammte Polizei einzuschalten.

Aber dann.

Das Geräusch einer Klinge, die durch die Luft gezogen wird.

Erschrockenes Einatmen.

Er musste handeln. Saul wusste, dass Mr Silver den Jungen nicht am Leben lassen und dass der Tod dieses Kindes sein Gewissen belasten würde. Also griff er in die Messertasche, die er aus dem Wohnwagen mitgenommen hatte, und rannte in die Dunkelheit, auf die Stelle zu, aus der die ängstlichen Laute kamen.

Plötzlich drangen Flutlicht und laute Stimmen durch alle Fenster des *Schiefen Hauses*. Saul erblickte den blitzenden

Stahl und Jakeys verdrehten Kopf und die gequälte Miene von Erdman Frith.

Und ohne nachzudenken, rammte er Mr Silver das Messer zwischen die Schulterblätter und tötete den Teufel von hinten.

83

01.33 Uhr
Ach, Saul, denkt er.
Mein Sohn.
Mein Verräter.

84

01.34 Uhr
Fitzroy kam als Erste im Innern des Hauses an. Die Jagd machte sie hellwach, das Adrenalin schoss durch sie hindurch. In ihr bewegte sich etwas, und sie legte eine Hand auf ihren Bauch, um ihr Baby zu beruhigen.

Um sich selbst zu beruhigen.

Der Boss und das restliche Team hatten sich rund um das *Schiefe Haus* postiert und behielten die Ausgänge genauestens im Blick. Brian Howley, der Sammler von Knochen, würde ihnen nicht noch einmal entwischen.

Howley lag auf dem Bauch, sein Kopf war zur Seite gedreht, in seinem Rücken steckte ein Messer. Wegen des schrägen Bodens sah es so aus, als versuchte er, nach oben zu kriechen, zu entkommen. Er fuchtelte mit einer Hand herum, versuchte, den Griff des Messers in seinem Rücken zu packen. Doch es gelang ihm nicht.

Erdman Frith hielt seinen Sohn in den Armen. Der andere Junge – Saul Anguish – stand nicht weit von ihnen entfernt und ließ kraftlos die Arme hängen. Fitzroy blinzelte. Die schrägen Ebenen brachten die Perspektive durcheinander. Alle drei sahen verzerrt aus. Ein schwebendes Tableau.

Fitzroy rannte durch den Flur zurück zum Eingang. »Sanitäter!«, rief sie laut. Sie wollte Gerechtigkeit, nicht die Ausstiegsoption durch den Tod.

Fitzroy dachte an die Nacht zurück, in der Brian Howley sie mit diesem Kinderreim über das kleine Mädchen mit der kleinen Locke auf der Stirn verhöhnt hatte.

Jetzt war sie am Zug.

Sie hockte sich neben ihn. Der Schweißfilm auf seiner Haut, sein rasselnder Atem und das dunkle Blut, das aus seiner Wunde austrat, sagten ihr, dass der Tod nicht mehr weit entfernt war. Sie fesselte ihm auf dem Rücken die Hände mit Handschellen; die Metallringe lagen wie lockere Armreifen um seine dürren Handgelenke. Auch seine Füße fesselte sie. Diesmal ging sie kein Risiko ein. Scheiß auf die Vorschriften. Sie beugte sich zu ihm vor und nahm seinen Fäulnisgeruch wahr.

»Ein schiefer Mann ging über eine schiefe Brücke.
Da fand er einen Taler und eine schiefe Krücke.
Er kaufte eine schiefe Katze, die fing 'ne schiefe Maus.
Dann wohnten sie zusammen in einem schiefen Haus.«

Seine Lider flackerten, und als er die Augen aufschlug, fiel sie in das schwarze Loch seiner Taten, in all das Böse, das er seinen Opfern angetan hatte.

Er versuchte zu sprechen. Um zu gestehen, dachte sie. Sie beugte sich noch weiter vor, um die Worte zu verstehen, die in Blasen von Blut über seine rissigen Lippen drangen.

»Sie wurden verletzt.« Seine Stimme war das Krächzen aus tausend Kinder-Albträumen. »Hab's gehört – Radio.«

Fitzroy gestattete sich ein Lächeln.

»Ja. Nur, dass nicht ich diejenige war, die verletzt wurde, sondern meine Kollegin. Und sie ist nicht tot, auch wenn ich sicher bin, dass das Ihr Ziel war.« Sie grinste ganz nah vor seinem Gesicht. »Machen Sie sich nichts draus. Wir geben die Details Ihrer Heldentaten erst am Morgen raus. Zusammen mit der Meldung, in der wir Ihre Verhaftung bestätigen.«

Er reagierte nicht. Da war nicht mal ein Flackern in seinen toten Augen, keine Regung. Nichts.

Aber dann bewegten sich seine Lippen wieder.

»Sie sollten nicht *sterben*.« Jedes Wort eine Kraftanstrengung. »Das Insektizid, *Aldrin*, ist sehr schlecht für Babys.« Über die harten Kanten seines Gesichts breitete sich ein Lächeln aus. »Führt zu Missbildungen.«

Fitzroy kippte der Boden unter den Füßen weg, während sie an die Staubwolke mit der Chemikalie zurückdachte, die in ihre Richtung getrieben war, und daran, dass sie es so eilig gehabt hatte, Brian Howley zu schnappen, dass sie nicht genug aufgepasst hatte. Auf ihr Baby.

Wieder alles vermasselt. Dummes Mädchen.

Er schloss die Augen, versuchte aber weiterzureden, wollte ihr noch etwas mitteilen.

407

»Wollte es mir holen.« Er sprach langsam, um sicherzugehen, dass sie ihn verstand. »Ihr Baby.«

Niemals zuvor hatte Fitzroy das Bedürfnis verspürt, einem Verdächtigen Mund und Nase zuzuhalten und ihm das Leben zu rauben, so wie er ihr ihres geraubt hatte, erst ihre Karriere und nun ihr Kind.

Sie presste ihre Hand fest auf seinen Mund und seine Nase.

Fester.

Noch fester.

Seine Augen blieben geschlossen, und sie spürte unter ihrer Hand, wie er lächelte.

Doch dann zog Erdman sie weg, und DI Thornberry war da und andere Polizisten, die sie nicht kannte, und die Sanitäter, die sich bereitgehalten hatten, forderten sie auf, zur Seite zu treten.

Sie ignorierte sie alle und beugte sich, plötzlich verzweifelt, noch ein letztes Mal über ihn.

»Woher wussten Sie es?«

Ein schwaches Grinsen. Bis zum Schluss führte er sich auf wie ein Pfau, brüstete sich, fühlte sich überlegen. Er war stolz darauf, seine größte Feindin erneut ausgetrickst zu haben, auch wenn ihn das ins Verderben geführt hatte. Sein Blick sagte ihr, dass er das auch wusste.

»Der Schwangerschaftstest. In Ihrem Schrank.«

Er lachte.

»Und die vierzehn Skelette am Strand? Was hatten die zu bedeuten?«

Seine Miene veränderte sich; er bewegte den Kopf, suchte den Jungen, den er seinen Sohn nannte.

»Saul«, sagte er laut und deutlich, »komm her.«

»Komm ihm nicht zu nah«, sagte Fitzroy scharf; sie befürchtete irgendwelche letzten Winkelzüge.

Saul trat ungelenk vor. »Ja.«

Dieser Junge hat Courage, dachte Fitzroy. Sie hatte nicht gefragt, wer Howley das Messer in den Rücken gerammt hatte, aber Sauls linkisches Benehmen und seine ängstlichen Blicke in ihre Richtungen sprachen Bände.

»Näher.«

Saul kniete sich neben ihn.

»Ist in Ordnung, mein Sohn«, sagte Howley kaum hörbar. »Du bist mutiger als ich.« Er sog mühsam die Luft ein. »Ich wollte meinen Vater auch töten, aber ich war nie stark genug dafür.«

Saul warf Fitzroy erneut einen besorgten, ängstlichen Blick zu, aber sie schüttelte den Kopf, um ihm zu signalisieren, dass er ihn reden lassen sollte.

Draußen tobte ein Schneesturm. Die Scheinwerfer projizierten das wilde Durcheinander der Flocken auf die Wände, und tausende Schatten krochen wie Käfer darüber. Im *Schiefen Haus* wurde es kälter und kälter.

Jakey Frith, der sein Gesicht an der Schulter seines Vaters vergraben hatte, beugte sich nach vorn und starrte auf den am Boden liegenden alten Knochenmann.

Dann flackerten die Lichter, und alle, die den Knochensammler in diesem Moment anschauten, würden später sagen, es hätte so ausgesehen, als verschmelze er mit der Dunkelheit und den Schatten wie die schwarzen Kratzer und der Staub auf alten Zelluloidfilmen, die mal zu sehen sind und mal verschwinden.

Fitzroy mit ihrem rationalen Ermittlerverstand würde später sagen, dass er sich natürlich nicht in ein oder zwei Sekunden in Luft aufgelöst haben konnte, dass dieser Eindruck auf ihre Müdigkeit und die Nebenwirkungen des Insektizids auf ihr Gehirn zurückzuführen sei.

Denn als sie wieder nach unten schaute, lag er immer noch da, mit dem Messer im Rücken.

Saul strich dem Knochensammler die Haare aus dem Gesicht, eine letzte Geste.

Und der alte Mann stieß einen leisen Laut des Erkennens aus, so als würde er Auf Wiedersehen sagen.

Oder Hallo.

Und Brian Howley hörte auf zu atmen und erlangte die Art von Freiheit, die er im Leben nie gekannt hatte.

Der alte Knochenmann war endlich tot.

85

Ein Monat später

»Kommen Sie rein.«

Der Boss saß an seinem Schreibtisch. Sein Büro war Fitzroy vertraut, und zugleich schien es jetzt weit weg zu sein wie eine Erinnerung an einen Ort, der einmal wichtig für sie gewesen war.

»Sie wollten mich sprechen, Sir?«

Selbst jetzt konnte sie sich nicht überwinden, ihn mit Namen anzusprechen. Wahrscheinlich würde sie es nie können.

»Ja, das wollte ich.«

Fitzroy setzte sich, ohne auf eine Aufforderung zu warten. Ihr runder Bauch war inzwischen nicht mehr zu übersehen. Einige Kollegen hatten ihr überrascht gratuliert, und sie hatte sich lächelnd bedankt.

Der Boss trug frische Falten auf der Stirn und hielt einen Brief in der Hand. Sie erkannte ihre Unterschrift.

»Überlegen Sie es sich noch mal, Etta. Sie sind eine gute Polizistin.«

»Danke, Sir. Es bedeutet mir viel, das aus Ihrem Mund zu hören.«

»Oder lassen Sie sich eine Weile beurlauben und kommen Sie dann wieder, wenn Sie so weit sind. Nach der Geburt des Babys, wenn Sie wollen.«

»Das ist großzügig, Sir, aber mein Entschluss steht fest.«

Der Boss klopfte mit seinem Stift auf den Schreibtisch, rückte das Foto mit seinen drei erwachsenen Kindern zurecht und lächelte betrübt. »Die Familie geht vor, was?«

»So was in der Art.«

Das zu sagen war einfacher, als ihm die Wahrheit zu erzählen. Nämlich, dass sie in den Abgrund geschaut hatte und dass seine Schatten sie noch immer begleiteten. Dass sie Polizistin aus Berufung gewesen war, jetzt aber etwas anderes tun musste, bevor der Job sie auffraß. Dass die notwendigen Ketten von Recht und Gesetz zu einengend für sie waren. Dass sie es nicht länger ertrug, das Leben ihrer Kollegen aufs Spiel zu setzen. Dass sie Zeit mit ihrer Schwester Nina und ihrem Neffen Max verbringen wollte. Dass sie mit dem Auftauchen von Clara sich selbst wiedergefunden hatte.

Sie schätzte ihr Leben.

Ihre geistige Gesundheit.

Und die Verheißung eines Neubeginns.

»Toni Storm kommt nächste Woche zurück. Ich denke darüber nach, Sie zu befördern. Was halten Sie davon?«

Fitzroy verspürte eine innere Wärme. »Das ist eine ausgezeichnete Idee, Sir.«

Der Boss war zufrieden mit ihrer Antwort und nickte. »Sie hat die Heldin gespielt und ist dabei fast draufgegangen.« Seine Grimasse verzog sich zu einem Lächeln. »Und mir hat sie damit eine elende Menge Papierkram eingebrockt.« Er wurde wieder ernst. »Aber ohne sie hätten wir niemals die Überreste von Sunday Cranston gefunden. Und sie war diejenige, die die entscheidende Verbindung hergestellt hat, sagen Sie? Die das Haus gefunden hat, den Beweis? Die herausgefunden hat, dass Howley Mr Silver war?«

»Ja, das stimmt.« Fitzroy konzentrierte sich darauf, ihre Lüge so natürlich wie möglich klingen zu lassen. Und damit eine Schuld zu begleichen.

»Vierzehn Skelette am Strand, vierzehn Krankenakten, die er aus dem Royal Southern Hospital entwendet hatte; alle von Menschen mit Knochendeformationen. Ms Cranston war die Erste.« Seine Stimme wurde weicher. »Und Ihr Baby …«

Er brachte den Satz nicht über die Lippen und räusperte sich.

»Wenn er alle seine Pläne hätte umsetzen können, wäre er zum größten Massenmörder seit Harold Shipman geworden.« Der Boss schaute durchs Fenster auf die Straßen von Lewisham hinunter. »Ich muss mich bei Ihnen entschuldigen.«

»Wofür?

»Ich habe gedacht, Clara Foyle wäre tot.«

»Das dachten alle, Sir.«

»Sie nicht, Etta.« Mit einem wachen, neugierigen Blick wandte er sich wieder ihr zu. »Was halten Sie von dem Jungen?«

»Saul Anguish?«

»Wir haben überall im Haus und in dem Wohnwagen seine Fingerabdrücke gefunden. Er trug Howleys Schuhe, verdammt nochmal.«

»Ich glaube ihm, Sir. Und seiner Mutter auch. Howley hat sich sein Vertrauen erschlichen und wollte ihn für seine Zwecke einspannen.« Sie veränderte ihre Position, weil sie plötzlich Sodbrennen bekam. »Was glauben Sie, was jetzt mit ihm passiert?«

»Das entscheidet das Jugendamt. Ich nehme an, dass die Richter milde sein werden, falls es überhaupt zum Prozess kommt. Er hat die Frith' als Zeugen auf seiner Seite. Das wird ihm Sympathien einbringen.« Der Boss zuckte die Achseln. »Er hat einen Psychopathen getötet, der auf der Flucht war, und er hat dafür gesorgt, dass ein Kind entkommen konnte, das monatelang gefangen war. Wenn sie ihn ins Gefängnis stecken, wird es im ganzen Land einen Aufschrei geben.«

»Immer noch keine Spur von seinem richtigen Vater?«

»Nein, nichts. Ich bin sicher, dass irgendwas dahintersteckt. Aber was auch immer es ist, sie sagen es nicht.«

»Und seine Mutter scheint sich vollständig erholt zu haben.«

»Es wird eine Weile dauern, bis die Narben verheilt sind. Aber sie ist eine starke Frau. Muss die Familie am Laufen halten. Nicht jeder hätte die Kraft, einen Vergewaltiger abzuwehren. Sie ist wegen Totschlags angeklagt und wegen unerlaubten Waffenbesitzes.«

»Kommt sie auf Kaution frei?«

»Ja. Mehrere Frauenorganisationen haben sich ihres Falls angenommen. Ihr Angreifer war wegen sexueller Übergriffe vorbestraft.«

»Aber ein bisschen seltsam ist es schon, oder?«, sagte Fitzroy. »Dass sie beide in derselben Nacht in Todesfälle verwickelt waren.«

Sie brachte es nicht über sich, ihn anzusehen und ihre Vermutung über Saul und seine Mutter zu äußern. Wiederzugeben, was Brian Howley gesagt hatte.

Du bist mutiger als ich. Ich wollte meinen Vater auch töten, war aber nie stark genug dafür.

Auch.

Vier Buchstaben, die womöglich die Wahrheit enthielten.

Hatte Howley sich in der Verwirrung des Todes für Sauls Vater gehalten?

Oder hatte er auf ein dunkles Geheimnis angespielt?

Sie schob den Gedanken beiseite. Sie sah in dem beinahe erwachsenen Saul den verängstigten Jungen. Sie wusste um den gehetzten Ausdruck in seinen Augen. Und ahnte, dass es neben den Narben, die sich über die Hände seiner Mutter zogen, genügend andere gab, die man nicht sah.

Auch Saul verdiente einen Neuanfang.

Dashiell Hall lehnte draußen vor den Büros des Südlondoner Kriminalkommissariats an der Wand und las einen Artikel über die Epidemiologie von Wildtierkrankheiten, während er wartete.

»Hallo.« Ein Lächeln. Zaghaft, aber hoffnungsvoll. »Na, wie lief's?«

»Er möchte, dass ich meine Kündigung zurückziehe.«

Dashiells Lächeln erstarb. »Und? Machst du's?«

»Um mir die Chance entgehen zu lassen, nach New York zu ziehen? Es kommt nicht jeden Tag vor, dass der eigene« – sie stockte, weil das Wort noch ungewohnt war –

»Freund einen Job am Smithsonian Institut angeboten bekommt.«

Das Lächeln kehrte zurück, und Dashiell zog sie an sich.

Etta gab nicht auf. Niemals. Sie verspürte auch weiterhin den Wunsch, die Wahrheit hinter den alltäglichen Gräueln aufzudecken, aber fürs Erste war der Wunsch nicht mehr ganz so brennend. Sie würde die Flamme wieder aufdrehen, wenn sie bereit war.

Doch erst einmal hatte sie damit keine Eile.

Das Gefühl, Dashiell an ihrer Seite zu haben und zu wissen, dass er dasselbe Leben wollte wie sie, war noch ganz frisch und neu. Aber sie gewöhnte sich daran, ihr eigenes Glück in seinem gespiegelt zu sehen.

Es war ein vollkommenes Wunder.

In den Stunden nach Howleys Tod hatte sie Dashiell angerufen, weil er es verdiente, von dem Baby zu erfahren. Er verdiente es, die Wahrheit zu wissen.

Er hatte ihr zugehört, ohne sie zu unterbrechen und ohne ihr den nächsten Schritt vorzuschreiben; eigentlich hatte er überhaupt nicht viel gesagt.

»Es kann sein, dass es einen Schaden davongetragen hat«, hatte sie gesagt, und Tränen waren ihr über die Wangen gelaufen. Aber sie hatte ihm klargemacht, dass sie das Kind behalten würde, das in ihr wuchs.

Wenn es überlebte.

Und als sie viele Stunden später – nachdem Howleys Leiche abtransportiert worden war und sie die Einsatznachbesprechung und die Fragen und die endlosen ärztlichen Untersuchungen überstanden hatte – nach Hause gekommen war, hatte er dort auf sie gewartet.

Er war aus seinem Auto ausgestiegen; er hatte ihr ein Bad

einlaufen lassen, Rühreier gebraten und seine Arme um sie gelegt und war geblieben.

Das *Aldrin*, ein Insektizid, das inzwischen nicht mehr hergestellt wurde und auch nicht mehr verwendet werden durfte, hatte jahrzehntelang im Wohnwagen der Familie Howley auf Foulness Island gelagert.

Es war toxisch, sogar stark toxisch, doch sie beteten, dass es über die vielen Jahre hinweg seine Wirkung verloren hatte.

Die Ultraschalluntersuchungen waren positiv ausgefallen – bislang, aber die Ärzte sagten, sie könnten nichts versprechen. Gar nichts.

Damit konnte die Exermittlerin, entfremdete Ehefrau, Freundin, Schwester, Geliebte und werdende Mutter Etta Fitzroy leben.

Sie konnte mit allem leben, solange sie noch Hoffnung hatte.

86

Jetzt

Eine Küche. Eine Mutter steht in der Küche an der Arbeitsfläche und rührt den Teig für Yorkshire Puddings. Ihre Haare sind zu einem losen Pferdeschwanz zusammengebunden, und sie singt leise vor sich hin.

Bratenduft erfüllt das Haus.

Ein Mann kommt ins Zimmer spaziert und nimmt eine Flasche aus dem Regal. »Wein?«, fragt er.

Die Frau – Amy Foyle – schüttelt den Kopf und nippt an ihrem Wasserglas. »Nein, danke, heute Abend nicht.«

Ihr Mann – Miles – legt lässig einen Arm über ihre Schultern und späht in die Schüssel.

»Soll ich das fertig machen?«

Sie dreht sich ihm lachend zu. Ihr Lachen klingt so schön, dass er mit einstimmt. »Seit wann interessierst du dich fürs Kochen?«, fragt sie.

Er grinst verlegen. »Ich würde einfach gern helfen.«

»Das tust du«, sagt sie sanft, »indem du hier bist.«

Amy und Miles schlafen in getrennten Schlafzimmern, aber abends bleibt der Fernseher ausgeschaltet, und sie reden miteinander und sind dankbar für das, was sie haben.

Am Tisch sitzen ihre beiden Töchter.

Eleanor macht ihre Hausaufgaben; sie soll aus alten Verpackungen und anderem Müll aus der Recyclingtonne etwas basteln. Dabei streckt sie ihre Zungenspitze heraus.

»Wo ist der Kleber?«, fragt sie. »Und der schwarze Stift?«

Das jüngere Mädchen ist dünn, aber seine Wangen sind in den letzten zwei Wochen voller geworden. Es schiebt seiner Schwester den Kleber hin.

»Darf ich helfen?«, fragt es.

Das ältere Mädchen blickt auf. Seine Schwester Clara hat kaum ein Wort gesprochen, seit sie nach Hause gekommen ist. Meistens schwebt sie wie ein Geist durchs Haus und schreit die Schatten an.

Sie braucht Zeit, sagt ihre Mutter.

Miles und Amy schauen schweigend zu, trauen sich kaum zu atmen, während sie abwarten, was als Nächstes passiert.

»Klar«, sagt ihre ältere Tochter und reicht Clara eine leere

Milchflasche. »Kannst du mir da Reis reintun? Ich mache noch einen Cocktailshaker.«

Clara tut, worum ihre Schwester sie bittet, und ist so in das Einfüllen der rohen Reiskörner in die ausgespülte Plastikflasche vertieft, dass sie alles andere vergisst.

Dann nimmt sie den Deckel und schraubt ihn so fest, wie eine Fünfjährige es vermag, auf die Flasche.

Und schüttelt sie.

Es klingt wie Regen und der Wind in den Bäumen.

Auf dem Tisch liegt ein verschlissener Plüschhase von einem Jungen, den Clara einmal gekannt hat. Die Frau von der Polizei hat ihn ihr gegeben, als sie darum gebeten hatte, und ihre Mutter hat ihn gewaschen und ihn an den Stellen, an denen eine Naht aufgegangen war, genäht. Jakey Frith kommt Clara am nächsten Tag besuchen. Ihre Mütter haben telefoniert. Die Kinder haben sich bisher noch nicht gesehen, aber beide wollten es unbedingt. Clara wird Jakey den Hasen zurückgeben, und sie weiß, dass er sich darüber freuen wird. Sie weiß, dass sie beide immer Angst vor der Dunkelheit haben werden. Aber sie weiß auch, dass das Licht stärker ist. Immer.

Sie schüttelt die Flasche wieder und wieder, bis Eleanor es ihr gleichtut.

Clara wirft den Kopf zurück und lacht. Dann trinkt sie einen Schluck Saft aus ihrem *Little-Miss-Sunshine*-Becher.

Er schmeckt süß.

87

Jetzt

Saul reinigt gerade den Käfig des Beos, als das Glöckchen über der Ladentür bimmelt.

»Fick dich«, sagt der Vogel beiläufig.

Saul streicht ihm mit dem Finger über die Brustfedern. Die beiden sind Freunde geworden. Seit ein paar Tagen plappert der Vogel auch Sachen nach, die Saul ihm vorsagt. Saul spürt gern das klopfende Herz an seinen Fingern. Er überlegt, Conrad zu fragen, ob er ihn behalten darf.

Vielleicht besorgt er sich einen zweiten und macht eine Zucht auf.

»Na, wie geht's meinem Helden heute?«, fragte Cassidy Cranston. Sie trägt ihre Arbeitsuniform und küsst ihn auf den Mundwinkel. »Das hier soll ich dir von Mum geben.«

Ein Lunchpaket. Räucherlachs. Bagels. Frischer Saft. Die Cranstons überhäufen ihn mit Geschenken, seit sie erfahren haben, dass er den Mann getötet hat, der Sunday umgebracht hat.

Manchmal übertreiben sie es ein bisschen.

Aber Saul ist der Star des Ortes. Ein Foto von ihm war auf der Titelseite der Zeitungen. Die Schule will ihm zu Ehren einen Preis stiften. Es ist die Rede von einer besonderen Auszeichnung, die er von Seiten der Polizei erhalten soll, und am schwarzen Brett des Personalraums hängt ein Zeitungsausschnitt mit seinem Bild. Bislang hat noch niemand Teufelshörner daraufgemalt.

Mr Foyle hat ihm die erste Hälfte der hunderttausend Pfund Belohnung ausbezahlt.

Cassidy ignoriert ihn nicht länger, sondern ruft ihn jetzt ständig an. An manchen Tagen weint sie. An anderen ist sie stärker. Und gelegentlich stellt sie Fragen, die er lieber nicht beantwortet.

Hattest du Angst, dass du stirbst?

Hast du versucht wegzulaufen?

Hast du Brian Howley für mich getötet?

Es gibt Tage, an denen Saul die Gesellschaft des Vogels vorzieht.

Er glaubt nicht, dass Mr Silver – er kann ihn sich nicht mit einem anderen Namen vorstellen – ihn umbringen wollte. Er hatte zwei Messer bei sich, ja. Eines für Erdman und eines für Jakey.

Aber etwas weiß er genau: Dass Mr Silver ihn besitzen, ihn gefügig machen wollte; genau wie sein eigener Vater es gemacht hatte und die Väter in den Generationen davor.

Doch Saul gehört niemandem.

Mr Silver hat ihn fasziniert. Er war ein Anker in den wechselnden Strömungen seines Lebens. Er hat ihm Halt geboten. Schutz.

Aber das wird er Cassidy niemals sagen.

Auch nicht, dass er die mit dem Gesicht ihrer Schwester bemalte Leinwand gesehen hat.

Oder dass die Art von Mr Silvers Arbeit ihm reizvoll erschien.

Der damit verbundene Ruhm.

Dass er sich nach einer Vaterfigur gesehnt hat.

Dass er ihm vertraut hat.

Bis dieses Vertrauen in einem einzigen Moment zerbrach.

»Der Spiegel, mein Sohn. Er ist von der Wand direkt auf

420

deinen Hinterkopf gefallen. Du bist umgekippt wie ein Kegel.«

Ab diesem Moment hatte Saul gewusst, dass Mr Silvers Versprechungen mit Vorsicht zu genießen waren. Denn als er sich fasziniert vorgebeugt hatte, um die Käfer in dem Behälter zu betrachten, konnte er in dessen glänzender Plexiglaswand sehen, dass sich hinter ihm etwas bewegte. In dem Sekundenbruchteil, bevor ihm schwarz vor Augen wurde, hatte er registriert, dass Mr Silver mit einem Hammer in der Hand auf ihn zukam.

Und Saul hatte sich geschworen, ihm das heimzuzahlen.

»Wie ich sehe, gehst du nicht umsonst aufs Gymnasium.«

Saul war ein kluger Junge.

Er hatte gewusst, dass er mit Sundays Verschwinden in Verbindung gebracht werden würde.

Und mit Claras Entführung.

Dann war ihm diese Dokumentation wieder eingefallen. Das Mädchen mit den Händen. Ihre untröstliche Mutter. Die von Mr Foyle ausgesetzte Belohnung.

Er ist gut darin, anderen etwas vorzumachen.

So zu tun, als hätte er Angst.

So zu tun, als wäre er ehrlich.

So zu tun, als wäre er ein Opfer.

Sich jeweils so zu verbiegen, dass er die anderen in ihrer Version der Wahrheit bestätigt.

So hat er Mr Silver hereingelegt.

So hat er sie alle hereingelegt.

Der Beo hüpft auf seiner Stange herum und beobachtet Saul, der ihm frisches Wasser gibt und dann die Käfigtür schließt.

Als Nächstes schaut er nach den Insekten.

Eine Heuschrecke – Familie: *Acrididae* – liegt auf der Seite. Sauls Puls schnellt in die Höhe. Er hat Glück, dass die anderen Heuschrecken sie noch nicht gefressen haben. Er kann es nicht riskieren, sie dort liegen zu lassen.

Saul vergewissert sich, dass Conrad nicht zu ihm hersieht, und schiebt sie in eine Streichholzschachtel.

Als Saul von der Arbeit nach Hause geht, liegt der Duft des Frühlings in der Luft.

Am Rand des Kliffs wachsen Narzissen, und er pflückt einen Strauß für Gloria. Sie hat versprochen, ihm einen Kuchen zu backen.

Seine Mutter sitzt im Wohnzimmer und näht Kleider für den Donnerstagsmarkt. Die Fenster der Wohnung stehen offen, und die frische, salzige Brise lässt die Vorhänge flattern.

Gloria hat frisch gewaschene Haare und trägt einen Rock, den er noch nie an ihr gesehen hat. Es ist lange her, seit sie zuletzt genäht hat, aber ihre Nadel fliegt nur so durch den Stoff.

»Rate mal«, sagt sie, viele Nadeln zwischen den Lippen.

Er kneift die Augen zusammen und schnüffelt demonstrativ. »Biskuittorte?«

Sie grinst, und die Nadeln drücken sich in ihre Lippen. »Woher du das nur wieder weißt.«

Saul hat seine Mutter nicht gefragt, was in jener Nacht passiert ist, und sie hat es ihm auch nicht erzählt.

Er weiß nur, dass Gloria in den Tagen und Wochen, die seit Mr Silvers Tod vergangen sind, erleichtert wirkt.

Sie trinkt weniger.

Und geht nicht mehr spätnachts auf Wanderschaft.

Sie ist präsenter.

Und wieder mehr wie früher.

Das gefällt ihm.

Saul überlässt seine Mutter ihren Näharbeiten, geht in sein Zimmer und wirft seine Tasche auf den Boden.

Dann holt er seinen Schmuckkasten herunter.

Der vertraute Verwesungsgeruch steigt ihm in die Nase.

Er kramt die Streichholzschachtel aus seiner Jackentasche und öffnet sie, atmet auf, als er die tote Heuschrecke darin sieht.

Jetzt aber vorsichtig, sonst brechen die Flügel ab.

Ehrfürchtig zieht er die untere Lade auf und legt das Insekt mit einer Pinzette zu ihren Verwandten, den Grillen.

Saul liebt diesen Schmuckkasten.

Und am meisten liebt er das Geheimfach.

Er fingert an dem Federmechanismus herum und klappt behutsam den doppelten Boden auf.

Auf dem Samtbezug liegen zwei neue Sorgenpüppchen.

Zwei Körper aus Pfeifenreinigern.

Zwei bleiche Gesichter aus Filz.

Für ihre Haare hat Saul allerdings keine Wolle verwendet.

Diesmal nicht.

Die Haare, die den Kopf des ersten Püppchens schmücken, sind genauso blond wie Sauls. Bei näherem Hinsehen erkennt man rote Flecken an den platinblonden Schäften aus Keratin.

Sein Vater war immer sehr eitel, was seine Haare anging.

Die Haare des zweiten Püppchens sind wesentlich dunkler, schwarz gefärbte Strähnen, an deren oberem Ende ein wenig Silbergrau durchschimmert.

Wie passend, denkt er.

Dieser Hauch von Silber.

Er streckt ihre gekrümmten Glieder und ordnet die geraubten Haarsträhnen.

Dann versteckt er sie sicher wieder unter dem hölzernen Deckel des Schmuckkastens.

Seine Trophäen.

Denn auch Saul ist ein Sammler.

Dank

Hinter jedem Buch steht eine Geschichte. Und die Geschichte hinter *Der Knochensammler – Die Rache* ist eine von Freundschaft, stiller Würde und Verlust.

Vielleicht ist Ihnen die Widmung am Anfang aufgefallen. *Cherry Anthony*, steht dort. *Erste Leserin und Freundin.* Sie werfen vielleicht nur einen flüchtigen Blick darauf. Stutzen kurz. Und ziehen weiter, zu anderen Geschichten, anderen Leben. Ihr durch die nichtssagende Schwärze der Druckfarbe anonym gemachter Name wird Ihnen nichts sagen. Und Sie werden ihn mit ziemlicher Sicherheit vergessen.

Ich werde ihn nie vergessen.

Für mich steht Cherry für sechsundzwanzig Jahre tiefer, beständiger Freundschaft. Sie steht für Treue und Mitgefühl, Integrität und großartiges Urteilsvermögen; für die Liebe zu Wörtern und Satzzeichen. Sie steht für Bücher zu Weihnachten und zum Geburtstag, für lange Telefonate, Tagträume und Gelächter.

Cherry war die erste (und einzige) Leserin des frühen, noch völlig chaotischen Manuskripts, aus dem dann mein Debütroman *Der Knochensammler – Die Ernte* wurde. Sie war diejenige, die mich ermutigte, ihn an Agenturen zu schicken. Und sie – die ebenso verrückt nach Büchern war, wie ich es bin – war die Freundin, die ich als Erste anrief, als ich meinen Buchvertrag in der Tasche hatte.

Aber bei jedem Wort, das ich von *Der Knochensammler – Die Rache* schrieb, an jedem Wochenende, das verging, bei jeder Figur und jedem neuen Plot-Twist schien meine sehr geliebte Freundin, die sich so würdevoll und gefasst aufrecht hielt, schwächer zu werden.

Und wenige Tage nachdem ich das Ende geschrieben hatte, schloss Cherry ihre Augen zum letzten Mal.

Ich war mit einer Gruppe alter Schulfreundinnen in Amsterdam, als ihr Mann mich anrief, um es mir zu erzählen. Diese wunderbaren Freundinnen, von denen ich einige seit fast vierzig Jahren kenne – Kerry Buckle, Carole Marchant, Liz Cherry, Anna Bobin, Sarah Mayhead und Steph Lister – haben mich in jenen ersten Stunden unterstützt, in denen die Trauer mich zu überwältigen drohte.

Danke dafür, dass ihr in meinem Leben seid.

Und danke an all die Freunde, die mit mir getanzt und getrunken haben, die zu mir halten, meine Bücher kaufen: Tracie Couper, Emma Chong, Jo Darwin, Catherine Smith, Hannah Wilson, Jon Clark, Tony Mitchell, Jason Shelley, Emma Inmonger, Nicola Methven, Sinead Coles, die Barlow & Fields-Crew (Des, du hättest wirklich nicht gleich sechs Exemplare meines Romans kaufen müssen, aber danke).

Danke auch an alle Mütter von der Schule für ihre Unterstützung, besonders Kim Loakman, Linda Wellard, Julia Barrett, Claire Cosgrove, Jacqui Waller, Anne-Marie Cumberworth, Jo Cobbold-Clarke, Zoe Pryor-Bennett, Kelly Collins, Julia Irwin, Kerry Farnall, Sam Smith und Louise Foster. Sollte ich jemanden vergessen haben, dann bin ich ein Idiot, aber gleichzeitig auch so unendlich dankbar.

Da nun mein zweites Buch erscheint, ist es nur passend, dass ich über Freundschaft spreche.

Denn die Gemeinschaft der Krimi-Autoren, zu der ich nun gehöre, gibt mir das Gefühl, nach Hause zu kommen.

Es war mir eine unerwartete Freude und Ehre, in meinem

vierten Lebensjahrzehnt eine neue Schar von Brüdern (und Schwestern) zu finden. All den Bloggern und Rezensenten, Käufern, Buchhändlern und Bibliothekaren und all den vielen begabten Autoren, die mir die Hand gereicht und ihre Freundschaft angeboten haben, danke ich für diesen freundlichen Empfang.

Ein ausdrücklicher Dank muss auch an meine wunderbare Lektorin Trisha Jackson gehen und an die Verleger und Übersetzer meiner Bücher in anderen Ländern. Außerdem an Francesca Pearce, Saba Ahmed, Phoebe Taylor, Amy Lines, Amber Burlinson und das Team von Pan Macmillan. An die phantastische Sophie Lambert und meine Agentur Conville and Walsh. Und an meine Familie, die mich auf jedem Schritt dieser Reise begleitet.

Danke auch an die Polizisten, die ich um Rat fragen konnte, und an die Meeresforscherin Dr. Britt Raubenheimer für ihre fachkundige Beratung zu dem Thema, wie sich die Gezeitenmuster auf den Sand auswirken. Etwaige Fehler gehen auf meine Kappe. Dieser Roman spielt in der Ortschaft Leigh-on-Sea in Essex, die ich gut kenne. Hin und wieder habe ich mir Freiheiten erlaubt, was die Geographie angeht. Daher sind Fehler in diesem Bereich Absicht.

Mein letzter Dank gilt dir, Cherry.

Ich vermisse sie jeden Tag, aber ich habe Trost in den vertrauten Seiten all der Bücher gefunden, die sie mir über die Jahre geschenkt hat. Ich habe die Geschichten noch einmal gelesen, die sie verfasst hat. Ich habe das Shakespeare-Zitat aufgeschlagen, das sie, kurz bevor sie krank wurde, in mein Notizbuch geschrieben hat, um mir Mut zu machen: *Und ist entsetzlich wild, obschon so klein.*

Und während dieses Abenteuer namens Veröffentlichung

weitergeht, werde ich ihr immer dafür dankbar sein, dass sie mich davon überzeugt hat, dass es einen Versuch wert war. Dafür, dass sie mir beigebracht hat, dass es *immer* den Versuch wert ist, wenn die Achterbahn des Lebens, weil es einfach so sein muss, von schwindelnden Höhen in nervenzerfetzende Tiefen hinabbrettert.